U0110007

被孤獨淹沒的女人

大洋洲華文
微型小說選‧澳大利亞篇

凌鼎年——編

代序 心有母語情結的大洋洲華人作家

凌鼎年

二〇一〇年二月,我與《人民文學》的冰峰應大洋洲華文作家協會會長冼錦燕太平紳士、副會長何與懷博士、副會長洪丕柱教授的邀請,赴新西蘭第一大城市奧克蘭參加了大洋洲華文作家協會第三次會員大會暨「華文文學如何反映和諧與全球氣候變化」研討會。

應該講,這是一次愉快的文學之旅,在抵達奧克蘭當天的歡迎晚宴上,我、冰峰與中國駐奧克蘭總領事館龍豔萍領事、新西蘭工黨領袖菲爾·戈夫、奧克蘭市長約翰·班克斯、華裔國會議員霍建強、比利時皇家科學院魏查理院士、中華文化中心主席孔東博士、國際慈航觀音基金會王澤華會長、新西蘭全民黨簡紹武副主席、新西蘭獅子會會長 Raj Mitra、Mrs. Mitra 等同桌共進晚餐,並一一合影留念。

在第二天的開幕式上,冼錦燕會長致歡迎詞,何與懷博士、洪丕柱教授、張顯揚秘書長分別致辭,我作為特邀嘉賓向大會致祝賀辭。正式研討時,我作了《和諧也是文學永恆的主題之一》的交流發言。但在私下的交流中,我三句話不離本行,總少不了關於微型小說的話題,我帶去的贈書是我的微型小說集子與我主編的《太倉市微型小說作家群作品選》、《江蘇微型小說》創刊號等。

我在新西蘭連頭帶尾十二天，參加了當地的徵文頒獎會、元宵燈會、國務院僑辦的慰問演出、華人作家的燒烤聚會等活動，得以有較多的機會與新西蘭的華人作家進行了廣泛的交流。隨著交流的加深，我發現新西蘭雖然沒有像中國大陸那樣的「微型小說創作專業戶」，但寫過微型小說的作家還不少呢，我由此萌生了鼓動他們編一本《新西蘭華文微型小說選》的意向。沒有想到我的鼓動還真起了作用，冼錦燕會長心動了。

　　我本來想把組稿事，完全拜託冼錦燕會長做，雖然她說幹就幹，很快就發動會員選送微型小說作品，但她僑領式人物，社會活動多，加之電腦尚屬菜鳥級，要她編輯確有點勉為其難，我不忍心太為難她，與之商量後，乾脆我來接手主編吧。好在新西蘭華人作家的電子信箱我基本上都有，我擬定了徵稿要求，發信請他們把微型小說作品直接發我信箱。

　　奧克蘭開的是大洋洲華文作家協會的年會與研討會，來的不僅有新西蘭的華人作家，還有澳大利亞的華人作家，因此來稿中也有澳洲發來的作品。我一想，那就編一本《大洋洲華文微型小說選》，這樣與原來的那本《歐洲華文微型小說選》就成姊妹篇了。

　　開始選編時我澳洲還沒有去過，但我在澳洲的中文報紙刊物上發作品已有十多年了，《海外風》、《新海潮報》、《同路人》雜誌、《澳華週末報》、《漢聲》雜誌都發過我作品，像《漢聲》雜誌幾乎每期都有我作品，故我在澳洲認識多位華人作家，徵集微型小說作品也算有點基礎。更難得的是，我在奧克蘭遇上了常電子郵件往來的呂順。呂順是墨爾本的，他是澳洲寫微型小說數一數二的一位作家，更主要的是他還是一位熱心人，不但人緣好，人脈關係也極廣，我就委託他在澳洲徵集微型小說作

品。呂順真的很負責任，在幾個月內就聯絡了澳洲一大半寫過微型小說的作家，稿源也就不愁了。

二○一○年八月下旬，我應邀去澳洲參加墨爾本華人作家節，在臨去前，我已初步編好了《大洋洲華文微型小說選》，我把目錄帶到了澳洲，也算是給澳洲文友的一份見面禮吧。

墨爾本華人作家節結束後，雪梨的「澳華文學網」等又邀請我與冰峰去參加「中澳作家雪梨文學作品研討會」，這樣，前後在澳洲待了半個月，不但去了華人集中的城市墨爾本、雪梨，還去了首都坎培拉，旅遊城市黃金海岸、布里斯本等，有機會接觸到了澳洲大部分華人作家，這樣，來稿就更多了，面也更廣了。我編的《大洋洲華文微型小說選》不斷充實，越來越厚實。

通過編這本《大洋洲華文微型小說選》，我發現澳洲與新西蘭都是適合華人寫作的地方，因為澳洲與新西蘭的社會福利在世界上都排在比較前面的，定居於此的華人沒有生活之憂，澳洲與新西蘭又是自由度較高的國家，寫什麼，怎麼寫，是你個人的事，很少會有干涉。還有一點也不能不提及，那就是這兩個國家地廣人稀，文化生活、業餘生活遠沒有大陸那樣斑斕多彩，用他們的話說，就是「好山好水好寂寞」，寂寞中難免思鄉、思親，有些文化的，最好的宣洩就是文字的傾訴，寫他們在異國他鄉的拚搏，寫他們遠離故國後的艱辛，寫他們融入當地國主流社會後的自傲，寫他們的心路歷程，寫他們的思念，寫他們的情感。

通過接觸，我還發現：澳洲、新西蘭的華人作家基本上是第一代移民，與東南亞的第二代、第三代移民有很大的不同，而且大洋洲的移民除少量來自臺灣、香港，或其他國家，絕大多數來自大陸，這與歐洲國家的華人不少從香港、臺灣移民去的有所區別。不管這些新移民目前在澳洲、新西蘭從事什麼工作，生存狀

態如何，稍一交談就會知道，他們在出國前不少都稱得上高級知識份子，其中相當一部份原本就是從事文化工作的，心中有著母語情結、文化情結，當然也有人有著歷史情結。

因為是第一代移民，他們的基礎教育幾乎都在大陸完成的，與大陸的聯繫千絲萬縷，與第二代、第三代移民出現「香蕉人」不可同日而語。他們的文學作品很少歐化的句式，作品的題材、主旨、結構也以現實主義的為主，較少出現什麼現代派、後現代派、結構主義、解構主義、黑色幽默、魔幻手法等西方作家常用的套路。

我在選編時，盡可能選用寫移民生活、移民心態，寫出國後生存狀態、心理變化，或回國探親期間的客觀感受之類的題材，純國內的題材原則上不選。我希望這是一本有別於國內作家寫的微型小說集子，讓讀這本集子的讀者能透過這些作品的描寫，有助於瞭解澳洲，瞭解新西蘭，瞭解那裡的風土人情，瞭解那裡的政治經濟，瞭解在那裡的新移民，瞭解那裡的原住民，瞭解他們的生活與內心，作為一個來自於大洋洲華人作家筆下的參照系，更具備其真實性，真實的永遠是有生命力的。

不管你想不想去大洋洲旅遊，準備不準備去大洋洲移民，看看這本集子都是有益的，出了文學的收穫，還會有社會學方面的啟迪與借鑒。

二〇一〇年十月五日於江蘇太倉先飛齋

目　次

作者簡介

張奧列

　　澳大利亞籍著名華文作家，中文日報資深編輯。祖籍廣東大埔，生於廣州。原中國作家協會會員、廣東省作家協會副秘書長、北京大學文學士，出版有文學評論集《文學的選擇》、《藝術的感悟》，八次獲中國各類文學獎。

　　一九九一年底移民澳洲，出版有紀實文學集《雪梨寫真》、小說散文集《澳洲風流》、隨筆集《澳華文人百態》、人物專訪集《澳華名士風采》、散文集《家在雪梨》。一九九四年獲澳洲華文傑出青年作家獎，二〇〇三年獲中國作家協會第二屆世界華文文學優秀散文獎，二〇〇五年獲中國第三屆龍文化金獎優秀作品獎，並多次獲臺灣僑聯華文著述獎（一九九七年小說佳作獎、二〇〇二年報導佳作獎、二〇〇三年散文佳作獎、人文科學佳作獎、二〇〇四年散文佳作獎、報導佳作獎）。

　　至今已在中國大陸、臺灣、香港及美國、澳洲等地華文報刊發表小說、散文、評論兩百五十萬字。個人事蹟編入英國劍橋國際傳記中心《國際文化名人錄》、北京《世界華人文學藝術界文化名人錄》、《華僑華人百科全書‧文學藝術卷》等多家辭書及《海外華文文學史》。

情人節

　　他覺得，今天也許該會發生點什麼了。所以幹活時，他總是神不守舍，惹得經理多次吹鬚瞪眼。他無可奈何，也不在乎，因為今天是情人節。

　　澳洲的情人節，非常浪漫寫意。但他來澳幾年，似乎還未享受過情人節。今次，他倒想留下點印象。

　　他是購物中心的清潔工。這幾年，他只是埋頭拖地、洗廁所、倒垃圾，掙錢、存錢。最近忽然居留身份問題已水落石出，正是「守得雲開見月明」。他打工的那顆心似乎不大安份了。總張頭探腦的想幹點什麼。

　　那天他上唐人街看相算命。風水先生凝視了他半天，忽然張口道：「人三十而立。你今年正行桃花運，可成家立室。如若失之交臂，那就要四年後才有機會了。」

　　他一愣，心想這先生倒也靈，一語中的。怪不得自聖誕過後，他總感到身上有一種莫名其妙的躁動，見到年輕女子，尤其是漂亮的洋妞，就火眼金睛，無數的身體曲線在他腦海中交織著。原來火候已到，按捺不住。

　　但目標呢？連他自己也不知道。會不會是糕點店那個琳達呢？他想。

　　琳達是個希臘女孩，棕色頭髮棕色眼睛。她算不上是十分漂亮，但卻顯得純情可愛，每次相遇，總是向他甜甜地說聲：「Hello！」而且她胸前總是那麼昂然挺拔，真是讓他羨慕死了。

自風水先生道破天機之後，他似乎覺得她對自己是有那麼一點意思。她上廁所，或去買點什麼東西時，老是磨磨蹭蹭，藉故打他面前經過，點頭招呼，這兩天吃午飯時，總是在他眼前捧著一本書，邊看邊吃。胸前影影綽綽向他敞開著。他瞟一眼就已經腳軟了。

既然今年的運情是命中註定，那就要行動，他想。這洋妞倒合眼緣，那就上，管他呢！

昨天，他到花店訂購一束紅玫瑰。平時十元的花漲到五十元。他掏出了錢，並添上五元，讓賣花姑娘今早把花送給琳達。賣花姑娘初時不肯，說情人節太忙了。他又塞給她五元，硬讓她送。

花束上還附上一張精美的情人卡。卡上寫著：「琳達，你願意和我到唐人街餐館共進晚餐，享受溫馨的二人世界嗎？下班後在火車站見。」他還學著鬼仔鬼妹的習慣，在卡上塗了幾個亂七八糟的心和唇。

現在琳達該收到花了。她有甚麼反應呢，會不會赴約，他不知道。他沒有十分的把握，心裡忐忑不安。幹活的時候，他甚至不敢走進糕點店。他很希望她出現，又怕她出現。午飯時間琳達沒出現，也沒有見她上廁所甚麼的。也許她也在避自己，是不是不好意思呢？

就這樣想來想去，恍恍惚惚，下班時間到了。他脫下工裝，換上西裝，那斜紋領帶他打了個漂亮的結。他的心突突跳著，直奔火車站。

下班時分，車站人很多。他來回踱著步子，眼睛在人群中搜索著。

火車來了，又走了，一趟又一趟。人們湧進月臺，又湧出月臺，一批又一批。

他分明聽到手錶「滴滴嗒嗒」的鳴叫，不，那是自己的心跳。人漸漸稀了。他忽然有種守株待兔的感覺，有點可笑，有點可悲。

正當失望的情緒開始爬上心頭時，琳達出現了。這是今天第一次見她。

呵，她手裡捧著那束紅玫瑰，紅得他心花怒放。他的眼光從她那令人心驚肉跳的胸前溜回到她臉上。她還是那樣微笑著，頰上帶點潮紅。是花的映襯，還是心的顯現呢？

「很高興你能來，咱們進站吧。」他臉上一片笑容。

她沒動，很客氣地說：「謝謝你送的花，真漂亮。我要回家了，不能跟你去吃晚飯，真對不起。」

「為什麼？」他瞪大眼睛問，「今天不是情人節嗎？」

「是情人節，我更不能去。因為……」她頓了一頓，好不容易才說下去。

「我在店裡只是幹兼職活。我正在雪梨大學讀書，所以我不想……不管怎樣，謝謝你的邀請。」

樂哈哈的他，像當頭澆了一盆冷水，從頭濕到腳。無奈自作多情，枉費心機。他不甘心眼巴巴地看著她走，便追上兩步，欲言又止。

她見狀，便說：「你是個討人喜歡的男人。但如果我告訴你，我有過許多男朋友，情人節我收到過他們送的許多避孕套，你還願意請我吃飯嗎？」

他一呆，腦子裡頓時一片空白。

見他無言以對，她便離去。沒走兩步，她忽然又轉過身來，扔下一句話：「我知道你不能，因為你是中國人！」

待他大腦恢復知覺時，她早已不見蹤影。

將計就計

　　從朋友家出來，他便鑽進那輛棗紅色的座駕。剛才幾個單身寡佬湊在一起，高談闊論，大扯一通男歡女愛，好不過癮。

　　其實他們已不是單身，都把老婆孩子撇在中國，隻身來澳洲闖蕩，只好過過口癮。

　　夜深人靜，他加大了油門。汽車飛馳的聲浪掠過耳邊，他感到一陣快意。

　　來澳幾年，除了銀行裡積攢的血汗錢之外，他擁有的就只有這輛「豐田」了。雖說是二手車，可在燈光下仍然閃閃發亮。他很奇怪，澳洲使用的東西總是保持得那麼好，住了幾十年的房屋，仍然那麼清爽，跑了十年八年的汽車，仍然那麼光鮮。

　　忽然，前面馬路邊有人揮手攔車，他一驚，猛踩車剎，那車輪的滋滋聲直鑽心頭。他定睛一看，是位金髮女郎。

　　看見不是超速抄牌的警員，也不是持刀持槍的劫匪，更不是滿臉血污的大漢，他吊到嗓子的那顆心才慢慢回落。

　　那女子走近車窗。「Hello，」她探頭問道，「對不起，你能送我回家嗎？」

　　澳洲盛行助人為樂，何況是漂亮小姐相求，有何不施援手之理。他一副英雄救美的氣概，二話沒說就打開了車門。那女子婀娜的身軀和酒氣一同滾進了車內。

　　他皺皺眉，說：「你喝多了！」

「沒事，」她捲著舌頭說：「朋友的生日，喝得痛快！」

澳洲人是個嗜酒的民族，男男女女老老幼幼都能喝。他在報章上看過一條新聞，澳洲人的酒量世界第一，高踞於美國人之上。他們從不喝開水，有事沒事，總是一罐啤酒在手。但他討厭那些酒鬼。

車到了北雪梨，她說家就在前面。他的車跟著東兜西轉，可就不知哪是她的家。

雪梨的住宅區都是一個景：平房帶花園，汽車泊路邊，總是那麼幽靜，認屋可不那麼容易。

她搖搖晃晃地指著，車又在大街小路上竄了幾圈，還是沒找到她的家。

「你究竟是不是住在這兒的？」他有點不耐煩了。

「就到了，就到了。」她噴著酒氣說。

平時挨近洋妞，總聞到一陣混和著香水的肉香味，夠刺激的。如今，這味道和酒氣攪和在一起，刺鼻得令他噁心。

「你都醉糊塗了。既然家就在這兒，你自個兒走，慢慢找吧！」他硬把她趕下了車。

看她呆呆地站在路邊，他有點於心不忍。但一聞到車內彌漫的酒氣，他就反感。若此時碰上員警，懷疑他酒後駕駛，罰款單一開，那幾天的活就白幹了。

第二天，他剛下班回家，警員就找上門來了。他不禁一陣哆嗦。

「有位小姐投訴你，說你昨晚載她回家在車上趁機非禮她。」警員開門見山地說。

他頭皮一炸，大叫：「哪有的事！」

他正辦理居留手續，這個時候萬萬不能犯甚麼大官司，更不能留下不良記錄。一旦警方落案，居留就會吹了。他驚出一身冷汗。

他急切地把昨晚的事連說帶比劃，一五一十地向警員道來。警員淡淡地說，如果你要辯解，就打電話給女事主吧。他留下一個電話號碼便離去。

憋了一肚子氣的他，連忙撥電話過去。正巧，是她接電話。他大喊大嚷，就差點沒把罵人的髒話吐出。

那邊卻柔聲細氣地說：「喂，紳士，你的嗓門太高了，英語又不流利。如果你想要說清楚，就找個地方見面談談，不是更好嗎？」

「要甚麼花招！」他心裡罵道。無奈，這是人家的國度，人家的地頭。為了不節外生枝，不吃眼前虧，他只好應約前去。

一見面，他的氣倒消了一半。因為她打扮得漂漂亮亮，滿臉笑容。那件黑色的無袖緊身上衣，把她身體的曲線顯露無遺。昨晚紮起的金髮，如今披開在豐腴的肩上，顯得格外柔軟迷人。

她第一句話就說：「對不起，給你添了麻煩。」說著便遞過一盒東西：「給，巧克力，向你道個歉。」

他又一次不相信自己的耳朵。剛才還惡人先告狀，現在怎麼又流出鱷魚的眼淚呢。「怎麼，不哼聲，不敢吃這巧克力，是不是怕我投訴你？」她嘻嘻地笑開了。

「你把我扔在路邊，我當時真有點生氣，記下了你的車牌號碼。今天醒來一想，都怪自己不好，昨天喝多了，迷迷糊糊不知自己幹了甚麼事。」她仍然一副輕鬆的樣子。「我想給你道個歉，就叫員警把你請來了，玩玩嘛，何必生氣。」

拿這嚇人的事來玩，他有點哭笑不得。

「說真的，我有點喜歡你，要你送我你就送，要你出來你就出來，真有點紳士風度。咱倆到酒吧喝喝，聊聊，交個朋友，好嘛？」

這女人，一陣風一陣火，又是太陽又是雨，真把人折騰得透不過氣來，防不勝防。

「你是中國人？」

「當然。」

「澳洲人喜歡交各種朋友，如果你願意，你就是我的第一位中國朋友。」

都說洋妞大方、奔放，感情直接，變化也大。對洋妞他一直都沒有深刻的認識，總懷有某種好奇。既然她向他伸出了橄欖枝，他為什麼不敢接呢？

看你還玩甚麼新花樣。嘿，你玩美人計，咱就將計就計，走著瞧。

他心裡「噗哧」一笑，又一次把她放進了那輛棗紅色的座駕。

他覺得從來沒有過這麼瀟灑。

也是豔遇

　　回到了澳洲，我還是忘不了那位美國少女的眼神，那種渴望而又抱歉的眼神。那是我在美國境內與美國姑娘單獨接觸的唯一「豔遇」。

　　那是在通往三藩市也即三藩市的途中，我們夜宿佛斯諾，一座位於加州中部的小城。我想打電話給三藩市的阿姨，但不敢使用房間電話。在洛杉磯開世界華文作家大會時，我曾用電話卡在電話亭致電澳洲家中，不過十美元；而一位新西蘭文友在酒店房間與新西蘭家人通話約十分鐘，到櫃檯結賬時差點暈了過去，要付兩百美元，一分也不能少。所以我記住了這個教訓，要打公用電話。

　　不過酒店也不傻，我在大堂、酒吧打轉轉也找不到公用電話，在酒店外沿著大廈四周走了一圈也不見電話亭。正在焦急之際，忽見酒店旁邊就是一個俱樂部，心頭一喜便推門而進。

　　大廳內有一群人正圍著幾張大檯聚賭，但這不是賭場。美國是立例禁賭的，除了拉斯維加斯及個別地方立法開禁外。但美國人要賭，怎麼辦？總不能老上拉斯維加斯，有時只想酒餘餐後過一把癮而已。俱樂部便來個變通，提供場地讓顧客自行聚賭，莊家不是俱樂部，下注也與俱樂部無關，俱樂部只從每圈投注中「抽水」，作場租費。既可脫賭的罪名，又可藉賭獲利，更可博顧客歡心，何樂而不為？

我邊笑俱樂部的「生意眼」，邊穿過玩中國花樣「牌九」的華洋賭客群，在一個角落終於找到我想要的電話亭。

　　對著電話機，我有點不知所措，是撥本地還是撥長途，怎麼個塞錢？我的手捏著十元美鈔發愣。

　　「想打電話？我可以幫忙嗎？」旁邊一位金髮女子，剛放下電話，熱心問道。

　　我說想打去三藩市。她嫣然一笑，玉手一伸，即從我手中抽出那張十元紙鈔，到櫃檯換了一把硬幣，然後幫我投幣撥號。我看著她那輪廓分明線條優美的臉，猜想她頂多二十歲上下。不同膚色不同性別更素不相識，她卻熱情代勞，我不禁生出一份感激之情。

　　我和阿姨通話的時候，她仍坐在一旁，點燃一根煙往嘴裡送。一抽煙，她那神情就老了許多，像個少婦。我還想和阿姨多講兩句，電話嚓一聲斷了，時間已到。那女子見狀，問我還要不要再換點硬幣再打，我想想算了，該說的也說了。

　　「要不要玩牌九？」她慫恿道。

　　我搖搖頭，表示不感興趣。她滿臉疑惑：到俱樂部來的人哪能不放縱一下？豈知，我這個人很不瀟灑，煙、酒、賭不沾。從她臉上，我讀到了她的遺憾：這不少了許多人生樂趣？我有點不自在，即在俱樂部各處隨意打個轉，便推門離去。

　　在俱樂部與酒店之間的花壇上，竟然又見她坐在那兒抽煙。她揚揚手，我點點頭，欲舉步，她忽然開口：「對不起，先生……我需要二十元，你能幫助我嗎？」

　　二十元不算多，但當時澳元大跌不及美元一半，我身上美元不多，不大想再去兌換。何況也不知她要錢幹甚麼。

　　她見我猶猶豫豫，便說：「我不是白要的，可以給你服務。」

「服務？甚麼服務？」我好奇。

「性！」她眨眨眼。

我呆在那裡。她奇怪：「性，你不懂？」

我笑了：「哪會不懂，是男人都懂。」

她也笑了：「我需要二十元，你需要性，Ok？」

看她說得那麼直率，但眼神口吻卻沒有半點騷味。

「性，二十元，太便宜了吧！」我有點不相信，「拉斯維加斯電召上門就要近百元，服務費還要另算哩！」我想起在賭城酒店看到的廣告。

她眼巴巴地點點頭，好像不怎麼知道性的行情，恐怕還從未走出過小城哩。

「我就要二十元，行嗎？」她近乎哀求。

我有心逗她，說：「哪有地方？」

「你不就住在這兒嗎？」她指指酒店。

「房裡不是我一個，還有另一位。」

「太太，還是女友？」她有點失望。

「男的。」我實話實說。

「你是同性戀？」她更失望。

「不！」我連忙說，但一時也解釋不清楚。因為中國人旅遊開會，同性同房極為普遍，而這點西方人也難以理解。

她見我肯定地搖搖頭，便說：「那你請他到外邊走走，到這俱樂部玩兩把，咱倆不就有地方了嗎？」

她真是想得天真。中國人一起去開會，一起同行，你能說：「喂，我帶了個女的回來，你先到外面避一避吧！」保證第二天醜事傳千里。

她見我兜著圈子，便直接了當說：「你是不想幹吧，你朋友想嗎？」

「我怎麼知道，」我說，「他老人家也許力不從心呢！」

「你去問問，我在這兒等。」她有點迫切。

我實在搞不清她的真實想法，也不知道該不該扔下這二十美元。我不忍心讓她失望，也不忍心讓她空等一場，便打馬虎眼：「我可以問問，但大概不會來的，你不必久等。」

她揮揮手，說：「沒事沒事，我在這兒歇歇。」然後給我一個親吻，讓我回酒店去。

我帶著臉上的煙味，最後看了一下她在黑暗中閃亮的大眼睛，便大踏步離去。

我是不會再下來的，不知她會用一種甚麼樣的心情等待。我把剛才的「豔遇」告訴了同房的文友，他不為所動，躺在床上吸著煙，經驗豐富地指點老弟，「也許是妓女，也許是吸毒者，也許是圈套，好上門洗劫，小心啊！」不愧為雪梨的推理故事高手。

也許呢，但我還是不大相信。反正她正在外面吹著冷風，我卻鑽進被窩裡，但願無須自責，希望夜裡做個好夢。

買房

　　我好不容易才在北雪梨挑中一間出售的單元房，下了訂金，那股高興勁兒還未回味，地產代理便來電話，說有位鄭小姐也看中這房子，想約我談談。我馬上回絕，都買下了，還談什麼！

　　正想擱下電話，那頭傳來了女聲：「喂，張先生嗎？對不起，能請你喝杯咖啡嗎？」那聲音很甜美，很清脆，江南口音。

　　見我不語，她又說：「房子在你手中，我要搶也搶不走的嘛。」

　　見面，她果然聲如其人，很甜很美，說話也清爽。我直白地告訴她，我剛離異，需要這房子，需要重新開始。這地點、價錢、格局都很適合我，我不想易手。

　　一陣沉默。忽然，她猛呷一口咖啡，杯子放下時，那濃黑的咖啡差點晃了出來。「張先生，我不想奪你所需，我只有一個請求，如果你改變主意，請第一時間通知我，行嗎？」我聽出，那聲音有點顫抖。

　　我想我可以打發她走了，便說：「行！」但隨口又問，「你真的那麼喜歡這房子？」

　　「唔，怎麼說呢，事實上，我找代理要買這房子時，還未進去看過呢！」

　　我一愣。她又說：「但，我曾經是這房子的房客！」

　　這回，倒是我杯裡的咖啡差點潑了出來。於是，我便靜靜地聽她訴說，訴說。

十年前，我來澳洲求學，和幾位同學合租一屋，白天讀書，晚上打工，不知天昏地暗。那時中國留學生的艱辛情景，相信你也是知道的。在一個聚會上，我認識了澳洲人詹，和他交往，我有一種新的感覺，緊張的生活得到了一點鬆弛。他常常能給我一點驚喜。有一天我拖著疲倦的身子回到家，只見門外擺著一束紅玫瑰，是詹送來的，還留了張生日賀卡。那時我無錢無身份，日子過得挺累，哪還想到過生日。看到怒放的玫瑰，我心頭一熱，當晚就跑到詹的家裡。在那溫馨的家居中，在那浪漫的音樂裡，我流下了來澳後的第一次熱淚。

　　詹的家，是租用的單元房，也就是現在你要買的這房子。我們就在那裡同居、結婚。自此，我晚上可以看看電視。但詹喜歡看板球、橄欖球，我在中國從不知那玩藝兒，也只好傍著他對著電視發呆。許多同胞都以為和澳人生活可以經常度假，一定很寫意。我們倒是每年度假幾回，我喜歡到處走走看看，他卻只顧到海灘曬太陽，一躺就是大半天。我不想像澳人那樣弄得滿身滿臉的雀斑，便躲在樹陰下乾等著。每次度假，幾乎都是海邊曬太陽，慢慢就索然無味。

　　為了讓詹嚐嚐中國菜，我特意跑唐人街買這買那，下廚房弄這弄那，忙乎了半天。誰知詹下班回家，對那熱氣騰騰的餃子只看了一眼，便一身不響地進廚房弄他的麵包、沙拉。結果他吃他的，我吃我的，弄得很沒趣。

　　詹是位寫字樓的白領，回到家裡也常對著電腦敲打，沒多少交談。我們談的也只是日常生活的話題，很難有深層次的交流。連「床上運動」也是「例行公事」。雖然婚姻生活平平淡淡，我們還是和和氣氣。我有得有失，沒有什麼好埋怨的。

　　一次偶然中，詹發現了我的銀行存款數目不少，便大發雷

霆。他收入不低，但從不存錢，寧願每週花三百多元租房，也不考慮購置房子。你知道，我們中國人都有省吃儉用積蓄買房或以補不時之需的習慣，況且我是個女人，也需要點私己錢，這都是我打工的血汗錢呀！不管我如何解釋，他都聽不進去，非要我把錢一分不剩全交出來。我當然不肯。別看他平時一副紳士風度，咆哮起來像頭野獸：「如果不把錢交出來，咱們就離婚！」

「離就離。」我也受不了他這種大男人主義，毫不退讓。雖然平時他沒虐待我，但沒有共同語言的長期生活，對我才二十來歲的人來說，也是一種心理負擔。我不是過橋拆板那種人，但他不尊重我，不理解中國人的習慣，我也落得個順水推舟，一拍兩散。

見我不屈服，他更火冒三丈：「這是我租的房，你給我走！走！走！」他指著大門連跺三下腳。

第二天下班回家，走到家門口，我就傻了。沒想到他把我的全部行李凌亂地堆在門口，大門反鎖著進不去。我拚命拍門，他不管。

「咱昨天說好分手了，各走各的路。」他冷冷地說。「那我也要時間找房子啊！」

「那是你自己的事，與我無關。」

我們隔著門對罵起來。他竟然打電話找來員警，投訴我騷擾他。員警見狀，聳聳肩，看我坐在行李堆上發呆，便把我帶去婦女庇護所安排住宿。

臨走時，我對著面孔鐵青的詹狠狠說：「請記住，我一定會回來的。等我賺了錢買下這房子，那時要走的是你，是你！」

「決不，決不！」他狂叫著。

就這樣，我所追求的浪漫婚姻，暴風驟雨般開始，暴風驟雨般結束。她一口氣說到這裡，才呷了一口咖啡。我才發現，手裡的咖啡早就涼了。我說：「你當時真的相信能買下這房子？」「哪兒的話，當時只是火頭上，心不甘。但我自此也清醒了，一直都在努力。」她一昂頭，咖啡全灌進嘴裡。

　　「當時進了婦女庇護所一看，都是受保護的婦孺弱者。雖然有吃有住，還有政府發放的社會福利金，可我有手有腳，年輕力壯，又沒拖兒帶女，住在裡面真不是滋味。第二天我趕緊找到住處搬了出來。我讀完學位後，進了一家大公司。每天上班下班，我都打那房前經過，心裡總有股動力。」

　　「真沒想到，這房子果然有出售的一天。當時地產代理帶我上門看房，詹還住在那兒，都五、六年了，毫無長進。他一看是我，死活不讓進，嘴裡還嚷著：『我不相信，我不相信！』」

　　代理一臉莫名其妙。我不想糾纏，頭一昂說，「不用看了，裡面我清清楚楚。」代理更是莫名其妙。詹還在嚎叫：「決不，決不！」

　　「哎，」她歎了一聲，「可惜辦理房屋貸款把時間給耽誤了……」

　　我記不清我們是這怎樣分手的，鄭小姐的故事一直纏繞了我幾天，終於，我撥通了她的電話，說：「我是相信緣份的，應該讓你的故事劃上句號。」

　　「真的嗎？」電話那頭一陣驚叫。接著，又傳來她甜美的聲音：「張先生，真不知該怎樣感謝你，感謝你的理解和慷慨。這樣吧，如果你需要暫住在這間房的話，你可以分租，反正你我都是單身。」

　　「好。」我爽快地答應了。也許，這將是另一個故事的開始。

作者簡介

張奎璋

　　臺灣旅居澳澳洲作家，曾任澳洲華文作家協會會長。

　　寫作為其嗜好，擅寫小說、散文，並從事翻譯。曾獲得若干大型文學獎，包括「一九九五澳大利亞聯邦作家獎」、「第一屆海外華文文學獎」、「聯合報小說獎」。其傳記體紀實小說《鏡中爹》（臺北三民，北京三聯出版社）評價甚高，列三聯二〇〇九年度暢銷書。

　　早年曾任臺灣中廣公司「早晨的公園」節目主持人、中華電視公司晚間新聞主播、新聞評論主持人，後應聘澳洲國家廣播公司，任新聞主編及節目主持人，並常年擔任《讀者文摘》翻譯。

那個陰沉的早上

那個天色陰沉的早上，刮著冷風。

我送孩子到學校後，把車開到麥當勞停車場，停在一株尤加利樹下。一夜秋風將落葉吹攏到人行道溝邊，一名工人正在收集。沾過雨露的叢叢菊花，嬌豔地抗拒著陰霾。

我點了早餐，取了報紙，坐進角落的玻璃窗邊。店裡沒有別的客人，桌上有些紙杯、紙盒、薯條，還沒收拾。門開處，一名年輕媽媽帶個五六歲的小男孩進來，點了攜出早餐。小男孩有一頭金色亂髮，穿了件套頭紅衫。他被窗外紅紅綠綠的遊樂設備吸引，一臉笑容，拿著可樂向我跑來，趴在窗邊望著。媽媽也跟過來，坐在邊上等她們的早餐。

自動門又開了，一名身穿黑大衣的瘦高男人進來，微駝著背，雙手插在衣袋裡，長髮被開門時灌進來的風，吹得飄動著。他翻起衣領，卻沒扣上，因為他的黑大衣幾乎沒有扣子。他低著頭，眼光很快掃了全場，然後移近一張杯盤狼藉的桌子坐下。他隨意翻了下報紙，打開紙盒檢視，捏起一根冷薯條，放進嘴裡，接著又是一根。

我們都看到這人的舉動。小男孩揚起眉毛，小聲說：「媽，他在吃別人的東西！」

「噓！他沒錢買漢堡。」媽媽也小聲說，「喝你的可樂，不要管別人的事。」

「可是，那些東西冷了呀！」小男孩仍然問。

「沒辦法，他肚子餓。」媽媽說。

那名流浪漢聽到聲音，抬頭望過來。當他與小男孩四目交投時，有些尷尬，放下了薯條。可是他隨即向小男孩擠了下眼睛，揚起嘴角滑稽地笑了下。他那原先滿布鬍子渣，冷峻尖刻的臉孔，忽然不見了，卻顯得一臉和藹親切，如同陰霾的天空，突然撒下一道陽光。

小男孩低下頭，羞煞地猛吸可樂。接著用極小的聲音說，「媽，可不可以給他買個漢堡？」

「哦……」媽媽想了下說，「他大概不會接受。」

「為什麼？」

「我想，他只肯吃別人吃剩不要的。」

這時女服務員拿著兩個紙袋過來，大紙袋交給媽媽，小紙袋交給小男孩。媽媽站起身謝謝，走向出口，小男孩跟在後面，低著頭，心事重重。

當他們走到門口時，小男孩忽然做出個不尋常的舉動。他匆忙打開紙袋，拿出熱騰騰的漢堡，大咬一口，轉過身，向我這邊跑來，把漢堡放在他剛才的桌上，接著害羞地低下頭，滿臉通紅，一股腦向門外奔去。

流浪漢很驚訝，看著桌上被咬了一口的漢堡，轉過頭，目送小男孩跑到遠處媽媽的車旁。

我想，現在最好離開，便起身歸還報紙，走出門外。我當然沒回頭望，抬頭卻看見烏雲裡露出了藍天。

【註】〈那個陰沉的早上〉寫於一九九三年初，《讀者文摘》中文版一九九三年十一月轉載時更名為〈善哉童心〉，翌年Reader's Digest國際版英譯發表，篇名「A Boy's Virtuous Heart」。

泳向黑暗，泳向光明

　　寫作的魅力，能激起寫作者對生命的期盼。寫作獲獎，總會帶來喜悅和歡樂。

　　然而事實並不盡然。

　　十六歲的可愛少女歐麗薇，長得酷似年輕時的奧黛麗赫本，一生想成為作家。可是她的成名作卻是在絕望中完成，她的獲獎帶來人們無限悲傷和淚水。

　　歐麗薇的得獎作〈泳向黑暗，泳向光明〉，起頭是這樣寫的：

　　　　僅僅兩周，我的生命起了重大逆轉。一個悶熱的夏夜，橘
　　　　紅的花絮在風中飛舞，我的內心奇異卻美妙地接納了，因
　　　　而覺得一切黑暗，殘酷與絕望，都離我遠去。我的名字叫
　　　　歐麗薇……

　　十月二十五日，歐麗薇在她墨爾本市郊家中，平靜地去世。她住了好幾星期醫院，最後終究如願返家，與家人「團聚」。

　　彌留前她問母親，參加散文獎的結果如何？去世三星期後，她的父母與姐妹拿著通知，含著淚水，代表歐麗薇領獎，領這項她渴望，但永遠見不到的學生寫作首獎。

　　一年前，歐麗薇突然得了喉癌。她在作品裡寫道：

……癌症，這個冷酷的字眼揪住了我的心。我像被粗麻繩綁住，帶上黑頭套，吊上絞刑架。……可是我渴望生命，我要盡一切努力，懷著理智與領受的心情，善用僅有的餘生……

歐麗薇在悲痛與恐懼中，還惦念家人的感受：

……爸爸媽媽妹妹真像遭到晴天霹靂，傷痛非筆墨能形容。他們是那麼惶恐，無助，渴望慰藉。然而，他們反倒是我的生命支柱……

醫生發現她的喉頭、舌根、頸項，長滿二級惡性腫瘤。雖然盡力以手術切除，但是認為不會有救。

……我終於接納了，接納生命並非都是漫長美好。
我試圖回到泳池，但是差點溺斃。我的肺裡像點燃了火，火焰照亮了暗夜星空。我的軀體因而散發光輝，得到解脫。
純淨的池水洗清我的恐懼，讓我感覺充實。

我正在泳向一個新的世界，不再恐懼，悠遊地泳著……
歐麗薇喜歡寫作，也喜愛游泳。懷著癌症末期的痛苦，在生命的最後幾天，她把這兩件心愛的事，都勇敢地完成了。這段期間，她沒說一句話，只用筆代口。
醫生為了救她的命，割掉了她的舌頭。

返家

依步下長途火車，站在小鎮車站門口。

下車的旅客不多，都由家人接走，或是叫計程車離去。她扛起提袋，孤單地步出車站，緩緩走向小鎮。

依不盼望傑會來接。她三天前寄的信，大概昨天他才收到吧？縱然想回信也來不及，她已動身回來了。

回來了？多麼諷刺！

依苦笑出來，把手提袋從右肩換到左肩，四根手指勒得紅紅的。去年傑失業後，連零工都找不到。他和她商量，把那只有兩間臥室的小房子，轉租一間出去，做二房東，彌補失業金的不足。後來，依還是決定離開他。

依記得很清楚，分離的那天早上，她眼中嚙著淚水，他倒在沙發上喝悶酒。她當然知道他內心的痛苦，可是別無選擇，她只有到遠方自謀生路。

經過半年的困苦掙扎，她走投無路。只是，這次回頭是不是又犯了錯？他會接納我嗎？或是，他已有了別人？

依的腳步踟躕起來。抬起頭，碧空如洗，純淨得就像這個世界從來沒有痛苦。一個小小的白氣球在遠處天邊搖擺著，一定是從某個孩子手中掙脫的。

跟傑認識了三年，每年情人節他都送氣球給她，只有今年例外。當然，縱然想送，也沒位址。

走完大街，再轉兩個彎，就到她和傑以前的家了。依停下腳，內心矛盾起來。

不遠處樹梢上，又出現一個紅色氣球，冉冉上升。

隔了幾秒鐘，又是一隻，這次是綠的，搖搖擺擺追逐那只紅的。

兩個小女孩從她身邊跑過，奔向那飛升氣球的巷子，傑的巷子。

是傑？

依的一雙大眼睛忽然明亮起來，一陣喜悅湧上嘴角。她把提袋挎上肩，快步跟在小女孩後面，熱切地望著前方天空。又一個黃氣球，又一個白的……

彎過轉角，終於到了那熟悉的巷口，那熟悉的門前大樺樹。路旁空草地上，一輛小卡車，車上賣氣球的青年，正在熟練地用吹氣筒，吹脹一個個的氣球，分送給圍繞的孩子，也間或把氣球撒手升入天空。

依一下子失落到極點，慢慢走向大樺樹的門。

小卡車上，吹氣球的青年問她：「小姐，要一個嗎？」

「不，謝謝。」她抬頭笑笑，勉強應酬一句：「生意好嗎？」

「我今天不做生意。」青年一邊吹氣球，一邊說，「我被人包了下來，一看到遠處火車進站，就吹氣球送上天，也分送孩子。多奇怪的主顧，是不是？」他邊說，邊指著身後的樺樹人家。

一陣熱潮湧上依的臉，她心跳加速起來，急忙奔上臺階。

大門鎖住了，她伸手按門鈴，門鈴上黏著一個白色信封，上面只有一個字，「依」。她熱切地拆開。

「抱歉沒來接妳。我去上班了，上周找到的工作，年薪三萬五。想想，年底就能換掉那輛破福特了，多棒！

我預支了薪水，雇了個賣氣球的——今年情人節我欠妳的，不是嗎？

這兒是鑰匙，冰箱裡有蛋，麵包，牛奶。下班見！傑」

依激動地，用顫抖的手開啟剛才還曾懷疑的房門。然而，一個驚異的景象，令她退避到臺階下。

門開處，一大堆彩色繽紛的氣球，像爆米花般從屋內掙脫衝出，無拘無束，搖曳著投向藍天，好像運動會開幕典禮。

孩子們蹦跳，歡呼著。

依仰頭望著，舉手拭去熱淚。

【註】〈返家〉寫於一九九四年，當時澳洲正值經濟蕭條。本篇獲選香港中學生課外
　　　優良讀物。

麗人行

　　深秋的陽光輕柔地灑在公園裡，晶亮的露珠凝結在一夜草地上，濕透的楓葉殘骸處處。

　　墨爾本，電車在對街停住，下來一個矮小老頭，戴花呢帽，斜背暖水壺。他把紙袋交到左手，騰出右手扶持下車的小老婦人。小老婦人提著手杖，圓圓的小眼珠在眼鏡後溜溜地轉動著，探視兩邊是否來車。

　　電車當當開走，二老雙雙過街，進入公園。

　　「他們剛打掃過。」老太太說。

　　「誰會來打攪？」老先生側頭問道。

　　「他們剛打掃過！」老太太提高了嗓門。

　　「誰？」

　　「公園管理員，還有誰？」老太太側目瞪著他。

　　「哦，公園當然有管理員。」他指著遠處問，「那邊有把大椅子，是吧？」

　　老太太瞇眼看了看說，「好像是，但一定潮濕，不能坐。」

　　「太好了，咱們過去坐坐！」老先生興奮地說。

　　老太太瞥他一眼，「你耳朵越來越不行了！」

　　「不行？為什麼？」老先生狐疑地問，「妳怕那椅子潮濕嗎？」

二老攜手走過草地，發現那椅子只是具翹翹板，便信步走到湖邊，找到一張陽光下的長椅。老先生從暖水壺中倒出兩杯咖啡，從紙袋裡拿出兩份三明治。湖面散佈著水鳥、野鴨。有幾隻白水鳥飛上岸邊岩石，幾個孩童跑過來逗牠們。

　　老先生說：「記得那年咱們去三藩市看孫子嗎？那碼頭上都是水鳥。」

　　「對，那年孫子進大學了，長大了。」老太太回答。

　　「哈哈，妳怎麼知道長大了？」老先生笑得前仰後合。「難道妳看見的是同一隻水鳥，知道牠長大了？哈哈！」

　　「我是說孫子！」老太太叫道。

　　「孫子？哦……」老先生若有所悟，放下三明治。「妳記得嗎？那年孫子進大學了！」

　　中午陽光和煦，老太太摘下圍巾，銀髮在風中飄舞。一隻水鳥大膽來到腳邊，銜走一小片麵包。老先生拿著剩下的三明治，起身說：「咱們到湖對岸走走，好嗎？」

　　老太太搖搖頭，「你去吧，我累了，剛才走了太多路。」

　　「哦，不會的，妳放心，我不會走太多路。」

　　老先生繞著湖走了一大圈，那些水鳥一直跟著，也有水鴨在湖面游著，爭食他拋出的麵包碎片。

　　他回到長椅時，孩童沒了，老太太孤零零斜靠著長椅背，無神地凝望著遠方。起風了，她又圍上圍巾。

　　老先生坐下來說，「我剛才有個念頭，」他見她沒反應，便把手放在她肩上說：「妳累了吧？」

　　老太太彷彿從睡夢中驚醒過來，「哦，你回來了，走了很久吧？」

「好，我說完就走。」老先生倒了杯咖啡，雖已不熱，還是喝了，隨即說，「剛才繞湖邊散步時，我有個念頭，咱們何不去三藩市，探望兒子跟孫子？」

　　老太太沒搭腔，老先生又問：「我有個念頭，去三藩市探望兒子孫子。」

　　老太太仍未作答，只是癡癡望著遠方。老先生拍拍她的手背說，「妳真是累了，咱們走吧。」

　　老太太這才又從迷惘中回來，笑笑說：「瞧，我也跟你一樣糊塗了。」

　　二老收拾水壺，拿了手杖，走到公園出口。街上車水馬龍，熱鬧起來。

　　這時她忽然問他，「剛才你去散步時，我有個念頭，該去三藩市看兒子，孫子。」

　　老先生完全沒聽見她的話，因為他正聚精會神，向兩邊張望，防備來車，準備過街。

【註】〈儷人行〉寫於一九九一年，發表於臺灣報刊，隨後被佛教《人間福報》及新加坡報紙轉載。

作者簡介

田地

　　作家、劇作家。一九八九年來雪梨留學並定居。

　　曾任澳大利亞新州華文作家協會副會長、澳大利亞中華民族文化促進會副會長，曾任《新時代報》（澳大利亞）副刊主編、《明報月刊》（香港）駐雪梨記者、《藝術世界》（中國上海）駐雪梨特派記者，先後在澳大利亞、中國、香港、臺灣、美國等地發表長中短篇小說、雜文、評論、報告文學等兩百餘萬字，其中小說《南極光》獲澳大利亞《大洋報》主辦的二〇〇〇年「世紀文學獎」，報告文學《黃河的憂傷》（與王曉雨合作）獲香港明報主辦的二〇〇一年「世界華文報告文學獎」首獎。出版著作：《田地短篇小說集》《陸克文：總理是位中國通》（與李洋合作），及主編《多元文化與團結黨》。另有三十集電視連續劇《窮爸爸富爸爸》（與李洋合作）在鳳凰衛視、上海地方衛視等播出。

情人節的禮物

我的情人節是在澳洲開始的，那時我還在開計程車。

記得那是個星期三的傍晚，我覺得計程車的生意比以往忙了許多。我看到很多因為手裡捧著鮮花所以和鮮花一樣漂亮的女人，還看到很多在我的車裡就動手動腳的青年男女們。我一直納悶，今天這是怎麼啦？直到有一位提著一個大花籃由於極度興奮而急不可待地告訴我：「這是我男朋友送我的情人節禮物。」我才明白為什麼今晚的生意會這麼好。

我很慚愧來到澳洲這麼久了仍然對情人節渾然不覺。

按中文字面解釋，情人節只是情人們的事。那麼什麼是情人呢？狹義的解釋是，如果你有了老婆還在外面偷偷搞別人的女人，那個女人就是你的情人。雖然按字典上的解釋，情人指的是相愛中的男女，可我仍然相信有很多的頑固分子和我一樣是把情人和姘頭同等看待的。這是不是就從一個側面說明了正常的夫妻已無愛情可言了呢？這是一件很悲慘的事；這是不是也從另一個側面說明了，如果你大張旗鼓地採購情人節禮物很可能表明你這傢伙作風不正派呢？這同樣是一件悲慘的事。

當然，這都是前些年的事和前些年的觀念了。

問題是，這些觀念一直在潛移默化地影響著我。

來到澳洲後，我看到這裡的情人節，即使是老夫老妻們，也還是要互相送禮物的，也還是要去城裡的好餐館美美地吃上一頓

的，也還是要浪漫地坐在水邊看月亮說悄悄話的，也還是要顫抖地叫一聲甜心寶貝我愛你的！所以，當一個澳洲男人知道了我是個已婚男人後，就問我：「你給你太太買情人節禮物了嗎？」我當時真的被問得啞口無言，憋了半天才憋出這麼句話來：「我……我們中國人……沒這個習慣……」沒想到那個澳洲男人反問我：「愛你的太太還有什麼習慣不習慣的？」後來我就又解釋說：「是這樣的，中國人家庭，多是女人掌管錢財，你想買什麼的話得跟老婆要錢還得解釋要錢買什麼以及為什麼要買。這樣的話，當你跟你老婆說，能給我點錢嗎？我想給你買一個情人節的禮物，她十有八九會說，得了，別酸了，多幹點家務活比什麼情人節禮物都好。我這不是費力不討好嗎？」

我越解釋那個澳洲人越糊塗，最後搖了搖頭說：「真搞不懂你們中國人。」

我被那個澳洲男人追問得無地自容，好不容易才挨到他下了車。於是我就想：「是不是也給老婆買點情人節的禮物呢？」

就在這時，又上來一個像是工人模樣的小夥子。這個小夥子在上車前又很煽情地抱著一個性感的姑娘吻了半天，才戀戀不捨地上了車。我便問他：「女朋友？」他點了點頭，又得意地告訴我說：「剛勾搭上的，才三個星期。」我逗他說：「才三個星期就這樣啦？」他越發得意地說：「這算什麼？我們已經上床十幾次了。」

我突然想起今天是情人節，於是問他：「怎麼不在一起過情人節？」

他詭秘地一笑，和我說了實話：「那個女孩是有同居男友的，是個軟體工程師，他們在一起已經生活了六年了。」他說

完，又沉下臉來：「今天晚上，暫時讓給他吧⋯⋯不過，明天⋯⋯」

我開始可憐那個戴了綠帽子的軟體工程師。

過了一會兒，我們經過一個花店。他讓我停下來，說要去買一束花。

我多了一句嘴，問：「還給誰買呀？」

「還會有誰？老婆唄。」他說。

我這才明白，原來他也是個已婚男人。於是，我開始懷疑剛剛捋清的對情人節的理解了。當剛才那個女孩和同居了六年的軟體工程師今晚在燭光下甜甜地說一聲「我愛你，心肝寶貝」時，當這個工人模樣的小夥子回到家裡把一束鮮花送給自己的老婆時，當這兩對兒一會兒各自倒在床上做愛時，這些都代表著純潔、美好的愛情嗎？

我於是決定，不買情人節的禮物。

樹及鄰家故事

　　樹是我家的，因為樹根在我家。這話聽上去似乎充滿玄機。是的，我的話已經在暗示，這棵樹從某種意義上講又不能完全算我家的。事實是，樹根雖然在我家，可它卻執拗地以四十五度角的斜度朝我的鄰家伸過去，就像墨西哥境內總有一些人拚著命往美國混一樣。開始，我對它這種不忠或者是吃裡扒外的惡劣嘴臉並不大在乎──澳洲講人權，自然也該講樹權的，所以樹是有權朝它喜歡的方向生長，而我又是斷然沒有發言權的；而且，我除了提供一塊土地給它外，並沒做過丁點兒有助於它成長的事（比如澆水、施肥等等）。然而一年後，它竟在我的放任下，紅杏出牆，去鄰家後院開花結果去了。

　　對於我家的樹紅杏出牆甚至去了鄰家開花結果的事，我不太在乎。天要下雨，娘要嫁人，隨它去好了；更何況，它花開花落別人家，不僅無礙觀賞，甚至省去我的許多勞作，何樂而不為呢？

　　我這麼得意著，鄰家不幹了。

　　一天中午，我正躺在沙發上聽音樂，突然傳來急促的敲門聲。我打開房門一看，是我的鄰家──那對澳洲老人。八十多歲的寶伯老頭在前，七十多歲的馬麗老太在後攙扶著他，兩人一臉嚴肅地望著我。顯然，他們是來興師問罪的。我沒得罪過他們呀？這樣想著，我把笑容堆上臉來，輕鬆地向他們問好。我這一

招並沒見效，寶伯老頭依然十分憤怒，他拄著手杖的手在抖，沒有牙齒的嘴也在抖。他就這麼上下一起抖著對我吼了起來：

「喂，亞洲人，你家的樹『操』了我的花園！」

我一聽，越發糊塗起來：「我家的樹怎麼啦？」

寶伯老頭就更大聲地吼了起來：「你快去給我弄乾淨！要不然就給我滾！」

寶伯老頭明顯的種族歧視口吻令我非常生氣，可是面對一位八十多歲的老頭和一位七十多歲的老太，我還能怎麼著？我強忍著心頭的火，解釋說：

「對不起，我還是不懂你們在說什麼。」

寶伯老頭又要吼，給馬麗老太攔住了，她告訴我，我家後院的樹把頭探進她的同居男友寶伯家的後院了，其實，把頭探過去也沒什麼，好好待著也不礙什麼事，再說花也挺好看的，可是昨夜的一場暴風驟雨，把那些個花瓣都打落在寶伯家後院了，所以她的寶伯才十分惱火。她說完又解釋說他們老邁年高，沒力氣照看花園，問我能不能過去把原本屬於我們家的花瓣收走。

我去了鄰家。我發現，鄰家後院的草坪平平整整，鬱鬱蔥蔥。就在鄰家後花園的一隅，我家那棵樹灑下多情的二十幾片黃花瓣，星星點點的，倒也好看。我一枚枚拾起我的黃花瓣，回了家。

兩天後，又是一夜暴風驟雨。自然，又惹來寶伯老頭敲我家門：「亞洲人，你家的樹又『操』了我的花園！」我一聲沒吭，拎起一個垃圾袋又去了他家。

當我收拾地上的花瓣時，寶伯老頭就坐在我身後的一個籐椅上，手裡依然拄著他的手杖，一邊指指戳戳一邊嘟囔著：「你是從中國來的吧？你們來我們的國家幹什麼？」

我沒理他，繼續收拾地上的花瓣。寶伯老頭又來一句：「我最討厭亞洲人了！」

我終於火了，直起腰，看了他一眼，問：「你剛剛說什麼？再說一遍我聽聽！」

寶伯老頭一愣，可能也覺失言，便解釋說：「我⋯⋯我說，我最討厭共產黨了⋯⋯」

我冷冷地說：「我不想談政治。」

寶伯老頭又問：「你為什麼來澳洲？」

我沒回答他，彎腰收起最後一片花瓣。寶伯老頭見我不理他，又來了一句：「就是你們這些亞洲人搞亂了我們的國家！」

我從寶伯老頭身邊走過，然後轉過身來，一字一板地警告他：「不要再叫我亞洲人！否則的話，別怪我不幫你。順便告訴你，我叫費爾。」

一個月後，寶伯老頭第三次叫門：「亞洲人！你家的樹⋯⋯」

我「砰」地關上門，把寶伯老頭「又操了我家花園」那半句話關到門外。然後，一任寶伯老頭瘋子般敲我家的門，也不睬他。

第二天是週六，我早早起來，拎起斧頭砍了那惹禍的樹。

我不知道當寶伯老頭一家起來後，在後院看不到那棵開了上千枚黃色小花的樹時，會高興還是憤怒。可是有一件事是肯定的，他再也沒有理由來敲我家的門了。

三個月後的一天，寶伯老頭突然在他家後花園中風，倒地不起。那天他的七十多歲的同居女友馬麗剛好不在，我為他叫了救護車，救了他一命。

寶伯老頭出院回家後，馬麗敲響了我家的門，她先是感謝我救了她的老寶伯一命，然後告訴我一個故事——寶伯老頭是參加過二戰的老兵，法西斯的子彈射穿了他的睪丸，從此心中永遠都憋著無名火。他沒有子女，也一直都沒有一個像樣的家，晚年更是淒慘，於是，便把火撒在後來的亞洲人身上。她懇求我不要記恨他。

　　我想，我也許不該那樣對待一個參加過二戰的老人，雖然他張口閉口地叫我亞洲人，雖然我家的花瓣落到他家後花園非得逼我為他收拾乾淨也確實有點欺人太甚。這時，我想起那棵樹，我扭怩著說：「我砍了那棵……」馬麗接過話頭說：「寶伯從醫院裡回家後，第一句話就說，其實，那棵樹，就是那棵開滿了小黃花的樹，蠻好看的！」

永遠的百合

一、事情是這樣的……

那是個星期六的傍晚。

一抹晚霞掛在雪梨歌劇院那片白帆上。街燈剛剛點亮，裝點著熙熙攘攘的行人。我開著計程車，朝雪梨歌劇院開過去。我剛剛接到計程車總臺的通知，歌劇院有一個演出結束了，大約需要上百輛計程車。

快到歌劇院的時候，我便看到有很多人擁過來。

剛好是在交通燈變紅的時候，有一個小女孩向我揮手要車。那是個金髮碧眼的白種女孩，有十二、三歲的樣子。她穿著漂亮的連衫裙，手裡還捧著一束鮮花。當她向我揮手的時候，也送過來甜甜的笑靨。我打開車窗，問她，你是要車嗎？她笑著點點頭，又問，你可以帶我們去北區嗎？我說，沒問題，上來吧。她說，對不起，能等一下嗎？然後她就朝馬路對面喊，爸爸！我叫住了一輛計程車！你快過來呀！

剛好這時，有一輛計程車在馬路對面開過來，那女孩的爸爸急忙放下肩上的大提琴，攔住那輛計程車。於是，他就喊女兒，凱若蘭！你過來，我已經攔住了一輛車！那女孩似乎很不情願的

樣子，對爸爸喊，爸爸，我比你先攔住計程車的，你還是過來乘我這輛車吧！她爸爸又喊，凱若蘭，到爸爸這邊來。你不懂，你叫的車方向不對，回家要走我這個方向。聽話！凱若蘭！那女孩還是不很情願，但聲音已經明顯低下來，甚至低得只有我能聽得清。她說，爸爸，你真是的，我已經和司機先生說好了，要乘他的車的，你怎麼能……

我對那女孩說，去你爸爸那邊吧，我不在乎的。那女孩對我說，對不起，我爸爸這樣很不好，是嗎？我說，沒關係，真的沒關係。那女孩還是很抱歉的樣子，扭捏著，不肯穿過馬路。為打破僵局，我就說，你手裡的花真漂亮。她告訴我說，這是百合花，剛才在歌劇院演出時我爸爸送的。我就說，真好看。

這時，那女孩的爸爸又喊了，凱若蘭！快過來！

那女孩很不好意思地看了我一眼，說，對不起，先生。

我說，沒關係，晚上快樂！

終於，那女孩踏上人行道，並迅速朝馬路對面奔去。那女孩從我車前跑過去的時候，交通燈由紅變綠。一輛車在我的右側迅速啟動。「砰」地一聲，那女孩被車撞倒了。

所有的車都停下來，並且有幾個司機跳下車來。我看到那女孩的爸爸扔下大提琴，瘋子一般衝過來。那輛汽車的前輪剛好壓在那女孩的頭上，殷紅的血正從她的金髮中淌出來，染紅了她的金髮，也染紅了她白皙的額頭，然後，落在那束百合花上。

很多年後，我仍記著那個星期六的傍晚，那晚霞，那女孩，和那束染了血的百合……

很多年後，我仍在想，如果我不跟她談百合……

二、事情也可能是這樣的……

那是個星期六的傍晚。

一抹晚霞掛在雪梨歌劇院那片白帆上。街燈剛剛點亮，妝點著熙熙攘攘的行人。我開著計程車，朝雪梨歌劇院開過去。我剛剛接到計程車總臺的通知，歌劇院有一個演出結束了，大約需要上百臺計程車。

快到歌劇院的時候，我便看到有很多人擁過來。

剛好是在交通燈變紅的時候，有一個小女孩向我揮手要車。那是個金髮碧眼的白種女孩，有十二、三歲的樣子。她穿著漂亮的連衫裙，手裡還捧著一束鮮花。當她向我揮手的時候，也送過來甜甜的笑靨。我打開車窗，問她，你是要車嗎？她笑著點點頭，又問，你可以帶我們去北區嗎？我說，沒問題，上來吧。她說，對不起，能等一下嗎？然後她就朝馬路對面喊，爸爸！我叫住了一輛計程車！你快過來呀！

剛好這時，有一輛計程車在馬路對面開過來，那女孩的爸爸急忙放下肩上的大提琴，攔住那輛計程車。於是，他就喊女兒，凱若蘭！你過來，我已經攔住了一輛車！那女孩似乎很不情願的樣子，對爸爸喊，爸爸，我比你先攔住計程車的，你還是過來乘我這輛車吧！她爸爸又喊，凱若蘭，到爸爸這邊來。你不懂，你叫的車方向不對，回家要走我這個方向。聽話！凱若蘭！那女孩還是不很情願，但聲音已經明顯低下來，甚至低得只有我能聽得清。她說，爸爸，你真是的，我已經和司機先生說好了，要乘他的車的，你怎麼能……

我對那女孩說，去你爸爸那邊吧，我不在乎的。快一點，一會兒交通燈就變了。那女孩說了聲對不起，就朝馬路對面飛快地跑去。

那女孩跑的樣子非常好看，裙子翻飛著像一隻大蝴蝶。

　　突然，那女孩手中的花束掉在了人行道上。那女孩猶豫了一下，又繼續跑起來。我看到那女孩在交通燈變顏色之前剛好跑完全程。

　　很多年後，在我兒子的生日派對上，我兒子領來一位漂亮的金髮碧眼的白種女孩。我兒子只說她是他的大學同學，我想可能也是他的女朋友吧。後來，兒子又告訴我說，她小時候拉過大提琴。很多年前，她十二、三歲的時候，曾去雪梨歌劇院演出，她爸爸送過她一束漂亮的百合……

　　我總有一種感覺，這事似乎曾出現在我的夢中。

致命錯誤

　　我在雪梨開計程車，我有個幸福的家庭。我每天高高興興地去上班，又歡歡喜喜地下班。不管我回來得多麼晚，只要我一上床，我老婆準醒，睡得熱乎乎的她一翻身，摟住我問：「外面冷嗎？」我總是說不冷。她就說：「怎麼你身上這麼涼？」她一邊說著，一邊上下其手。一會兒，我就亢奮起來，一翻身，上去了。

　　五年後的某一天，我下班回家後突然發現老婆不見了！

　　同時，我在桌子上發現一封醫院寄來的信。我打開一看，當時就蒙了──我在計程車例行健康檢查中被發現是愛滋病毒帶原者！

　　難怪我老婆帶孩子走了。

　　我這愛滋病是怎麼得的呢？難道，真的是那次？

　　是半年前的一個夜晚，我開著計程車在紅燈區轉，一個妓女進了我的車。說實在的，她和別的妓女不同，穿得像普通女人一樣，雖然也暴露，也性感，但一點都不過分，甚至可以說是很好看的。而且，從言談上也看不出是妓女，一點都不粗俗。要不是後來她告訴我她是個妓女，我說什麼都不會相信的。就算是她告訴我她是妓女，我也還是不相信的。我說：「你開玩笑吧？」她說：「我不是開玩笑，我是認真的。」我說：「我怎麼看你怎麼像一個正在大學讀書的學生。」她說：「你猜對了，我真的在讀

大學。可是，我還是妓女。這怎麼啦？大學生就不可以做妓女了？」我說：「不不不，我不是這個意思，我是說……」

那妓女——我寧可叫她女孩，在向我明確表明了她的妓女身份後，說她要回家，而且她家在雪梨遠郊的一個小鎮，離雪梨大約需要一個小時的車程。她把一雙火辣辣的大眼睛緊緊盯著我看，然後問我：「如果我為你做性服務，你可以免費送我回家嗎？我大概算了一下，一個小時的車程，大約有一百多元吧？那女孩又說，我不勉強你的……其實，我也是挑人的……你又英俊，又性感，特別討人喜歡……真的，像你這樣的亞洲人，我真的很喜歡……」

那女孩一番話弄得我心裡癢癢的，還從沒有過任何女孩這麼誇過我呢，特別是她還說什麼性感之類的話。我慢慢抬起頭，那女孩的眼睛裡溢出萬種風情。她又解釋說，像這種性交換，她也是第一次。她之所以要這樣做，是因為今晚賺的錢都被最後那個嫖客搶走了，一分錢都沒留下，她沒辦法了，她得回家，明天早晨還有電腦課要上……

我什麼都沒說，腳下一踩油門，車子就開了出去。

與此同時，那女孩朝我笑了一下，就把手伸到我的兩腿之間。

我們是在高速公路邊上幹那件事的。我坐在車座，那女孩跨在我身上，山呼海嘯地叫著，弄得我也亢奮激昂起來。高速公路上仍然是車來車往，一輛輛高速行駛的車輛就像分分鐘都會在我們身上碾過一樣，而高速運動著的車燈就像是給我們拍照的閃光燈，在每一次閃光中，我都會看到那女孩不同的姿態，有時是飛揚的金髮，有時是熱辣辣的眼神，有時是誇張地張開的嘴，有時是高高彈起的乳房……我也看到我和那女孩糾纏在一起裸露著的

軀體。我感覺一會兒被舉至天堂，一會兒又給打入地獄。很快，我就在天堂和地獄之間一瀉千里了。

我承認，那天晚上我很享受，不知道是白種女孩確實不同，還是做妓女的真的懂一些技巧，也許是由於高速公路帶來的刺激，亦或僅僅是因為她不是我老婆？總之，我很享受，真的很享受。那種感覺，從來都沒有過的，很不同的。那時我還想，男人沒有過這種經歷簡直就不算個男人。我暗自慶倖，我不枉為一個男人。我甚至想，有機會得把這體會告訴其他的男人。

只有這麼一次。我怎麼就這麼倒楣啊！

我無法入睡，立刻給老婆打了電話。

「小麗，是我。」

「你……你看了那信嗎？」

「看了……那事兒……是真的嗎？」

「我想是吧。」

「你怎麼會幹這種蠢事？」

「人……總有糊塗的時候……」

「你別怪我無情，夫妻這麼多年了，我們是有感情的，可是你……」

「我不怪你。」

「你是嫖妓染上的吧？」

「可能是吧。」

「這樣我就無法原諒你了。如果是由於其他的原因，比如輸血而染上的，我不會離開你的，夫妻一場，我會陪你的……可你是嫖妓……我就想不明白，你為什麼要嫖呢？你又不是沒有女人。要麼……你是覺得我不夠漂亮？」

「別說了，是我不好，我一時糊塗……」

很快，和我老婆辦了離婚手續，我把家裡所有的現金都給了她。然後我就開始張羅賣房子，錢分她一半。我之所以還要一半的錢，是想環遊世界。

　　一周後，我突然收到愛滋病防治機構的一封信，要求我去複查。

　　複查結果是：我沒有染上愛滋病毒。原來是第一次的化驗取錯了血漿。

　　現在的問題是，要不要把這一消息告訴我老婆（應該叫前妻了）呢？不管怎麼說，我不再是一個愛滋病帶原者了。可是，我們還能重婚嗎？我畢竟是有「污點」或者是有「歷史問題」的人了。

豔遇

　　那天是星期一，計程車生意不大好，街上冷清清地不見人影，我只好去賭場排隊。半個小時後，兩個白人朝著我的車走過來。兩人在我車前停下來，很專注地吻。我於是知道，兩個人是在分手，一會兒隻會有一個人上車。這時我也看清，那男的大概五十幾歲的樣子，那女的卻只有二十幾歲。於是我就想，最好是女的上來。

　　我於是下了車，繞過去，打開前門，問，小姐要車吧？

　　那男推開女的，塞給我五十元，好好照顧送她……錢不用找了……

　　那女的一上車就閉上雙眼。

　　我一邊開一邊問，請問小姐，我們去哪兒？

　　那女的仍是閉著雙眼，說，隨便。

　　給我個大概方向吧，比如說在城裡轉，或者過橋向北……

　　她就說，過橋。

　　我方向盤一扭，車子就朝雪梨大橋開過去。

　　車子開過大橋時，她突然說，過橋後找個地方停下來。

　　我把車停在大橋下面，隔著欄杆就是沉重的海水，而水的那邊是雪梨歌劇院和市中心燈火通明的樓群。我就說，這裡很美。

　　她把目光從水對面收回來，反問我，是中國人吧？

　　我說是。

她就說，聽說中國男人是這個世界上對妻子和家庭最忠誠的男人，是嗎？

　　我說，可能是吧。

　　她又說，那麼中國女人呢？也是最忠誠的嗎？

　　我說，這個……我真的不知道……你們白人呢？男的，或女的，忠誠嗎？

　　她搖了搖頭，說，不，沒有一個白種男人是忠誠的。他們嘴上說愛你，哄你高興，可是一轉身，就投進另外一個女人的懷抱。最可恨的是，他從那個女人的床上爬起來後，洗了洗，再回到自己女人的床上，又是愛，又是寶貝貓眯地叫個沒完，再騙你和他睡……

　　我又問，女人呢？女人忠誠嗎？

　　她想了一會兒，說，女人也一樣。

　　接著，她就告訴我說，剛才在賭場分手的是她丈夫，一家報紙的老闆，很有錢，但人很風流，他就在風流中花去了他的大部分錢財。她是她是他的第五任太太，他們結婚才五個月，應該還算蜜月時期。可是，他已經搞上了別的女人……今天晚上他堅持一個人留在賭場，就是為了那個女人……是個中國女人，在賭場認識的……

　　想吻我一下嗎？她突然盯住我問。

　　我被她盯得不好意思，我低著頭，我……我很想，可是我……我不能……我這麼嘟囔著，還是把嘴湊上去。那女人接住我的嘴，沒命地親吻起來。我感覺，她與其說是在吻我，不如說是在折騰我，她吻得實在太用力了，甚至弄得牙齒「咯咯」直響。我明白，她是在報復他丈夫。

　　過了一會兒，她把一條腿抬起來，踩在欄杆上，說，想幹我嗎？

我給她嚇了一跳。這傢伙是不是瘋了？這傢伙會不會有愛滋病？這會不會是場騙局？然後她告我利用工作之便，騷擾她一個喝醉酒的女人？再者，會不會有人在遠處看到這裡？最後，我想到我老婆。我想我老婆這麼信任我把我放出來開計程車，我要好好幹活賺錢，而不是亂來的。

　　那女人急了，她甚至喊了起來，你還呆著幹什麼？來呀，幹我，使勁幹！

　　我一聽她喊也急了，我說，你別喊呀，小心有人聽到。

　　她還是喊，聽到就聽到，我不怕！

　　我說你不怕我怕呀，我不可以幹這種事的。

　　她說，你怕什麼？你屬雞呀？

　　我就問，你為什麼要和我幹這事？

　　她說，因為我喜歡你。

　　我說，我不信，我沒那麼大魅力。

　　她就說，告訴你實話吧，就因為你是個中國人，而我丈夫剛巧也在搞一個中國女人。一個中國女人，哼！我曾經嘲笑過他，要找就找一個好的，幹嘛找一中國人？可他不聽。你說他要是找個好點的，我心裡也平衡，可他找的是個中國人！

　　我推開她，走吧，我送你回家。

　　她愣了一下，說，對不起，我不是成心要貶低中國人，可是，他搞的那個中國女人確實不出色，個子矮矮的，只到我肩下。

　　我說，我老婆也只有那麼高。

　　她又說，她不僅個子矮，還不大會講英文，你說說，連英文都不會講怎麼調情？可她偏偏就吸引了我那花心丈夫！他每天都和她幽會，把我冷落在一邊，你說我能受得了嗎？所以……所以我也得找個人，他在那邊幹，我就在這邊幹，要不然就不公平。

你知道，澳洲是個公平的社會。你不努力爭取這公平你就是傻冒。我還想，我也不但搞，而且也要找個中國人……

我問她，如果不是你丈夫這樣，你還要我幹你嗎？

她愣了，說，可……可能不會……可是，我丈夫他已經這樣做了呀？

我沒幹她，我甚至沒再吻她。我開始送她回家。

她被我拒絕後便對我冷眼相對，一路高傲地翹著頭。

那天晚上我特別彆扭，提前收車回家了。

我剛一到家，就看到一個高大的身影從我家樓洞走出來。那是個穿西裝的白種男人，五十幾歲……我突然發現，怎麼像是我在賭場碰上的那個？他鑽進一輛「寶馬」，輕輕滑上馬路，然後就沒了蹤影……

我重新想起剛才那個金髮女人，她說她的丈夫是去找一個中國女人鬼混。

我抬頭望瞭望我家在三樓的視窗，黑黑的，並無異常。

這個樓口，六戶人家，有幾家中國人？對了，三家。可是三家只有兩家有女人。這兩家呢，除了我家，另一家的那個中國女人蠻漂亮的，而且喜歡打扮，看樣子就很騷……按說，就應該是這樣的……可她英文很好……這就怪了，記得那金髮女人說過不會講英文什麼的……

我輕輕打開房門，直接進了睡房。睡房黑洞洞的，暖烘烘的，夾雜著我熟悉的我老婆只有在睡覺時才散發的氣味……我深深嗅了幾下，並無發現異常。我輕輕摸上床，我的手摸到我老婆光著的身子，熱乎乎的……我老婆似乎給我弄醒，翻了個身，嘴裡不知嘟囔著什麼，又去睡。

我於是去浴室洗澡。

作者簡介

李洋

　　一九五九年五月在北京出生，祖籍山東。一九七九年高中畢業後進入全總話劇團，曾主演過多部話劇及影視劇，後調入中國機電廣告公司擔任編導。一九八五年獲得北京語言文學大學中文專業的畢業證書。一九八六年獲得中國外國文學函授中心外國文學專業的畢業證書。同年在北京影視藝術學院進修電視編導及剪接專業。

　　一九九二年定居澳大利亞，目前為旅澳華裔作家、編導、演員。主要文學、影視劇作品：採訪錄《明星生活》、旅澳隨筆《我的澳洲》、英文獨腳劇劇本《1300個煙灰缸》、三十集電視連續劇劇本《窮爸爸，富爸爸》（與田地合著）、人物傳記《陸克文：總理是位中國通》（與田地合著）、長篇小說《雪梨之夜，最後一班列車》（與沈志敏合著）。目前為澳大利亞演藝工會會員、大洋洲文聯副秘書長、《海外文摘》駐澳大利亞特約記者。經常在報刊、雜誌上發表文學作品並多次獲得各類獎項。

餵鳥者

餵鳥者是個澳洲老太婆，看上去和我奶奶的年齡差不多。我奶奶早幾年已經去世了，餵鳥者卻依然悠閒自在地活著，還經常更換著色彩斑斕的外套和風格各異的頭巾。

早先，我家住在北京那種傳統的四合院兒裡，年邁的我奶奶除了料理家務，還餵了幾隻雞。平時，全家人上學的上學，上班的上班，就剩下我奶奶和雞們，她們經常坐在冬天的太陽下和夏天的陰涼裡閒聊，我奶奶認真地講，雞們專注地聽，聊些什麼，只有我奶奶知道。

餵鳥的老太婆，也經常同鳥們對話，雖然她講著一口地道的澳洲英文，但鳥們總是忙著爭搶她手中的「麥當勞」，忽視了老太婆天天重複的話題。

我家搬進樓房後，對我奶奶最大的威脅，不是失去了街坊四鄰的親近，而是失去了養雞的權利。臨近過節，我奶奶總張羅著從菜市場買回一兩隻活雞，並在陽臺上搭起臨時雞窩。節日期間，無論是上級領導還是親朋好友來我家吃飯，我奶奶總是用帶魚、雞蛋之類的玩意兒填充著他們的肚子，儘量使那些可憐的雞們免遭屠殺。我奶奶說，留著它們吧，好歹也是條命。

「嗷，親愛的，你又來了，快吃吧，你一定餓壞了。昨天我怎麼沒看到你？昨天，最大的一塊漢堡包讓彼德叼去了，你看到他了嗎？我真擔心會把他撐壞了……別跑，沒有人敢欺負你們，

別跑，別跑！」鳥們還是驚恐萬狀地向四處散去。「你為什麼不能從另一邊走，你是瞎子嗎？」老太婆衝著一位正要從她身邊經過的男士吼叫著。男士停住了腳步，他顯然經常來此買早餐，他一定知道，餵鳥，是老太婆唯一的生活樂趣了，他還記得早兩年，有一位老頭常常伴隨在老太婆的身邊，兩個人有說有笑地搶著餵鳥，那時的老太婆，待人很友善。

我爸我媽上了歲數以後，我奶奶就很少下樓了，閒著沒事兒，就在陽臺上翻修雞窩。壽命最長的一隻雞，是從元旦活到了春節。它本應活得更久些，可我爸說：國家幹部不能帶頭違反規定。我媽說：養只公雞也不下蛋，還天天早上打鳴，難怪樓底下上夜班的二胖老敲咱家暖氣管子呢。我說：雞肉應該吃嫩的，老了塞牙。我奶奶只得妥協了，我奶奶說：雞，可以殺掉，可雞窩，不許動。我奶奶去世後，我家陽臺上依然保留著那個雞窩，使我總也忘不了我奶奶。

無辜遭到訓斥的男士向老太婆道了聲「對不起」，輕手輕腳地向另一個方向走去。當他和老太婆拉開距離後，從嘴唇的縫隙間輕輕擠出一句「Stupid」，是說鳥？說自己？還是說老太婆？

我曾經想過，有朝一日，我像眼前這位老太婆的歲數時，是否也會帶著老伴兒在澳洲餵鳥呢？我想不會，我寧肯回到中國去餵雞。

但願我家陽臺上，依然保留著那個雞窩。

混

　　澳洲時間，凌晨四點，平常跟個啞巴一樣的電話機，抽瘋似地叫個不停。不用猜，遠在祖國心臟的老父老母，又沉不住氣了。「兒子，我們見到了小王的父母了，聽他們的意思，你們在那兒混得不錯，我們踏實多了，好好混吧。」「放心吧您，我們好歹也得混出個模樣再回國。對了，聽說我哥他們混得也還成⋯⋯」

　　北京人說話，特愛用這個」混「字，並把這種習慣，帶到了澳洲，帶到了世界的每一個角落。

幾年前──中國

　　呦呵，有日子沒見了，在哪兒混呢您？

　　咳，瞎混唄，這年頭啊，能有個地兒混碗飯吃，您就知足吧。怎麼著，您老兄還混得過去吧？

　　不靈，在那家廠子裡混了這麼些日子，也沒混出個名堂來，好在也沒幾年混頭了，我這兒正琢磨著挪動挪動呢，咱不像那誰，丫可真是混出個人模狗樣來了。

　　誰呀？哦，你說他呀，我操，丫可不是一般的混子，你知道呀，丫高中剛畢業沒兩年，就混到咱子弟兵的隊伍裡去了，還混了張黨票兒咱就甭提了，這會兒，丫居然混了個外企公司的付總

兒，這還不算，還跟那鄧大人的兒媳婦的娌叔他丈母娘的司機的黨支部付書記混得特熟，丫這輩子呀，可真是混明白了，要不然，幹麼叫丫混事魔王呢。

得了，也別瞧人家混得火，咱就眼紅，我琢磨著，咱哥倆不如跑澳大利亞人民共和國混它幾年去，哪兒混不是混呀，混得明白，咱混丫一澳洲綠卡，要麼多混幾噸美刀兒，最次了，咱摟丫一洋妞兒混些日子，弄出個雜種來，那叫混血兒。

現如今──澳洲

My God，你丫真跑澳洲混來啦？說說說說混出點兒什麼模樣來沒有？

不瞞您說，湊合著還算混得過去。

您別跟我這兒混事兒了，就你，是湊合著混的材料嗎？要說咱哥兒們混得慘點兒，那還有人信，剛來墨爾本那會兒，在那破英文學校混了也就不到半年，哥兒們就跑到工廠混光陰去了，真他媽的說不明白，這幾年是怎麼混將過去的。

澳洲這地兒不是是個人就能混出來的，你能混個工打，總比天天在家待著領救濟、吃飽了混天黑強，在哪兒都是，有混得出息的，有混得沒戲的，能耐大的，混個僑領、移民代理，最次了三級翻譯什麼的，再說了，開個奶吧、雜貨鋪，混個小老闆當當，也算這輩子沒白混呀。要說混，咱哥兒們在餐館混過、鞋廠混過、葡萄園混過、羊毛廠混過，還有賭場、夜總會、妓院、按摩院的咱都混過，愛信不信，人這一生就是他娘的混的一生，當然啦，各有各的混法。不是混上永居了嗎？在國外還有什麼比混上個身份更重要的？

誰說不是呢，前陣子那《東方郵報》非逼著人在澳大利亞找什麼位置，哪兒和哪兒呀，誰不是在這混呀，還位置呢，玩的那麼認真，該混還得混，不混也得行呀。

　　別想那麼多，能不能在澳洲混點兒學問出來，一要看你是不是真下功夫去混，還得看人家澳洲主流讓不讓你在這兒混。我不怵，能混就混，不能混，咱哥兒們拿了澳洲的『怕死跑的』回國接著混，來澳洲這麼幾年了，有戲沒戲混他個出人頭地，心裡早該有數了，否則整個一個傻逼大混子。

　　齊活，不扯那麼多了，一句話，能在國外混了幾年的主，咱就值得牛逼。

老外老肖

　　老肖是個熱心人，精力充沛，整天忙著自己的生意不說，還時常插足電視臺。

　　這是個星期六，天氣悶熱，狗們吐著長長的舌頭。我按照老肖的吩咐，準時趕到了唐人街的「銀寶大酒樓」。一進門，幾位招待正圍攏在服務臺四周忙著聊天兒，眼光先後在我的臉上停留了三五秒鐘，沒了下文。進中餐館特別是有點兒「檔次」的中餐館，一直是件令我頭疼的事兒，說英文吧，顯得特做作，說普通話吧，又怕人家聽不懂。這不，那幾張小臉兒上標明了「華人」二字，我還是猶猶豫豫地用英文問了句：「會講國語嗎？」幾張小臉兒相對無言，唯有一個小腦袋向左向右各轉了一下兒，那意思我明白：不會。我在腦子裡搜羅了幾個英文單詞兒後，陪著笑臉兒說：「我是被人請來拍電視的，今天有個華人的聚會，我叫……。」「阿普斯呆兒。」那位搖頭小姐總算吐出了幾個字。別囉嗦了，上樓。

　　到是老肖的那張臉，總讓人覺得面子上過得去。他一見我，就把滿臉的皺紋迅速地合攏了一下兒，又立即鬆開，不管真假，起碼有個打招呼的意思。「老肖，這明明是個中餐廳，不但用中國的盤子、中國的筷子，那些服務員也是清一色的中國人呀，怎麼在這種地方講國語不行，還要……。」「歹死屁克刊通你死。」「嗷……。」我這才恍然大悟。別說，跟老肖在一起，就是長學問。

老肖已將兩臺攝像機架好了，雖然它們是非專業的，但唬唬外行綽綽有餘。大一點兒的作為「主機」，面對著燈火通明的小舞臺；剩下那臺作為「流動」，用來拍攝零散鏡頭。老肖手扶那臺主機，態度嚴肅地說：「這臺機器很關鍵，我來控制。」言外之意——你別碰。後來我發現，所謂「控制」，無非是往機器裡塞進一盤三個小時的錄影帶，像開燈一樣按一下兒攝像機的開關，不用調焦距，不用換機位，等錄影帶轉完了，攝製過程也就結束了。當然，老肖還是認真的，不時地站起來通過攝像機的小孔兒往遠處看看，擔心那機器被誰不小心碰了，正對著廁所或是廚房。其餘時間，老肖就忙著吃點兒喝點兒什麼的，這叫革命、生命兩不誤。

　　感謝老肖同志的信任，由我操持那臺自由度很大的「流動」。老肖吩咐過，抓拍一些知名人士特別是老外。

　　當人們陸續入場時，我卻顯得有眼無珠，瞪大了眼睛也沒發現幾個「知名」。我索性將鏡頭對著第一排的桌子們，再傻我也知道，敢往那上面坐的，絕非等閒之輩。老肖還是不放心，貼著我的後腰小聲地、但又非常果斷地說：「不要老是拍華人哇，拍老外，老外哇！」老肖說著，雙手握著我的肩膀，將我帶著機器來了個一百八十度的大轉彎兒，果然，鏡頭中出現了一個模模糊糊的女老外，我稍微調試了一下兒焦距，女老外立即清晰了，笑容很甜蜜。

　　賓主頻頻舉杯，該來的無論是知名還是老外，都已到齊，晚宴正式開始了。我暫時放下「流動」，旋轉了一下兒疲憊的雙肩，坐在一個老肖特意為我安排的角落裡，舉起一雙筷子。席間，隔著十幾張桌子的老肖，不時地向我擠眉弄眼兒，如果我的理解是正確的，他是讓我快吃、多吃、別客氣。

忽然，我發現從樓下上來一位老外，他正四處尋找著什麼，顯得有些著急。我將嘴裡的鴨骨頭吐在桌子上，提起「流動」，迎了過去。老外見鏡頭對著他，非常友好地擺擺手，等我將「流動」放下後，他立即恢復了焦急的神情，兩條腿死死地夾著，問我：「廁所在什麼地方？」

　　等他舒服回來後，依然向樓下走去，我這時才明白，他與我們的宴會無關。

　　我提著「流動」，回到屬於自己的角落，啃了一半兒的鴨骨頭，已經返回了廚房。

　　我抬起頭，看看老肖，他正用那張碩大的油嘴，玩弄著一根兒細長的牙籤兒。

　　這是一個男人對我講述的親身經歷。只是，我未能履行對他的承諾，將這個故事寫了出來。

作者簡介

唐予奇

　　福建省福州市人。中國科技大學理學碩士。二十世紀末移居澳大利亞。著有長篇小說《世紀末的漂泊》、短篇小說《情陷維拉塢》等。

聖誕樹

耶誕節快到了，我提前三天開始休年假。屈指算來，這將是我在澳洲過的第三個耶誕節。

剛到家，好友喬大元一通慌慌張張的電話就把我放鬆休假的好心情趕到九霄雲外：「小馮，快來幫我，隔壁洋鬼子到我們家興師問罪來了！」我說：「你怎麼得罪他了？」大元說：「還不是因為那棵樹！」

我慌忙開車上路。

前天，我到喬大元新買的房子作客。房子寬敞，後院很大。美中不足的是，一棵從鄰家院落生長出來的鬱鬱蔥蔥的綠樹，延伸出茂密的分支，將後院遮蓋大半。綠蔭擋住了陽光，使他的院子和房間顯得有些陰暗。

我勸大元把樹蔭砍掉。大元說：「不是我不想砍。這樹畢竟長在隔壁家詹姆斯的院裡，我要砍，也得和人家招呼一聲。可是那洋人是個夜間保安，晚上上班，白天睡覺，我不好意思敲他的門。」我說：「樹是長在他家裡，可是伸到你的院子裡，就是侵犯了你的領地。你要怎麼處置，他管得著嗎？」大元的妻子陸微微說：「大元啥都好，就是膽子小。」被妻子一嗆，大元下了決心：「行，把樹鋸了。」沒想到這麼一鋸，居然鋸出一場糾紛。

趕到喬大元家，他的後院看起來格外亮堂，那片樹蔭已經鋸掉，帶著濃密樹葉的樹枝，堆放在院子裡的空地上。院子中央，

站立著一個滿臉怒氣的白人男子，他就是喬大元的鄰居，那個夜間保安詹姆斯。

詹姆斯罵道：「我那棵樹，本來是最漂亮的風景，可是你卻把它鋸掉了一半。看看剩下的這半棵樹，醜陋得比魔鬼還可怕！Fuck！（他媽的）」

和身高馬大的詹姆斯站在一起，胖胖墩墩的喬大元氣勢上早就矮了一截。他不停地道歉，也不知說了多少聲「Sorry」。

我對詹姆斯說：「你說喬侵犯了你的房子，可是你想過沒有，你的樹長到喬的房子裡，對他的生活有多大的妨礙？他被迫把樹枝鋸掉，有什麼錯？」詹姆斯說：「他越界砍伐，起碼超了三十釐米！」我定睛一看，暗暗叫苦，這個喬大元，不小心把詹姆斯院裡的樹枝也鋸掉一部分。越界砍伐，如果在二十釐米以內，法律允許，二十釐米以上，就理虧了。

詹姆斯說：「喬，看你是個老實人，我也不想讓你進監獄。只要替我把物業費交了。我就饒過你！」喬大元說：「要交多少？」詹姆斯說：「我這個房子物業費不多，一年只有九千塊，你替我交五十年吧。」我和喬大元面面相覷，一時不知道如何答覆這個恬不知恥的王八蛋。詹姆斯冷笑說：「如果你們不按照我的要求賠償，我就到法庭起訴你們！到時候，就連我的訴訟費，也要你們出！Fuck！」這小子摔下一句狠話，揚長而去。

陸微微臉色煞白，暈厥過去。喬大元抱著她，衝我喊：「快上醫院！」

醫院。陸微微經過治療，清醒過來。她有貧血症，因為擔驚受怕，身體一下子吃不消了。看著躺在病床上的陸微微，還有愁眉苦臉守候著她的喬大元，我心中頓時升起了一股無名火。

我驅車來到詹姆斯家。猛按了一通門鈴後，詹姆斯出現了。

我說：「你真要起訴喬？」詹姆斯不屑道：「為什麼不？」我說：「你以為在法庭上你會贏嗎？你威脅喬一家，他的妻子在你恐嚇下，精神崩潰，已經病倒了。告訴你，我們準備就這項罪行，正式控告你。」

詹姆斯那張得意洋洋的面孔，突然被一片慌張的神色所籠罩：「這是真的嗎？」我說：「他妻子躺在聖喬治醫院裡，需要我帶你去看她的慘狀嗎？」詹姆斯看來真的害怕了：「啊，我的上帝，啊，不。」我冷笑一聲：「你等著吃官司吧。」詹姆斯低聲下氣地懇求：「兄弟，別提法庭這個字眼了。好好的耶誕節，提這個字眼幹什麼？」我說：「是你要提，不是別人要提。咱們法庭上見！」

回到陸微微的病房。我把和詹姆斯會面的經過敘述了一番。喬大元半信半疑：「詹姆斯兇神惡煞地，像個魔鬼，難道他也有害怕的軟肋？」

兩天後的晚上，我開車把陸微微和喬大元從醫院接回家。

剛到家，門鈴響了。門口站著一個高個的聖誕老人，把一大包禮物送給不知所措的喬大元。喬大元連聲道謝，並且把聖誕老人請進屋。

客廳。聖誕老人摘掉帽子，接著把眉毛、鬍子扯掉，陸微微大叫一聲，暈倒在沙發上。

這個聖誕老人，原來是詹姆斯裝扮而成！

向來好脾氣的喬大元衝詹姆斯怒吼一聲：「滾出去！」詹姆斯惶恐不安：「對不起，喬！我是來向你們道歉的！」陸微微的手在喬大元的手掌上動彈了幾下，喬大元突然醒悟到什麼，神色平靜下來。喬大元說：「詹姆斯，你把我的耶誕節毀了！」詹姆斯說：「喬，對不起。全是我的錯，願上帝保佑你的妻子平安無

事。」喬大元說：「我妻子差一點被你嚇死了。」詹姆斯越發害怕起來：「對不起，兄弟，我發誓，我絕對不會起訴你們的！」

　　陸微微坐了起來，對詹姆斯說，她原諒他了。詹姆斯如釋重負地畫了一個十字，很誠懇地邀請我們到他家喝酒。

　　我們來到詹姆斯家的後院。被喬大元鋸掉半邊的那棵樹，居然大變模樣，一串串五彩斑斕的聖誕燈飾，從樹根開始，纏繞上去，一直到樹的頂端，樹梢上，還蓋了一頂大大的聖誕老人的紅帽子。

　　在這棵特別的聖誕樹下，我們和詹姆斯一起舉杯，品嚐著他那有著四十年歷史的葡萄酒。喬大元讚美說，這葡萄酒，甜！好喝！我喝了一口，卻覺得那葡萄酒，其實並不甜，反倒有種難以言狀的酸澀味。

作者簡介

王曉雨

上海師範大學畢業，一九八八年留學澳洲。曾在澳洲主編中文報刊多年。現為維多利亞大學兼職教師和新華社墨爾本特邀記者。一九八四年起寫作，在中澳兩地發表百萬字小說和報告文學，獲世界華文作家協會二〇〇三年度小說獎。出版《王曉雨小說散文選》等書，譯著《毛澤東時代的最後舞者》在臺灣和上海兩地出版。

阿拉伯員警

　　今日的世界每個地方都少不了員警。阿拉伯地區也不例外。
不過，我寫的這個阿拉伯員警不是某個阿拉伯國的員警，我說得
的是一個在澳大利亞當國家公務員的阿拉伯裔人。他祖先的背景
是阿拉伯的，現在他移民到澳大利亞了。換句話說，他和我們唐
人街的華僑一樣，算是個「阿僑」了。

　　其實，不管是在中東阿拉伯地方的阿拉伯員警還是在澳大利
亞當員警的阿拉伯裔人，都和我沒關係。來澳大利亞移民後，我
和在中國當農民一樣，遵紀守法，自食其力。我開車不超速，停
車不違章，酒後不駕車，除了工作中採訪過一位警官，我和員警
沒有任何關係。

　　把我和員警扯上關係的是朋友胡振東，而且是和一個阿拉伯
員警扯上關係。

　　當我倆被閃閃警燈截停時，胡振東在方向盤底下輕輕捅了我
一下，「是個阿拉伯員警！」說著，胡振東胸有成竹地「嘿嘿」
笑起來。我當時一楞，以為是阿拉伯國家來考查旅遊的員警，就
像我經常接待的中國官員一樣。胡振東說話時很有信心，剎住車
後，門一開就跳下去了。

　　我也馬上看清楚地看到澳大利亞的警帽下面是個阿拉伯臉
蛋。他方方的臉龐長滿了落腮鬍子，這種類型的臉和落腮鬍子近

年來常見於電視螢幕，「九一一」劫機事件和後來美軍的進駐阿富汗或者巴格達，這種阿拉伯特徵的臉孔電視上每天有。

現在，阿拉伯員警向我們走來。

胡振東昨天剛從北京飛來，算起來移民澳大利亞才兩天。趁週末，他讓我陪著去首都坎培拉玩。

離開首都時，天快下雨了，有點黑。胡振東要回來趕一個宴會，就要我開快些。經過一個小鎮時，我習慣地每小時一百公里減速到七十公里。但我沒有發現減速牌，於是就又加油門趕路。此刻，埋伏在小鎮旁的阿拉伯員警就出現了。

「我倒是看見一塊減速牌子的，不過，可能被哪輛車碰了一下，有點歪，所以就不告訴你了。你可以向員警先生解釋清楚。」胡振東在一邊告訴我。

澳大利亞員警和澳大利亞議員一樣和藹可親，才幾句話，胡振東就和他聊上了。我遞上駕駛證時，聽到信心十足的胡振東在一旁說的第一句話：「我們來自中國，中國人是阿拉伯人民的好朋友。」

阿拉伯員警一臉笑容，說胡振東講得對，也回答說中國歷史悠久，長城偉大。阿拉伯員警一邊翻閱著我的駕駛證，一邊問我：「是否看到限速指示牌？」我說實話，講那塊牌有點歪，也許被車碰撞了一下，天又暗下來，我因此沒看見。阿拉伯員警點點頭，似乎同意我的辯解，因為我看見他合上了我的駕駛證。我心中如釋重負，大舒一口氣：限定的時速上超過二十公里，是要罰款三百澳元的！

就在這個節骨眼上，旁邊的胡振東轉了話題：「你看了這幾天的電視嗎？」

「看了啊。」阿拉伯員警說。

「中國人最同情伊拉克，我們和你們一條心。我每天看到深夜，唉，巴格達被攻陷了……」

「是啊，我也每天在看，我有許多親人住在巴格達……。」阿拉伯員警立刻激動起來。

比阿拉伯員警更激動的是胡振東，「美國人稱王稱霸，憑什麼打到別人國家去？伊拉克人一定會把美國人趕出去的！」

就在著個時候，我看到阿拉伯員警的臉抽動了一下，他側過頭來看著胡振東，又看看我，不再講一句話。好半天後，他輕輕地問了一句：「請你們告訴我，除了美國，還有誰，能把我們伊拉克人從薩達姆政權下救出來？」

停了一會兒，見我們兩人都不說話，阿拉伯員警又問了一句：「中國人，你能回答我嗎？」

我沒有任何準備，胡振東也啞住了。

阿拉伯員警重新打開我的駕駛證，我看到他的手在抖。罰款三百元是我原來預料中的；停止駕駛二十八天，是我未曾預料到的。

回程途中傾盆大雨，駕駛室內一片漆黑，我和胡振東一路無語。我心裡總是胡振東多嘴若禍。胡振東到家前一路悶聲不語。

第二天清晨，我接到他電話：「都怪我不好……，娘的，只看一家的電視臺！」他輕聲的說，當晚看了一夜衛星電視，還了上網。

作者簡介

張勁帆

一九五五年出生，祖籍江西省，出生成長於武漢，下鄉插過隊，當過工人，一九八二年畢業於湖北大學中文系，分配至湖北省社會科學院從事文學研究工作，獲助理研究員職稱，一九九〇年赴澳自費留學，從事過多種工作，創辦了大同中文學校（格蘭威爾），擔任校長，並擔任過兩屆澳大利亞中文學校聯合會會長，現居雪梨，系新州華文作家協會和雪梨華文作家協會會員。一九八二年開始在報刊發表文章，迄今發表約九十萬字作品，包括小說、散文、隨筆、紀實文學、詩歌、文學評論、政論等，出版有《初夜——張勁帆小說集》（中國文聯出版社），還參與編撰出版過多種合集，作品多次獲獎。

個人作品網頁：http://blog.sina.com.cn/zjingfan

毒販

　　夜幕下的紅燈區，閃爍著霓虹燈的按摩院、商店、旅館就像閃閃發亮的冰糖葫蘆被達令荷斯特街穿成一長串。街上遛躂著穿露臍短衫、超短裙、肩挎精緻的皮挎包的時髦女郎、長髮搭肩的浪蕩哥兒、衣冠楚楚的日本遊客，以及各色人等。這裡是雪梨最華麗也是最骯髒的地方，就像光亮亮的糖葫蘆內裡被蟲蛀了一樣。

　　作為員警，我的任務就是尋找和捕捉社會蛀蟲。由於亞裔販毒集團的猖獗，我身為亞裔警員，接受了上司交給的任務，將喬裝為毒販設法混入販毒集團當臥底。丹紐·史密斯警長告訴我，我們警隊曾出過一位名叫克拉克的緝毒英雄，他多次臥底，成功地破獲了好些個販毒集團，因此獲得皇家勳章和高額獎金。警長鼓勵我以克拉克為榜樣建立奇功。我入行不久，能有這樣一個施展才華和爭取立功的機會令我既高興又緊張。今晚是我展開這一任務之前的最後一次例行便裝巡邏執勤，再過兩個小時我就可以下班回家了。

　　「先生，你能給我支煙抽嗎？」在街道轉彎的一個陰暗角落，一個瘦骨嶙峋、衣衫不整的金髮男人將他的手伸到我面前，有氣無力地乞求著。我一眼就看出這是一個吸毒者，他手臂上的許多針眼在暗淡的燈光下仍依稀可見。這正是我要搜尋的對象。我遞給他一支長灘牌煙捲。他點燃煙叼在嘴裡，噴了一口煙，說：「這個不過癮。」然後用左手食指在右手掌心裡撚了撚說：

「你抽這個嗎？」我知道他指的是海洛因，便假裝提心吊膽的樣子朝四周看了看，然後輕聲答道：「有時抽一點。」他倦怠無神的灰眼睛頓時一亮，「嘿嘿」笑道：「假的，你不抽那個。你蒙不了我。」我也一笑：「你眼睛很厲害。我的朋友抽這個，我想幫他弄點。你有嗎？」「你是說你只做這個生意？」他攤開手，「可惜我沒有。」說罷轉身走開。我沒有跟過去，裝作滿不在乎地繼續逛大街。走開了十幾步遠，聽到身後傳來急促的腳步聲，我知道魚兒上鉤了。果然那漢子壓低了嗓子喊道：「先生、先生，你要的東西我朋友有，我可以幫你弄到。」我說：「早這樣該多好。」

他領我走到一個黑黑的小巷子裡談妥了價錢，要我先把錢亮給他看，確認我真的有錢，然後叫我稍等。他離開了六七分鐘後返了回來，從衣袋裡掏出一小袋白粉遞給我。我驗看確是海洛英無誤之後，掏出錢，就在他接錢的一剎那，我順勢將手銬扣在了他腕上。他「嘿嘿」地笑了，一點也不驚慌。我雖是新警員，但捉到毒販不是一次兩次了，卻從來沒有見過如此坦然無畏的罪販。我亮出員警證，說：「你可以保持緘默，跟我走一趟。」他若無其事地說：「那就快走吧。」

我押他上了我的車，很快就開到了警察局。我們進門時正好迎頭碰上史密斯警長。毒販叫道：「丹紐，你好嗎？」警長愣了一會兒，吭喝道：「哈囉！我的朋友，你怎麼上這裡來了？」毒販說：「沒辦法，戒不了毒，錢都花完了。」警長對我說：「把他交給我吧。你可以走了。」說罷把毒犯帶進了他自己的辦公室，關上門。我簡直納悶極了，這個毒販到底是何許人物，居然與警長很熟的樣子。我想弄清楚究竟，就悄悄站在警長辦公室門外偷聽，可聽不太清楚，只聽到「如果你下次再進來，恐怕我也

幫不了你了。好自為之。晚安！」我看著毒販離去的背影，問史密斯警長：「他是誰？您為什麼把他放了？」警長淡淡地說：「他名叫克拉克，是我過去的老同事，當年長得多健壯！可惜臥底時不得不吸毒，染上了毒癮，警察局只好給了他一大筆錢，把他解雇了。多好的一位探員啊，可惜了！」警長猛然閉嘴，盯著我，拍了一下自己腦袋……

黑頭髮飄起來

　　雪梨街頭，明亮悠揚的風笛聲響起來了，行進在樂手後面的是一群胸前掛滿勳章的退伍老兵，他們竭力挺直腰桿邁出軍人的步伐，戰爭的硝煙在他們的頭頂凝結成一片霜雪。霜雪中躍動著一團黑色，如同五線譜中一個有力的音符。黑髮下的那張面孔已然溝壑縱橫並不年輕。他特意染黑了自己的頭髮。黑色是他頭髮的本色，他曾是盟軍澳紐軍團中的一位華裔士兵。

　　街邊的人群歡呼起來，對著霜雪也對著黑色的音符，在這紀念反法西斯戰爭勝利五十周年的日子裡。

　　小時候在學校裡上體育課練列隊行走，那個壯牛一樣的體育老師對又黃又瘦的他永遠只有喝斥。白人孩子總是把他踢到一邊，恥於與這個被他們稱為「China Pig（中國豬）」的黃種孩子為伍。

　　他看到電視臺記者將攝像機鏡頭對準了自己，他甩了甩黑頭髮，把自己的胸脯挺得更高，心想：「老子現在是國家英雄，你們還敢叫我中國豬嗎？」

　　他本來從來沒有想過要當英雄。日本人把戰火燒到太平洋上時，他正在唐人街餐館裡燒爐火，那年他十八歲，遠大理想是當一名大廚，然後再成為餐館老闆，把那個端盤子的漂亮洋妞瑞貝卡收編為老闆娘，雖然他不喜歡她每天塞給他洗的那一大堆髒盤子。可是還等不及他當上大廚，瑞卡已經升格為老闆娘，被別人——當然是白人搶先收編了。她退還了他寫的一大疊情書，說：

「你不要『賴蛤蟆想吃天鵝肉』。」他忿忿地想：「你以為你白就是天鵝嗎？你飛給我看看！」

有一天他看到徵召派往中國戰區飛行員的告示，就報了名，他想讓瑞貝卡看看賴蛤蟆飛上天，也想去看看那個讓他吃了不少苦頭的倒楣地方。父親知道他要去中國，拍著他的肩膀說：「這才像我的兒子，給老子把日本鬼子從中國趕跑，再娶個中國媳婦回來。」

他開著飛機去中國，從天上往下看中國，山川河流如此秀麗，一想到這美麗的山河被日本佬炸得到處是窟窿，血流遍野，他心裡就恨恨的。他每敲下一架日本飛機，軍裝上就別上一枚亮閃閃的勳章，不久就掛了一大排。他的官階也在上升，眼看要平步青雲，他卻從雲層上掉了下來，一掉就掉在了一個中國姑娘的懷裡，準確地說是當他從創痛中甦醒過來時，發現自己是躺在這姑娘懷裡，降落傘掛在一邊的樹梢上。姑娘把他藏進山洞裡，後來他就把姑娘藏進了自己的心裡。

姑娘每天給他送飯，擦洗，敷藥，他感動得說不出話來——說不出中國話來，而她又聽不懂英語，於是只能打手勢交談。他漸漸康復，感到旺盛的活力又回到身上。那是一個春天的早晨，小鳥在山洞外掛滿青藤的大樹上啁啾，陽光從樹葉的縫隙中一縷縷穿透進山洞裡來，春花的芳香彌漫在清新的空氣裡。他突然覺到一陣按捺不住的的騷動從體內升騰而起，脫口對她說：「I love you。」她茫然不解地望著他。他用石塊在壁上畫了一顆心被一隻箭射穿，他用手指了指畫的心，又指了指自己的胸口。她驚慌了，急忙解開他的衣襟查看，以為他又受傷了。他笑了，在箭上又加畫了一顆心，然後指指她。她這下明白了，雙頰羞得緋紅，垂下了頭。他把她一把攬在懷裡……

他記得歸隊的那天夜裡下著小雨，她送他到海邊，臉上淌著淚水和雨水。他說等戰爭結束他會來接她。她反覆說著向他學來的「I love you」。小舢板載著他借著夜色的掩護駛離海岸，他不敢大聲說話，只是不斷地送給她飛吻，看著她佇立不動的纖細身影越來越遠，越來越小，彷彿化作一塊礁石。

夾道歡迎的人群揮動著的無數面小國旗，市政廳大廈的巨鐘「當當當」地敲響……眼前的一切就像是五十年前二戰勝利時情景的再現。戰後的他得到了作為一名反法西斯英雄應該享有的待遇，但是白澳政策依舊。他申請她移民澳洲不斷碰壁。他通過各種管道努力，當他終於拿到移民部長的特許令時，廣播裡傳來了紅色中國建立的消息。澳洲政府與中共政權沒有外交關係，他手中的特許令形同廢紙。他再得不到她的任何消息。他無言地等待著，卻不知道這種痛楚的等待要持續到哪一天。

整整十年過去了，他看不出有任何改變的跡象，只好放棄了希望，建立了一個並不幸福的家庭。每年的軍人節大遊行，他行走在退伍軍人佇列中就會想起她。他憤恨白澳政策，它像一個巨大的陰影籠罩了他的一生。他投身到反對種族歧視和白澳政策的鬥爭中，發動各有色人種展開宣傳、遊說、辯論和選票牽制等活動，這好比另一場複雜的戰爭，他再次成為衝鋒陷陣的戰士。他們終於一點點撬動了種族歧視主義的基石，到七十年代，政府不得不從廢除了白澳政策，而這時的中國大陸也逐步對世界打開了封閉多年的大門。他遂解除了那椿不幸福的婚姻，前往中國去尋找他中斷了的愛情。

河山依舊，人事全非。她的女兒領他到村莊外臨海的小山坡上她的墳墓前，告訴他，母親病逝前說的是一句誰也聽不懂的洋話。他知道那一定是他的名字和「I love you」。他撫著墓碑潸然

淚下，不斷地說著：「我來晚了。」他要女孩兒陪他重訪了那個人跡罕至的山洞，洞壁上的一支箭和兩顆心依稀可辨。往事歷歷在目，他覺得眼前的女孩兒就是活脫脫的她，那一顰一笑令他心醉也令他心碎。山洞外，蒼茫的大海無際無涯，就像他無盡而永恆的哀愁。

　　他回到澳洲把兒子帶來到中國，這是對於命運的驗證，他和她未竟的愛情居然奇蹟般地在他們的兒女身上得到了延續。兒子攜新媳婦回到澳洲，他欣慰地笑了。

　　風笛和軍鼓更加嘹亮了，遊行隊伍正在穿越唐人街，許多的同胞在街邊向他報以熱烈的掌聲和喝彩。他看見兒子、媳婦和頭髮濃黑的小孫子在人群中使勁朝他揮手。他自豪地捋了一下自己的頭髮。

　　起風了，他的黑頭髮飄起來。

　　大街兩旁，許多人的黑頭髮也飄起來……

作者簡介

沈志敏

一九九〇年赴澳。打工之餘,熱心於中文寫作,有上百萬字作品,分別在中國大陸、臺灣、美國華語報刊和澳洲的中文報刊上發表。並屢屢獲獎,曾獲中國大陸二〇〇〇年世界華文小說優秀獎;二〇〇六年臺灣僑聯華文著述獎小說類第一名;美國《世界日報》二〇〇三年和二〇〇四年散文徵文優秀獎和三等獎。現為澳華業餘作者,其文學創作情況已被收錄於中國大陸《海外華文文學史》第三卷(鷺江出版社);《華僑華人百科全書》文學藝術卷(中國華僑出版社)等辭書之中。

拖泥帶水

　　本來寫的是托尼和他老婆戴茜的事情，寫著寫著就成了「拖泥帶水」。

　　當年，我在在尾巴上畫著袋鼠的澳洲班機上認識了左林，有緣相識在萬米高空。左林踏上新大陸，轉眼就變成了托尼。

　　到了澳洲後，他在豆腐廠找到工作，我在宰牛廠幹活，除了做豆腐和宰牛之外，我倆喜歡大侃中國文化和西洋文化。托尼的父親翻譯過莎士比亞作品，怪不得托尼肚子裡也浸淫著不少墨水。有時候我倆爭論的面紅耳赤，在嘴巴上經常是我占上風，「你瞧，我在西人的宰牛大廠裡，拿的是打稅的主流社會工資，你在那個香港人的小豆腐廠裡，每個小時才六七塊錢，這就是東西方文化的差別，懂不懂？」

　　五六年時光流逝，托尼拿到身份，他老婆帶著孩子也光臨澳大利亞，托尼在機場上就對老婆說，來到這裡必須有個洋名字，立馬給老婆頭上套了一個「戴茜」。托尼的父親也來到澳洲，給自己按了一個查理的洋名，老人家說，在莎士比亞的作品裡，查理都是皇帝的名字，他給托尼母親起的英文名字是曼蒂。

　　托尼的兒子進入小學後，聽小朋友們經常說查理斯王子的事情，非要父親給他起個查理斯的名字。兩年後，戴茜養下一個女兒，英國王妃戴安娜是戴茜的偶像，戴茜說：「不如就給女兒起名戴安娜吧，反正洋男洋女的名字也不嫌多，是吧？」三年後，

戴茜又生下一個女兒，托尼說，「是不是該叫她卡蜜拉了？」夫妻倆同時笑起來。英國的王子王妃和情人，全到了托尼家裡，成了兄妹三位。

托尼在豆腐廠幹了多年，雖然拿的是「邊緣社會」的工資，可是他把豆腐廠裡方方面面都搞熟了，還多留了一個心眼。若干年後，托尼也斗膽辦起一個豆腐廠。如今他的豆腐廠裡花式品種比以前那家廠裡還豐富，生意更好，據托尼揚言，收賬的日子，經常是現金數也數不過來。不像我，至今還在工廠裡混飯吃。歷史事實證明，托尼比我對中西文化吃得更透更深。

這樣在國內還剩下托尼的一個弟弟，符合移民條例中最後一個子女可以來澳洲的那一條。他弟弟來澳洲後就變成了強尼，在豆腐廠裡替哥哥打工，不久後，強尼把老婆孩子也辦來了，托尼老闆賜給洋名是瑪麗亞和小哈利。

辦豆腐廠的一大功勞還應當歸功於托尼的老丈人，戴茜的父親是個機械工程師，通過他的關係，從中國搞到一些舊機器，運來澳大利亞。戴茜的父親就以技術移民的名義來到澳大利亞，他洋名叫菲力浦。菲力浦看看澳洲是個養老的好地方，就把老伴也辦來了，托尼丈母娘的洋名叫露茜，露茜是戴茜的母親。

戴茜有一個妹妹，她在國內和一個男人搞了八年婚外戀。那個男人的妻子聽說她要去澳洲，答應離婚把男人讓出來，條件是必須把他倆的兒子送去澳洲。戴茜的妹妹答應了，終於熬成正果，把那個男人弄到手，附帶著一個十二歲的兒子。戴茜的妹妹來到澳洲，就起了一個大美人的名字海倫，她的男人起名為大衛，兩個人一起在托尼廠裡幹活掙錢，那個兒子就讀羅賓遜中學，還參加了學校足球隊，洋名叫羅賓。

不久後，托尼把他的一個遠房表弟，以做豆腐技師的名義弄來澳大利亞，反正做豆腐這項特殊技能非中國人莫屬。托尼還在中國認了一個二十幾歲的乾兒子，也以這個名義弄來澳洲，兩個人的洋名，一個叫傑克，一個叫馬克，現在他倆是豆腐廠裡的主要勞動力。

　　我評論道：「自從你踏上澳洲土地，拖泥帶水為澳洲增加了十七個洋名字，更有發展壯大的氣勢。如果光從名字上瞧，別人還以為是英格蘭皇室蘇格蘭貴族移民來澳大利亞了。」

　　「你的說法有點意思，拖泥帶水，這和做豆腐的過程有點相似。吃豆腐不但是中國文化，將來也能進入西方主流社會？」托尼又來勁了。

　　「豆腐的洋名還是Doufu，你全家雖然都換了洋名兒，其實帶來的都是中國的黃泥土和長江水。你說是不是啊？」我也不能輸給他。

開門大吉

我在店堂後面的屋裡洗臉刷牙，滿嘴牙膏泡沫，聽見鐵片的聲音，知道有人進店了。送牛奶的強尼，一個瘦小的傢伙推著小車進門，塑膠箱裡裝滿各種各樣的牛奶。我和他打招呼道：「早晨好，強尼。」

強尼把牛奶箱推進邊上的放飲料的小冷庫，對我說：「今天，我多給你兩瓶，不收你錢。」我聽了笑顏逐開，連忙從貨架上拿出兩個小條巧克力，「你還沒有吃早飯吧，這兩條巧克力你拿上。要不要我替你泡一杯咖啡？」

「不用了，我還得趕時間。」他已推車出門。

我瞧了瞧邊上的兩大瓶牛奶，心想，兩小條巧克力換兩大瓶牛奶，賺了。我又聽見了門上鐵片的敲打聲，抬頭一看，是送麵包的老亨理。老亨理也多給了我兩個大麵包，我換給他一瓶牛奶。

亨理走出門，我嘴裡咕嚕起來：「這亨理以前應該是皇帝的名字，亨理四世，亨理五世。如今這亨理每天一大清早來送麵包，風塵僕僕，真是和朕墮落到一樣的地步了，世風日下，人心不古，故國不堪回首月明中……」這時候送報的弗萊克闖進門來，他哼了一聲，飛快地把兩疊報紙朝地上一扔，就返身出去。我立刻彎下腰數報紙，數了兩遍，還是缺少兩份，嘴裡罵道：「弗萊克這賊，又偷了我兩塊錢。」

我洗刷完畢，替自己泡了一杯牛奶咖啡。然後，在店堂的走

道上做起了廣播體操，踢腿彎腰嘴裡還打著節拍：「一二三四，五六七八……」就在這時候，一位穿工裝褲，腳蹬大頭皮鞋的顧客走進來，他瞧見了我做廣播體操，就說：「哈囉，朕，你是在練中國工夫嗎？我兒子也想練中國功夫，你能不能教他。」我說：「朕是在鍛鍊身體，皇帝不用練功夫。要不要我教你兒子寫詩，朕會寫詩。」顧客說，「寫詩是莎士比亞的事情。我兒子想成為超人，歌星也行，就像麥克傑克遜那樣。」他從冷庫裡拿出一瓶可樂做唱歌的樣子。我說「要不就去做美國總統，那份職業也不錯，和皇帝差不多了。」顧客又拿了一份報紙，打開可樂瓶蓋，朝嘴裡灌了幾大口，又說：「今天天氣真冷。」

這時候來了一個穿著短褲短袖顧客，一走進屋裡還誇張地顫抖著：「太冷了，太冷了，外面的天氣就像是一個冰庫。」說著他買了一包煙，又從冰櫃裡拿了一根雪糕，咬了雪糕走出門。我在背後對他們直搖頭，大冷天，穿短衣，吃雪糕，喝冰鎮飲料，這到底是冷還是熱？

窗外還是黑呼呼的，門上的鐵片響了幾次，幾位顧客絡續踏進店門，有的買報紙，有的買牛奶，一位顧客打著哈欠讓我泡一杯咖啡，一把分幣扔在桌上。他們出門後，我把分幣數清楚了，多兩毛錢。嘴裡評論道：「這澳大利亞人真是鄉下人，天還沒亮就趕著去出工。」

「你在說誰呢？」老婆從裡屋探出頭來，她剛起床。我說：「沒說誰，說澳大利亞的傻瓜呢。」老婆說：「你才傻瓜呢，我剛才在裡面聽你好像又在念什麼歪詩，今天沒有做什麼傻事吧？」我說：「朕怎麼會做傻事呢。瞧我今天略使小計，用兩小條巧克力換兩大瓶牛奶，又用一瓶牛奶換了兩個大麵包。你說我朕傻不傻？」老婆算了算：「小條巧克力進價一元錢，大瓶牛

奶進價應該是二元二毛，麵包進價也是二元二毛，這回你不算傻，多掙六元六毛錢。」

「不過，又少了兩份報紙。」我嘴上說道，心裡卻冒上一個念頭，如今詩人怎麼會和俗人一般見識，庸俗，掉價。老婆嘆道：「你為什麼不叫住送報的弗萊克。」我說：「怎麼叫得住他，這孫子比賊溜得還快。」老婆歎氣道：「哎，你說這些送貨的人，小偷小摸的，不知道他們老闆知道不知道。」

我又發表高見：「在澳洲有一句話：十個送貨司機九個偷。其實也不算什麼偷，這公司賺的錢，又不是老闆一個人掙的，其他人也該分點，是不是？」老婆說：「不對，老闆已經給工人發工資了。」我說：「這你就不懂了。這些司機幹的也不是什麼好活，半夜三更起床，一家家送貨，司機和裝卸工全是他一個人，工資又不高，搞點外快補貼補貼也情有可原。你瞧那個老亨理，多五十幾歲了，五個孩子，最大的一個才十歲，兩公升一瓶牛奶還不夠他家喝一天呢。」老婆說：「你倒是很有同情心。人家老闆可不是這樣想。」

「那是，朕沒有其他什麼優點，就是心腸好一點。其實人家老闆也不是不知道，司機換來換去，全都是這些偷雞摸狗的傢伙，找個做半夜班的司機可不像找一個坐寫字間的人這麼容易，只要偷得不太離譜就行了。」老婆說：「那他們該去偷他們老闆的，不該來偷我們的，我們是小本生意啊。」

「這個政策界限比較難劃清楚。」我聽見鐵片咣鐺一聲，又來人了。

「在一片生長著巧克力的店堂裡，地下埋葬著死人一般的金子，頂上生出兩片饑渴的嘴唇，這就是人類渴望的財富的信念……」顧客剛走，我這個詩人兼皇帝在自己的店堂裡念起歪詩。

打劫

　　老謝的朋友也想買一個牛奶吧，昨天來向老謝討教經驗，兩個人在店堂裡高談闊論了好一陣，順便在老謝這兒喝了一瓶過期飲料，吃了一包過期薯片，還捎帶上一袋過期麵包。沒有想到的是，他出門時，瞧見停在泊車位上的剛買的馬之達新車的車蓋上，被人狠狠地踩出一個大腳印。這會兒，他打電話來向老謝訴苦。

　　老謝聽到奶吧門鈴的響聲，邊說道：「現在有客人來，等會兒我給你回電。」

　　走進來的人滿臉絡腮鬍子，腦袋後紮著一個金色的大髮結，那幅嘴臉活脫脫像中國古代的張飛，但個子比張飛高大多了，足有一米九零。他走到櫃檯前，老謝和他熱情打招呼，他粗言粗語地問老謝要了一張手巾紙，然後從口袋裡摸出一把彈簧刀，「叭」地一聲折開，用白紙在刀面上擦了擦，把刀尖伸到老謝胸前：「錢，快點！」

　　老謝哪敢半點猶豫，把收銀機裡的二百多塊錢奉獻給凶煞神。

　　那位洋張飛大搖大擺地走出門去。臉色慘白的老謝才想起撥電話報警。半個小時後，員警來了，一男一女，問了一大堆問題，老謝能夠聽懂的全都做了回答，還撿起地下的手巾紙說，這上面有那個人的手印，門口的地毯上有他踩過的腳印。男員警把紙一扔說：「你偵探片看多了。」女員警讓老謝在記錄上簽字。老謝問：「這就完了嗎？什麼時候能抓到盜賊？」女員警回答：

「完了。」男員警聳聳肩。

　　員警走後，老謝經過一番分析推理，有了一個新的發現——大人大腳，昨天在朋友車上踩一大腳的傢伙，肯定就是今天來搶錢的這位大漢，昨天因為店堂裡有兩個人，他沒法下手，才把怒火發洩在門口的車上。老謝把自己的發現打電話告訴了朋友。朋友連聲說：「有道理，有道理，你真是神探亨特。」接著又問老謝，哪兒的修車便宜。就在他倆熱烈討論時，店門鈴又響起來了。老謝說：「生意來了，以後再談。」

　　這次進來的是一位棕色頭髮，一臉和善的小個子，身高約一米六五，走到櫃檯前比老謝還要矮一截。他買了一包煙，和老謝交談起來：「剛才瞧見你門口的警車，是不是出事了？」

　　「唉，被一個傢伙搶了錢。」老謝沉痛地回答。

　　「牛奶吧被搶是經常的事，我以前開的牛奶吧被搶了五次。」小個子也顯得很痛苦。

　　「是嗎？」老謝像遇到了知音，學著洋人的派頭說：「我的名字叫謝，見到你很高興。」

　　「我叫傑克，見到你很高興。」小個子熱情地和老謝握手，然後提出忠告：「最重要的是，你在收銀機裡不能放大錢。」

　　「我知道，我一收進大票面的錢，就藏進櫃檯下麵的小保險箱裡。所以剛才才被搶去二百多元。」老謝吐了一口氣，感到那是不幸之中的大幸。他又熱情地給小個子泡了一杯咖啡，小個子要付錢，老謝不收。老謝心想，今天得好好地向這位開奶吧的老前輩諮詢諮詢，有什麼防賊禦盜之類的招數。他又問：「傑克，你說，那些員警什麼時候能夠把盜賊抓住？」

　　「澳大利亞的鳥員警從來抓不住盜賊，至少我的牛奶吧被搶了五次，就沒有破過案。就算抓住了賊，三百元以下的損失也不

賠償。」小個子忿忿不滿。

「那你的意思，對付盜賊就沒有辦法了。」老謝感到一片心寒。

「辦法嘛，還是有的，比如說買保險，按裝保安警鈴攝像探頭等等。」小個子喝著咖啡朝四處牆上打量了一下。

老謝說：「這些我都去打聽過，安裝一套保安設備得花好幾千，每年還得付上千元的保安費，算計下來，這和被盜賊上門搶幾次也差不多了。」

「還有一個辦法很管用。」小個子喝盡最後一口咖啡。

「還有什麼辦法，你快說說。」老謝頗感興趣。

小個子「唰」地從懷裡摸出一把漆黑錚亮的手槍，朝桌子上一放，「瞧見了嗎，就是這玩藝。」

老謝兩眼發直：「手槍。」

「想不想買這把手槍，八百元很便宜。」小個子給老謝眨眨眼。

「這……這兒使用手槍要有持槍證。」老謝的聲音有點顫抖：「不……不然就是非……非法的。」

「什麼它媽的合法非法，你只要把槍朝盜賊頭上一頂，他比兔子逃得還快。」小個子熱情地介紹經驗，說著他走到門口，朝外觀望一下。

老謝想：「這傢伙以前開奶吧，現在販賣黑槍，這種違法的事，我們中國人可不能做。」待小個子走回來時，老謝堅定地說：「不，我不要手槍。」

「做生意的人，膽子怎麼能這麼小？你瞧我的。」小個子拿起手槍，打開保險，「嘩」地子彈上膛，他說：「這支槍威力大著呢，一槍就能把腦袋轟掉。」說著，他突然把槍口頂在老謝的腦袋上，「快，它媽的，快把保險箱打開。」

老謝趴下，手腳踩嗦地打開保險箱……

富翁

　　大家都想發財，我也不例外。白天不能發財，就在半夜夢裡發財，比如買「抬死駱駝」彩票，駱駝一腳踩中；打老虎機，五個老虎掛在一條線上，機器歡叫起來，頭獎掉下來。我還在報紙上看到，一位土著大漢，想錢想瘋了，膽大包天，開著一輛鏟車，去銀行門口，把一臺取款機連根一起拔起來，又不敢把取款機搬回家，就開著鏟車來到一條河邊，卸下取款機，卻沒法從取款機裡面拿鈔票，火氣發作，拿出一把大榔頭，「乒乒乓乓」想把機器敲破，從裡面取錢。這時候，員警正在滿世界找他，夜深人靜，聽到河邊的敲打聲……我不明白，那個開鏟車的傢伙怎麼會變成了我，我正拿著榔頭猛敲提款機，警車「雞鴨—雞鴨—」叫喚著衝過來。我嚇了一大跳，猛地睜開眼睛，是鬧鐘在叫喚……

　　牛奶吧早晨六點就開門營業，清晨的顧客都是一些腳穿厚皮靴的藍領工人，他們睡眼未醒，買一份報紙，有的還會拿一瓶飲料，急匆匆地趕去上班。雖然這些人粗胳膊粗腿，也僅僅是粗壯而已，和我一樣是一個起早摸黑的打工者。到了八九點鐘，踏進牛奶吧的人士，都是去辦公樓上班的，那些人西裝革履，神采奕奕，我當然羨慕這些既拿高工資幹活又輕鬆的雅皮士。

　　在六七點鐘到八九點鐘之間，有一個短暫的空檔，我瞧見一個約六十幾歲模樣的人走進來，這老頭也經常光顧這裡，他從不多花一分錢，買一份報紙，僅此而已，幾個硬幣還要在手裡翻看好幾遍。再瞧

瞧他腿上那條褪了色的牛仔褲，腳下那雙破舊的翻毛皮靴，用我們中國人的一個詞「老工人」。此時此刻他正站在那排報架前，翻著一本剛出版的「富翁」雜誌。看來這個老傢伙，一輩子也在做發財的夢。

我走到他身後，瞧見他津津有味地翻閱著雜誌內澳洲百名富翁排行榜，打算和他開一個玩笑，「喂，夥計，你認為你能排在第幾名？」

那老頭轉過臉瞧了我一眼，一本正經地回答道：「年輕人，你沒有看見我正在瞧這本雜誌嗎？」我以為他生氣了，沒有做聲，肚子裡卻說：「你能瞧出什麼名堂，瞧了一輩子，也只能瞧著別人發財。」

「他們說，今年我可能進入前十名。」那老頭突然有聲有色地說起來，「去年我排名在第十五位。喔，這不就是，今年排名是第八名。」他把雜誌送到我眼前。我瞧著雜誌上的照片，再瞧瞧眼前這張臉，兩張臉一模一樣，「真是一位億萬富翁。」我心裡咯噔了一下。

那位富翁將「富翁」雜誌又塞回了報架，他對我解釋道：「這本雜誌價值五元錢，如果花了五元錢，僅僅是為了看一眼我自己提供給他們的照片，那也太昂貴了。」

他買了報紙走出門去，我替他拉開了門，想看看他坐的是什麼名牌車，又問道：「先生，你的車停在哪兒？」他回答道：「我的車停在家裡，我的家在第三條街後面。如果三條街的路程，我就使用一次汽車，年輕人，你不認為太浪費汽油了嗎？」說著，老頭腳下的翻毛工作皮鞋一步一步地朝前走去，路旁是濃密的林蔭，我在他後面彷彿瞧見了一個富翁走出的腳印。

看來，像我這種等待中六合彩聽老虎機歡叫聲或者是想砸銀行提款機的人，是很難走上那條「富翁」之道的。

作者簡介

陸揚烈

一九三一年生於浙江嘉興平湖。一九四九年於杭州原基督教之江大學參軍，一九六四年轉業至上海市作家協會，一九九五年移民澳大利亞定居墨爾本，曾任大洋洲文聯第二屆主席、維多利亞州華文作協前會長。系中國作家協會會員、上海戲劇家協會會員，高級編劇職稱。在國內發表、出版各種形式文藝作品約兩百萬字。在海外發表、出版的作品有：《陸揚烈中短篇小說選》《外婆橋上的孩子》（散文集）、《墨爾本沒有眼淚》（長篇小說）、《人在旅途》（遊記集）；《獻給母親的花》（兒童文學集）、《異國晚晴戀》（長中短篇小說合集），以上六部均獲世界華僑總會年度文學獎。另外還出版《故鄉之路》（隨筆集）、《芳草天涯路》（散文集）、《親情托起世界女狀元》（長篇紀實文學）、《告別憂慮》（雜文集）。

百花齊「放」

古時候，有位國王無子女，他要在民間選個優秀少年，培養成未來的國王。

國王在全國境內，精選出一百個聰明能幹、孝敬父母、學業優等、長相英俊的少年。那天，在皇宮廣場，召開全民代表大會，那一百個入選少年，在父母陪同下，接受國王召見。

國王給每個少年一包花種、一隻花盆，當面對他們說：「你們回家，好好培栽，明年今天，把種出來的花朵，拿來給大家看。選出最優秀的，就是王儲。」

第二年的這一天，國王在皇宮廣場召開第二次全民代表大會。那一百個少年在父母陪同下，捧著盛開各種各樣顏色的鮮花，來到國王面前。

國王領他們登上用以節日閱兵的高臺。

這莊嚴神聖的閱兵臺，頓時變成百花齊放的大花壇，美不勝收，芬芳撲鼻。

奇怪！唯有一個少年手捧的花盆，只有一盆泥土，一朵花也沒有。

國王把他叫到臺前，問：「孩子，你沒有用心栽培我給你的花種嗎？」

那少年回答說：「尊敬的陛下，不是這樣的。我每天鬆土，每天澆水，每天把花盆搬到向陽的窗臺上，颱風下雨時，我都

搬進房間。」他有點羞愧地說：「種子不肯發芽，我曾絕望過的。」

國王認真地再問：「你說的是『絕望過』。是不是說，後來，你並沒有絕望，是嗎？」

少年鄭重地回答：「是的，尊敬的陛下。是這樣的。我不再絕望。因為，我母親對我說：『你不要擔心，國王陛下相信你，你是個忠誠國家的孩子！』我父親對我說：『你不要著急，國王陛下喜歡做事有恒心的孩子！』」

國王動情了，問：「我的孩子，你叫什麼名字？」

少年回答：「尊敬的陛下，我叫 Honesty。」

國王抓住 Honesty 的右臂，在全民代表面前，高高舉起，大聲說：「感謝上帝，我們國家有了明天的國王。他必定是個優秀的國王。因為，Honesty is the best morality。」

全國百姓恍悟，國王把那一百包花種都用咸水煮過。

國王那句話「誠實是最好的品德」，從此成為全國百姓的座右銘。

天哪！

　　半夜二點鐘，外科主任馬丁被急促的手機聲驚起，必又是非他不可的緊急手術！確有個小男孩必須在半小時內手術。

　　「我二十分鐘趕到！」馬丁邊穿衣邊往外跑。

　　路上沒有行人，也不見車輛，碰上紅燈，馬丁自覺停下，突然，一個大漢從行道樹下衝來，拉開車門，一把將他拖下車跌在地上，大漢開車逃了，馬丁只注意到這人後腦頭髮紮成個小刷子。馬丁救孩子心切，他只能跑跑走走歇歇跑跑，等他精疲力盡衝進醫院，已過一小時，孩子早已死亡。他的父母撲在死屍上慟哭，得知手術醫生終於來了，那父親怒火萬丈，朝馬丁衝來要算賬，可他突然趴在馬丁腳前，哀聲狂叫：「天哪！」同時捶胸刮面，瘋癲一般。

　　馬丁也看清了這大漢後腦的小刷子⋯⋯

似夢非夢

　　天黑時候，海上刮來狂風暴雨。海子媳婦的心，被揪到望不到的遠海。「砰砰砰！」門突然被急劇擂響。

　　她忙去開門。屋簷下，站著個渾身濕透的小夥子，年齡、身材都酷似新婚才三個月的丈夫。他背著鋸子，腳邊有只工具袋。是個流動修船匠。他顯然想避雨。她為難地回頭瞅瞅僅她一人的小屋。

　　他看出她心思，就請求：「嫂子，就讓我在屋簷下躲過這場大雨，行嗎？」他禁不止打了個寒顫。她連連點頭，滿臉歉意和不安。門關上。她背靠著門，彷彿做了件大錯事。

　　她呆愣一陣，果斷地快步走到灶臺前，將僅剩的小碗飯，匆匆點火熱溫。菜也沒有，兌上熱水成泡飯。她端起飯碗，又開門。又餓又冷的小夥子，感激不盡，捧過碗就送到嘴邊。他來不及道聲謝，門又關了……

　　夜漸漸深，風雨越來越猛，氣溫不斷下降。她躺在被窩裡，思念著在遠海漁船上的丈夫，也充滿歉意想著門外的修船匠。忽然，她聽到門被什麼東西撞了一下。她忙披衣下床，再開門看動靜。誰知，門拉開，已凍昏迷的小夥子，跌進屋裡。她吃一驚，再也顧不上避嫌疑了，急急地把他扶起。她也顧不得害羞。將緊貼在他身上的濕透的衣褲都脫掉了，拿出丈夫的衣褲換好，然後扶他到床上，捂緊被子。

狂風暴雨依然猛烈，氣溫更低。燈油已耗盡，小屋一片漆黑。她蜷在灶門前，仍冷得發抖。思想鬥爭再三，摸黑到床前，和衣蜷在熟睡中的修船小夥子身側。她的身子漸漸暖和，迷迷糊糊中又聽到門被「砰砰砰」敲響。她又忙去開門，門外又是個渾身透濕的小夥子。突然，一聲雷一聲電，照亮小夥子的臉。嗨！海子啊！你可平安回岸到家啦！

　　她歡天喜地地把丈夫扶進屋，脫去貼緊身上的濕衣褲，把他塞進被窩。她自己也鑽了進去，溫柔地抱住丈夫冰涼的身子。丈夫的身子很快暖和，繼而發熱了。她感到自己被丈夫摟緊的身子也漸漸燙得厲害。她彷彿置身於無邊無際的花海之中，可這花的海又蕩漾在重重半透明的霧裡……

　　在遠遠近近的雞啼鳥鳴中，她的夢被驚破，醒了。一束朝陽從天窗斜射到床上。她驟然坐起，床上，屋裡就自己一個人！丈夫在遠海漁船上，他昨夜的出現自然是夢。可是，另一個「他」？難道，「他」的出現，也是個夢……？

　　走出門，呆呆地望著已風平浪靜的大海，絢麗燦爛的朝雲在高空閃著光。她想著夢裡的花夢裡的霧，耳邊悠悠響起村裡年輕女人都愛低聲哼唱的那支曲謠：

　　　　花非花，霧非霧
　　　　夜半來天明去
　　　　來時春夢不多時
　　　　去時朝雲無覓處

　　以前不明白這曲的含義，此刻她似恍悟了……

十個月後，她生下兒子。村裡人都認為是海子的遺腹子。六年過去了，村子還是貧困。那年，出件大喜事：村子辦起有史以來第一所小學校。是義校，城裡一位船廠主捐贈。海子的兒子，正好是學齡兒。

　　開學那天，村裡熱鬧又歡喜。名譽校長就是校董，也來參加。她作為家長，被邀坐在禮堂前排。當村長介紹並感謝校董時，她驚得又彷彿墮入夢中一般。校董也看到她了。他朝她的微笑中，飽含著謝意。

　　午飯時候，她剛把兒子接回家，他隨即欣喜無比地跨進門。異常親昵地瞅著她，說：「我向村長都問明白了。唉，早知道……我早就來接你！」什麼也不用多說，他的眼神他的話，全告訴她了。可他仍擔心她不相信，又說：「我，忙著開工廠，也沒碰到合適的。」他快活地笑著：「這是天意！這是緣分！」

　　她也瞅著他，想著六年又十個月前，那個暴風雨之夜，那個花非花霧非霧的夢，眼眶裡盈滿閃著光的欣喜淚水。她果斷地把兒子輕輕朝他推去，說：「小海，爸爸到底來看你啦。快叫『爸爸』啊！」

　　他又驚又喜蹲下身子，端詳孩子的小臉。從孩子清澈如大海的眸子中，他看到了二十年前的自己。小海正是自己六歲時候的再版。

　　「爸爸！」孩子摟住他脖子，埋怨著，「咋今天才回家呀！」

　　他緊緊抱住孩子，兩眼湧滿淚花：「我的好兒子！爸爸對不起小海和媽媽。」說時沒命地親著孩子的小臉。

　　她悄悄挨近，也蹲下身子。他騰出右臂，勾住她的脖子，一家三口抱成團了。

父與子

　　岳昆和老伴剛退休，兒子和媳婦就替他們辦好探親手續。小孫孫才滿月，極需爺爺奶奶的關愛。

　　在澳洲雇不起保姆。何況，做爹娘的難放心保姆能像自己那樣，對孩子知冷熱饑飽。把孩子交給爸媽，自己完全放心早出晚歸去打工賺錢。

　　中國這些留學生家裡，都這樣，有建立在骨肉親情上的「國際保姆」。

　　岳昆和老伴，再辛苦再累困，也樂意做「國際保姆」。

　　為了要老爸老媽長期住下來，兒子和媳婦替他倆在境內申請「過橋簽證」等著「永居」權。一年年過去，由於形勢變化移民名額大幅度減削，進入第五年，小孫子也上小學了，岳昆和老伴仍在苦等。

　　那天是星期六。兒子和媳婦把兩張機票放在桌上。兒子說「是下星期六的」。媳婦指著說：「還有七天，夠你們準備的。」

　　岳昆一時沒弄懂。「準備什麼？」老伴已開口問兒子。

　　岳昆拿起機票細看，是回國單程票。他也問兒子：「什麼意思？」

　　兒子支支吾吾。媳婦挺身而出：「政府的政策變了，這種『過橋簽證』等三十年也批不完的。再說，你們再不回去，退休工資也要取消的。」

「誰說的？」

媳婦鐵著臉。「都這麼說的！」

岳昆也明白了，媳婦和兒子要遣送爸媽回國。老伴傷心極了！五年多來，和老伴全身心撲在家務上，分擔兒子媳婦的困難，任勞任怨，沒有任何報酬。如今，小孩上學了，家裡沒有老人也沒關係，開支將大大減縮。可是，我只有你一個兒子啊。兒子眼睛看著窗外鄰家屋頂上正在休息的一隻烏鴉，只當沒看見老母的眼淚。

老伴要朝兒子走去，被岳昆一把拖住。岳昆是煉鋼廠爐前工。身體魁偉。性格剛烈。他另一隻手仍握著機票。他朝兒子盯了一眼。兒子的目光仍在烏鴉上，但他自己身上感受到老父的目光如烈火，穿過皮膚燒到心裡。

「走吧。」老父對老伴說，「我們去準備吧。」

一個星期過去了。星期六到了，兩個老人所有的東西都捆紮好，放在大廳靠門的地方。

已到該去機場的時間，兒子要把東西搬上車，被老父制止住，「不勞你費心。」口氣比陌生人還森冷。

兒子知道老父心中有氣，也顧不上這些了。但兒子不明白，難道老父要自己叫 Taxi？媳婦也作同樣理解，她勸說地：「叫 Taxi 要五十多元呢，自己有車，只花點汽油費。」她說著，已提起一隻旅行袋。

「你給我放下！」昨日的爐前工一聲吼，在場的人都一震。他又加了一句，「我們的東西不准你碰！」

「爸……」

「別叫我『爸』，我們已沒有你這個兒子！」

媳婦不怕公公發火。鬧得越僵越好，能夠一刀兩斷更好。「發這麼大火幹嘛，我們……」

「你給我閉嘴！我和他說話，不准你插咀！」老父怒視兒子，「有件事，和你說清楚：機票我退了。我們兩個老骨頭在你家裡五年四個月，就像是打工，也只吃你一口飯。退回的機票錢，就算是二百五十六周的兩份工錢。你從小學到大學的學費和生活費，我們也不算了。」

兒子和媳婦大吃一驚，「這，這，這……」

「怪我們搞突然襲擊嗎？」老父冷笑一聲，「你們逼我們走，不也搞突然襲擊！」

門鈴聲。是教會的主內兄弟姐妹，來幫這對在異國他鄉被親生兒子趕出家門的老父母搬家。

教會奔走一星期，已替老夫婦做好全面安排：教會有一幢三室一廳宅院，供各地來的傳道的事工臨時居住。平時，教友們輪流去打掃，整理。執事會研究做出一項決議，聘用他們夫婦作為義務管理員。小的房間作他們的臥室。依舊身強力壯的退休爐前工，住在兒子家時，室外割草、種花、修樹、室內吸塵、洗刷……，裡裡外外早已是一把抓做得心應手。

天無絕人之路。逆子六親不認，自有勝過骨肉血緣的親人。

母與女

二十五年前宋琦老太的老伴就病故。她受盡困苦艱辛把女兒撫養成人。四年前，女婿自費留學去了澳洲。宋琦立即擔起撫養小外孫的重任。

女婿終於拿到了澳洲永居權，可以接來妻子和兒子同住。女兒帶著小外孫高高興興起程了。

宋琦依依不捨，也沒有辦法。但她可以一個人自由自在，輕鬆地生活了。而且，她還不到花甲，身體也健壯。街道的老姐妹，熱情地要為她介紹個合適的對象。

誰知女兒突然打來國際長途急電：「媽，你快來，快來啊！我已給你辦好探視手續，機票馬上寄來。你快來啊，媽！」

女兒的聲調帶著哭音。一定出了大事！宋琦急得茶飯不思，整夜睡不著。

宋琦很快抵達墨爾本。女兒向她哭訴：那個「王八蛋」（負心丈夫），已和他打工的韓國寡婦女老闆有了個兒子。一定要和她離婚。賠償費是一家 Milk BAR（奶吧）。兒子歸女方，生活費、學費男方負責到十八歲。

「『王八蛋』和我不照面。」女兒又恨又氣也無奈。「都是律師兩頭跑。我，我也沒辦法……」說著說著眼淚直流。

宋琦也沒一點辦法。在語言不通的異國它鄉，有委屈能和誰去講呢！

澳洲Milk BAR，相似國內的夫妻老婆店。經營非常辛苦，老闆根本雇不起工人。宋琦義無反顧，全心全意和女兒相依為命，克勤克儉，又含辛茹苦開始新的創業。

　　為了要老母親留下來，女兒為宋琦替她辦了過橋簽證。排隊等著批准獲P.R.綠卡。

　　一年又一年，宋琦每天天一亮就起床，推輛小車，走半個多小時，去指定點，按合同拿來新鮮麵包，六七種英文報。她學會做三明治、熱狗，……中午前，又推那輛小車，把女兒剛做好的孩子午餐盒，送去附近的小學。漸漸地她學會一些生活和營業所需的簡單英語會話。附近常來買東西的華人，特別是上年紀的老太，老頭，成了她的朋友。她對澳洲有了感情。小外孫小學畢業，要進中學了。

　　宋琦的永居權仍無音訊。

　　有一天，女兒非常認真地對老母說：「奶吧，我已賣掉。再過十天，就要出清搬走。我要結婚了。我們合買一座House（帶後園的住房）三室一廳。他帶過來一個女兒，已十六歲。」

　　女兒的意思很明白，三間房間，沒有老母的份。

　　那老母宋琦住哪兒呢？女兒已為老母訂好一張單程回國機。

　　宋琦因意外而不知所措。

　　「媽，你還是回上海住吧。」女兒振振有詞，「過橋簽證越來越緊。也不知哪年哪月輪到你。」

　　「那，我……」宋琦突然一陣頭暈。

　　宋琦明白，女兒的大難已結束。她的新生活已開始，不再需要她這個多餘的老母親了！

　　Milk BAR要換老闆，消息第二天就要開張。宋琦的顧客朋友，都來關心她的去向。當知道她要回國去生活，大家都很驚

奇，為她忿忿不平。心直口快的葛大媽脫口而出：

「那個老頭怎麼辦呀？他會急死的！」

宋琦心裡一陣緊張，頓時感到的面頰發燙。大家心裡都知道，已有永居權的單親喬老頭，暗自追求宋琦已多年。宋琦心裡也早明白，就是沒鬆口。像宋琦這樣的上了年紀女士，要勇敢地跨出這一步，是相當艱難的。真沒想到，女兒的忘恩叛離，使面臨絕望的不幸老母否極泰來，枯木逢春，雖然人生已是黃昏，但澳洲的夕陽更燦爛。

逃票

秦明，用他上海音喊：「秦明」「精明」，會混淆不分。

他為人精明，特別在花錢上，朋友們認為「塊塊洋鈿用在刀口上。」

他就有了個帶點調侃味的雅號「精明」。

「精明」是逃票能手，從未被捉住過。

他竟頗為得意，還向朋友介紹過經驗哩。

他有位叫金鑫的朋友，也精於此道。「金」「精」諧音同聲，順理成章，就有了「阿精」的雅號。

某日，「精明」自己也說不出緣故，罕見地買了張車票。

「精明」坐在車廂裡，列車一站又一站停靠。

沒買票，他時刻驚惕地查看有沒有查票員上車。

今天有票，就很希望查票員出現在面前，自己就坦然地把車票送上，接受查票員回報微笑和一聲：「Thank you！」

似乎可以滿足某種說不出名狀的心理要求，這張票錢沒白花呀！

可惜，查票員始終沒有在車廂出現，目的地卻到了。

「精明」頗感遺憾地走出車廂。

咦！三男一女查票員從前一節車廂走出。

啊！他們身後走著個垂頭喪氣的中年男子。

再一看，天哪！這不是「阿精」他嘛！

秦明吃驚不小，幸虧自己買了票，謝天謝地！

秦明在朋友們面前絕口不提金鑫被罰了一百元的事。

金鑫心裡很感激他這個朋友的友情，自此產生一種嶄新的基礎。

朋友們也不再用原來雅號，而呼他倆「阿明」和「阿金」了。

作者簡介

潘華

出生於上海，北京航空航太大學畢業，曾在遼寧的部隊五七幹校接受再教育，七〇年被分配到中科院北京自動化研究所工作，八〇年以訪問學者的身份被邀請到法國進修和工作，九〇年獨立技術移民到墨爾本定居，進皇家墨爾本醫院的技術部門工作到現在。

近十幾年來，在多種華文媒體上發表小說、散文、雜文和科普文章近百萬字。曾擔任澳洲華人工程師協會副會長兼維州分會會長，澳洲維州華文作家協會副會長、澳大利亞上海總商會常務理事等職，現任澳洲華人作協會長。

命案

一個星期六的下午，大約五點左右，突然，兩輛警車飛一樣地開到富貴和兩個南京學生合住的那棟樓前，其中一輛停在隔壁單元門前，另一輛就停在富貴他們家的門口。

只見從員警車裡衝出來兩男一女三個帶槍的員警，車裡還守著一個。員警中一男一女把著門口，另一個男員警推開門就闖了進去。隨後，門口的兩位也跟著進到了裡面。

員警的突然闖入，把屋內大傻他們三個人驚呆了，這三個人中的兩個手上都拿了刀子，刀子上有血，甚至臉上都有血，那第三個人富貴的手上抓了一個血淋淋毛茸茸的東西，一看見員警衝進來，驚得雙腿發抖，一下子鬆了手，手上那東西「哇」的叫了一聲，掉到地下，還在掙扎。

那幾個員警衝進去的時候是滿臉的殺氣，等見到這幅景象，似乎明白了什麼，他們顯得有些哭笑不得。尤其是那個女員警。她緊蹦的臉想笑又不能笑，被憋得變了形，說什麼也不是。然而，這屋裡的三個人卻什麼也沒有明白。

最前面的那個男員警又好氣又好笑地問道：

「What are you doing?」（你們正在幹什麼？）

富貴急忙回答說：「We are killing a chicken.」（我們在殺一隻雞。）

男員警轉身對後面的另二個員警作了個手勢，接著說：

「If you don't know how to kill a chicken, it's better buy a fresh chicken from supermarket, ok?」（如果你們不知道怎麼殺雞，最好去超市買一隻殺好的雞，知道嗎？）

這三個人連說「Yes，Yes」，這些員警說了一句「Sorry」，馬上就走了。只聽到他們在汽車裡大笑的聲音。沒有兩分鐘，兩輛員警車已經消失得無影無蹤了。

富貴他們三個人還呆呆地站在那裡，也不知道究竟怎麼回事？

一直到第二天富貴才搞明白事情的經過，情況原來是這樣的：這三個人為了省錢又圖新鮮，那天中午從女皇市場買了一隻活公雞回來。他們誰也沒有宰過雞，折騰半天也下不了手，刀子還沒下去，那雞就扯著嗓子叫，聲音還特別淒慘。

他們的樓上住了一個德國籍的老太太，有嚴重的氣喘病，晚上不能睡覺，只能白天睡。那天下午，她正在睡覺，突然被連續不斷的慘叫聲驚醒。這慘叫聲像是一個女孩子的聲音，是從樓下傳來的。德國老太太頓時嚇壞了，連床都沒敢下，馬上撥通了警察局的電話，報告說樓下出了人命案。員警聽說出了人命案，哪敢怠慢，沒用五分鐘，兩輛警車瞬間就到了出事現場。

於是，就出現了上面所敘述的那幕喜劇，當富貴明白了真相以後，自己也覺得好笑，但這可不是富貴的錯。那麼，這是誰的錯呢？員警沒有錯，樓上那個德國老太太好像也沒有錯。看來，錯就錯在那隻該死的公雞身上。

雨夜召妓

　　初到墨爾本時，阿祥他們這三個人住在海邊的紅燈區附近。這三個人都是二十歲出頭的小夥子，沒有去上學也沒有找到固定的工作，天天晃來晃去。看到門口的這些又漂亮又性感的女孩子，總有一股蠢蠢欲動的念頭。但他們是有色心沒有色膽，雖然策劃了幾次，但最後都沒有敢有所作為。

　　那一天，下了一整天的雨，到了晚上雨還沒有停，這三個人已經在家裡憋了一整天了，沒有電視也沒有收音機，即使有他們看不懂也聽不明白。吃完晚飯後實在太無聊，於是又開始談起門口的妓女來了。經過一再的商量，最後用抓鬮的辦法決定，阿祥不幸被指定由他出去物色一個女孩子回來。

　　阿祥沒有辦法，硬著頭皮出了門。到了馬路上，左右一看，由於天氣不好，原本三五成群的妓女沒有了，只見遠處一個房檐下似乎站了一個女的，好像還在抽著煙。他決定走近去看看，為小心起見，他先從馬路對面過去，在遠處觀察一下。

　　走近一看，還真的是一個妓女，她很年輕，站在路燈的陰影處。看上去無論是臉相還是身材都非常漂亮，低領的緊身套衫以及超短的裙子，露出白皙的半截大腿，渾身透出一股迷人的誘惑力，阿祥一下子就看中了，又高興又緊張。

　　他從未幹過這樣的事，感到心跳得特別厲害，慌裡慌張地四周張望了一下，馬路上很安靜，沒有別的人。於是阿祥很快穿過

馬路走到與這個妓女同一邊的人行道上。他不敢立即去交談，而是在馬路上來回走了三遍，一是可以再仔細看清楚她的長相，二來也好讓自己緊張又激動的心平靜下來並作出決定。

一開始那個妓女沒有在意阿祥，以為他只是過路的，當阿祥又一次從她面前走過時，她的臉上出現了一種奇怪的神色，但並沒有像別的妓女那樣主動招攬客人的舉動。

阿祥來回走了幾次，終於下了決心，鼓足勇氣走到那個妓女跟前。他也不知道怎麼發問，用結結巴巴的英語問：

「How much?」（多少錢？）

那個妓女吃驚地看了看阿祥，微微搖了搖頭，似乎還輕輕地歎了一口氣。她沒有說話，只用左手伸開五個手指晃了一下。明白了，阿祥要五十澳元。阿祥突然靈機一動，又問說：

「The weather is bad today, can you give me some discount?」（今天的天氣不好，你能給我一些折扣嗎？）

那個妓女萬萬沒有想到會有人向她要折扣，而且又是這麼一個年輕的學生樣子的人，她什麼話也沒有說，好像正在思考。阿祥誤以為有門，膽也大了一點，還想再說什麼，剛張開嘴。突然他的肩膀被人輕輕拍了一下，這突如其來的一拍，把阿祥嚇得魂飛魄散，他趕緊回頭一看。天啊！一個男員警正站在他的身後惡狠狠地盯著他，腰上還有手槍，這是從哪裡冒出來的？阿祥的腦子裡「轟」的一下，差一點暈了過去。男員警什麼話也不說，只用手作了一個手勢要阿祥跟他走。

阿祥嚇得話也說不出來，語無倫次地說：

「Where? Where?」（什麼地方？什麼地方？）

員警瞪了阿祥一眼，凶巴巴地說：「Police office.」（警察局。）

阿祥雖然一直「機智過人」，然而這時候卻感到天都塌下來了，眼淚也跟著流了出來，他做夢也想不到會有這種事：澳洲不是一個自由的天堂嗎？怎麼會有員警管這事？

　　阿祥真的是幾乎癱倒了。更讓他昏到的是他突然醒悟到那個妓女也是一個員警，怪不得這個妓女始終神秘兮兮的，也不主動招攬生意。

　　阿祥又著急又害怕，拚命向員警解釋這是如何如何的第一次，可是那個男員警毫不理會，再一次要阿祥馬上跟他走。這時，站在一旁始終一語不發的女員警看到阿祥這個樣子後，倒有一點心軟了，她判斷這個中國佬確實是第一次，有點可笑也有點可憐。於是她走到一旁對那個男員警說：「皮特，你過來一下。」

　　男員警走過去，女員警對他嘀嘀咕咕地說了一陣。那個叫皮特的男員警說：「好吧，莉莉，我聽你的。」皮特轉過身，態度稍微緩和了一點，對阿祥說：「Go back to your home, I don't want to see you again.」（快回你的家去，不要讓我再見到你。）

　　阿祥被嚇得只剩下了半條命，聽員警如此說，連「謝謝」也來不及說就慌慌張張地跑回了家。

　　阿祥出師不利，心裡的窩囊勁就別提有多深了，這樣悲慘的經歷恐怕他一輩子也不會忘掉。

洋人間的窩裡鬥

　　說起窩裡鬥，人們總以為中國人好內鬥，洋人都是君子。其實不然，洋人一樣，他們也是人，也會內鬥，為了權力和職務的升遷常常明爭暗鬥，拉派結黨，勾心鬥角無所不用其極，一點不比中國人差，甚至有過之而無不及。

　　就說說阿海工作的部門吧，阿海來自上海，在這個部門工作十幾年了，是部門的元老。部門的人數不多，就十來個人，但人員來自不同的國家，幾乎像個聯合國：有幾個澳洲人，此外有英國人、加拿大人、義大利人、越南人、俄羅斯人、美國人、克羅地亞人、阿拉伯人、馬來西亞人以及阿海這個中國人。

　　八年前，這個部門原來的頭頭要退休了，這是一個很好的領導，待人接物都不錯。但是年齡不饒人，那時候，職工到了退休年齡就必須要走人。他這一離開，誰來接這個位置呢？本來有個澳洲人A是最好的人選，但是他卻突然跳槽了，想必是有家公司出更多的錢把他挖走了。

　　這一下麻煩就來了，又有誰來當頭呢？結果部門裡的一個澳洲人B，一個克羅地亞人和一個義大利人同時對這個位置展開了爭奪。在這場鬥爭中，澳洲人B略占上風，於是被醫院領導指定為暫時接班人。

　　但是，克羅地亞人和那個義大利人為爭奪第二把手打得天翻地覆。遺憾的是當了臨時負責人的澳洲人B心軟手軟，又優柔寡

斷不能決斷，事情一直鬧到院部。正在沸沸揚揚的時候，在部門裡臨時幫忙的一個英國人，不知道走的什麼門路，向院領導拍胸部保證：給他二年的時間，他一定能把這個麻煩的部門整頓得井井有條。

院領導正在無奈之中，聽了此話大喜過望，當即就任命這個英國人為部門的新領導。

英國人長得短小精悍，能說會道，一副麻利的樣子，得到領導首肯就立刻走馬上任。然而他是外來人，在一個沒有根底的部門怎麼辦呢？他果然有策略，首先聯合義大利人，把那個沒有當幾天頭的澳洲人Ｂ逼得退休了。然後又把那個原來一直就鋒芒畢露的克羅地亞人搞得暈頭轉向，最後只能辭職一走了事。

事情完了嗎？沒有，沒有多久，英國人和那個義大利人的矛盾又開始了。矛盾的起因連阿海也不十分清楚，可能有個人的性格問題也有權力的分配關係，總之，兩人鬥得非常厲害，幾乎要請律師。

英國人用了一個計策，利用他的權力，說通院部的人事部門，把他的一個朋友，一個加拿大人，從別的單位招聘過來。新來的加拿大人當然是堅決站在英國人一邊的，於是英國人的力量頓時成倍增長起來。形勢發生了根本性的轉變，很快的，那個義大利人就落荒而逃。也不知道他從哪裡開來的工傷證明，從此以工傷為名，長期在家養病，拿一份病假工資又不用上班，好不自在。

自義大利人走後，阿海工作的部門就由英國人和那個新來的加拿大人聯合統治，把大家管得死死的，實行「白色恐怖」似的管理，大家怨聲載道卻又無法可想。部門裡的女秘書稱那個加拿大人是條蛇，既狡猾又狠毒。尤其是他開始對阿海百般刁難起

來，因為阿海是部門裡資格最老的成員，是權力的挑戰者，他總想把他趕走，以便順利接班。

好在那個英國人知道阿海的工作不錯又沒有權力欲望，因此，英國人總算對阿海還是手下留情的，沒有對他做得太過分。

既然英國人是部門裡的頭，那麼加拿大人就是當然的第二把手了。這樣的合作關係維持了幾年，相安無事。但是加拿大人並不甘心永遠當下手，他開始逐漸表現出搶班奪權的跡象，一陣思索以後，他開始了積極的行動。首先是努力培植親信，他先後籠絡一個美國人和一個馬來西亞人，不過那個美國人是個老好人，雖然兩人關係不錯，但是並沒有和加拿大人結盟。但那個馬來西亞人就不一樣了，其實他只是剛剛大學畢業參加工作的新人。但是有二號頭頭撐腰，儼然以三號人物自居，竟然也開始對別人指手劃腳起來。不僅如此，加拿大人還到處散佈流言，影射英國人為什麼還不退休？等等。

當然，這些舉動都被英國人看在眼裡，恨在心裡。加拿大人的虎視眈眈讓他感到了一股從未有過的權力威脅。他整天板著臉，端著咖啡杯，在辦公室裡踱來踱去，琢磨著整治的辦法。

機會終於來了，部門裡的一個越南人因為不滿意加拿大人的作為，也有些家庭原因要去新西蘭，不得不辭掉了工作，留出了一個職務空缺。英國人一看火候已到，又用了他的老辦法。隨即把他的一個好朋友澳洲人Ｃ從別的單位挖了過來。這一下，英國人如虎添翼大大地加強了自己的力量。加拿大人對此非常不高興，但無計可施。

就這樣，平平靜靜地過了半年，也許雙方都在積蓄力量吧。前不久，阿海還在香港休假時，他在檢查他的電子郵件信箱時，

發現有一封部門的頭（英國人）給全體成員的郵函，阿海讀後大吃一驚。

阿海休假後上班第一天，澳洲人Ｃ很高興地對阿海說他已經申請了這個位置。阿海心領神會地馬上就對他表示了祝賀，他高興地點了點頭。

速度快得驚人，還不到一星期，英國人又給大家發了一份祝賀澳洲人Ｃ正式被任命為部門第二把手的郵函。阿海非常高興，並在第一時間裡到澳洲人Ｃ的辦公桌前和他握手道賀。

從這以後，這個英國人頭頭一直是笑容滿面的。幾年來，他接連戰勝了許多的對手，終於坐穩了這把交椅，也真不容易啊。

作者簡介

雨萌

　　原名王雨萌，從小在報社長大，一九九〇年大學中文系畢業後如願到雜誌社當了記者、編輯。後來去了北京，去了外企，二〇〇一年社會的風潮又把我推到了墨爾本來讀了個MBA學位。本以為不會再回本行，誰知二〇〇二年又加盟了《大洋時報》成為股東、總編。究其動因，還是文字的魅力，生活在那些對文學無比熱愛的作者中間，眼見耳聽的都是感動，雖然在異國他鄉，但從小吃慣了東西，改不了。

瞬間

　　雪晴腦中一直浮現他剛從車上下來，在陽光下，戴著墨鏡下面嘴唇很有形的樣子，這有點讓她著迷，她倚在門邊遠遠地看他，有莫名的感覺，彷彿前生就相識，他安安靜靜的走過來，笑也是無聲，卻讓雪晴全身抑制不住的悸動，他走到門內，她真想他能擁住她將舌頭放到她的唇內，是那種能夠深入內心的，哪怕接下來能有更深更進一步的結合，她不知道這種欲望從那裡而來，她只是想抓住這種感覺。

　　她想抓住這種感覺，是在與他還是一張白紙之前。此時他們是第三次見面，見面時間總共不超過六個小時。

　　可是，一切都沒有發生，他走進來說看看電腦，她也一樣，雖然心裡彼此明白。他說走吧，她說走吧，他們便又一起準備出門。

　　後來連雪晴自己都記不得說了那句話，她撒了一個嬌，他就一把將雪晴摟過來，雪晴踉蹌一下，在摟住他的腰的瞬間，她有些許的失望，他不屬於那種寬腰乍背的男人，雪晴奇怪自己，她其實本來以為自己不喜歡這種書生氣的男人，她其實一直嚮往像裡查基爾那樣風情無限又健壯有力的西方男人，她明顯意識到自己已到了三十如狼四十如虎的年紀，真的好想享受一下美妙的感覺，但是太久太久，她找不到這種感覺。

　　他們相擁好久，他便試圖想吻她，雪晴從來都喜歡那種激烈的法蘭西式的接吻，她慢慢把舌頭放進他的嘴裡，一點點和他的

上下動著，雪晴十分珍惜這種感覺，她想起，她似乎從來就沒有一次配合默契的接吻，不知道是別人都不喜歡，還是其實他們當時並不相愛，有人的舌頭很硬，也有人好像有太多的唾液，粘粘的，使人失去興致，總之雪晴想像的那種徹心徹肺的，狂熱的接吻就始終沒有發生過。和他，還好。

晚上分別的情景倒是頗令人回味，在車裡，雪晴依戀地拉著他的胳膊，他也拉著她的，可是他是那種生命不能承受之重的人，他叨念著後果，雪晴知道完了，但當時那樣依戀他，那樣不捨，當雪晴準備起身離開時，他一把拉她回來，雪晴有些傷感，她只希望一切順其自然，可是他卻不是那種輕鬆的人，一切剛開始就結束了。

離開車時，她看到他的臉是那樣淒然，已不是陽光下戴墨鏡的感覺。

現在雪晴坐在家裡，看著他發來的信有些委屈，她知道她的感覺破壞了，她有些惱怒她找錯了對象，她不明白她曾經為什麼對他一下就有感覺，那樣心神不寧，而感覺就這樣短暫就被破壞了。

其實，雪晴明白她從沒期望這份感情有多長久，她知道人是太複雜太奇怪的動物，當她對他瞭解多了，她也就沒有感覺了，他和她不是一代人，他的性情也和她相差太遠，她清清楚楚他們之間有太多的不同，根本經不起時間的磨礪，所以她只想立刻抓住一瞬間的感覺，

她知道，這一瞬間對於一個現代人來講，都已經太寶貴了，如今是速食時代，那容得下你去細嚼慢嚥，慢慢品嚐，更何況她是一個完美主義者。

往事如昨

我能想到最浪漫的事

就是和你一起慢慢變老

一路上收藏點點滴滴的歡笑

留到以後坐著搖椅慢慢聊

我能想到最浪漫的事

就是和你一起慢慢變老

直到我們老得哪也去不了

你還依然把我當成手心裡的寶

　　每年的情人節，我都會想起這首歌詞，都會想能夠和你慢慢變老，能夠留到以後坐著搖椅慢慢聊是多麼不容易的一件事。

　　「有情人總是被無情傷」我相信情人節感傷的人絕不會比幸福的人少。

　　情人節前夕我接到一個Email，全英文的，是一個女孩兒寫給一個有兩個孩子的父親，情綿哀怨，悲傷無奈，她問他如何能離開他的兩個孩子和他十年的妻子？問他如何選擇中國還是澳洲？問他如何能面對未來，面對第三個孩子？

　　這個女孩兒我不認識，但這兩個孩子的父親南是我非常好的朋友。

　　我讀著這封信難過極了，難過的心都扭曲了。

十年前，我和南都是二十幾歲，從我的故鄉一起來到了澳洲，同時還有另一個男孩兒亮，我們是同一個代理辦的。他們先去，我因為猶豫去不去所以晚兩個月到，我打電話告訴他們去機場接我，亮接的電話，他沒告訴南，就一個人來機場接我，亮的年齡都比我們小，但心計卻比我們多，聰明極頂，人長得又帥又有幽默，從少女到老太太，都喜歡他。亮不是生長在我的家鄉，而是在我的家鄉上大學。而南是地地道道我的家鄉人，人實在之極，能幹之極。對朋友肝膽相照，赤忱無比。所以亮和南在一起，一個聰明，一個實在。

　　我和亮和南都相當之好，我們一起上課，一起游泳，一起吃飯，一起購物。亮和我的家境比較好，所以我們不用打工，而南必須去賺學費，那時最好找的工作就是發傳單，一千份才賺七塊錢，尤其夏天烈日炎炎，真的沒有人願意幹，南沒辦法，他必須賺學費，我們開始還幫他去發，因為是哥們，同時也想體驗體驗，結果沒發多少，我的手指已經被信箱的縫沿卡出了血，可南速度極快，我們慢慢反成了累贅，也就不幫了。後來南竟然一個人做到一天發上萬份的速度，一天竟然能賺一百多塊，他說他做夢都在發傳單。我對他佩服之極。

　　從做朋友的角度，南是一流的，但對愛情而言，我還是喜歡亮。況且亮是高手，從出機場他就盯著我了。我和亮在一起的日子是非常快樂的。我們有說不完的話題，每一個話題都能演變成天花亂墜的想像，永遠躊躇滿志，意氣風發的，我是個生命中永遠要充滿激情的那種人，亮也是，他能把無數新鮮好玩的東西研究得透徹，永遠欣喜若狂的樣子，他能順便就寫出一首精彩的詩，也能捧著大本厚厚的全英文的物理書，就像看小說一樣津津有味。

當然南不久也戀愛了。因為發傳單畢竟價格太低，慢慢我們就發現有家教可做，一小時最高可以到二十塊錢，我們就先幫南找，因此就認識了慧，她手中做著幾份家教，她人又漂亮又能幹，我們經常在一起包餃子，後來慧和南就成為一對，我和亮就成為一對。

　　再後來他們結婚了，我們兩個自然是他們的證婚人，在市政廳的那一日情景還歷歷在目，我們出來在草地上四人的合影至今還在我的影集裡，笑容依然燦爛，顏色還依然鮮豔。

　　我總是說南沒有白吃苦，我曾經還擔心慧不會真嫁給他。慧開玩笑說，是你看不上他。我說：「其實是我沒福氣，亮是靠不住的，他太流行了，追他的女孩太多，我把握不住他。」慧聽了很同意也很滿足，因為我說的是真話。慧說：「我就是看南人實在。」我們都相信南會對慧一心一意好一輩子的。

往事如煙

　　往事如昨，當時的情景還歷歷在目，話音彷彿還在耳邊，轉眼就過了十年。十年你覺得很短，其實又很長，其實一切往事，已經如煙了！

　　十年中，亮去了美國。亮大學畢業後就開了自己的公司。我們的感情斷斷續續五年，最後還是以我沒有信心而告終。我，南和慧都留在了澳大利亞，南也碩士畢業，在一家有上千員工的知名的大公司做到一個中級職位，他們有了第一個孩子，本該心滿意足了，可是他們有了一個移民美國的機會，他們問我去不去，我說你們去一趟，感覺感覺。他們去了，自然見到亮，亮盛情相邀，南就動了心，於是舉家移往美國。後來又去了亮的公司，因為南的專業正是亮需要的，南實在，覺得幫哥們創業值得。

　　南一如既往對待朋友，為了不耽誤工作，南回中國接孩子只用了三天。而且第一天就把孩子送幼稚園，孩子一點英語不會，整整哭了一個星期。亮的公司沒多大，但老闆的樣子倒是有的。因為亮撞過一次車，沒有了駕照，南便經常接送，據說有一次，南和孩子在冰天雪地等亮等了四十分鐘。我就電話裡說：「南，你別慣著亮那麼多壞毛病」。南還是說：「沒關係，哥們，我比他大。」我太瞭解南和亮的脾氣秉性了，亮是那種到最後也不會說一句傷你的話，讓你對他恨不起來的人。他們三個在一起，亮

總是遺憾我沒有在，說當初我們四個人在一起時有多好。說我結婚，他給我郵了禮物，我不夠意思，連個電話也沒回。

慧便也就在電話中有些為我遺憾，我就對慧說：「慧，我不是說亮說的是假話，但亮說感人的話說得太多了，那一大摞信，抽出那一封都能感動的你一生無悔，他永遠知道你要什麼，就連我結婚的禮物，也還記得我最喜歡什麼。可是你認為他能靠得住嗎？」慧還是一如九年前很心滿意足地說：「是呀，南雖然沒有亮那麼大的志向，但我就圖他靠得住這點。」

最後不夠意思的還是亮，亮在一個招呼的都沒打的情況下，在會上就把南和慧給解僱了，因為公司財政困難。

南和慧才買了房子，手裡所有的積蓄都付了房款，第二個孩子又要出生，我聽了氣的半死，恨不能去電話大罵亮，就算不是哥們，無論如何你要事先一個月通知南呀。南說什麼也不讓，南說：「他小，沒經驗，遇到這種事他也許也不知道該怎麼辦。」我不知道亮到底發生了什麼，我能想像亮的樣子，當你說他的時候，他永遠憋得滿臉通紅，不肯辯解，你看著心痛，覺得他好像有天大委屈似的。南一如我當年，不肯怨恨他。但我內心很愧疚。

後來，慧告訴我，南為了應急，什麼活都幹過。每一次看著南出門，慧都在屋裡哭。我很難過，也很內疚，彷彿是我做了對不起南的事。

再後後後來，南經過朋友的推薦，被世界一著名公司委派到中國，很高待遇……我終於舒了一口氣，南終於又苦盡甘來了。

誰知，一天半夜慧來電話，我迷迷糊糊想慧一定是有事，我再三詢問下，慧才說：「南，他瘋了，他現在還沒回來，他一定要去見一個女孩兒……」

慧絮絮叨叨說著南如何癡情，為了這個女孩兒如何如何，直到有一天，慧說什麼也不讓他出門，南竟然急了，摟著慧哭了，求慧就算把他當兒子，讓他一回，現在他實在沒辦法，慧竟然心軟了，讓他去了。

慧說還有兩個月我們就回中國國了，可是我這些日子怎麼過呀，外面一有車聲，我就跑到窗前看，南，怎麼會這樣？我當年嫁給他圖他什麼？我後半生還怎麼相信他？

對我，這個消息太震驚了，震驚得我不亞於當年看到九一一事件飛機撞大樓的感覺，南？怎麼會！？我無論如何不相信，如果說這世界連南這樣的男人都不可靠了，誰還可靠？

可惜，事情是真的，南還是那個太實在的南，但他就是走火入魔了。

我能想像慧如何站在窗前，望著冰天雪地中一輛輛車飛馳而過，沒有停在門前，沒有那個熟悉的身影下來，屋裡還有兩個熟睡的孩子，是何等的悲傷，何等的心碎。

我對老公說：「唉，其實愛情這個東西挺害人的。」

老公說：「沒有愛情，你能活嗎？」

我又想起了那首歌詞，我想感情如果能夠渡過風雨，慢慢變老，等以後坐著搖椅慢慢聊時才能算作愛情，中間的權當作激情吧。

我於是給慧回信說：「慧，你一定要挺住，十年了，這份感情不容易，給南一些時間，愛情就是難的，愛就是寬容，愛就是忍耐。南一定會明白，一定會回頭的，我們相信真正的愛情一定會戰勝一時的激情。」

往事如煙，又是三年，一切回歸風平浪靜，經過風雨，歷經磨難南和慧的愛情多了一份柔韌，多了一份沉著，多了一份從容。

我能想到最浪漫的事

就是和你一起慢慢變老

一路上收藏點點滴滴的歡笑

留到以後坐著搖椅慢慢聊

我能想到最浪漫的事

就是和你一起慢慢變老

直到我們老得哪也去不了

你還依然把我當成手心裡的寶

……

當年的新歌，如今變成一首老歌，一遍遍在耳邊回蕩。

作者簡介

陳靜

　　一九九〇年赴澳，畢業於墨爾本皇家理工學院傳媒碩士，目前定居於澳大利亞墨爾本。擔任的澳洲社會職務：大洋洲文聯主席（澳大利亞、新西蘭）、澳大利亞浙江僑民聯合會會長；擔任的中國社會職務：浙江省政協委員（特邀）、浙江省青年總會常務副會長、浙江海外交流協會副會長。

　　曾出版編導過的作品：八集電視紀錄片《少年留學走天涯》；二十集電視紀錄片《陳靜日記》；紀實文學作品《澳洲新移民》。

　　曾接受過中央電視臺《華人世界》、鳳凰衛視《魯豫有約》、山東衛視《天下父母》等名節目的訪談。

面對死亡

在澳洲十幾年的異域拚搏，為居留、為生存、為發展、為子女……總算苦盡甘來，本該享受奮鬥帶來的成果之時，卻不時傳來某某剛剛買了房，不到五十，卻出了車禍，某某事業正躊躇滿志，剛剛四十出頭，卻得了不治之症……

每每聽到這一類事件，總是深深地觸動著我的每一根神經。感歎生命的短暫，生命的有限，而個體的生命又時刻面臨著各種各樣的挑戰，對抗疾病，對抗戰爭，對抗災難，對抗衰老。

正因為如此，在死亡巨大的無可逃避的陰影下，藝術家描繪人生，哲學家思考人生，宗教界超脫人生。

從出生的那一天起，人們都無一例外地向死亡走去。死亡，是所有生命都不可逃避的共同歸宿。我一直想拍一部有關死亡題材的紀錄片，老人面對死亡，年輕人面對死亡；富人面對死亡，窮人面對死亡……對死亡的深入關注，其實正是對活著的深入關注與思考的另一種形式。

上段時間，我朋友從澳洲打來電話，說孫中強得了肝癌，恐怕沒有幾個月的生命了（我正好回國在杭州）。聽到這個消息我怔住了，半天緩不過神來。孫中強八十年代末來澳州留學，九十年代初他擔任澳中工商聯合會會長時我在墨爾本認識了他。當時我正在學做進出口貿易，是他教會了我如何找船運，如何報關，如何買保險。雖然已十多年沒有任何聯繫了，但從朋友那裡零星

聽到他的一些消息，據說他貿易做得很成功，在墨而本還擁有一家大型的羊皮廠。對他曾經的幫助，我一直心存感激。

在我印象裡，孫中強是一個高大、蓬勃、樂觀、充滿陽剛之氣的河南漢子。然而現在，在毫無思想準備的情況下，在生命的盡頭，他又是怎樣去面對死亡，面對親人，面對朋友，面對生的渴望……。我想把這一切，把他生命最後的歷程用紀錄片的形式拍攝下來。儘管我還是僥倖地希望他的病只是醫生的誤診，或是朋友的誤傳。

第二天我就搭乘了回澳洲的飛機。

回到墨爾本，在朋友的安排下，我與孫中強在 City 街邊的咖啡館見了面。這是他生病以後我與他唯一的一次也是最後的一次會面。

孫中強確實比以前消瘦很多，走路也顯得緩慢而吃力。當他見到我的時候眼淚在眼眶裡打轉，看得出他在努力使眼淚不要往外流。

十多年以後再相聚，面對的朋友已只剩數月的生命期，我百感交集。

在來之前我已想過，任何的安慰都是無濟於事的，任何的拐彎抹角都是沒有必要的，只需說出我的真實想法。

「我想把你的人生經歷拍成紀錄片，我認為無論對你、對社會都是一件有意義的事。如果你的病能治好，將給很多癌症病人是一個信心，如果治不好，用鏡頭來展示你對生命的留戀，可以給予人們一些啟迪，讓活著的人去思考如何生活才有意義，才不辜負這寶貴、唯一的生命？」我誠懇地對他說。

他馬上答應了並認為這是一件值得做的事，但要拍攝還得徵求家裡人的同意。

在我們的談話當中，他一直不敢正眼看我，兩眼注視著窗外，我知道他怕眼淚流出來。

這樣一位男子漢，在病魔面前顯得那麼無助與無能為力。

生命啊生命！

我一直記住他當時對我說的那句話：只要活著，就是美好。

「活著」是一個多麼美好的辭彙，生命的美好和珍貴超越了一切語言所能達到的描繪。

為什麼人總要在面對死亡時，才能悟出這個既簡單又深奧的哲理，我一直在思索這個問題。

在日常生活中，人們為了生存所做的種種奔忙和努力反而淹沒了生命的本身。人們為每一點細小的利益而煩惱、焦躁，為欲望的不能滿足而厭棄生命本身。生命的美好、生命的活力、生命的真諦，人們往往無暇去體驗。許許多多的時候，人們不停留、不思索地忙碌著，反倒像一具具沒有生命的機器。一旦死亡在人們毫無準備的時候突然來臨，一旦有一天生命本身忽然成為問題，一旦生命存在的意義和目的，僅僅是為了推遲幾天死亡，這個時候生命本身的美好和可貴，就會超越一切生命之外的東西而突現出來。但人如果自己真的到了這種境地的時候，一切都已為時太晚。

我渴望通過紀錄片這種藝術形式，把生命的脆弱表現給眾多的絲毫沒有死亡憂慮的人們。讓人們意識到生的美麗，生的珍貴，生的偶然。

後來，孫中強的家人不同意拍攝，我能理解。

再後來，孫中強離開了人世，年僅四十二歲。

非常遺憾，此題材最後只能流產。但我不會放棄，只要有類似的機會我還會繼續。

美麗的生命被摧殘，寶貴的生命一去將永不復返……

給女兒的一封信

親愛的阿黛爾：

　　那天我們去了周冰阿姨家，讓周冰阿姨給你做一些你的人生規劃與學業選擇的指導。當周冰阿姨開門見山地直接問你：「名譽、權力、金錢這三樣，哪一樣對你是最重要的？」

　　你朝我看了看，似乎有點想說實話但又不好意思，在周冰阿姨鼓勵你說實話的情況下，最後你吞吞吐吐說出了是金錢放在第一位。

　　當時我看到周冰阿姨臉上帶著疑惑與驚訝的口氣問道：「為什麼？難道你還缺錢嗎？」

　　你回答說：「有了錢就可以做自己喜歡做的事，因為跟媽媽要錢很難，所以我想靠自己賺。」

　　雖然當時你說這話時，有點出乎我的意料，但我卻感到很欣慰，起碼你已經意識到要靠自己的能力去賺錢了，我對你在金錢觀上面的教育轉型已初見成效。

　　還記得在你十二歲那一年，我帶你去大堡礁玩，當時由於跟著旅行團，路途又近，我們坐的飛機是經濟艙，入住的酒店是四星級，然後你就開始耍脾氣，衝著我大喊大叫：「為什麼不讓我坐頭等艙？不住五星級酒店？」

　　當時我就矇了，那次旅行在不愉快的氣氛中結束。

　　回到墨爾本後，媽媽開始反省、開始沉思。

自打你小時候起，只要在我能力範圍之內，在物質上盡一切力量來滿足你。送你進私校，買漂亮衣服，飛機坐頭等艙，酒店住五星級，出門不是賓士就是寶馬。

可是給你的這一切，你都看做理所當然、情理之中。你就像一隻冷血動物，沒有絲毫感激，只知道索取。

我感到了問題的嚴重性，我被所謂的「男孩要窮養，女孩要富養」這句話深深地誤導。這是扯淡，完完全全的扯淡。我深刻意識到無論男孩女孩，如沒有正確的金錢觀，給他們再多的錢，給他們再好的物質享受，在人類貪婪的本性下，其實是在給兒女們自掘墳墓，最終讓他們走向窮途末路。

那次大堡礁的旅行，敲響了媽媽的警鐘，它讓我覺醒，我開始在用錢上對你改變了方式。

首先在你的零花錢上下手。除了必要的在學校時的午餐費，平時向我開口要額外零花錢時，我再也不隨便給你。

我要讓你講出用錢的理由，如果不是必須的，我就斷然拒絕。

我還會板著臉故意用挖苦的口吻對你說：「我除了有責任撫養你長大，供你受到良好的教育外，其他的零花錢，今天我高興想給就給，今天你讓我不高興我就不給。」

有時候你哀求著向我要錢，淚珠在眼眶裡打轉。我知道，你恨我。

但我還是會狠狠心向你丟上一句：「要錢，有本事你自己去賺，自己賺的錢你愛怎麼花就怎麼花。」

親愛的女兒，我要讓你知道跟人要錢是多麼困難、屈辱、使人失去尊嚴的一件事情。我要讓你明白哪怕有一天你嫁了一個富有的男人，如果自己經濟上不能獨立，你的人格永遠不可能獨立。跟丈夫要錢你也得討好他，讓他開心你才能享受到他的財

富。與其這樣卑躬屈膝的花時間去討好人還得跟人要，不如把時間花在自己身上，學會做人，去創造財富。這錢花得光明，用得爽快。

坐飛機，我會自己坐頭等艙在前面，而讓你坐經濟艙在後面，然後明確告訴你：「我有今天，是靠我自己努力奮鬥的結果，你想要我現在的生活，就要靠你自己努力了。」

人啊人，從苦日子到好日子往上走，是那樣的悠然自得，而從富日子到窮日子往下走，無論是精神上還是肉體上，都很難承受，要艱難得多。

十三歲的你，開始上街一家一家餐館去自己找工了。

記得有一天，你在那家餐館連續幹了十二個小時，回家時看到你蒼白的臉色，拖著疲憊的弱小身軀走進家門，然後委屈地對我說：「媽媽，我的兩條腿已提不起來了，我的腳底都已起泡。」講完這話，你就開始哭著走進自己的房間，把門一關，連晚飯都沒有出來吃。

我悄悄地走進你房間時，發現你已睡著，稚嫩的臉上依然掛著淚花，看到你露在被子外雙腳上的水泡，我的心像針扎一般的疼痛。此時此刻，我多麼想親吻你的小腳，真想把你擁在懷裡，然後對你說，咱們不去打工了，媽媽給你錢。

但我還是憋住了，取而代之的是媽媽衝進自己的房間，把頭埋在被窩裡，開始嚎啕大哭。

親愛的女兒，你是我身上的肉，哪有一個媽不心疼自己的女兒。但我一定要讓你自己學會釣魚吃，媽媽不可能一輩子給你送現成的魚。我不得不這麼做啊，希望有一天你能理解媽媽的用心良苦。

現在你十七歲了，媽媽感到很欣慰，你已不再跟媽媽有過分的金錢索取，哪怕是學校的午餐費，你都會把全家的衛生打掃完畢才跟媽媽要。

　　正好這次周冰阿姨借了一本《洛克菲勒》的書給你，美國第一位億萬富翁給他兒子的三十八封信。我已先看了第一封，看後有極大的共鳴，先摘抄一段，讓我們母女共用洛克菲勒的智慧。

　　洛克菲勒給他兒子的信中寫到：「因為我知道給人帶來傷害最快捷的途徑就是給錢，它可以使人腐化墮落、不可一世。我不能用財富埋葬我心愛的孩子，愚蠢地讓你們成為不思進取、只知依賴父母果實的無能者。」

　　請理解這段話的含義。

　　最後還想提醒你：「君子愛財，取之有道。」

永遠愛你的媽媽

作者簡介

心水

　　原名黃玉液，祖籍福建同安，生於越南湄公河畔，一九七八年八月攜妻子與五位兒女乘船逃難抵印尼，翌歲移居墨爾本。

　　出版過兩部長篇小說、三冊微型小說集、散文及詩集各一。此外還用筆名「醉詩」創作雜文、政論。為澳華文壇、詩壇首位創作武俠微型小說及武俠詩者。作品被收錄於中、臺、港、澳洲四地十六種辭典、類典、文選、文學史、百科全書及教科書。共獲中國、臺灣、英國、澳洲等十項文學獎，其他獎項包括澳洲聯邦國際義工年服務獎、維州總督府多元文化傑出貢獻獎章、維州州長社區服務獎及各社團頒發共十二類。

愛上你的妻子

　　你與我同事，在一家百貨批發公司任職，我資歷深，年前被提升為主管；同事們都叫我一聲十哥，其實我姓「十」（注），而非排行第十。英文名字佐治（George）只用在證件上及洋友人才知道。

　　千秋楓是你的全名，卻被友輩戲呼為「秋風」。你為人隨和，也不更正，任大家取鬧。有次在微醉中你說是複姓「千秋」，單名「楓」字，不是「秋風」也？

　　彼此朝九晚五相處幾年，已衍生情誼；阿楓沒送貨，必找我一起用午餐。東拉西扯閒聊，無非是工作上及家庭瑣事。你希望太太能找份差事，一可打發日子，重要的還是能分輕家庭負擔。

　　正巧我的物流部要聘文員、就要你將太太的簡歷交來，好讓我呈與人事部。翌日上班，沒想到你竟急到和太太一起來；嫂夫人有個好聽的芳名：上官雪，居然也是複姓。若不是事先知悉是你的妻子？絕難相信眼前佳人是有兩個已上中學的兒女。那雙盈盈如水的眼睛、宛若藏著難以言喻的心事，一見面就想向人傾訴似的。

　　書上形容異性邂逅，如有觸電之感，就算有緣？完全不知她心中所思，但我卻有點慌亂，驟然手足無措？

　　應稱呼千秋太太或阿嫂？實令我躊躇難定，你已代我解圍，說學洋人直呼姓名就好啦！「上官雪」一叫出口，彷彿歲月倒

流，有如從時間之河返回古代般，那麼飄緲虛妄？而她就展著一抹仿若嘲弄我的笑意，要看我出醜般那麼真實的存在。

經理看了她的資歷，又知是你妻子，重要的是我極力推薦；部門歸我管，即時錄用了。你夫婦對我感恩不盡，連聲道謝。

本來沉悶的物流部，整日除了貨車出入，裝卸大小箱來自東南亞的貨物，鮮能提起大家的工作興趣。自從上官雪彩蝶般穿梭於倉庫及辦公廳後，那大班男同事的眼睛像被靜電吸住，都不放過凝望那美麗的姿影。

你仍然和我一起午餐，沒等太太共桌，令我意外、好奇問你，你苦笑說相對十餘年啦，當然沒必要在上班時也形影不離。心中敏感的胡猜，也許夫妻間出現了什麼問題吧？居然有點「幸災樂禍」的念頭閃過，真是罪過啊。

工作了半年，上官雪已成了物流部最受歡迎者。她這位文員對每位同事都很好。力所能及，縱非她份內工作，也抽空協助。你開始對我埋怨，說太太連週末也經常外出；瞭解後其實你倆早已貌合神離。我竟又泛起了骯髒的竊喜之心？作為你朋友，如被你知道我竟然如此不堪的對嫂夫人起心，必會被你不恥。幸而、你沒有他心通，而我不該的「動念」必將永埋心底。

不知是被鬼迷或下意識作祟，總設法將你派到雪梨或昆州公幹；少則兩天多則幾日不定。不意你還真歡喜，說可以不必待在家中與她相對無言？

把握機會，不露痕跡的順道接送，不疑有他的上官雪好客熱情；往往相邀進屋喝杯咖啡，捧出精美點心，相談甚歡。那次意外見到她白玉般的手臂上有塊烏青，關心憐惜之情燃起，支唔以對最終黯然悽愴訴說是被你出手狂怒而傷。

自此、竟力勸她和你分手，維護女權，豈能再被惡夫動粗？由憐生愛，明知若被人知悉，將不容於天下。可「明知山有虎遍向虎山行」，野馬之心再難控制；反而是她，縱對你有千般不滿和怨恨，還是嚴守婦道。說為了孩子也不能壞了名聲？每每我要擁抱時她必左閃右避。

　　不曉得是否做夢，那天你對我說：「十哥、我離婚了；已向公司辭職，要離開墨爾本。」一時間我有些徬徨，深恐你婚姻觸礁與我有關？幸好你全然不覺，面前的朋友竟然「愛上你的妻子」？

　　以為豔福已至，遲早上官雪必將成為我的女人？唉！世事難料，在你走後未久，她也帶同兒女到美國回娘家去了。

　　那天醉意中返家、滿心失落仿如失戀者般悽愴；更驚訝的是那位別人眼中如花嬌豔的太太，竟留書出走了。她那封信內竟還有千秋楓的函件：

　　「十哥！我該死、太對不起你了；我不是人，愛上你的妻子！無法面對你，我才辭職，我倆已遠走高飛了。阿楓。」

　　扔掉信、我呆若木雞，不斷喃喃自語著：「愛上你的妻子！愛上你的妻子！……」

【註】「中華道統血脈延年」萬家姓氏，複姓「子尚」排313號。

生日快樂

收到維州州長恭喜退休賀函的子尚孝，愁眉不展。想起竟然已成為銀髮族，仿如夢中，對著冷嘲的歲月；縱然身體健壯，也不得不離開職場。想起今後無所事事的日子，總有點恐慌。

家早已成了空巢，本該是兒孫繞膝，但洋國度風氣，兒女成長後都急急離家；才不管父母寂寞晚年如何打發？事親至孝的子尚孝沒有辜負了自已的名字，孝親是天性，半分勉強不得。

節日假期，兒女偶而會先後回來；如驚鴻掠影，讓他享受為時不久的弄孫樂。

這種原本的天倫樂竟也變得異常珍貴，因為事業有成的兩個兒子都是大忙人。女兒一家每週末必歸寧一次，晚餐後才離去。一對未到十歲的外孫女，乖巧可愛，讓他甜到心底。

叫他爺爺的五歲男孫，年來因為甲型流感擾攘，至令老麼夫婦萬分恐懼，嚴禁與外界接觸；竟也包括了祖父母在內，為此讓他傷透了心。可對黃皮蕉的老麼夫婦，才不講什麼中華文化那古老過時的所謂傳統呢？不讓見就不能見，有次他心血來潮，買了好多孫兒愛吃的水果和老伴同往；結果、只能將水果放於大門外，在外聽到乖孫的聲音，卻無緣得見。

已在高考的長孫是老大的獨生女，亭亭玉立、住近在咫尺；也難得和祖父母見上一面，早忘了稚齡期早晚由爺爺帶著上小學的童年往事。

所幸每年總有一次讓兒孫們表達孝心，那就是兩老的生日；兒女們都預先訂下了酒席，買了大蛋糕，慶祝餐宴後全家大小一起唱生日歌，再讓孫男女們一起代吹紅蠟。禮物或紅包是少不了，物輕情意重，有心就值得啦！

　　以前生辰由於是用農曆，洋化了的兒女，經常忘記；後來找到萬年曆，總算將六十餘年前的農曆更換為陽曆，那麼再也不會被遺忘了。省了年年事先對後輩暗示、提醒，有點乞討般不是滋味的事兒。

　　子尚孝今年六十五歲的誕辰姍姍而至，雖然心情因年歲攀升而成為樂齡族有點黯然，但畢竟是一個闔府團聚的好日子，尤其可摟抱可親吻幾個孫兒女，那份樂才是他所期待之事。

　　一早起床，最先祝福的自然是老伴了；今年反常的沒見她暗示或透露半句如何慶祝？反正、只要她記得，家庭壽宴是難免的啦！

　　果然、那對可愛的外孫女上學前就掛來了電話，還說早已從電郵寄出了賀卡呢！然後，是乖孫親切的用英語在電話中連說大堆「Happy birthday，爺爺！」，媳婦跟著祝賀，老麼接過話筒，道歉說無法前來，因為已約了客戶晚餐？說翌日中午再帶賀禮去。

　　子尚孝心想，哈！晚宴時總會出現，還要故弄玄虛？未久、大孫女的電話來了，祝爺爺生日快樂後，反問爺爺晚上要不要去她那兒，她有個小聚會，約了幾位同學聯歡。

　　「怎麼？妳不和爺爺一起晚餐嗎？」

　　「爺爺，事先沒人通知我，已約了同學啦！」

　　「……」子尚孝生氣的掛斷了電話，看來孫女不是開玩笑吧？

　　黃昏、女兒按鈴，寂靜的家響起了那對可愛的外孫女銀鈴般的笑聲，一進門就抱著公公又親又摟。下班後乘火車趕來的女婿

也到了，子尚孝左盼右望，老大和老麼兩家真的沒出現，問老伴，說也許真的太忙，經商的人總會身不由己吧？

也沒有在酒樓預訂席位，週末人多，女兒說就到附件吃韓國餐吧？餐後回家，女兒在超市買了一個小小的乳酪蛋糕，由兩個小孫女高唱生日歌，再代吹紅蠟。

「祝您生日快樂……」的歌聲低低迴旋，幾枝小蠟蠋宛若落淚般暗淡。子尚孝心裡酸酸的，仿若兩個事業成功的兒子及大孫女躲在陰影中嘲笑；在祝願時，他在心坎內發誓，餘生再也不做生日了……

談虎

　　初次相遇、他雙手遞出一張印刷極精美的名片，彬彬有禮的說：「多多指教，我姓談，談話的談，要買新車找我，老友記都算特價。」聲音雄壯，耳膜嗡嗡作響，真是難忘的留下了個粗獷的印象。

　　果真在挑選汽車時再度交往，他滔滔不絕如數家珍般把幾種新車的性能一一比較，彷彿已背誦了千百次的導遊，所有內容隨口而出，絕難挑剔；和他外表那份粗野頗不對襯，真是人不可以貌相。

　　幾年間我們由泛泛之交成了老友，節日慶典彼此兩家互約一起歡樂，談太太雖然生育了三名兒女，但注重保養，歲月如水般流過無痕，女兒和她在一起如不介紹一定以為是兩姐妹。她那溫柔的氣質、輕聲軟語，是個典型的賢妻良母。

　　工餘也和他經常到酒吧喝上一兩杯啤酒，散散心鬆弛緊張的壓力；那天大概多灌了幾杯下肚，談虎漲紅著臉問我：

　　「老黃，你家有無多餘的空房？如有可否分租給我？」

　　「你開什麼玩笑？喝醉了嗎？」我驚訝的幾乎不信傳入耳朵的話。

　　「她趕我走，鬧著要和我離婚；我已再三道歉，也保證不會有下一次了。媽的，她得理不讓人，抓住了我的痛腳，大作文章，要我好看。子女都同情她，全認為我錯，不該有婚外情，全世界也都說我花心，犯了一次又一次，其實我最初是故意的，後

來是身不由己，這次也莫明其妙。但我沒想到她那麼絕情絕義，這次鬧真的。」

「都老夫老妻了，兒女也出息，再鬧分居不像話；凡事有商量，總可以大事化小小事化無，等我今晚去和阿嫂談談，她是明理人又是出名的溫柔。別想太多了，我送你回去，順便見見阿嫂。」

談虎大力搖搖頭，再要了酒，我阻擋無效，只好捨命陪君子；他一邊喝一邊說，彷彿犯了職業病，我的耳朵唯有借他傾訴：「媽的，以前子女小都全信了她，沒有人知道我自吞苦水多年，老黃你說，男人最痛苦的是什麼？」

他紅著雙眼，一大口飲下半杯酒，不等我講就再說下去：「我們結婚才兩年，居然和我的朋友不倫之戀，偷偷去約會，那時很窮，住在鄉下，全村人都知道了，獨獨我被蒙在鼓裡，為了那才對歲的女兒，也為了我談家的面子，連我父母都不敢給知道。趕快搬出城市，口中雖說原諒了她的背叛，但心底再三掙扎，也無法擦拭那傷痕。每次踫她，腦袋便出現她被那混蛋摟抱的形象。你知道嗎？我早已戴了綠帽，我從來不對人講，只為了自己的顏面也為了子女，她竟也以為那段不光彩的記憶真的沒發生過？」他一口一口的狂飲，想用酒麻醉。

談太太年輕時偷情？真難相信，但如沒有，談虎酒後不會亂吐冤枉她；如非親耳聆聽談虎這些怨言，如何敢想像集神聖、賢慧、溫柔等美好於一身的談太太竟也有過這麼一段風流史？

送他回去已變成空空蕩蕩的屋子，談太太留書出走了。我回到家，妻子說已和談太太通過電話，談太太很可憐，滿身傷痕，嫁錯了郎，只恨年輕時不信老人言，家人反對這場婚姻，說他什麼名字不叫，姓談竟還要改名為虎？真個是「談虎色變」啊！

我咬著牙強忍著，沒有把談太太當年的風流史講出來。

四兩命

　　木森和木林是哥兒倆，木森大三歲，兩兄弟身材肥瘦高矮並無多大分別；但性格卻很不同，老大悲觀弟弟樂觀，與之交往，若不知情很難相信他們是昆仲。

　　哥兒倆在原居地打拼天下，知天命之年後為了兒孫的幸福，決定舉家移民澳洲；難得的都能拋下一切，這要歸功木林的說服力，才能讓凡事往壞處想的老大動心。

　　木森提早退休移澳後，很重視對身體的保養，每天清晨散步半小時，回來後打完太極，才進早點。咖啡用代糖、喝脫脂鮮奶，乳酪也選用低脂類，食黑麵包、麥片、用不加色素和無糖份原味果醬。擺在餐桌上的還有Centrum Silver多種混合維他命片、Caltrate鈣片、Nature Made 500mg的維他命C、蜂皇精、魚肝油，是在用早餐後一一吞服。

　　聽說游泳能增進健康、就每週四次駕車前往室內泳池，在溫水中運動；再泡桑拿浴然後高溫焗一身汗，其爽無比。

　　他從不抽煙，晚餐喝半杯紅酒，說可以防心臟心肌多種疾病；還要太太專為他燒糙米飯，據傳常食糙米可以百病不侵也？

　　也不知是否墨爾本的怪天氣，秋冬時木森左腿關節便作痛，上下樓梯要按著扶手，醫生給他開了Celebrex 200mg的藥片，果然未久風濕就好了。可是沒想到又惹上了胃痛，唯有往見家庭醫生再轉專醫，又是照X光又驗血驗尿，能驗的東西都要醫生一一為

他檢驗，結果血糖、血壓、血脂、膽固醇、體重樣樣都正常。

　　木森心理自是高興萬分，每見到木林，都把他的保健心得介紹給弟弟，他將自己上述的生活起居飲食習慣如數家珍的一一陳說，並苦口婆心的要木林學他：每天大清早去散步、打太極、再去游泳、泡桑拿、焗汗等等，什麼好處都說得一清二楚了，可木林就是泥牛般不為所動，還反問他：

　　「大哥，要我像你那麼辛苦，活得那麼累，我才不希罕長命百歲呢！」

　　「起碼你也要戒酒戒煙啊？」

　　「你真是不可藥救的悲觀者，我正和你相反；不享受人生，為什麼要做人呢？我喝酒抽煙打打四方城、大魚大肉龍蝦螃蟹、霜淇淋蛋糕甜品樣樣美味都食。才沒恆心天天散步游泳，澳洲的營養已夠豐富，更不必花錢去買那麼多維他命和蜂皇精，我覺得你是在受罪呢。我都快六十了，你大我三歲，六十二了吧，何必把生活弄得那麼緊張，大哥，學學我吧，多快樂呢！」木林滔滔不絕，停了一陣子，忽然再往下講：「是了，大嫂還說你天天出門時都要含幾片洋參，真的嗎？」

　　「是啊，提神又補氣，洋參益壽，有何不好？」木森又想推銷他的養生術，哥兒倆話不投機，木林笑嘻嘻的丟下一句：「大哥，你明知我是四兩命的人，你不要再費唇舌啦！」

　　弟弟走後，木森想不通四兩命和自己先前推銷養生的話有何衝突？他一向不迷信，總認為老二走火入魔，拿健康開玩笑。那天到老二家，無意在書架上發現了一本「通勝」，翻到秤骨歌上，四兩命條目印著：

　　「平生之祿是綿長，件件心中自主張，前面風霜都受過，後來必定享安康。」

終於明白弟弟是「件件心中自主張」，從小到大果真是他的寫照，自己不禁啞然失笑，這個愛自作主張的人，向他說教無疑對牛彈琴了。

　　哥兒倆各有各忙，除了節日才會見見面，從那次後，木森也不再規勸弟弟，以免傷了手足情。

　　時光匆匆、一年後某夜，木森在全無徵兆下忽然心血管爆裂，救傷車載入醫院，搶救無效而逝世，享年六十三。

　　木林在靈堂前向哥哥拜祭時，望著木森的遺照，百感交集，喃喃自語的說：「大哥，你活得真夠累啊，安息吧！」

煩惱的菩薩

　　有座建在鬧市的寺廟、供奉著救苦救難的觀世音菩薩，因為虔誠的信眾有求必應，因此名聞遐邇，前來許願祈福者絡繹不絕，故而香火鼎盛。

　　寺廟大雄寶殿中央、清美莊嚴的千手觀音那張臉，被香薰得過久，已呈褐色；那原本微笑的姿容彷彿心事重重，菩薩看來也有煩惱，真不可思議啊。

　　原來觀世音一心想保持她的「有求必應」的美譽，對信眾正當的祈求都以無邊法力去讓他們滿足。可是最近，卻發現出了如下的難題。

　　九成前來祈求的善男信女無非求家宅平安，身體健康，這些都一一讓他們如願。

　　可是幾位中醫西醫及外科醫生的夫人們，竟不約而同的前來上香，祈求她們的丈夫客似雲來。他們是正當職業，行醫濟世，若因祈求平安福的市民都無病痛，這些醫者的飯碗也成問題了！如許醫者所求，豈非經常會有人生病？對那些信眾真難交待啊！

　　更為難的是，也不知人間如何的宣傳，無所不能的觀世音菩薩對信眾一視同仁，大慈大悲，有求必應也。在芸芸眾生中竟來了幾家福壽店的老闆，他們也一臉虔誠，跪求生意興隆。

　　問題來了，讓他們得償所願，豈非要死很多人？人死得多，證明那些醫生全是庸醫，對他們又不公平。不予理會，又有損菩

薩靈驗之名。若讓醫生們客似雲來，太對不起那些無辜的信眾。總之是順得哥情失嫂意，難怪觀世音菩薩愁眉不展。

年初九是天公誕，眾菩薩都必要到九層天上向天公祝壽；觀世音菩薩終於遇見了釋迦牟尼佛，大喜過望，就把心中的煩惱請教佛祖。

「請佛祖開示，以啟弟子愚昧。」觀世音把想不通的問題一股腦兒的傾瀉，雙手合十，恭敬等待佛祖指教。

「阿彌陀佛！就讓有帶業障者受點苦，不就都完滿了嗎？」

「恕弟子愚昧，無法明白。」

「還不容易，讓信眾中有業障者得病，有病者就要找醫生；重業的就讓醫生無法醫好，醫不好者豈非要死，死了就必得用棺槨不是？阿彌陀佛！」佛祖含笑合十侃侃而談。

「如此一來固然讓醫生和棺材店主如所求，但是，對那些求平安的信眾，竟家宅不安寧，豈非要質疑我無邊的法力？」觀世音菩薩誠惶誠恐的再問。

「有求必應也得看求者的為人，那些帶業者向你祈求，是非份之求啊，怎能讓為非作歹者因你的法力而擺脫得報應的天理呢？明瞭嗎？」

觀世音菩薩臉上又展開美麗的笑容，開心而恭敬的向世尊如來回禮，連聲道謝。

該寺廟的香火依然鼎盛如昔，市面上那些安份守己的大多信眾皆得平安健康；而幾個醫療處也不乏有病人求診，月中也有十個八個老人或重病者因返魂乏術而死亡，福壽店的生意也維持了。

節日或觀音誕辰，這些信眾都一臉虔誠的前來還願。大家紛紛頌揚著該寺廟的這尊「千心千眼大慈大悲的觀世音菩薩」的靈驗無邊法力。

大雄寶殿上的觀世音黑黑的臉，始終保持著一絲感人的親切微笑；看來是不再有煩惱的菩薩了……

網緣

　　林石喪妻後，謝絕了一切應酬，對相依數十載的老伴思念之情，令子女都很感動，他寧願獨居，也不肯搬去和兒子共住；為了難捨與妻生活了多年的屋宇，彷彿守著它，太太的魂魄就仍在此住宅與他相處似的。

　　孝順的女兒怕老父苦悶，特買了電腦並抽空教會了上網的知識；林石的英文有點基礎，早已會打字，有了電腦，真是如魚得水。除了讀網上的新聞和八卦消息外，也開始用「易妙」連繫上部份老友，可是只有極少數懂得這種新工具，多數同輩者還是用電話省事。

　　無意中發現可以交網友，天南地北，不必理會對方在何處，只要接上，也就是「投緣」，就能無所不談，比朋友更好，少了顧忌。

　　林石在眾多徵友欄內選了幾位，每日就在電腦上互通款曲，從政治宗教社會人生各方面的話題，熱烈討論，後來與那些意見相違的網友吵了幾次，便彼此疏遠。

　　意興闌珊時，竟有位新網友叫做阿蘭主動應徵，她因為良人病逝，寡居寂寞，想找個志同道合的異性朋友打發日子。

　　林石很感動的是在茫茫網海中，他竟被挑上，每天早晚互訴衷曲，有時一天多封的函件；不久，幾乎對方的生活起居喜惡都已瞭若指掌，阿蘭很保守，多次要求下，才寄來照片。

穿著傳統旗袍留起長髮，五官姣美，風韻猶存，年輕時必是個大美人；紅顏天妒，如今竟已孑然一身，林石怔怔的對著相片，一份愛憐之心油然而生。

　　對方也索取回贈，已忘了多久沒拍過照了，他也細心選了兩張看來依然神采奕奕的舊照寄去。

　　往後的書信，漸漸涉及了關懷，互吐心聲，從兒女經到前塵舊事，暢談愉悅，雙方終於有了強烈的會面的意願。

　　幸好對方在雪梨西區，林石以前曾去那兒探訪友人數次，算是識途老馬。買了機票，興沖沖的從昆州飛到雪梨，再轉火車去卡巴拉瑪打（Cabramatta），阿蘭早已在車站迎接。

　　真有點相逢恨晚之感，雖然阿蘭比不上照片那麼迷人，卻還高貴硬朗，沒有想像中的豐滿，畢竟光陰無情，彼此彼此，她若不見棄，已是萬幸啦？

　　阿蘭竟有些靦顏，回家途中話不多，林石很想知道她對他的印象是好是壞？但她卻笑而不答。她的住處，是兩房一廳的公寓，離鬧市不遠，環境清幽。

　　黃昏之戀，精神慰藉最重要，林石真的有回家的感覺；對阿蘭左看右望，越瞧越順眼，當初對亡妻那份濃情早已轉移在阿蘭身上了。

　　「阿蘭，早點認識妳就好了。」林石忘形的牽著她的手，輕聲的說。

　　「那你太太呢？你不是在易妙裡說她千般好嗎？」阿蘭縮回手，平靜的回應。

　　那晚就寢前，阿蘭無意發現林石整個假髮放在床沿，開口時兩排門牙空空如也。眼鏡脫下，左眼如線右眼尚存，有點滑稽性，比相片老醜多了。

她感到一陣噁心，匆匆逃出客房，回到自己的寢室，臉上微紅，鎖好房門，把那頭濃密的黑髮拿下，鏡中剩下一頭稀疏的銀絲；換睡袍時順手把假乳脫去，回復平坦收縮的胸脯。她怔怔的對鏡，彷彿鏡中人不是自己，在歲月魔手搓揉下，青春年華早已不存，唉！何必多此一舉，真是相見爭如不見啊。

　　她改變了主意，陪林石兩天，送他回去後；在網上答覆他，她不會遷移昆士蘭與他共度餘生。還是恢復網中情誼，成為彼此在網上無所不談的網友。

　　林石回家後，悵然有失，百思難解；明明一段好情緣，為何竟只成了虛幻的網緣？

月黑風高

九哥迷上賭博後，性情越變越古怪，子女對他漸漸疏遠，九嫂除了對他冷言冷語外，幾乎成了名存實亡的夫妻，因為這個一丈之夫經常不回家，偶然回來也獨個兒四肢一躺，如豬似的打起呼嚕尋找周公去了。

本來移居新鄉，目的就是為著那對乖巧的兒女，希望他們出人頭地，所以夫婦倆咬緊牙關讓子女就讀私立學校，日子雖苦一家人也樂融融的過活，對明天有憧憬，再困難也是過度吧了。

高瘦的九哥已過四十，沒想到不惑之年後竟一腳踩入了一條不歸路；因為事業不順心，高不成低不就，蹉跎歲月中，先是奉場作興的陪同事前去五光十色的皇冠賭場開開心，見到不少人時來運至，或獨中大獎，或領了名貴寶馬牌汽車，或贏了百萬累積獎金，一夜致富了。這種誘惑太美妙了，他不知不覺的心思思。

下班後自自然然的如人約黃昏後般的心情，趕往皇冠「打老虎」，在聲色迷人的老虎機堆中選擇合眼緣的其中一隻「老虎」，就開始餵「虎」了。也經常有所回應，贏錢時不忘在回家途中買隻燒鴨或一斤燒乳豬，給兒女添菜。但令他百思難明的是，家人越來越少和他說話，略胖的妻子則成了黑面神，冷冰冰的把他視同陌路。

工作丟了後，他更成了賭場的常客，有時三兩天都沒回家；一心想贏大錢，只要發達了，妻子兒女必另眼相待。未久，能借

到錢的親友都借過了，可用的藉口也全用了。就開始為賭本而變賣了代步的汽車，幾個月後九嫂發現她的手鐲和金鏈都不知所蹤，夫妻於是大吵大鬧，自此家無寧日。

農曆七月盂蘭節已至，九嫂一如往年前去廟宇上香外，也在家中後園祭祀「好兄弟」們，希望家庭平安夫君回頭是岸。那晚晚餐特別豐盛，九哥離家時，已有點醉意。為了向太太「借」點錢，由於信用無存，夫妻惡言相向，九哥拂袖而去。出門前大聲對著九嫂怒吼：「丟妳老妹，老子若今晚不大贏就再也不回來看妳的晚娘臉。」

跌跌撞撞的衝出去，門外竟然是月黑風高，烏雲滿布，路上少有行人；耳際傳來此起彼落的狗哭聲，嗚嗚哀鳴而不是狂吠；鄰近車站的是座古老墓園，平素膽大的九哥從不信邪，只感到陰風陣陣的拂面，令他縮著肩膀逆風而行。

他和往昔一般朝著火車站的方向繞過墳場，隆隆的火車呼嘯輾過鐵軌，九哥還沒到火車站竟迷糊的見到熟悉的那堆張開大口的老虎們，笑嘻嘻的向他笑，人聲吵嚷中他找到了那排累積了幾十萬花紅的老虎機，就開始打老虎了。

人人聚精會神的拚命和「老虎」博鬥，九哥的賭本不多，把最後的五十元都餵進虎口後，沒多久居然鈴聲大響，彩燈大亮，九哥整個人因為過度興奮、喜極而泣，是真的是真的，他狂笑聲中大叫著：「丟妳老妹，老子發了老子發了……」

他把錢塞進身上所有的口袋，塞得滿滿的，塞到再無任何空間，他選擇領現金，為了回去向老婆示威，為了揚眉吐氣。他一臉傻笑的回去，也不管是三更半夜或已近天亮，也不想會不會吵醒兒女們，大喜事，才不必管那麼多呢！

九嫂開門時，九哥大笑的把身上所有的鈔票扔向她，濃濃的酒精在他身上散發而出，他來不及進房，已倒睡在客廳的沙發上。

　　九嫂驚訝到面無人色，在地上沙發椅上以及他身上拾起一張張十萬面額的美鈔，那全是中午她焚燒給「好兄弟」們的冥錢，為什麼都完好的被他收藏著？

　　用冷水潑醒九哥，問他，他只是傻笑說：「我發了，我發了，看啊，我贏了幾十萬呢……」

　　月黑風高的門外，隱約又傳來狗群淒厲的嗚咽，哀鳴切切；九嫂的眼淚一滴滴的滾落……

【武俠微型小說】琴簫情

簫音悠揚散播進周遭的空間，遠遠近近若隱若現的清晰簫聲破空傳至，本來平靜無波的止水心坎，驟聆此哀怨斷腸樂曲，彷彿浪濤突擊，掀起無止盡的漣漪。

吹簫人是江湖俠客蕭無極，外號無敵銅簫；他自出道以來就雲遊四海到處行俠仗義，救人無數。外表英俊為人豪爽，臉上常掛著笑意，但無人明白他過去發生過什麼事，以至簫音中皆是一片愁緒。

他從天山一路往南走，每個地方都隨緣佈施，待在一處不到兩天又匆匆離去，像在逃避仇家似的，令人難解的是以他的絕世武功銅簫十八式，江湖上幾無敵手，還有何人可令這位當世高手東奔西逃呢？

那年與她在嵩山意外邂逅，他對面前婀娜嫵媚的弱女子頓生好感，殊不知是誤會或她是仇家後人，對她展顏，正想攀緣時，忽然她出乎意料的發招，抓在玉手上的兵器竟是琵琶。揮舞如仙女散花，剎那間風聲呼嘯，他被強力的暗勁迫著後退，等到調息吸納，運氣於掌，持簫抵擋，漸漸化解陌生美女進擊的氣勢。

他的十八式一經展開，源源不絕，招招相扣連鎖，攻中帶守，身遭被無形氣環包圍，滴水不入。琵琶久攻下仍不見功，女子驟變招數，急退七八步，一個迴旋美姿，人已盤腿而座，低首垂目橫抱琵琶。

蕭無敵一愕間，硬拉回已發功之殺招：「銅簫鎖喉」，人也因回勁而倒退幾步，來不及發問，琴聲破空而響，但見她纖纖十指轉軸撥弦三兩聲，輕攏慢撚抹復挑，大弦嘈嘈小弦切切。蕭無極一顆心七上八下，隨著琴音時快時慢，似已被催眠，腳步不受控制的移向她。正當他神魂不清時，忽而噹的一聲大響，一根琴弦中斷。蕭無極隨即止步，額上汗珠已滴，暗叫好險。

　　「請問女俠緣何無理取鬧？」

　　「因為你是無敵銅簫啊！不找你找誰？今天算你好運，琵琶斷弦放你一馬；我就是一路追蹤你的峨嵋派第三十七代掌門人冷血豔。」

　　「我什麼時候得罪了閣下，一定要來找麻煩？」

　　「少囉唆，天涯海角我還要找你還一筆債。」言畢風聲呼呼中她已抱著琵琶急躍隱沒於林中。

　　蕭無極心情黯然寥落，百思難解，想不起哪年哪月開罪過這位武功高強冷豔清麗的掌門人，今後將永無寧日。從天山往南走，以為能避開這場上代結下的恩怨，師父臨終遺言，希望他設法化解，怨怨相報無了時。他到處行俠濟世，也無非向她證明，他並非浪子並非虛有其名。沒想一見，原來她美豔若仙，他那一殺招，真的全力出擊時，還是會為了憐香惜玉而硬回收的，可惜她並不知道。

　　蕭無極並不怕，倒期望能再遇上她，可是匆匆數載，斯人已無蹤影。萬水千山外的南太極傳說是人間仙境，為了響往這個世外桃源，他終於來到了昆士蘭的黃金海岸。

　　每日在沿岸鬧區中演奏銅簫，西洋人駐足聆賞後，除了掌聲也放下了些賞錢，足夠他正常的生活開支。

那天在沙灘上熙來攘往的遊客中，離他不遠處，有一女子抱著琵琶行到他身前，在他持簫吹奏時，撫琴撥弦，琵琶聲突襲而至，但見她十指如飛錯雜彈，大珠小珠落玉盤，四弦一聲如裂帛，鐵騎突出刀槍鳴。

銅簫忽高忽低，迴旋穿梭於琴聲中，內力貫徹，如泣如訴，在她殺氣奔騰裡柔情萬縷的化解迫至的力道。當世兩大高手在不明所以然的洋觀眾前已交手幾十回合。

琵琶聲漸漸由充滿殺氣中被溫柔如水的簫音交纏著，兩對本來敵視著的眼光也已無意中纏綿交接，一切變得如詩似畫，像昆士蘭黃金海岸的暖和陽光，琴簫和奏在二人對視微笑中劃上句號，掌聲雷動，銅幣如雨的賞賜給這兩位華裔音樂家。

冷血豔輕笑著走近簫無極，他本能的一退，惹得她哈哈大笑：「還怕我？」

「真沒想到，竟會在澳洲相遇。」他撫著銅簫低歎著。

「同是天涯淪落人，我們算不算有緣？」

「是吧！我想欠妳的債今天要開始還啦。」

黃金海岸的海灘邊，自始有耳福的遊客在晴朗時就會聆賞到這對俠客的琵琶銅簫合奏，簫無極終於完成了師父的心願，與冷血豔共締良緣。

【武俠微型小說】解藥

　　白清秘密執掌了逍遙派，成為至高無上的「姥姥」後，為繼承前姥姥也是姑母的遺志，要一統江湖，擴張逍遙派勢力，她立即大改革。

　　把逍遙山莊的玫瑰花樹依五行八卦方位種植，這花陣一可防止外敵入侵，二可提煉逍遙散，連名揚天下的刀癡也不知不覺裡中了蠱，可見逍遙散這獨門蠱毒有多厲害。三是白清獨愛玫瑰，每日必用大量玫瑰花瓣沐浴，因此、身上經年散發玫瑰花味。

　　江湖上對逍遙派敬而遠之，也不明白那些妖女為何寧死也不敢背叛？實在令人費解；唯有刀癡心底清楚，因為、他也得每月準時前往逍遙山莊，親向姥姥領取解藥。

　　逍遙蠱分有幾十種，視被下蠱者的身份和武功而定；刀癡中的是最深最難解的情蠱，非得姥姥親自分發解藥不可。

　　前任姥姥頒下通緝令，非要拘拿刀癡回山莊不可，沒想到出師不利，派出白清，這小妮子下不了手，反被刀癡俘虜，和他秘密過著神仙般生活。江湖沸騰後，始難分難捨的分離。不意刀癡這浪子，竟如中了蠱，對白清癡心到要拋妻棄子，浪跡天涯到處追尋。

　　終於把姥姥之位傳給唯一的親人侄女，白清發了重誓，統領逍遙派，首要就是重振逍遙威風。那次、再遇刀癡，本無心要捕他，舊情依依中，刀癡那片感天動地的癡心，讓她好生為難。最

後、還是在擁吻時把情蠱放入，雖不致命，也從此癡癡呆呆，一代大俠，若無解藥，終生只好唯命是從了。

刀癡對於如何中了蠱毒，也百思難明，每日定時以內功迫出毒素。但是、身體並無異樣，唯有一顆心，無時無刻的記掛著白清，那份癡迷已到了接近瘋癲的樣子。

不再管江湖事，名揚江湖的刀神，如今整日無所事事，在江畔在城鎮在鬧市，每見到身形婀娜的女人，不論老少，莫不回眸凝視，經常被誤會為登徒子。

首次取解藥的約期到了，刀癡去到逍遙山莊，由蒙面女帶進花陣，置身充滿玫瑰花香的房間。正訝異時，耳際聞到輕輕歎息，正是他日思夜想的白清，心中大喜，忘形的大呼：「白清、白清，是妳嗎？」

人竟迷糊的倒下去了，宛若被人抱起，姥姥愛憐萬分的把口對正他的口，蜻蜓點水似的將些粉末吹入，然後隱入屏風。

刀癡醒來，耳中又聞那熟悉親切的聲音：「你去吧，下月再來。」

「求求妳了，告訴我，妳是不是白清？」

「要再見白清，當你成了自由身，就能如願……」

刀癡神思彷彿的被帶出花陣，心中老想著那句要他變為自由身的話，可無論如何古柔並無犯下被休的「七出之條」，又逆來順受，如何能做這種江湖不恥的事？

回到家，他不敢正眼看妻子，藉酒消愁。心中情蠱卻不恕他，日夜糾纏，再也不是往昔令黑道聞風喪膽的大俠了。

再上山，姥姥滿懷心事的面對他，問他自由了嗎？刀癡搖搖頭，心中清醒，分明面前的聲音就是白清。他出奇不意的舉起食

指從商陽穴上發出內力，姥姥的面紗忽然被一陣強風掀開，人已被刀癡一把摟住，踏破鐵鞋無覓處，真是得來全不費功夫。

「放開我、要死嗎？」白清雖已徐娘半老，但驟然被情人強抱入懷，臉頰也飄起了紅暈。

「白清，妳原來成了姥姥，想死我了，我再也不放開妳……」刀癡急不及待的把嘴唇強印在她的唇上，白清拚命掙扎，最後力道漸漸微弱了，任由他狂吻，她的心浪漫的飄蕩著，彷彿是在汪洋上輕搖的小船，再難自制。

久久，才依依的推開，幽怨的說：「你回去她身邊吧，以後不必再來拿解藥了。」

「為什麼？」刀癡緊緊的摟抱她的腰肢，好像一放鬆白清就便會消失似的。

「你的毒都解了，我的唾液就是解藥，一次過都給妳吮乾了，你已吞下解開全部逍遙蠱的解毒。」

「不，我每月還要來見妳。」

勁風揚起、刀癡再次暈了過去。醒來，人已在逍遙山莊外。望向那片玫瑰園，如在夢中，全身都散放著玫瑰香。

回到家，他幾天都不沐浴，想留著白清身上的氣味；可心中白清形像竟莫明其妙的淡化了……

作者介紹

呂順

原名呂金堂，祖籍山東淄博，北京工作多年，現住澳洲墨爾本，系澳籍華人，先後任「澳洲維州華文作協」秘書長、「澳洲華人作協」會長，及文心社墨爾本分社社長，世界華文微型小說研究會受邀理事，並歷任澳洲中文報紙、澳洲中文雜誌副刊主編、記者。

二〇〇五年出版長篇小說《澳洲敘事》，二〇〇八年出版散文集《喜歡墨爾本》。小說《我的「洋哥們唐納德」》獲澳洲傅紅文學獎一等獎，《風箏夢》獲全球華語散文大賽三等獎，《煽你個大耳刮》獲第六屆中國微型小說三等獎，《衝出迷霧》《扉頁敞開的記事簿》《美麗絲襪花和美麗女老師》等作品先後在澳洲、中國大陸、中國臺灣等地，先後多次在散文、小說徵文比賽中獲獎。並榮獲二〇〇八年澳洲墨爾本文化藝術基金專項鼓勵。

我煽你個大耳刮

這件事很浪漫也很狼狽，酒後他向我吐露。

出國前老同學做東，為他舉辦歡送晚宴，恰巧到會的全是男同學，夫人們不在，男人之間難免口無遮攔。他平日被他們戲稱「老夫子」，先是被老同學調侃，後是聽老同學灌輸：「不嫖妓的男人，是不健全的男人。」

歡鬧後老同學都醉了，分別被送進各自的臥室。

「醒醒，喝點茶好嗎？」耳邊響起柔聲細語，一位香豔、低胸、超短裙的小姐坐在他的床頭，他無法記得喝的是龍井還是紅茶，他已經被進口化妝品的濃香薰暈忽了，突然感到酒後被漂亮女人服侍真舒坦。

她輕盈地撲進他的懷裡，他決定裝傻充楞施展一下大男人的「氣概」，平時「有那個心沒那個膽」，這次難得的豔遇，也不辜負老同學的一場「輔導」。按捺不住的欲火充斥在血管裡，憑藉酒精在體內燃燒的遮掩，他故作醉態的準備進入角色；何況，他本來就很陽剛。

「沒吃過豬肉還沒見過豬跑」，嫖妓這種事他就不信他不會，不就是春風一度嗎？他心裡撲通亂跳，裝神弄鬼地托起她的臉，掂斤播兩一樣仔細審視，給他的印象女人模樣當屬上乘，是天生尤物，白淨細嫩的笑臉透出一股風情萬種的眼神。

她一定是個醉酒的女人，醉中亂了方寸，才會將他這個愚腐的中年男人，當成是風流場中的高手。平時醉酒的女人他是不敢看的，因為不是酒醉了，是她將自己的心灌醉了；晶瑩美麗的面孔在燭光的房間裡散發著誘人的色彩和芳香，讓人著迷，讓人心動，充滿著誘惑與魅力；但今晚不一樣，她是他今晚的「獵物」，多看她幾眼也不為過。

　　她扭扭捏捏閉上眼睛，拉住他的手壓向她的乳房，他頓時緊張得慌忙轉過頭去，伸在半空的手不敢亂動，生怕一不小心觸摸到她的軟性「爆炸物」，她見他很久都沒有動作，用噴火的眼神看著他：

　　「我的好哥哥，你還臉紅呢？親我一下好嗎？」她說完又風騷地挑逗他：「除非你是個不健全的男人」。

　　她也會說這句話，真邪了，這是誠心擠兌人：「這體格，這氣概，敢說不健全！」他用勁攢緊拳頭，硬是讓平日鬆軟的胳膊上鼓起了幾塊肉疙瘩，忘記了剛才那付熊樣。

　　「好的，那今晚我就屬於你，嗯，我要你看這兒。」

　　她嗲聲嗲氣邊說邊解開了上衣，露出兩隻白皙、光滑、挺拔的「肉蛋」，他才發現她要來真的。隨著腦袋嗡的一聲，慌亂中他閉上眼睛不敢正視，手掌像打推手拳一樣，一不小心還是碰著了但也推開了她的「肉蛋」。

　　她才使出第一「招」邊說邊露，他這假嫖客哪敢「接招」。免強拼湊起來唬人的架勢見不得槍林彈雨，頓時面紅耳赤不敢應對，她若是再出幾「招」，不是他嫖她，倒成了她嫖他。

　　就嫖妓的標準和技巧而言，他真還得從妓女那學習「本領」，然後再用嫖妓來證明他是個健全的男人，他幹嘛要鑽進嫖妓的怪圈，嫖與沒嫖他都是只有輸沒有贏；他開始後悔了，不想

逢場作戲了，生理的欲望跌進了谷底，本想為自已忽悠出嫖一次，一生只嫖這一次的理由，到這個時候更像泄了氣的皮球。

「你走吧，對不起。」他請她走。

「請你放心，我沒病。」她惶然無措地解釋。

「你沒病也得走。」他咬緊牙關不鬆口。

「先生，我收了你朋友給的過夜錢，我退你一半。」她真把他看扁了。

「錢全歸你，他堅持送她走。」把她推出房門，在屋裡反手把門鎖上。

「先生，我進去給你唱個歌好嗎？」她故作燕語鶯啼。

「先生，我進去給你講個故事好嗎？」她漸漸失去自信。

「我能上哪去，夜裡走路不安全，我進去看電視行嗎？」她已經慌恐不安。

「我不和你做『那事』，我進去坐到天亮行嗎？求你了！」她終於吞聲飲泣。

他講到這裡停下了，屋裡靜得喘氣聲都能聽得見。

「你總該憐香惜玉吧？」我先開口。

「說句男人的悄悄話吧，憐香惜玉我會輸的更慘。」他有些無奈。

「你的惻隱之心哪去了？」我乘勢進攻。

「別提了，她在門外軟磨死纏，那一夜呀……」他露出了破綻。

「那一夜怎麼了？你和她到底「風流」沒有？」我追問。

「還問！你敢寫我的八掛！我煽你個大耳刮！」嗨！他沒醉。

鬧離婚的男人

　　說他牛，他真牛，找到一份別人都不願意幹的工作，掙了兩年不安分的「高薪」，他就找不著北了，譜擺大了，把前幾年妻子的百好千好都忘了。

　　晚上十點鐘的時候，妻子疲憊地回家了。明知妻子留條寫了：「下班後參加教會組織的為救助火災募捐活動」但是，他仍然虎著個臉，訓斥她：「我還沒吃飯呢？你要餓死我！」

　　「我寫的很清楚，飯，菜都做好了，你熱一下就吃吧。」

　　「你讓我自己熱，哼，你連我都不關心，還能關心別人？」

　　她急忙洗手，給他熱飯，熱菜，擺好了碗筷，又打開一罐啤酒，再增加兩樣小菜，連餐紙都給他預備好了。

　　她轉過身準備去洗浴間沖涼，心想他自從做了代理很少在家吃晚飯，今晚餓就快吃飯吧，也許能清靜一會，只見他一邊看電視一邊說：「衛生間下水道不通暢，你沒看見呢？非得到不能用你才修啊！」她不想惹他，只好立即去修理，還好，只吸幾下，聽見「嘩」的一聲，就修好了。

　　「陽臺的電燈一閃一閃的，你也不換個燈炮，等我晚上摸黑你高興啊！」

　　「家裡沒梯子，我夠不著。」

　　「拿兩個椅子墊高了都不會，笨死了。」

她又找來兩個椅子落在一起，爬上去卸下燈罩，換上燈泡，嘿，男人連扶一把都不肯。還好，試一下燈光正常，她想，這下該讓不打擾我休息了。

「廚房油煙機幾天沒擦了？」

「油煙機通常一周擦一次，前天才擦的。」

「不行，一天一擦。」

「明天吧，明天我再擦。」

「今天的活幹嘛留給明天。」

她無奈的走向廚房，強忍住眼裡的淚水，再讓他一次，他掙錢多了，難免脾氣大一點。清洗完油煙機，她順手將煤氣灶、牆壁瓷磚，又擦了兩遍。

她下班後與姐妹走了兩個多小時，回家已經一個小時還沒停手歇息，實在太累了，拉過一把椅子就湊合在廚房喘口氣，喝口水吧。

她剛想休息，男人不讓，一聲埋怨又來了。「床頭燈的開關不能用手摸，我說過多少天了，讓你買個拉線的才安全，你真想讓我觸電呢！」

「我去了幾次都沒買著，澳洲現在很少有人用拉線開關。」

「讓你買你就買，誰知道你去買了沒有？」

「你，你誠心欺負人。」妻子忍無可忍說了一句。

「你說我欺負你，你別跟我過呀！」

「你，你！」她哭哭啼啼跑向淋浴間，這裡成了她唯一哭訴的地方。

最近，他對妻子天天如此，因為，他定格自己是個「成功」的男人，很得意。原來他和妻子八年前同時在墨爾本讀完大學金融系，畢業不久，妻子在一間大公司找到一份對口的工作，年薪

六萬多。男人滿以為也能找到一份收入不低的工作，只是命運不濟，找了快一年，最多只是年薪三萬。

才三萬，聽起來讓人笑話，他堅決不幹，就憑我，至少不能低於妻子。有人勸他騎馬找馬，先幹上再爭取機會，他根本聽不進去，再勸，他跟你急。

雖然妻子一人上班，生活也不算困難，男人管買糧買菜，妻子下班主動進廚房，至於衛生，拆洗等家務事妻子也都搶先多做，小日子過的還算可以。

每當男人為工作發愁，妻子總是笑容可掬的安慰他：「麵包會有的，好工作會有的。」週末妻子陪他郊外燒烤，年假妻子陪他海外旅遊，他喜歡的衣服一件不少，他愛吃的食物冰箱常備，只是低薪工作他不幹，高薪工作又沒有，妻子看在眼裡卻無能為力說服男人。又過了一段時間，男人實在待不下去了，就和妻子商量：「我再讀個博士文憑，也許畢業能找到一份好工作，家裡全靠你。」

兩年過去，男人文憑是拿到了，年薪六萬以上的工作還是沒找到，大概老是伸手要錢心裡也有不安的時候，只好東一天、西兩天，找點短期工作對付。一恍幾年了，在別人眼裡，兩人收入的小家庭應該很美滿，可是在他的心裡卻是怨天怨地，等著吧，有一天我會讓你們知道我比她厲害。

東打聽，西托人，你還別說，他的機會真的來了，聽說寶島有個臭名昭著貪官的「公子哥」要找個學金融的做代理人，年薪十萬應該說不算低，找了幾個都覺得錢的來源不清楚，沒有人願意做。只有他不顧妻子阻攔，擠上門去接受聘請。才做了半年，「公子哥」已經對他洗錢的手法十分滿意，不斷地給他大額紅包，並許諾他的妻子也可以做他助手，年薪八萬另有提成。可是，在高薪面前妻子不但自己拒不接受，還勸他早點離開。

妻子不做助手，正好，就憑她的正規勁，洗錢的細節瞞不過她的賬目，肯定少不了反對。找個既做情人又是助手的年輕女孩，只要年薪五萬，漂亮尤物隨便挑，省下三萬還是自己的，金錢和美人兼得，別提他有多高興。

　　從此，折騰妻子成了他的「傳統」，逼到妻子主動提出離婚，他就達到目的了。這幾年妻子的功勞也好，苦勞也罷，只要妻子先提離婚就都等於零，省了知情人說他忘本。

　　澳洲法律規定，離婚需要分居一年以後才能判決；搬走後她才體會到自由、舒暢，原來生活可以這樣美好，她又重新恢復了往日的笑臉。朋友都說：「這種男人早就應該炒了他，擺脫他是你的福氣。」

　　看來離婚讓雙方都很高興，再分居半年，離婚就生效了。有一天，男人卻突然變掛了，自己求情，找人說情，又是反省又是求饒，反正是反悔了。男人的舉動讓不少人看走了眼，難道男人真想痛改前非。

　　直到有人說：他的後臺「公子哥」自身難保已被限制出境，他的十萬年薪沒了，澳洲正在追查他協助「公子哥」洗錢的法律責任。

多情誤

「你好，上車吧，送你一程。」在墨爾本的一個繁華路段，一位男士禮貌的邀請。

玲寶起初有些困惑，不相信會是請自己，但確認後明白了，這可是機會難得，立即轉換表情，向這位頗有風度的洋人男士輕盈地笑著說了聲：「謝謝你！」。

她與幾個剛下班的等車人，望穿秋水般地等著巴士車進站，煩躁地在車站上踱來踱去，竟然有人特意停在她面前，請她到附近泊車位上車，這是飛來的機遇，她閃爍一下發光的眼神，在眾人羨慕的注視下，跨出了候車的人群。

洋人男士請玲寶坐進了前排側座，她十分得意，在澳洲坐前排還是後排意義是不同的，至少她這樣想：「我若是已經結婚，我坐的是女主人的位置，沒結婚，我坐的是未婚妻的位置。」

玲寶知道，自己的笑容具有迷人的魅力，在可能的情況下，她把握時機不時施展一下，隱隱約約感覺出，並不是她的氣質吸引對方，而是她的媚笑足以讓男士裙下稱臣。

由雪梨搬來墨爾本僅一周，玲寶與這位洋人男士，在墨爾本東南區駛向市中心的火車上邂逅，上班同乘一班火車，再換乘同一路巴士車。

起初相互看見，漸漸相互記住，後來相互點頭，今天誠意邀請，說來就這麼簡單。其實也不簡單；玲寶最喜歡與男人發生糾

纏並留下伏筆，為了以後主動，最好等到洋人男士先開口，而她瞅準機會，後發制人，她為自己的聰明暗暗得意。

在火車上，鈴寶雖然不曾與這位洋人男士交談，卻發覺關心卻日漸加深；看得出他的眼睛時常在乘客中搜索她，直到發現了，他才放心地看著別處。

玲寶一個二十九歲的女人，的確漂亮，她時常這樣比：「比起少女，我成熟，比起中年女人，我豔麗，比起老年女人，我嬌嫩。」比過了，那怕沒人欣賞，她也不怕浪費自作多情，時常練習斜著那雙眼睛，洋溢出萬般柔情，說話帶點嗲聲嗲氣。

在大陸的一個大城市，學生時代她經歷過早戀，同居。別看玲寶高考成績遠低於錄取線，卻能自費上大學；別看她許多學科不及格，沒法混到大學畢業，卻能憑藉假學歷，假資金證明，兩年前自費來雪梨讀碩士學位。

既然是假留學，到了雪梨第一步，就是發揮她的手段，把自己嫁出去，嫁給一個有澳洲身份的男人，拿到身份留下來。

雪梨的婚姻介紹所，看多了與玲寶類似的女人；她們拿到身份就離婚，結婚前對男方的要求低到不能再低，不計較年齡，不計較膚色，不計較是賭徒還是癮君子，只要是沒有愛滋病的全都可以。

婚姻介紹所掙的是介紹費，那個去管這類女人不可告人的手段。再說受傷害的男人，真想追究責任，自然去找律師事務所，絕對與婚姻介紹所無關。

當留學生正在寒窗苦讀的時候，玲寶與一個男人匆忙旅遊一周，完成了結婚的法律手續。一年後她拿到身份的同時，她的雪梨丈夫從此失蹤了妻子。

玲寶來到墨爾本，開始她的出國第二步，還有第三步……，可惜，時運不濟，找個有錢又適齡的未婚男人，真不容易。退而求其次，找個有錢離過婚就成了她濫竽充數的底線。

　　洋人男士時近中年，開一輛新款「大奔」，應該是事業有成。她沒料到才幾天，真的能釣得「金龜」婿，不僅是大款而且風度翩翩，她嫁他是上乘之選，暫時嫁不成，先做他的情婦，曲線結婚也是心甘情願。

　　她正處於有些迷醉狀態，忽然看見汽車停下來，一對洋人夫妻坐進了後排。

　　「這是我哥哥、妻子。」洋人男士向玲寶介紹。

　　「很高幸與認識你們，我叫玲寶。」鈴寶嘴上笑咪咪客氣地說，心裡卻盤算著：「原來後排座位留給他們，那一定是請他哥嫂相看我，我見過世面，應付他們，小菜一碟。」

　　「我們倆要去哥哥家，送你到平時上車的火車站，可以嗎？」

　　「他是你的哥哥，那她呢？」

　　「她是我妻子。」

　　轟隆一聲，如遇驚雷。她心中的「金龜」夢迅速冷卻了，她感到夾在他和他妻子中間的尷尬，頓時語塞。

跑車上的俊男美女

哥嫂新婚去歐洲旅遊，弟弟鴻年爭得了寶馬跑車的「照管」權，其實是每天把寶馬跑車發動一次，在二十公里範圍內溜一圈。

若不是新嫂子說情，哥哥就連這個小小要求都不肯答應。

鴻年起初還是照章辦事，儘管他很想痛快圍繞墨爾本兜一大圈，不跑它個一千公里，至少也得跑上五百公里，那才叫過車癮。但一想到哥哥那眼神，那不情願的態度，算了吧，別傷了感情。再說哥哥可是得罪不起的，自己大學還有一年就畢業了，用錢還要哥哥轉手，否則爸爸不認賬。

哥哥大他九歲，很得父親器重，一直像領跑的助理教練，壓著他低調中規中矩朝前跑，哥哥打理的墨爾本公司業績可觀，爸這才送輛寶馬跑車當作結婚禮物。

鴻年常想：「老爸也真是，照這個速度，猴年馬月寶馬跑車也送不到我頭上。」

鴻年的哥們秀峰，一不留神，發現鴻年開上了寶馬跑車，簡直就是一走眼「土雞變成了鳳凰」。

「爸讓我試開一個月，若能適應，再給我買一輛。」鴻年在哥們面前不妨吹吹牛。

「適應一個月，就是逍遙三十天，此時不樂更待何時。你應該早說，害得我白買了月票。」秀峰聽了興高采烈，嗔怪鴻年不早告訴他。

平時鴻年總是低秀峰一頭，自從開上這輛寶馬跑車，秀峰是時時瞧鴻年臉色，處處迎合鴻年的心意。只是秀峰要求漸高，要把跑車開到遠遠的地方兜風，鴻年心虛不敢應答。

　　頭兩天，上學鴻年開下學秀峰開。每天在里程表允許數位內行駛，寶馬跑車天天進出墨爾本這所著名學府，鴻年的虛榮心得到了滿足；而秀峰透過墨鏡默默地數著，有多少個夠姿色的美女，多看了他幾眼。

　　「名車美女，夫復何求。」在放學回公寓的路上，秀峰胡謅，鴻年聽的挺舒服。

　　「就憑咱倆，帥哥一對，寶馬跑車上若不坐兩美女，咱倆不是『同性戀』才怪。」秀峰深怕不能打動鴻年，用上了逆向思維。

　　「你知道我沒有女朋友，載上你那位靚妹算了。」鴻年以退為進，等待秀峰上鉤。

　　「這話說的，多不夠哥們，我女朋友有個要好的姐妹，把她介紹給你，保證是郎才女貌，天作之合。」

　　「這可是你說的，那就等你履行諾言了。」

　　「明天是週末，你開車來接我，準能接上你的女朋友，你們倆的羅曼蒂克正式開始。」秀峰邊說邊舉手要和鴻年擊掌，鴻年豈能錯失良機，趕忙舉掌相迎。

　　星期六，鴻年換上了哥哥結婚的新裝，本來就一表人才，現在更是玉樹臨風；穿的皮鞋和打的領帶，是新嫂子由臺灣選購送給哥哥的，也給鴻年憑添了高雅的氣質。

　　寶馬跑車準時停在秀峰住的公寓門前，秀峰攜擁著兩位楚楚動人的美女迎過來，當把一位名叫燕如的女士介紹給鴻年的時刻，兩人都是一愣，尤其是鴻年，就像傻了一樣。

原來燕如是鴻年新嫂子的妹妹，與鴻年多次謀面。而且爭取「照管」這輛寶馬跑車的那天，燕如來送行也幫忙說了好話；就是鴻年穿的衣著也瞞不過燕如，父親準備送自己寶馬跑車的事，更是天大謊話。真是哪壺不開提哪壺，燕如一出現，鴻年這場戲就算「穿幫」了。

　　「機會均等，再試開二十多天，鴻年該去他老爸那兒，也領一部寶馬跑車了，他的就是我的，就是咱們四個人的……」

　　秀峰正「秀」的起勁，忽然發現鴻年正怒不可遏走過來，低頭埋怨：「吹吧，你個大頭鬼，你幹的好事。」

　　秀峰滿頭霧水，難道哪句話說錯了？沒有呀！

　　「我們早就認識，可我不知道你們是好朋友，天氣真好，走，上車。」還是燕如乖巧，給鴻年鋪了個臺階。

　　「你開吧，我頭有點暈。」鴻年把寶馬跑車交給了秀峰，羞愧地看了看燕如。

　　秀峰一踩油門，寶馬跑車飛快、平穩地，駛向了高速公路，心裡卻在嘀咕：「鴻年真沒出息，頭一次與女孩子兜風，就魂不守舍。」

女老闆的獎賞

　　英俊帥氣的華人工程師韓光憑藉幾年的業績，深受董事長的信賴，提升任設計部經理，這幾天遇到了麻煩：剛畢業新來的計畫部女經理愛倫，雖然長了一雙漂亮的大眼睛卻目光短淺，不從公司的發展創新著想，成了韓光的剋星，這讓韓光感到很煩。

　　今天的協調會議照樣是對立，部門之間發生技術爭執是常有的事，一向思路清晰的董事長這次不表態，不拍板，卻讓兩個部門一而再地協商解決，何苦呢？

　　韓光心裡正嘀咕著，愛倫打斷了他的思路：「老的包裝已經被消費者公認，公認就是最大的優勢，新的包裝又要從新起步，一定會影響效益。」愛倫老調重彈。

　　「新的包裝具有開拓性、向前邁進了一大步，請認真看一下可行性報告，從長遠利益著眼，應該被採納。」韓光不肯遷就。

　　「如果是董事長讓你們重新考慮呢？」女經理打出董事長的招牌。

　　「是嗎？我沒聽董事長說過，即使是董事長的要求我也會據理力爭。」韓光軟中有硬，反正董事長本人不在場，吹吹牛皮誰不會。

　　協商再次不歡而散，儘管韓光很不滿意，也只能等待董事長的最後決定。

聽說新、老董事長忙於交接，憑他的直覺，老董事長對他評價不低，不愁得不到新董事長的信任。

週五下午，秘書來通知：「董事長交接完了，請韓光立即去見新董事長。」

他一進入寬敞的董事長辦公室，就覺得寫字臺後邊有一雙發亮的大眼睛，凝神一看，韓光大吃一驚，坐在董事長沙發皮椅上的不是別人，正是被自己頂撞過的愛倫。

原來愛倫是老董事長的女兒，她才能一進公司就當上部門經理，才幾天就接下老董事長的位置，韓光從心裡往外冒涼氣，頂撞誰也別頂撞她呀！真傻，事先就沒往這上邊想，這是拿工作當兒戲，就等著被這個女老闆炒魷魚吧！

「今晚肯賞光嗎？我請你吃飯。」愛倫話語中充滿了期待。

「是你請我？」韓光黯然地反問。

「當然是我請你了，晚八點希爾頓酒店我等你囉。」愛倫漂亮的大眼睛清澈透明，回答也很誠懇。

「好，我去。」韓光一下午都在思謀，鴻門宴不太像？又沒有別的理由？愛倫葫蘆裡到底賣的什麼藥呢？

希爾頓酒店的貴賓房，終於真相大白。原來是老董事長早就選中了新的包裝，只是故意觀察愛倫在爭執中的決策能力，也順便觀察韓光在愛倫面前是否阿諛奉承，最終老董事長對愛倫和韓光的答卷都很滿意。

「今天我請你，既是通知你下周採用新的包裝，也是為我當初的保守向你道歉，來乾杯！」愛倫笑眯眯舉起了酒杯。

「我不知道你是新董事長，那天我是認理不認人，不是對你不尊敬。」韓光心想，這是因禍得福，真若早知道這層關係，借個膽也不敢正面頂撞啊！

「不必客氣，新的包裝設計的很好，說明你有水準，你不怕得罪上司敢於堅持，說明你正派，就憑這兩條，你是我上任後公司內部第一個受邀請吃飯的。」

「那天我沒能耐心講解，請原諒。」韓光被愛倫的誠意感動了。

「這件事我也有錯，今後我是你的上司喲，請你繼續敢於直言，接受我的請求，就請乾了這杯！」愛倫再一次舉起了酒杯。

「你真不計較我那天的態度？」女人都是好面子的，韓光還是有些心有餘悸。

「不僅不計較，我還要給你一個獎賞，你猜？」愛倫繞過韓光的提問，立即使韓光徹底告別了顧慮。

「不用獎賞，我一定幹好我的工作。」韓光感覺知音難遇，在這樣的女董事長手下，再苦再累也心甘。

「週末公司舉辦舞會，宣佈老董事長退休，我正式接替，在這個隆重的場合陪我跳第一支舞曲的白馬王子，我選中了你。」

「又是我，你過分抬舉，我不合適吧？」

「你是最合適人選，父親很欣賞你，我也開始喜歡你，你不會讓我失望，對嗎？」

「對！我保證盡力，為我的保證，為你對我的信任。」韓光挺直了胸膛，像是即將出征的將士，再次抬頭注視著愛倫那雙漂亮的大眼睛，為自己滿上了一杯，豪壯地一飲而盡。

飄來的女人

「我還沒吃飯，算我有口福。」華哥一進門，看見劉穎正在擺弄切好的蔬菜，綠的紅的白的顏色搭配的很鮮豔。

「我不反對，不過，有個條件，今天我睡客廳。」劉穎邊配菜邊說。

「咱們先不談條件，先吃飯後說事，人是鐵，飯是鋼，一頓不吃餓得慌。」華哥挺滿意現狀。

劉穎睡在裡屋的床上，客廳的長沙發歸華哥。屋裡屋外一塵不染，兩年沒洗的窗簾，飄著淡淡的洗潔淨的香味，潔淨如新。衣服櫃折疊得整齊有序，還經常能吃上現成的飯菜。沒事放點輕音樂，站在陽臺上喝啤酒，突然覺得視野寬闊了，欣賞到了許多過去被忽略了的東西，原來這裡是如此的美好。

華哥受不了加拿大的冬天，又捨不得墨爾本的街景，沒老伴的男人，不顧兒子的反對，獨身在這一住就是四年。沒想到會遇見送上門的「保姆」、「菲傭」、「鐘點工」、「貼身護士」。反正一個大子不用花，屋裡侍弄得潔淨亮麗，女人啊！沒她還真不行。

劉穎是怎麼來到男人套房的，還真說不出正經理由。有一天華哥下班回到公寓門口，看到新換了一位修理草坪的中年女人，亞洲人的長相楚楚動人：「你會說中國話嗎？」

「會啊！」

從此隔幾天只要見到她在修整草坪，就免不了沒話找話說上幾句。

　　有一次，女人主動說了一句話：「我可以到你的房間喝杯水嗎？」

　　「當然可以，冷飲，熱茶管夠，能告訴我關於你的情況嗎？」

　　「我叫劉穎，今年五十歲，遇到了意外的傷心事，打工掙點錢，準備自己租房子。」

　　「太沒勁了，你不是機械人吧，說話冷冰冰的。」華哥想笑，終於沒笑出口。

　　「對不起，在生人面前不能熱情，若是你膽子夠大又能尊重我，那我可以換個說法。」

　　「我當然膽子大，當然尊重你，我是誰？你還不知道吧？墨爾本最知書達理的華人，我是馬華哥先生，現年六十歲。」

　　「那我說幾句話，你聽了可不能被嚇住。」

　　「我會害怕，笑話，你儘管說吧。」

　　「如果你氣量大的話，就留我住幾天，以後我找到了合適的住房，我就搬走，拜託，拜託。」華哥傻眼了，剛才華哥說過大話，真若是答應了是禍是福，誰能料定呢？

　　華哥看著她瘦削的肩膀，率直清純的眼神，打理草坪女人掙的是苦力錢，不像是壞女人，不敢答應還像個男子漢嗎？

　　「奇了怪了，你怎麼偏偏選中住我的房？」

　　「你在這都住四年了，你的人品我有數。」

　　「那算你運氣好，你住裡屋，咱倆井水不犯河水，廚房裡有全套廚具，冰箱裡有基本必須品，進出別忘了鎖門，這串鑰匙交給你。」

兩個星期過去了，華哥絕口不問劉穎的私事，也絕不套近乎，打定了主意；我讓你免費住房，你給我免費幹活，兩不拖欠。

　　劉穎住裡屋，那是華哥明哲保身的高招：「我沒碰你呀！你別咬我一口。」四個星期過去了，華哥和劉穎還是各自為政，生活用品劉穎主動買，華哥反倒因為沾了便宜，有些坐不住了。

　　月底，華哥去物業公司交房租被拒收，沒有道理逼我退房，華哥納悶：「請你們經理出來，說個明白，欺人太甚。」

　　經理是個舉止文雅的洋人女士，見到華哥就笑著說：「本公司正式通知你，你今後免交租金，免費住房。」

　　「等等，別開玩笑，你們憑什麼？願意賠錢當傻瓜，還是另有企圖。」華哥認死理，一定要問清楚。

　　「是劉穎女士簽的單，你去問劉穎女士好嗎？你住的公寓樓是她的房產。」

　　聰明一世，糊塗一時，讓他見了劉穎說什麼好呢？顛倒的太快了，一個闊女人看上了自己，華哥在房門口急的直打轉，就是不敢進去。

中外棋迷

「哈囉，生，哈囉，妮娜」週五的傍晚，安德魯笑眯眯地推門走進慶生的院裡，向兩個人問候。

「歡迎你，安德魯，你今天一定是想好了妙招，破我的當頭炮。」慶生奉上一壺新沏的龍井茶，開門見山。

「雖然，下中國象棋，要贏你很困難，差距也不會太大。」安德魯回答的不卑不亢。

安德魯四十多歲，英裔澳人，是墨爾本知名的國際象棋高手，說話幽默風趣，九〇年代他曾以訪問學者名義，在北京大學工作過兩年，對中國象棋有隱。這半年自從他和慶生，建立兩種象棋互相教學關係以後，下中國象棋，對付慶生這樣的華人中國象棋高手，他已是互有勝負。他還把中國象棋的戰術，運用在國際象棋大賽，他又連續兩屆進入前三名，去年還代表澳洲參加英聯邦國際象棋比賽。

「我與你互教太不划算，我的國際象棋不見長進，與你的差距還是一大截。你的中國象棋已經和我平手，可見你占了便宜。」慶生說的是實話，主要還是安德魯肯鑽研，在慶生的幫助下，安德魯已經讀過多本中國象棋棋譜。

「學生不用功，還怨老師。」妮娜是慶生的妻子，她身材嬌小，相貌溫和，有一雙文靜的大眼睛，她不懂中國象棋，也不懂國際象棋，只是看著他們說笑，分享他們的歡樂，有時她還幫客人幾句。

「不，還是你佔便宜，你逼我用很多時間看中國象棋棋譜。而你呢？你的時間不歸我管，這樣算起來，還是我吃虧。」安德魯故意用中國話爭論。

「Not bad, Robust even.」（不錯，有點水準。）慶生很欣賞安德魯的中文能力，用英文誇獎他。

屏風馬是安德魯的強項，慶生則用當頭炮進攻；半年以前慶生走這一棋勢，讓一匹馬，勝的還很輕鬆，現在打平手是經常的。

第一局走入殘棋，安德魯還有一隻車和一隻兵，慶生有一隻馬，士相全套。棋勢對安德魯有利，但關鍵時刻慶生以馬換兵，安德魯看似揀了個大便宜，多了一隻車，結果單車難破士相全，錯失良機，倒讓慶生起死回生，揀了個平棋。

第二局棋慶生再也不敢輕敵，走棋謹慎，但棋招總感到處處被封堵，走棋十分彆腳。安德魯卻談笑風生，走棋輕鬆，開棋順手，招招領先。慶生頭上冒汗，想盡辦法突破，卻收效不大。安德魯三招兩勢吃掉慶生的一隻馬，稍帶著調侃慶生：「馬肉沒有牛肉好吃，但既然是招待白吃，只好客隨主便，這叫有勝於無。」

慶生看安德魯吃自己一隻馬，正中下懷，叫「將！」，順勢抽殺安德魯一隻大車，立即反攻，大軍逼進，反倒殺得安德魯措手不及，一片狼籍。安德魯重整棋勢，總算抵住了慶生的輪番進攻，棋勢又呈不戰不和的膠著狀態，安德魯吸取教訓重整兵力，對慶生大加恭維：「給我一隻馬，吃我一隻車，你是吃小虧占大便宜。」

「我這叫誘敵深入，你貪吃，那是活該。」慶生棋勢主動了，談笑之間有點得意。

「誘敵我沒聽明白，能給我解釋一下嗎？」

「誘敵就是……」

「將！」安德魯棄車躍雙馬，連續叫殺。

「哇噻！你麻痺我，搞突然襲擊。」

「這叫將計就計，專破你的誘敵深入，我走的是舍車擒將，看我痛宰你的士，痛宰你的相，直搗你的中宮，此時不降還待何時。」安德魯滿臉喜慶，又乘機顯示了一下他的中文水準。

妮娜聽見小院喧嘩，急忙從屋裡走出來湊熱鬧，正趕上慶生輸棋。妮娜拍手向安德魯祝賀，還出了個保住勝利的出意：「今天棋賽到此截止，改日再戰。」

「妮娜，你靠邊，這裡沒你的事。」慶生的情緒被挑起來了，本來就輸得不甘心，那能這樣結束。

「我就想看你輸棋的臉色，別急，繼續下吧，我給你們準備點心去。」妮娜用手羞了一下慶生，離開了兩人的象棋世界。

「將！」安德魯聲東擊西，左馬臥槽，右路車殺士奪得要害關口。

「敢陷我於死角，瞧我拼你的車，打你的中路開花！」慶生也不含乎，利用安德魯走車之即，大舉反攻，你來我往。

中外棋迷都想贏，這局棋下到啥時候，那就難說了。

手機響了

　　高原坐不住了，不是他沉不住氣，是傳聞鋪天蓋地席捲天下，都是關於他的好朋友歐陽和萬發公司的消息，他根本就摸不清來龍去脈。

　　每月的月初，是 K 地區華僑社團聚會。僑胞平時分居，難得又見面了，各人說各人的新鮮事。

　　今天主要傳聞是關於墨爾本的萬發公司，先是有人說：「萬發公司被貼了封條，拾多天沒營業了。」信的人不少，有人唉聲歎氣：「好好的生意，說垮就垮了。」

　　後進來一位知情人說：「沒影的事，我星期三看見萬發公司還在營業，歐陽照常上班。」

　　又有人說：「歐陽董事長離開澳洲跑了，扔下一堆亂攤子，太太在頂梁子。」又有不少人信了：「掙錢有風險呀，看吧，這下難辦了。」

　　又站出來一位說：「我是歐陽的鄰居，昨天早晨還看見他在公園跑步。再說，他太太去大陸探親還沒回來。」

　　各種流言，不斷傳播，又不攻自破。高原認識歐陽多年，他心裡納悶，那來這許多萬發公司的消息。上周他還和歐陽一起打橋牌，這才幾天，若真有事，他不一定落後到一概不知的地步。好在所傳消息不實，也就不必去深究了。

下午新來了一位傳聞界「重量」級人物，帶來爆炸性傳聞，說歐陽董事長自殺未遂，正在醫院搶救。而且他一口咬定，劉先生可以作證。劉先生雖然沒看見急救車把誰送走了，卻真的說：「星期五下午，我確實看見一輛急救車，風風火火的從萬發公司開走了。」有人證又沒人反駁；很多人都替萬發公司惋惜，剛平息的傳聞，自然又沸沸揚揚哄起來了。

　　這下，高原也不能不信，有些心慌了。只希望歐陽千萬別想不開，有多大的事情，都好商量，就是不能尋短見。

　　萬發公司垮了；千萬澳元的資產泡湯了，歐陽跑了，乃至歐陽自殺了。通過手機從聚會場所，迅速傳遍了華人各社團、群體、家庭。成了墨爾本華人中一件不大不小的新聞。

　　與萬發公司發生過業務的人，知道早的，清點記憶想來想去，萬發公司沒欠自己一分錢。知道晚的通知親友，快停止與萬發公司的業務，把委託賣房，買房，還有委託代理大陸至墨爾本另搬或貨櫃運輸，甚至委託股票買賣等等統統停下來，爭取減少損失。

　　高原思索著，怎樣才能儘快知道事情真相，萬一能幫點忙，也算是盡人力，聽天意，不辜負朋友一場。唉！歐陽和他的萬發公司竟會走到這一步，真讓人吃驚。

　　萬發公司的歐陽董事長四十掛零，思維敏銳，辦事幹練；在墨爾本商界雖然是少壯派，卻也是頗有名氣。金融市場搶著給他貸款，大陸來的主動找他投資，就是華人各社團，涉及經濟事宜都願意徵求他的意見。

　　這兩年萬發公司火得邪乎；業務從房地產至股票代理，日用百貨至旅遊用品，幾乎無所不包；前不久又在談判買家音響公司，還準備開個影劇院。

手機鈴聲喚醒了高原，對方渾厚的聲音，讓高原驚訝。

　　「高原，你在哪？我有急事找你。」

　　「快把你的身體情況告訴我，天塌不下來。」高原想，人還能打電話，不至於壞到底。

　　「你說些啥，一點不著邊。」歐陽被高原所答非所問搞糊塗了，又聽見歐陽說：「上周咱倆橋牌打贏了，對方不服，找上門來叫陣，誰怕誰呀！咱倆再贏他們一場。不和你多說，我開車接你，這就到。」

　　這真是歐陽的聲音，高原心裡總算一塊石頭落地了，說明歐陽和萬發公司一切正常。都是傳聞在害人，高原想起來還心有餘悸，對方掛線了，高原的手機還緊貼著耳朵不肯關機。

　　「高原，誰來的電話，你傻了？」

　　高原是傻了，還用解釋嗎？歐陽一會就到。

墨爾本求雨記

　　善叔一個心地善良的華裔老人，他在墨爾本從飲食起居，工作學習，到生存環境，適應頗長的時日，最後善叔喜歡上了這個城市。這一切即是上蒼安排，也是機緣造就。

　　清晨或傍晚，善叔最常去的就是街心公園，眼前的綠地、花卉、樹縱、藍天，和玩耍蹦跳的孩童，構成了相映成趣的動人畫面。坐在綠樹遮陽的長橙上，即可以靜聽樹上的鳥鳴，還可以哼唱幾句故鄉的小調，回想那些時而高興，時而傷感的往事。

　　然而好心情也不是永遠的，在墨爾本乾旱面前他不甘心；誰要是此時向州或市政府提出，向「龍王爺」求雨，那算是道出了善叔心裡的秘密。

　　他憶起了童年時代故鄉求雨的情景；村民備下了豬頭兩個，蘆花大公雞兩隻，老酒肆瓶，剛出籠的白麵饅頭兩籮筐。還有各色菜肴捌大盆，擺設在祠堂的大條案上，祠堂兩側掛上了四百響的爆竹。外鄉請來的唱曲班子，扮演的「龍王爺」粉墨登場，算是求雨開始。

　　唱了幾句求雨詞後，主祭人族長率領全族人跪拜求龍王爺降雨，跪了很長時間，他腰酸腿痛渾身像散了架子，若不是兄長摻扶，他早就無法再堅持了；直到族長點燃了爆竹，送走了假扮的「龍王爺」，算是求雨結束。那次求雨靈不靈他不記得了，但求雨這件事他記的清楚；因為沒等龍王爺離開，他與小夥伴分搶沒

響的爆竹，當晚遭了父親一頓板子，這頓板子疼得他刻骨銘心，足記了大半輩子。

這幾天經常沉浸在童年求雨的回憶中，觸發了善叔的奇想；在墨爾本公開組織求雨，那一定是眾人的笑料。可是他又想；萬一真有「龍王爺」顯靈，有雨不求豈不可惜，他低著頭用憂鬱的眼光看著幾隻正在揀食的鴿子，鴿子竟然在他身旁站下來，似乎嘲笑他想入非非，他才不服呢。

善叔決心在墨爾本求雨，說幹就幹；他燒了兩碗「紅燒豬肉」，代替豬頭，「清蒸雞胸脯」兩盤，代替蘆花大公雞，「茅臺酒」兩杯，代替老酒，唐人街的廣東茶點一盤，代替饅頭，至於菜肴嗎，二十一世紀提倡清淡低脂肪，為了「龍王爺」的健康長壽，那就以素為主，來個「涼拌粉皮」，外加「水果沙拉」。量雖不多但質精味美，相信「龍王爺」定當讚譽。這一切擺在長橙之上。可是「龍王爺」誰來演，曾經讓善叔躊躇一番，思考再三決定虛擬一個「龍王爺」，假裝從中國或是從印度佛教大國請來的。

主祭人最好是墨爾本市長，最小也應該是墨爾本市議員，真若請他們，說不定也許會來，可萬一不來呢？再阻止他來求雨，那就遭了；他決定自己權作市長的代表吧，反正不用徵得誰同意。至於爆竹那就免了，「龍王爺」在中國爆竹受用多了，也不稀罕澳洲的進口貨。求雨詞他編了四句：「歎息天旱久不雨，懇請龍王來救急，若能駕臨施雨露，草民定當送大禮。」善叔念了又念，說不清他念了幾十遍還是幾百遍，念的他口乾舌燥，頭昏腦脹。

只覺得求雨詞越念天越暗，剎那間烏雲密佈，就聽得「噗」「噗」的聲音由天而至，越來越多的陰冷落在善叔的臉上，善叔

感到水濕和涼汽，稍一尋思驚駭不已：「下雨了！下雨了！」起初地面上水珠剛一眨眼就被草地吞食了，雨漸大，積水見多，草地不平之處到處可見積水已是汪成一片。善叔迎著大雨流出了欣喜的眼淚，風雲變色，暴雨伴著電閃雷鳴，顯示出無盡的王道霸氣。雨狂泄，街心公園兩側排水溝顯得無助，雨水掩上了路面，個別低凹之處已是沒過半個車輪，善叔顧不上自己早已是落湯雞，對天頻頻致謝，還拚命狂呼：「雨再大些」，「雨再大些」。

「該回家了。」有人推他。

善叔揉了揉眼睛，近處遠處看了又看；夏日的傍晚仍然驕陽似火晴空無雲，街心公園還是老樣子，一點積水也沒有，只有下班的兒子站在身邊，才知道自己剛才是睡著了，作了一個夢。

洋人問卜

　　比爾與布萊得是兩個要好的朋友，他倆無論做甚麼，那怕最平常的小事，看法也非常一致，像「看足球賽，心目中的球隊踢進了，開一罐啤酒以示慶祝」，或是「出海釣魚，釣到了一條大魚，開一瓶香檳酒以示慶賀」，若是「釣到了一條大紅鱒魚，開一瓶葡萄酒互相祝賀」。

　　早就聽說墨爾本Ｖ街，有個華裔算命大師，運用中國古老的易經學算命很靈，據說上一屆澳洲兩大黨競選，民意測驗是工黨領先，大師算命；自由黨獲勝，結果，真的被大師言中。

　　佛教的輪迴轉世學說，影響了世界上不少信奉佛教的人，於是就應運而生專門的算命大師；墨爾本華裔算命大師能算出你的前世，當然，信不信由你。

　　比爾與布萊得相伴要去見識這位大師，一路上兩人做了各種心理準備，大有耳聽為虛眼見為實，決心一睹真面目。

　　比爾與布萊得都是英裔祖居墨爾本的望族，比爾今年三十六歲，比布萊得大兩歲，比爾從父親手中接過一個睡衣公司，把公司業務打理得很有章法，他們的睡衣市場上供不應求，比他父親經營時的效益幾乎翻了一翻。依照父親的意思再交給他一家玩具公司，比爾堅決不要，他還要大把的時間用在交朋友，像與布萊得一起郊遊，釣魚之類。

布萊得經營一家電器音響公司，他比較省心，母親雖然把公司交給他了，可是，業務他都推給母親管，大事還請母親替他做主。他樂得輕鬆，每年按照母親的計畫到海外訂貨兩次，順路旅遊，其他一概不聞不問。他唯一不滿意的是；信用卡限制他超支。他母親常說：「有本事花自己掙的錢，花父母掙的錢，就得接受父母給的額度。」他的選擇是寧可少花錢，也不接手業務，只要父母在，掙錢的事他就暫不考慮。

　　比爾與布萊得交往多年，他們倆的交情受到父母與妻子的嫉妒，若是發現誰沒在家裡，也沒在公司，只要打給他倆任何一部手機，一個打通了，另一個的下落自然清楚。

　　算命大師的相術館坐落在 V 街的一條窄巷裡，還真有人排隊，比爾和布萊得終於排到了，才准許進到第三重房間。昏暗的燈光，煙霧彌漫，有一股東南亞佛教寺廟特有的檀香味，條案上供奉的玉石雕像是佛祖釋迦牟尼，是從中國坐飛機空運來接受信徒朝拜的，他大概沒想到，兩位洋人今天也來獻上香火錢。

　　條案前坐著的算命大師是一位慈眉善目，年齡五十開外，用英語友好的請二位坐下，聽清了比爾與布萊得的請求後，算命大師書寫了他們倆的生辰八字，閉目冥思念念有詞。又翻開條案上的發黃的線裝古書，再看兩人的手心，又問了一些古怪問題，算命大師開口說出了他們的前世；比爾與布萊得前世分別是不同政黨的議員，由於，有些觀點他們倆很容易相互妥協，得罪各自政黨的元老，兩人雙雙失掉了議員席位。

　　算命大師的話絕不肯多說，比爾與布萊得想盡辦法套問，算命大師眼睛一閉就是不理，再多加錢，還是不行，直到大師的弟子，請二位退出，比爾與布萊得才不得不告退。

開車走了好遠，比爾與布萊得誰都不肯先講話，可能是大算命師的話玄機莫測，太深奧，把兩人帶進了神秘怪異的精神世界，既然求神問卜，不妨信其有。再說信也沒啥壞處，說不定兩人前世真有這樣一段經歷，若不，兩人今生今世會這樣看法一致。

　　「現在澳洲的議員真蠢，鬥來鬥去，真煩，難得有個統一的意見；咱倆前世雖說分屬兩個政黨，可是一讓步，找到共同點，不是皆大歡喜。」比爾先開口了，好像他們倆前世真的是議員，他替他們倆的前世辯護。

　　「現在澳洲的議員根本不講效率，開會吵來吵去，多嚴肅緊急的事一進議會，一吵準耽誤了，相互一妥協，取得一致意見，利國利民，何樂不為呢？」布萊得也對現在的議員進行評論，暗藏著對前世議員所受的排擠不滿。

　　「那咱們還要不要重新競選議員了？」比爾爭求布萊得的看法。

　　「咱倆那個黨都沒參加，誰選你當議員；就這幫議員只知道相互反對，白給也不幹。咱倆真若是選上議員，像前世一樣，照舊沒好果子吃。」布萊得提醒比爾，也是在提醒自己。

　　「管他前世是不是議員，明天，還是老地方集合，出海釣魚吧。」比爾回到現實社會了，再次敲定了明天的活動。

　　「算你聰明，釣魚去吧，兩個前世議員鉤兩條大魚還不白玩，回來送給算命大師嚐嚐鮮。」布萊得笑著拍了比爾一巴掌，簽下了不見不散的鐵合約。

作者簡介

洪丕柱

　　畢業於上海師大數學系、上海教育學院英文系。曾任上海市重點中學高級教師，並在各大學任教，為上海師大外國文學研究所兼職副研究員。

　　一九八八年七月到澳，先後在布里斯本科技學院、高等教育學院、格里菲斯大學等完成工商管理、英語教學、職業教育、閱讀教育、教育碩士等課程，獲榮譽碩士；因獲全職教席定居澳洲。曾任中學、英語學院、大學、專科學院教師、助理研究員、主任級高級講師、高級顧問、培訓主管、專科學院院長、大中華地區經理、高級執行主管、高級專案經理等，並為澳洲國家認可的專業翻譯和高級口筆譯從業員。

　　在中國出版的英法文譯著有《人類知識起源論》（法國孔狄亞克）、《數的趣談》（美國阿西莫夫）、《給我猜個迷》（美國奧爾森中篇小說）、《美麗的海倫》（法國奧芬巴赫）及莫泊桑的若干短篇小說、左拉自然主義文學的論文、巴爾扎克論文藝的文章和大量科技、藝術、音樂、哲學方面的譯著。

　　著有《孔狄亞克傳》、《澳洲風情記實》、《輕音樂欣賞》、《旅澳隨筆》、《南十字星空下》、《當代話題》、《認同和歸屬》，其餘作品散見中、澳、紐、臺、港等百餘份報刊雜誌，譯、著共五百萬字。曾任昆州華文作協會長、澳洲和大洋洲華文作協副會長、大洋洲文聯副會長。

朗・南克依蒙

　　那天，我帶上海教育代表團去城裡某大學的校區訪問。現在好多大學，除了計較名牌不愁生源的，都在各大城市中心的大樓裡設校區，像伸出的觸角，吸引愛在城區上學的海外學生。這對我的工作提供了方便，若訪問團想參觀澳洲大學的話，帶他們去城裡即可，很省事，順便還能讓他們逛街購物。

　　結束訪問走出大樓前，忽聽到有人從背後喊我：「弗萊！」

　　「朗・南克依蒙！」我回頭一看，驚喜地叫。

　　整整三四年沒見到他了，聽說他已從上海回來，原來現在在這所學校工作。

　　朗是我的老同事，我的記憶剎那間回到了十幾年前我院成立國際部，我被調去那裡的時候。化工講師朗已先我而去國際部任經理，他建議院長把我調去國際部幫他打開大中華經濟圈的教育培訓市場。

　　我和朗學歷相同，講師亦同屬最高一級，但他工齡比我長得多，當然我尊他為上司，可他卻處處要求同我平等，為我準備同樣規格的辦公室，並排兩間辦公室外坐著一男一女兩名秘書強尼和芭芭拉。

　　芭芭拉是位瘦弱而可憐巴巴的單身母親，拖著三個孩子，有氣喘病，常要請病假。強尼曾是記者和寫作教師，矮胖個子，臉和鬍子活像KFC廣告上的肯塔基上校，成天嘻嘻哈哈，用他的男

中音哼些歌曲的片段，卻從沒聽他完整地哼過任何曲子。他怎麼會從記者落到男秘書，我不知道，只覺得他每週為海外生編的四頁篇幅的通訊材料，我和朗常不滿意，需要親手修改甚至重寫。

朗徵得強尼同意把他改為半職，向領導提出打廣告徵聘新秘書。面試時有七名應徵者，最後討論錄用誰時，我發現同朗意見大相庭徑。我中意一位文靜、有大專學歷、知識較豐富的小姐，她的經驗略差些；朗卻堅持要用一位來自內地、只有高中學歷的婦女，因她似乎頗老實聽話且電腦技術不錯。我說服不了朗，只好同意。後來事實證明她雖很勤奮，卻因文化基礎較差而無法獨當一面，寫信常要朗口授。我初步領略了朗的主觀和固執，心裡暗暗把他叫成wrong（錯，音相近）。

我又偷偷叫朗「圓」（round，音相近），因為他長著圓圓的光頭、圓圓的肩膀，臉上常帶使它同滿月一樣圓的笑容。他的和氣、樂觀開朗和助人為樂的慷慨性格使人很難相信他會是個主觀固執的人。

那年我想在住房旁蓋個雙車庫，拆除原來簡陋的單車庫。朗知道了主動要幫我。從拆舊車庫、設計雙車庫、打圖樣到去市府報批都是他一手操辦。批准下來後他就同我一起挖八個豎支柱的洞，洞深至少有二尺半。在布里斯本佈滿岩石的地面挖洞並不是件愉快的差事。朗帶來了專業工具，幫助兩個男子漢的肌肉征服岩石。挖完洞，又請市府人員來檢查簽字，接著就立支柱、澆水泥。他早已訂購了所有材料，並借了輛小卡車把材料運來。我和太太對他的熱心感激不盡。卸材料時我發呆了，做支柱和頂架的木料都是極堅固、沉重、粗大的優質硬木方柱，屋頂卻是輕輕的波浪形塑膠板，這些他都沒同我商量過，似乎他蓋的是自己的車庫！我除了暗暗在心中咬著牙說「錯」，還有什麼辦法？朗說這

車庫連地震也震不垮。不用說，預算大大突破，雖然不花人工費，因為朗全部義務勞動。消息很快在同事中傳開，說萬一布里斯本發生八級地震，所有的房子都塌了，只有我家的車庫巍然不動。

六七年前朗辭職去紐州一間大學任海外部經理，簽約三年，我們都恭禧他獲得了一個好職位。朗去紐州後，我們的聯繫並未中斷，他有事常來電話請教我，雖然我不知道他會聽多少，我甚至為他義務譯了好多文件，算是還欠他蓋車庫的情。三年合同期滿後，我想他很可能會續約。他回布里斯本時請我們幾位老同事飲茶，席間透露已經辭職，成立了私人教育公司，準備去上海開辦公室，使我們大感意外。說起多次去上海出差的見聞，他眉飛色舞，興奮得不得了，特別是形容和平飯店外聚集的那些年輕美貌、英文流利、專交老外朋友的女郎時。我們都說他一定墜入情網了，因為像他那樣同太太離異、子女都已獨立的男士正是這些女郎的獵物。可朗說他頭腦絕對清醒，他去上海是做生意，那兒商機太多了，大把學生想出來讀書。他有信心，因為他已交了一批上海朋友，他們都會幫他。我知道一旦他拿定主意，誰也不能勸他回頭，只好說上海這個冒險家的樂園能發財，但也處處有陷阱、地雷，請他好自為之，但願他能夢想成真。

現在他卻回來了。其實我已從朋友賓那兒聽說他把全部養老年金都賠上了，幾年後兩手空空地回來。我又猜想他在目前在學校的職位不會太高，因為校方接見教育代表團的人中沒有他。

「還在烏龍加巴住嗎？」我不經意地問，「那套我曾去過的公寓？」

「烏龍加巴？噢，那套房我去上海前就賣了。我現在在艾爾賓租房住。」他的回答證實賓所說的是確實的，即他賣了全部房

產：兩套公寓，帶了所有的資本去上海冒險。他並無意瞞我，「我回來時幾乎一無所有，一切從頭開始。」

他和氣的笑容依舊，這使他看來仍同以前一樣圓，或許更圓了，因為他的背也有點弓了。澳洲人特有的風趣樂天和爽朗也並未因種種打擊而在他身上消失。這是最要緊的。至於主觀固執，我想他既已因它輸了老婆、輸了工作、輸光了全部積蓄，今後已不再有本錢因它而犯重大錯誤了。

分手我邀他在方便時一起喝杯咖啡，他欣然同意。我握著他的手說：「保重，夥計。」「我會的，您也保重！」他微笑著，把我的手抓得很緊。

離開大樓時我喃喃自語：「可憐的朗・南克依蒙。」可是不知怎的，他的名字被我念成了「南柯一夢」。

吉米

希臘男人好像很喜歡用吉姆、詹姆士或更簡單些，昵稱吉米（Jimmy）這個名。我認識的就至少有三位用這個名的希臘人。他們還喜歡在昵稱前加先生，因而我常聽他們被叫做「吉米先生」。

我說的這位吉米或吉米先生是汽車修理師。我記不得認識他有多久了，只記得我在十多年裡換過四輪車，其中三輛是他的病人，無論是保養還是修理。之所以長期請他照顧我的車，是因為我的辦公室離他的修車車間才幾百米，我一早將車放在他那兒，下班走過去就可以開回家，非常方便。

我不知道吉米幾歲，也從沒想過要打聽他幾歲，只是這十多年中我兩鬢漸白，頭頂漸薄，而且白髮還在慢慢向頭頂攀緣，可他的模樣一點也沒改變。

他一年四季穿件同樣的藍色工作罩衫，那種把全身罩在裡面的長袖長褲腿的罩衫，腳下蹬同樣的工件靴；不管我冷得裡在毛衣裡，還是熱得只穿T恤衫短褲，我既未看到他凍得發抖，也沒見他熱得滿頭大汗。

使我一看到他就能斷定他的希臘血統的是他那地中海的橄欖膚色和混身黑毛。他個子不高大，卻非常精悍；臉很瘦削，渾身沒有一點多餘的脂肪，從青筋暴脹的雙手，可以感到他的力量。

他的罩衫上身的拉鏈總是敞開著，祖露著性感的濃黑的胸

毛。那胸毛從罩衫的敞口向下伸展，一直伸到你的想像的盡頭；又從脖子向上連綿不絕地蔓延，直到他臉上的鬍鬚和頭上密密的黑髮。

只不過他的臉是經常刮的，而頭髮也可能同臉一起刮的，所以頭髮永遠不超過兩毫米長。他的臉，你早晨看的時候是光光的，中午就變成青色的了，傍晚呢，就幾乎被淹沒在一毫米長的大鬍子底下了。他說話時露出整齊的白牙，有時一笑，你可以透過覆蓋著臉部的濃黑的鬍渣子，看到兩個隱藏在毛叢底下的可愛的酒窩，這時你會把他看得很年輕。

所以他既是個四季不變的，又是一天能變幾變的人。

早上我把車送去的時候，他會伸出滿是油污的手同我握，一面以希臘人特有的親熱，用另一隻同樣油污的手拍打我繫著領帶的白襯衫說，「What can you do for me, Mr. Fred?」（佛蘭先生，你能為我做什麼？）而不是像一般人說的：「What can I do for you?」（我能為您做什麼？）晚上我去取車時，他又會說：「How much do I owe you?」（我欠您多少錢？）而不是說：「Your bill is...」（您的帳單是……）我認真問他得付多少時，他又會說：「How much? A hundred thousand bucks!」（多少？十萬元！）一面高興地看我驚叫和快要昏厥的模樣（當然是假裝的），說：「你把我搞破產了！」他就愛這樣同人開玩笑，我從沒看到他愁容滿面過。

可是這次我去取車付錢時，卻注意到他的情緒稍有不同。我隨便問了一句：「媽媽怎樣？」

吉米車間的一角是賬臺或收銀處。賬臺後面坐著位和藹可親的老太太。她是吉米的母親，叫瑪格麗特，可我總是親切地叫她「媽媽」。

瑪格麗特長得並不好看，只是她的慈祥使她有一種極易親近的感覺。我說不出她有幾歲，猜想有六十多吧，因為她的頭髮還是烏黑的，而且動作、思想和反應也不像是很老的人那麼遲緩，雖然她的臉上皺紋不少。她的臉異乎尋常地消瘦，令她的鼻子顯得出奇地高、眼睛出奇地大，而嘴裡白色的牙齒也在突露出來，這些牙你一看上去就知道是假牙。

　　每次我同吉米打過哈哈後被他領到她媽面前去結帳時，總會同老人隨便扯幾句。我有時會說，吉米真辛苦啊，每天這麼早出工，這麼晚收工，總有修不完的車。她就會顯出十分疼愛的神色說：「是啊，經常連午餐都不吃，每天都給他做好帶來！從來不會當心自己，叫我如何放心。」邊說邊指指賬臺邊的小冰箱，意思是說午餐還在裡面呢。

　　這時我就會想起自己的母親，原來希臘母親同我母親的心思這麼相近。

　　這天我隨便問這個問題是因為賬臺後沒見到她。想不到吉米以令我意外的傷心的語氣說：「她去了……就在上星期……那天我上班前看她躺在床上沒起來，平時她總比我起得早，給我張羅早餐。我走到她床前說，媽，今天怎樣了？她說，沒事，你去吧，我再躺一會就起來，等會給你送午餐去。」

　　「那天她沒送午餐來，打電話回去沒人接。我覺得不對頭，匆匆關了店趕回家，她仍然躺在床上，可是已經走了。」

　　「五年了，她罹癌已經五年了，那麼多次手術、治療她都撐過來了。她有信心，總說自己死不了。可是這次去檢查，醫生說恐怕不行了。這回她真的垮了，一下子打心底裡垮了。我想醫生不該對她這麼說的，那怕只要說還有希望、還有辦法……她還會戰鬥下去，不會這麼快就垮的。」

他雙手叉著腰，眼睛看著地上說。我靜靜地聽他說，沒插一句話、沒問一個問題。

「五年了，我知道這些年媽是為著我撐到現在的。七十五歲了……」

我這才明白瑪格麗特為何這樣消瘦。真是堅強的母親，看不出有七十五。吉米似乎猜到了我想問的問題，繼續說下去：「多年前我回希臘，想娶個女人回來，在克里特認識了我的女朋友。我們同居了一陣，有了兩個兒子，我便回布里斯本開了這間車間，生意不錯。但每年回去看她很不便，六七年前我又回克里特，想把她和兒子接過來，可是她不肯來，說不想離開老家去陌生的地方，也不讓我把兒子帶來，只是不斷打電話或寫信來要錢。我再也不想回去，我知道她早有人了，就是把兒子扣著當搖錢樹。我想讓兒子受好的教育，所以只好不斷寄錢去。媽不放心我，從墨爾本搬過來照顧我，真難為了她……」

他沒掉眼淚，可是沉默了；雙手仍然撐著腰，眼睛仍然望著地上。

表面嘻嘻哈哈的樂天的吉米，內心原來也有一段淒涼的故事和一本賠上老母的難念的苦經，我暗自為他歎息。

簡

　　喝上午茶的時候，我總習慣穿過二樓的職工休息室，去那後面的廚房牆上裝的開水罐泡茶或沖咖啡。休息室裡，左邊靠窗的那張大桌子通常由校產保管組的那些女清潔工和男勤雜工所佔領。這些工友每天上班早，所以喝上午茶也比一般組室大約早半小時。

　　我喜歡同這些同事打招呼，閒聊幾句，並走過去看他們吃些什麼。這並不是因為我嘴饞，而是因為女工們常常會帶來自己家做的糕點餅乾大家分享並交流做法和成份，她們看到我走過也總會招手讓我過去嚐嚐她們的手藝，特別是瑪麗。這是學院中的一個年長族群或稱灰髮族群。近年來招聘進院的年輕職工大多是專業人士，根本沒有清潔或勤雜工，這個族群的平均年齡可能已經六十多歲，卻沒有年輕人來補充，所以學院並不勉強他們退休，只要體力許可、願意做，就一直做下去。

　　今天他們似乎在議論著什麼事。我走過去時發現簡沒有同他們在一起。我問：「怎麼沒看到簡？」

　　「她生病送進醫院了。」祖母級的慈祥而發福的蘇回答。

　　「簡」這個名字常能激起中國人同「簡愛」的聯想，她是英國著名女作家夏綠蒂的名著《簡愛》的女主人公。在文化革命後的開放之初，這部小說及其改編的同名電影，曾經打動當時多少中國男女。好多不太漂亮、因上山下鄉錯過婚戀的大齡姑娘都愛

以簡自居，希望能找到富有而多情的羅切斯特一類的中年男士。雖然我覺得這個名字譯成「珍」更好些（因為在中文中「珍」基本上也是女性名字），可是「簡」已被大眾接受，我也只能照用了。

可是清潔女工簡並非年輕的簡愛，她已經七十八歲了。同婆婆媽媽的蘇、永遠穿一件工作罩衫的瑪麗和懵懵懂懂的中年婦女、三個孩子的媽媽海倫（她是這兒最年輕的清潔女工）不同，簡雖然年齡最大，卻最講究打扮。她是唯一穿短裙、塗脂粉、抹唇膏、燙頭髮的清潔女工。她的臉雖然皺如橘皮，身材卻保持得相當姣好，走路腰背很挺，胸部仍然可以看出年輕時應當是豐滿的，頭髮也並不太白。所以我第一次聽瑪麗說起簡有七十八歲，感到很吃驚。

簡負責打掃我工作的三樓一整層。每天早晨七點半我提著包匆匆走進辦公室，正是她背著筒狀吸塵器、推著清潔車走出我的辦公室的時候，我們總要打個招呼、寒喧一兩句。經蘇這麼一說，我才想起近一兩天的確沒見到簡。

「進醫院了，什麼病？」我問。

「不太清楚，好像是肺部感染或者肺炎。」海倫回答。

「其實她咳嗽已經很久了，」瑪麗說，「我幾次催她去看醫生，休息幾天，不要來上班了，可她不聽，偏要來，要不也不會病成這樣。都七十八歲了，還這麼幹，何苦呢？」

七十來歲的精悍的小個子瑪麗是很注意保養的。幾年前她在工作中暈到，被送醫院急診，發現心臟有毛病，動了手術，以後長期服藥，並定期去做檢查，恢復得很好。從此以後她就非常當心身體了。她很有生意頭腦，原先還有自己的清潔公司，下班以後去包幹幾棟辦公樓的清潔。生病後她就把公司解散了，而且定期休假，到處旅遊，想得很開，因為她的老伴和兒子都過世了，一

個人伴著條狗過日子。這就是為什麼她覺得簡何苦天天要來上班。

這時平時很少說話的勤雜工，頭髮花白留上唇鬍鬚的大衛開腔了：「她跟我說，她很缺錢用。」

「她會缺錢用？還不是養著羅切？」瑪麗插嘴。

聽到羅切，我就問：「是不是原來也在這兒工作的羅切？」我記得他也是勤雜工之一，就住在附近，有時在街上還能看到他。

瘦高個子的林頓點著頭說，「就是他。前年他退休了，說身體不好，不想做了。」

我奇怪，他退休應該有一筆退休金，怎麼會靠簡養，他們又是什麼關係，畢竟簡比羅切大十多歲啊。這麼想，嘴中就不自主地漏出了一句：「怎麼羅切會靠簡養？」

我邊上的大個子，海倫的老公羅伯特說，「羅切說他的兒子生意破產，他把退休金大多給了兒子。其實我們都知道他兒子不上進，敗了他老爸的錢。」

這時蘇補充說後來羅切就同簡好上了，搬到她那兒同居了，「真是癡心的老姑娘！」她歎口氣說。

是啊，簡對我說，她很愛羅切，說他是個好人，很體貼照顧她。」瑪麗也歎了氣，「可憐的簡，何苦！」

十九世紀夏綠蒂筆下的年輕的簡和富有卻年長得多的羅切斯特的愛情在二十一世紀的現實中變成了年老的簡和較年輕卻貧窮的羅切的姊弟戀，我突然間產生了這樣怪誕的聯想。

一個多星期後，我發現簡又重返工作。打了招呼後，我問起她的病，又問她恢復得怎樣，為何不再多休息幾天就急於上班。

「不過是肺炎而已，」她輕描淡寫地回答說，「我恢復得非常好，多虧羅切的照顧。」她居然不避嫌。「當然我想多休息幾天，可我們並不富有啊。」我還來不及反應，簡又加了這麼一句。

那天午休時，我去附近的購物中心買東西，劈面看到簡和羅切親熱地手拉手走出星巴克咖啡屋。羅切大方地同我打了招呼，我們隨便聊了幾句關於簡的病。「沒事，我會當心好簡的。」分手時他說。

　　看著他們手拉手離去的背影，我心裡浮出一個聲音：「愛情並非年輕人的專利。」

聖誕卡

　　短短的聖誕新年假過去了，在新年之初我又回學院上班。

　　每天中午午餐後，如果我的工作不太忙，能準時記得午餐的話，我常會走出我所在的辦公大樓底樓北側的大門，去臨街那片小綠地的大樹底下的長凳上坐一會。關在全封閉的中央空調的大樓裡忙了半天，我很想呼吸一些新鮮的空氣，同大自然親近一下，同時看半小時的書刊作為休息。

　　新年之初，工作相對輕鬆，大多數同事還沒有上班，半小時的休息比較容易有保障，何樂而不為？

　　可是二、三天後，我似乎忽然發現綠地那兒缺少了什麼，可是又說不上是什麼，直到我看到別爾。

　　別爾是這一帶的流浪漢之一，聽人說他有八十多歲了。他個子不高卻長得很結實，走路輕健，誰也不會相信他有八十多。不過這一帶的幾位流浪漢，他們到底有幾歲，有誰會真正有興趣去調查呢？

　　他亂蓬蓬的灰白頭髮上頂著一頂舊鴨舌帽，髒兮兮卻紅潤的臉上亂七八糟地長著密密的白鬍子，只要給他穿上聖誕老人的服裝和戴上聖誕老人的帽子，背上聖誕老人的大口袋，不用其他打扮，就活像聖誕老人。只是他襤褸的衣衫和到東到西都提著幾個破爛的、裡面似乎裝著他全部的財產，包括一條毛毯的塑膠袋，表明他是一個很貧窮的、自顧不暇的聖誕老人，別指望他會給你送什麼禮物。

他的衣衫雖污穢襤褸，卻不令人討厭，因為他的上衣口袋裡常常會灌著一本簡裝本小說似的舊書，他到樹蔭下來休息時，就會從袋裡抽出書來看，模樣頗為斯文。

這一帶是附近四五名流浪漢聚集的地方。但是他們大多都常常爛醉如泥地躺在草地上渡過大部分的時間。別爾也喝酒，但卻從來不爛醉如泥，似乎頗有節制。

在澳洲，流浪漢們雖然無家可歸，生活卻有保障，政府會定期把救濟金放進他們的銀行戶口，所以他們一般對過路人很友好。

看到別爾，我就想到了吉姆。原來我感到缺少了什麼是沒有看到吉姆。

吉姆是另一名流浪漢，看上去比別爾年輕多了，恐怕在六十歲左右。他似乎同別爾比較接近，而同其他流浪漢不太在一起，似乎流浪漢也人以群分。

「嗨，別爾，怎麼沒看到吉姆？他上哪兒去了？」我問別爾。

「他去天國了，也許同他老媽在一起了。」別爾面無表情地說。他說起話從來都是面無表情的。「聖誕夜他被送進醫院，肝全壞了，那夜他就死了。」

「真的嗎？」我驚奇地問。

「是真的。那天白天他還喘著氣跟我說想念他的老媽，想去天國見她。傍晚我看他躺在長凳上沒聲息。是我叫來員警的。」

雖然我只不過是因為感興趣，偶爾同吉姆交談幾句，聽到他的死我還是感到心裡一陣難受。這一帶的流浪漢，我同他們偶然交談一、二句的，只有別爾和吉姆兩個，因為我們常坐在這些大樹底下看書。

我之所以會同流浪漢交談是因為一九八〇年代初我在上海外語學院教當時風靡全國的英語教材《新概念英語》時，曾教過關

於西方流浪漢（tramps）的一課，說他們同乞丐的區別是他們不乞討、不出賣尊嚴，他們選擇這種生活方式是為了自由、獨立和不受管束。我想真正地對他們感受一番。

吉姆的外表比別爾整潔多了。他穿套舊西裝，裡面穿件白襯衫，雖然不知多久沒洗過了，但遠看還過得去，下面是黑皮鞋。他經常雙手灌在褲袋裡，在這一帶漫無目的地遊逛，西裝的一個口袋裡冒出一支酒瓶，另一個口袋不是插份報紙，就是插本簡裝書，走起路來像個沉思的哲學家。坐下時他邊看書報，邊一口一口地啜飲那瓶酒，有時他會買份三明治當午餐，邊吃還邊掰下些麵包餵那些圍在他四周的鴿子。

不過我慢慢地發現吉姆買的三明治，他吃的部份越來越少，有時只咬了一、二口，便整塊扔在地上任鴿子們搶；而且他的閒逛，速度也越來越慢，腳步不穩，像個醉漢或衰弱的病人，而在長凳上躺或坐的時間卻越來越長。聽到他死了，我才明白，他的肝那時應該已經是接近衰竭的了。

我回想起放聖誕假前一、兩個星期，午休時我幾次經過那塊綠地去附近的郵局寄一疊的聖誕卡。走過他邊上時，有一次他隨便地問我：「寄聖誕卡嗎？」我說是的，又自然地反問了一句，「你也寄聖誕卡嗎？」

「為什麼要寄？」他幾乎是自語地說，「寄聖誕卡的目的不是讓人知道你還活著嗎？我呢？在親友的心目中早就死了。他們沒錯，因為事實上我知道自己確實早已死了，只是因為無法去天上見老母，才遲遲沒離開。」他看來有點動情，這是我第一次看到他混濁昏黃的眼球裡似乎閃爍著一絲淚光。

我心裡暗暗吃驚這位流浪漢對世人寄聖誕卡的目的的高度精闢的哲理。他以前到底是做什麼的？怎麼會選擇這種自我放逐的

生活方式？我感到奇怪，又不好意思問，生怕會觸痛他。只是我覺得這個見解尚不完整，所以又加了一句：「不錯，你看到了聖誕卡在塵世的目的，但沒看到天上的目的，就是乘紀念耶穌的誕辰提醒世人，神為了拯救他們所費的苦心，只要承認自己的罪，相信耶穌的救恩，誰都能到天上見已被神接走的親友。」

他沒有再說什麼，只是眼睛茫然地、嘴巴喃喃自語般地嘟嚷了一聲「是啊」。

沒想到這就是我聽到的他最後的聲音。我此刻真的希望，不管他做了什麼，他是得到了赦免，見到了他的老母。

女保王分子

　　那天我回家的時候，女房東弗麗姐哭喪著臉對我說，朱克已整整有兩天沒回家了。

　　混身油亮黑毛的朱克是弗麗姐的愛犬。它是條大型年輕公狗，對我特別友好、聽話。我吃晚飯的時候，它總靜靜地、耐心地坐在我面前，等待我施捨些什麼食物給它。這份耐心，會讓你感到不好意思讓它失望。這時候弗麗姐就會警告我說，不能給它吃骨頭，因為熟的骨頭，比如雞骨頭之類，會把狗哽死。

　　這種說法我聽人說過，狗醫生也如是說。可是這麼大的年輕狗，牙齒這麼尖利，怎會怕區區雞骨頭？澳洲雞骨頭連我都能咬得碎，上市的都是才幾個月的嫩雞。我的一位朋友在中國是養狗能手，養的都是大種狗，他每天去隔壁飯店拿下腳餵狗，狗長得非常精神，毛色發亮，動作敏捷，從沒聽說給雞骨頭哽死的。

　　當然這是弗麗姐的狗，我不能對它隨心所欲，萬一出了事我賠不起。問題在於它老帶著盼望的眼光瞧著我，要是拿雞肉餵它，我餵不起，因為窮留學生的我，從打工的飯店拿回家自己吃的帶骨雞塊，是好心的大廚斯提范故意少削去點肉送給我的；按他的說法這總歸是垃圾桶的充填物。所以我只能乘弗麗姐不注意偷偷給朱克一點帶骨的雞肉，朱克總是吃得津津有味。

　　我知道朱克昨天沒回家，弗麗姐說它會女朋友去了，沒事，第二天它準回來，這樣的事已發生過多次，所以她並沒怎麼在

意。可是朱克至今沒回來，天色已晚，弗麗妲開始擔憂了，這樣的事以前沒發生過。

晚飯前，電話鈴響了，是附近警察局打來的。朱克在街上亂逛時被員警逮了，他們憑狗牌查到弗麗妲的電話，要她帶錢去領回來：狗的伙食和住宿費每天十四元，另加罰款一百元，共一百二十八元，一星期內不領，朱克就會被「處理掉」。

聽了電話，弗麗妲先是高興了一下，但接著又哭起來了。她對我們說，她是退職清潔工，沒養老金，靠一點撫恤金和把這棟租來的四睡房屋子的三個睡房轉租生活，怎能一下子交得出這筆錢。我這才知道她原來是二房東。

女人真奇怪，有的人笑時媚態動人，有的垂淚欲滴時才招人愛憐，笑的時候反不討人喜歡。弗麗妲屬於後者。我們，包括塔斯馬尼亞來的理工大學碩士生馬克、剛從海軍陸戰隊退役的唐諾和他的女友裘雪，四個房客，都對這位三分之二老徐娘動了惻隱心。唐諾說，別哭了，我們每人捐三十元，不就解決問題了嗎？三十元對我是個不小之數，可大家這麼說，我也不好意思反對。大家當場掏錢放在桌上，弗麗妲這才破涕為笑，對我們千恩萬謝。

我並非對掏三十元耿耿於懷，我覺得弗麗妲太精明，分明是裝可憐騙取我們的同情心。我剛來她家寄宿時簽約說好住一間房周租八十元，不包伙食。我要用洗衣機時，她不讓我用，說怕我會用壞，她幫我洗，每次收二十元服務費，周租等於變成了一百元。有一次，弗麗妲看我要去超市買東西，便叫我帶一公斤醃肉。我買回了醃肉，弗麗妲對它左看右看，說這醃肉怎麼這麼肥？我說我已經挑最瘦的了，她還是嘀嘀咕咕地不滿意，我說算了，這醃肉就算請你吃啦，不要你的錢，她才說謝謝，把它收下。

最討厭的還不在這些，那時澳洲正在辯論要共和還是保留女王為澳洲元首。晚上我們一般聚在客廳看電視，弗麗姐就同有時來看她的男友、據她介紹說曾當過英國王家海軍中尉的理查德德德德一起大談王室的好處，對共和國大加譏笑，特別是我來自的那個共和國，說共和國會導致專制。擁護共和的年輕人馬克、唐諾和裘雪對此很不以為然。我想，澳洲人講自由選擇，不強加於人，她卻要將保王思想強加於人，我倒不服氣，偏要同她辯辯。她辯不過我時，就會不屑一顧地說，澳洲的事不用你管，還是回你老家那共和國去吧。

　　不久後，公民投票中共和派輸了，弗麗姐真是高興壞了，經常同理查德德德德對著我們又唱又笑，我是她首先打擊的目標。她那不討人喜歡的笑容叫我噁心。我無話可說，只能硬著頭皮聽任她對我挖苦譏笑。

　　這時，大家同弗麗姐簽的租約都先後快到期了。唐諾和裘雪已找到工作，正在找房子準備搬出去；馬克想搬得離理工大學近一點；我的論文答辯已經通過，遞上了永居申請，為了找工作，想搬到靠近市區的地方住。總之，大家都在這兒住夠了，也受夠了弗麗姐向大家騙錢的小玩意兒，一起商量著快快搬走。

　　又過了不久，英國女王來澳訪問，路經布里斯本。本地的保王派組織歡迎，弗麗姐也去了。她回來後興奮得不得了，晚上看電視時，不管我們要不要聽，對我們不厭其煩、一次又一次地說：「我看到女王陛下了！她是何等高貴，何等榮耀！她還對我看了一眼，向我招手呢！」馬克被鬧得不耐煩，諷刺她說：「去你的吧，明天的報上大概會登你同女王一起拍的照片呢！」

　　可是第二天，《信使報》註銷的新聞照片中果然有弗麗姐同女王一起的照片！

穿著漂亮的短裙身材不錯的弗麗姐舉著米字旗站在歡迎群眾的前排，正面對著鏡頭，女王陛下一條胳膊挽著手提包，一條胳膊微微舉起向歡迎者招手示意，她面露笑容，看上去非常慈祥，照片拍的角度正好像是她在向弗麗姐招手似的，而且還照得非常清楚。

　　這下子弗麗姐真是高興得快要死過去了。她得意地對馬克說：「怎麼樣，看我不是同女王一起拍了照？」他同理查德德德德把照片放大了，用塑膠封套套好，又買了鏡框，把它掛在客廳裡，向我們和所有的朋友、訪客炫耀。

　　正在她非常得意的時候，大家都正式通知她下周準備搬走，沒有一個人同她續約。

　　第二天，朱克又失蹤了，到很晚都沒回來。弗麗姐哭喪著臉說：「該不會又給員警逮走了？」

　　這次，她的哭臉並沒有贏得任何人的同情，我們都裝聾作啞，誰都沒作聲，沒有人再提出萬一警察局來罰款通知，我們每人再捐三十元。

孟秋蘋

女，筆名俗子。少小時喜歡文藝，長大開始塗鴉，中年職業婦女忙於生活，無法達到文豪志願，晚年子女長大負擔減輕，移民紐西蘭開始參加寫作協會，曾任秘書、副會長，文章發表於報章雜誌。

二〇〇〇年搬到澳洲墨爾本，積極投稿大洋時報，曾任大洋文聯副主席。現任墨爾本作協副會長。

那年去打工

　　每一個走過聯考的人都希望不要再回味，於是考完了有許多人用各式方法去忘記它！

　　一是瘋狂的放鬆自己，例如看電影、打球、游泳。

　　二是找一處鄉下、山上，親近自然。

　　三是找工作，賺學費

　　四是跟著父母去渡假

　　早上老媽又嘮叨父親賺錢不夠花；大哥結了婚要供房沒拿錢回來。二姊男朋友是軍人，媽反對怕她將來和自己一樣受窮。我們家的小妹是老媽心中未來的林志玲，她把父親一半的薪水供她學巴蕾、美姿，等著當林志玲的接班人。

　　「小三子！小三子！死到那去啦？」

　　老媽一進門把菜籃一丟，興沖沖地一路喊。我正無聊地翻看二姊的書架，你知道的；女孩子都捨得用零用錢買那些又貴又難讀的書，二姊是我們家的珍・奧斯丁，擁有一堆世界名著。

　　「媽——我在這兒！」我趁她不防備，在她背後大喊了一聲。

　　「找死啊！嚇我一跳！」老媽杏眼圓睜、橫眉倒豎，像王祖賢。

　　「小三子！考完了別閒著亂晃，媽給你找著一份工作，離家近、又輕鬆。」

　　我想八成媽又欠了賭債，這次不曉得又要把我押到那個三姑六婆家做苦工了。

「劉太的兒子需要個助手，我說你的美術得A，畫得可好了。」

「刷油漆啊？」總不會叫我去當畫家吧？

「大柱子最近可忙著了，每個月接的訂單都畫不完，又不敢外包，怕砸了招牌，找助手吧，怕工錢貴。你不是老在嚷嚷要學美工嗎？這工作你一定喜歡！」

嚇！偌大一間雙車房，裡面隔成三道夾板屏風，正反兩面都釘著畫布，每一面牆可釘上十塊帆布，他同時畫十張畫。有兩面牆上的畫已經完工，等待乾燥。他拿起特大號刷子沾滿了顏料往畫布上迅速的上下來回塗刷，刷完一張，問我會不會？我點點頭，接過刷子，刷給他看。

這一天我刷完了二十張，刷得手臂酸痛。媽問我怎麼樣？我從口袋掏出一百元，她笑著說：「你看！多好！輕輕鬆鬆賺了一百元。」她抽了一張十元鈔票給我，叫我先去沖涼。她替我盛了一大碗飯，熱氣騰騰，今天吃煎帶魚、空心菜、滷豆腐，都是我愛吃的。

過了一周，我的手臂由酸痛到麻痺，為了錢，我瞭解了什麼叫「忘我」和「忍耐」。晚上不到八點鐘，眼皮子開始打架了，電視劇也等不及了，一躺上床就睡著了。

早上有豆漿、燒餅夾油條，老媽笑瞇瞇看著我說：「小三子！大柱子一天畫幾幅畫？」我說不知道！她又問那一個星期畫幾幅？

我說：「媽呀！我才去一天啊！還沒弄清楚怎麼回事呢！」

第二天，老媽換了題材，例如一張油畫賣多少錢？我說：「媽呀！我是去給人家做小工的，那裡管這麼多？」

第三天，老媽終於按捺不住說了實話：「大柱子到底有沒有女朋友？」

我真是糊塗了，劉大哥有沒有女朋友和我做工有關係嗎？

「當然有！等他當了你的姊夫，還怕不照顧你嗎？」老媽說話像唱歌般好聽。我心裡卻叫聲「苦啊！」難道老媽不曉得劉大哥小時候發高燒，弄得又聾又啞，姊姊怎麼會喜歡他？何況她和男朋友要好那麼多年？

第四天中午，劉伯母來叫吃飯，又是雞又是魚，我扒了一口飯說：「劉媽燒的菜真好吃！」劉媽媽笑著說：「誰叫我命苦，不知道什麼時候媳婦才進門！」

當晚我立刻把這話傳給媽咪聽。

媽咪走到姊姊房門口，推門進去，一會聽到老媽大聲喝斥，二姊衝出房門，怒氣沖沖對我說：「你不專心做工學手藝，管什麼閒事啊？」

我的一口飯噎在嗓子眼裡，急得說不出話。

隔天早上，飯桌上氣氛烏雲密佈，大家都不說話。

我一口氣把豆漿喝完，抓起燒餅油條，兩腳抹油——溜了。

晚上，大家圍坐在飯桌上，「咦！二姊呢？」「不許提她！我沒這個女兒。」老媽的話就是聖旨。

過了一年二姊結婚了。媽媽說這麼不孝順，就當沒有這個女兒。

三年後的除夕前一天，老爸面有喜色神秘的說：「猜猜看誰來吃年夜飯？」

「是二姊！對不對？」老爸難得這麼開心的神情，他是最疼二姊的。

電話鈴響了，我搶著去拿聽筒：「喂？二姊嗎？要請媽接電話？」

老媽已經生了四年的氣，這口氣都快扁光了；每當被寵壞的小妹氣得傷心時，就想到柔順的二姊。

她接過電話，聽了一會，直說：「好！好！別買什麼禮物啦！帶著孩子一道回來！」

　　打那年以後，二姊和姊夫帶著兩個小外甥，不但年年回來吃年夜飯，而且還搬到娘家附近，常常陪老媽說話，老爸更是整天和孫兒們戲耍。

　　老媽逢人便誇：「我們家二妞當年真是嫁對了。」

　　連我都後悔當初未去考軍校，像現在人浮於事、失業率又高，職業軍人可真的是鐵飯碗喲！

單車失竊記

　　小陳是新進來的工廠臨時工，她停車時看到他鬼鬼祟祟，當她走進廠房時，回頭看到小陳把手放在車把上撫摸，碰到她的眼神就立刻縮回了手。

　　耶誕節快到了，工廠忙著趕工出貨，為了多賺點加班費，她也跟著加班。中午吃便當時，從背後傳來：「好香啊！是紅燒肉滷豆乾！」

　　小陳走過來訕訕地說：「周小姐晚上加班嗎？」又說：「天黑騎車很危險的！」她只是點了一下頭，想不出他話裡的涵意。

　　晚上多上兩小時，她帶了餅乾和茶包，泡了杯香片就著吃，不加班的同事和她打招呼：「早點回去！晚上好像要下雨！要不然叫老公來接妳？」她虛應著，墨爾本的天氣？連氣象局都摸不準的，再說老公也在養老院打夜班，自顧都不及呢！她苦笑了一下，趕緊把茶點吃完，就去上工。不然那個義大利工頭已經來來回回轉了三圈，就怕他們趁機摸魚。

　　再做兩個小時，站了快十個小時，腰都酸了，她搥搥背，把雜物塞到背包中，戴上安全帽，走到後門口，路燈照耀下如同白晝，她呆住了！

　　「車呢？我的車不見了！」她趕緊往機房方向走去。

　　「喂！小周！找工頭嗎？」老 Peter 問她，他是工廠打掃清潔工外帶鎖大門。

「我的自行車不見了！下午還在那兒的！誰看到我車了？」她急得團團打轉，碰到人就問。

「是嗎！車子還蠻新的！這兒挺肅靜的，怎麼會發生這種事？」老Peter敲敲工頭的小房間，沒有人回應，大概下班了。他又陪她走到外面四處瞧了一下，實在沒得找，就是丟了。

「下班前你有沒有看到小陳？」她想到他那一副鬼鬼祟祟的模樣，一定是他幹的。

「他好像早走五分鐘，怎麼？妳懷疑？」老Peter皺起兩道濃眉。

「早上我停好車，看到他站在車旁嘀咕商量什麼。」她實在沒聽見。

「別找了！太晚回去不好，要不要送妳回去？」老Peter關心地。

「謝謝！不用了，過馬路就是電車，很方便的。」她看著老Peter開著那輛一九八五年老福特走了，天空開始飄雨絲了，雖然是夏天，有時溫度降到二十度以下，她只穿了件單薄短袖襯衫，手臂被雨打濕了涼涼的，她心裡想著這部單車花了四十元澳幣買的，才騎半個月呢！就沒了？明天她一定得問問那個壞東西。

回到家，桌上留著一張字條，老公上班前做好晚飯，告訴她菜飯在電鍋中保溫，去上大夜班，第二天上午才回來，她胡亂扒了一碗飯，臉也沒洗就去睡了。

第二天早上，把剩飯煮成稀飯，就著剩菜扒了一碗，心情沮喪地準備去上班，老公已經倒在床上呼呼大睡，她把窗戶開點縫，到中午還不會太熱。

今天這個小工沒來，她想一定是做賊心虛不敢來了。老Peter也說要教訓這小子。

她今天特別累，隔壁麵包廠的香味不時吹進來，平常她總是用力吸兩口，和同事猜是什麼麵包材料，可是今天她一聞就想吐，頭也疼起來。

「小周！我看妳八成昨晚淋雨感冒了，回去休息一天吧！反正這些玩具都趕得上交貨不必再加班了。

她實在頭痛得厲害，老 Peter 替她向義大利工頭請假，他送她回去，按了半天門鈴，才把老公鬧出來。

「怎麼沒帶鑰匙？」他被吵醒了，一臉的不快。老 Peter 急著趕回去上班。她靠在沙發上，打開電視，正在報告午間新聞，昨夜一樁車禍發生在 Coburg 區，被大貨車拖著走了十幾公尺，車毀人重傷，正急救中。

「啊！快來看！」她突然驚叫起來，那部撞的變型的單車，怎麼看怎麼都像她的車子。

「是沒錯！受傷的是個十九歲男孩，準是小陳！」她驚訝的大聲嚷著。老公才恍然大悟：「哦！原來你的車子被偷啦？這個小鬼實在可惡！看看遭到報應了吧！」

「唉！快不要這麼說！這個懲罰也太重了。」他們都是窮苦出身，她突然對小陳可憐起來，還要去醫院看他。

急診室裡小陳躺病床上低著頭，半張臉裹著紗布。羞愧地不敢看她，這場偷車的教訓替他烙上一輩子的印痕。

後記

一九四八年義大利拍了一部經典名片《單車失竊記》，描寫小人物和生命搏鬥的故事，樸實感人，獲得奧斯卡最佳外語片獎。

本篇小說也是真實故事，偷車的是兩名工友，他們的理由是這位太太懷孕了，不適合騎車，所以把車子給藏起來，等她生產過後再還她，但是幾個月後其中一位工友離職了，他忘記告訴她藏車的地點，另外一個工友卻不知道藏在哪兒，兩位老先生的動機都是好心，但是車子卻真的丟了。

愛之船

　　揮別了送行的人群，她發覺自己真是荒唐，「怎麼能答應和老趙一同出遊，從雪梨往返紐西蘭八日遊？」

　　艙房內有兩張單人床，她挑了靠浴室的，兩人打開行李箱，把洋裝、西服掛進窄小衣櫥裡，略微擦拭一下，準備參加船長為乘客舉辦的歡迎晚宴，節目單上有歌舞、魔術表演，她穿上女兒替她選購的紫藍色棉紗連身小禮服，珍珠頸鍊，對鏡子刷了淡紅色腮紅、絳紅唇膏，她轉了一個身，裙子像朵百合花開放。

　　「真美！妳年輕時一定是個大美人！」她感覺到臉孔有些燙。老趙的白襯衫紅領結亦發神采奕奕，怎麼看都很當對。

　　餐桌像一彎弦月將舞廳圍繞，臺上樂隊正演奏著〈Tonight〉（今夜），電影《西城故事》的主題曲，一位高大的毛利歌手正用寬厚潤亮的男中音緩緩地把晚宴的序曲唱開。賓客陸續進場，他們選了一個中央邊座，可以清楚欣賞臺上表演，晚餐有龍蝦、牛排、烤小羊排，還有水果、沙拉自助餐，老趙不吃海鮮，撿了一堆肉類和一大瓶紅酒，他今天的食欲特別好，忘記了出門前兒子叮囑他：「少吃、少喝，多照顧阿姨！」他把食物堆了滿滿一盤，一邊兒吃一邊兒喝酒，櫻桃酒甜甜的，初喝不覺得，幾杯下肚後，頭就開始暈了。他剛起身想邀淑雲跳舞，酒氣就湧上來站不穩；輕飄飄地，才拉開椅子就重心不穩，又摔回座位上，自我解嘲地說：「淑雲妳真好！陪我一同來旅行，我、我、我……」下面的話，自己也聽不懂，就伏在桌上不響了。

表演的中間空檔是給貴賓跳舞的，淑雲她一手撐著下巴，另一隻手端著咖啡，沾著唇邊，偶爾啜上一口，流覽婆娑起舞的人群。「小姐可否賞光？」一頭銀髮、身著白色西裝的老外俯身邀舞。她轉頭看看伏案的靖宇，伸出右手遞給對方，微笑點頭。他的個子很高，兩人的舞步配合得恰好。戴爾的舞技是上乘的，帶著她穿梭在人群中如行雲流水般輕鬆自然。回座時他邀她共坐一桌，原來他就坐在她們的正後方，「老趙的失態」他看得一清二楚。目前他是到紐西蘭巡視森林投資，和養殖安哥拉羊，這是最高貴的羊毛品種。淑雲聽他談生意經，幾乎插不進嘴，只得微笑靜默。

　　戴爾突然醒悟，一拍額頭說：

　　「真抱歉！我忘記女士們通常不喜歡談生意，我太太也是這樣的。」

　　「噢？你的太太？怎麼不一道來？」

　　「她在上面！」戴爾用食指往上一指說：「兩年前蒙主寵召。」

　　「真抱歉！我……」她不知道該怎麼說。

　　他笑著說：「都過去了，當時是很痛苦的，所以看到別人夫唱婦隨是很嫉妒的。」

　　她也笑了，「譬如什麼？」

　　他不好意思的說：「譬如你先生竟然放縱自己，大吃、大喝到醉？把太太丟掉一旁。咦！人呢？」

　　「我們是姻親，不是夫婦。」她輕描淡寫回答。

　　「真的？」戴爾眼梢閃過一絲喜悅。

　　他們又連續跳了兩隻舞。淑雲說，太晚了，又擔心老趙不知道怎樣了。兩個人一同走在甲板上，月明如水，她住在普通房，走到門口，戴爾邀請他們明早一同吃早餐。門一打開，一股酸腥味衝入鼻子。「啊呀！你怎麼啦！老趙？」

戴爾聞聲自走廊趕回來：「怎麼了？發生了什麼事？」他立即撥電話請服務臺派人來收拾。好不容易把房間弄乾淨，老趙也安置在乾淨的床鋪上，他們卻疲累過度反而清醒了。大衛提議到酒吧間喝一杯，裡面煙霧繚繞、酒氣薰人，兩人坐在甲板涼椅上人端著啤酒，她啜了一口快溢出的泡沫，啤酒從玻璃馬克杯的凹凸花紋透出誘人的琥珀色，趁汽泡還未消失前，她又啜上一口。大衛也喝了一大口笑道：

　　「你難道要坐在這兒喝到天亮嗎？」

　　「那你說，我難道應該怎麼辦？」淑雲也笑了起來。

　　「妳不睡覺是沒有關係，可是我明天下午還要和人談生意呢！怎麼好路上打瞌睡？這樣好了，你今晚暫時睡我的艙房，讓我和妳的老趙同房吧！」

　　不由她再猶豫，他拉起她到了頭等艙，打開門硬把她推了進去，只說衣櫥裡有睡衣，便逕自走了。

　　剩下淑雲一個人在寬敞的艙房裡，床很柔軟、被也很溫暖，她覺察到大衛對她不尋常的關心和熱情。想到了老趙「一個言拙、心地善良的老好人」，由於女兒的結婚才相識。認為他是個可以信賴的老伴；但是今晚和大衛聊過天以後，才發覺原來人與人的距離不是時間的長短可以改變的，因為她和老趙沒有那種心靈相通的感覺。

　　明天就要下船了，她想著大衛邀她共赴農場渡假，到底要不要去呢？老趙離開餐廳的不告而別，是一種無聲的行動抗議嗎？還有對她一見鍾情的大衛幾乎把她視為自己的禁臠，不希望她再回和老趙的共同艙房，這個人對愛情是有一種專制、拔扈的態度。他說：「愛是不猶豫、不後悔。」

　　那麼她該怎麼辦？接受還是拒絕？

　　夜晚的潮水輕輕撞上船身又滑開，撞上又滑開，她迷迷糊糊的閉上了眼。

孔雀開屏

　　林娜匆匆忙忙把屋子拾掇清爽，髒衣物塞進洗衣機加了一匙濃縮洗衣粉，洗衣機開始進水洗衣服，她半跑著去臥室換衣服，今天她要穿得亮麗一點，翻了又翻，都是一些過時的衣服，發覺好久未添購新衣裳了。

　　電車來了，車上坐的有學生及進城的人們。立刻有人招呼她：「來坐這裡，林娜！」陳太、廖太和張太替她保留著一個空位，她們曾經是最好的麻將搭子，現在都轉戰老虎機。陳太太問她昨天輸多少，她是最忌諱人家問了，尤其是她昨天輸得光腳板。她把臉繃臭轉向窗外，等進場再看運氣吧！昨晚她做了一個好兆頭的夢，今天非贏不可。

　　幾位太太檢討昨天的戰果，又吹噓自己得了幾個「Free Spring」，什麼從頭胡到底，嘩啦、嘩啦的金幣像下雨。「哈哈哈！墨爾本只會下金雨！」最近的氣候反常、石油漲價都和她們無關，因為只要一走進 Casino，心就像奔騰的野馬，什麼兒女的功課、老公的事業，全拋到九霄雲外。

　　這時候她們的心上人就是那部會唱歌、會高喊「Jack Pot」的吃角子老虎機。

　　可是今天她已經塞進十幾張五十元鈔票，卻一點長進都沒有，她想換臺機器，眼看旁邊的廖太太已經接連拿了兩個 mini Jack Pot，三個「Free Spring」，又是拍手，又是叫嚷。她瞥了一

眼，肚子裡暗罵：「幼稚！又沒贏多少！」她繼續狠狠地砸那個二十五滿貫的鍵盤，又加上八倍，就這麼200、200、200……，不停的砸下去，口中念著：「給我Free Spring！給我Free Spring！」又「砰砰砰！」用手和腳，又拍、又踢，恨不得把機器肚子裡的錢幣給挖出來。惹得廖太太大驚小怪嚷：「別敲了！這裡有監視器！小心管理員來巡邏！」

「我不信！你看那些洋老頭子都是用腳踢呀！拳頭敲啊！就蹦出個『Jack Pot』來。」她發了一頓火，沒人理她，怨氣憋在肚子裡，雙眼瞪著上方那只孔雀，心裡默禱：「孔雀啊！孔雀啊！求求妳開開屏吧？」

接下來，她心不在焉的隨便按鍵盤，想起小時候母親逼她練鋼琴，琴鍵太硬，弄痛了她細嫩的手指，沒耐心學好。可是現在她林娜可是鐵了心，非把這臺機器敲打出錢來。已經吞了兩千塊，總該吐點渣子吧？她禱告：「上帝、聖母、菩薩、媽祖！可憐我吧！」只差沒向穆罕默德求助了。

她顫抖的塞入最後一張五十元，迷糊中想起昨夜夢裡的美麗的孔雀開屏，她閉上眼睛隨手按了下去。不一會傳來美妙的仙樂，像是叮叮咚咚的鋼琴聲。一個神秘的魔音在說話，銀幕上跳出一隻美麗的大孔雀「二十五次Free Spring」，又連續四次中獎。這回該輪到她拍手歡呼，隔壁廖太卻靜悄悄地，剛才贏的錢大概又吐回去了，「先贏後輸」是賭場的黃金定律。

她把暫時休息的遮板蓋上銀幕，然後走向洗手間，她已經憋了四個小時的尿，膀胱都快脹破了。她心裡想著：這次一定要乘勝收手，兩千塊錢是兒子的學費。鏡子裡映出是一張憔悴的臉，歲月像把刀狠狠地在她臉上畫下滄桑，她用冷水沖了把臉，把嘴角往上拉抬，她要笑！她要開開心心的笑！只有面對賭臺上的銀幕，她才感覺到自己是真正活著。

連番四個「Free Spring」帳面上多了幾百元，接下去一陣緊羅密鼓響起「Jack Pot」！她小心翼翼用手指輕輕碰觸銀幕上的標幟，越來越多的藍色標籤出現，天啊！她緊張到心臟快從口中跳出來，頭開始發暈，她捏住人中，口中念念有詞：「老天爺！老天爺啊！您真的顯靈了！」

　　機器很大聲地放出：「Jack Pot! Congratulation! The winner gets the highest prize of 120 thousands.」她跳下椅子，按了「I」等服務員來，這時擴音器向全場廣播，「恭喜第七臺機器客戶中了Jack Pot最高獎金十二萬」，全場賭客如雷聲般鼓噪，四健會的太太們都湧上來向她恭喜，她好開心，真的美夢成真，開心的大叫：「我贏了！我贏了！我贏了！」

　　大概是太興奮了，她有點暈糊糊地飄飄欲仙，醒來只見自己躺在長沙發上，廖太太握著她的手說：「林娜！你可把我們給嚇死了，妳剛才昏過去，知道嗎？」

　　張太和陳太也說：「賭場經理已經叫了救護車，一會兒就送妳去醫院檢查。」

　　「我的Jack Pot呢？」林娜微弱地張開口問

　　「什麼Jack Pot？」三個太太異口同聲喊道！

　　「我不是中了十二萬的Jack Pot嗎？」林娜奇怪剛才她們還向她道賀，現在卻又說不知道，這到底是怎麼回事？「妳中了大獎？我們怎麼沒聽到？」輪到三位太太納悶了，她剛才不是昏倒在洗手間嗎？

　　救護車來了，隨車救護人員替她量了一下血壓和脈搏，給她打了鎮定劑，讓她很快進入睡眠。

　　一個星期後，林娜被送入一家精神病療養院去接受治療。

【註】「孔雀開屏」是指賭場裡的一種吃角子老虎機，以孔雀的開屏為圖案。

翡翠項鏈

　　她拿起來往鏡子前比了一下，微微乾縐的胸口配上鮮豔欲滴的翡翠項鏈，「太太您的皮膚細白！最適合戴玉翠！」售貨小姐討好著，「是嗎？」她把眼睛斜瞄了一下，那個他正站在玻璃櫃旁，望著櫥窗外街道出神。

　　「宏明！你過來！好看嗎！」，叫宏明的是一位地毯出口商老闆，笑瞇瞇地回過頭來：「太太我對珠寶沒有研究，妳看好的，一定好！」

　　她選擇了兩款「一粗、一細」，粗的粒大，但是成色不勻、不剔透，唯一的好處是顆粒大，綠白相間，遠看醒目、亮麗。細珠子只有一半大，卻顆顆碧綠晶瑩剔透，價格卻是尾數多了兩個零。她將兩串項鏈同時套在脖子上，實在決定不下。

　　「宏明！幫幫忙！你一定要替我選一條才行！」他走過來，看了一下脖子上的兩串翠玉項鏈，又迅速瞄了一下標價連忙說：「大的好看！白綠相間有變化，像故宮翠玉白菜，白綠醒目，就買這串吧！」說完就要走到櫃檯去簽字。這一天晚上，佩芬都非常地開心，因為丈夫好多年沒有送她首飾了，她戴著翠玉項鏈躺上床睡著了。直到第二天快中午才醒來，丈夫早早去了工廠。她慢慢起來梳洗，想著他們這種沒兒沒女的婚姻維持了十多年，仍然恩恩愛愛；人家都說是奇蹟。她想到下午有一個畫廊開幕酒會，展出的國畫大師正是自己的老師，做學生的她理應去捧場。

她穿上了那件珍珠白絲綢縷花旗袍，玉翠項鏈，鑽石耳墜子，舉起右手看了一下結婚鑽戒，仍然光芒燦亮，她略微梳理了一下頭髮，噴了一下髮膠，昨天才做的頭髮沒有變樣，才放心出門。

酒會已經開始，脫下風衣交給服務臺，簽了名，告訴女招待，那一籃大紅色玫瑰花是她訂購的，從案桌上取了一杯雞尾酒，慢慢踱到人群中。男士們衣冠楚楚、女士們也都穿戴得爭奇鬥豔，畫廊開幕式雞尾酒會成了中上流社會的社交場所，走到餐臺拿點心，身子背對人群。

「你瞧！隔壁李太太胸前那串玉翠項鏈！好是好！可惜成色不好，夾雜白玉……」。在說我嗎？她側著耳朵傾聽，「可不是嗎！那種「玉翠」是白玉夾翠，那能和Helen比，她才是人家捧在心頭上的寶貝，戴的翡翠珠子顆顆晶瑩透碧，才是十全十美的上等貨色！」

「噢？就是站在臺上那位一身火紅的！」，「嗯！Helen倒底是年輕啊！身裁也火辣得很！聽說是李老闆的小××！」三位太太旁若無人的評論著。她看到了自己的老公正舉杯向那位叫「海倫」的敬酒，「咦！怎麼她脖子上的翡翠項鏈和昨天店裡的一模一樣！」她失聲地喊了出來，急速地穿過人群！上前伸手一把抓住了項鏈。

「你是誰？是誰送給你的項鏈！」她用力過猛，偏偏海倫也正要轉身回避，結果那串項鏈在兩個相反力道下，硬生生一把扯斷，翡翠珠子散落了一地。

「哎呀！幹什麼呀！妳瘋啦？」海倫尖叫了起來，剎那間，大廳瑞安靜下來，賓客們都被她突發的尖叫聲給嚇一跳。大家一臉詫異，有的卻露出詭譎的笑容，空氣凝結了兩分鐘，又恢復了喧嘩。

「佩芬！你沒有不舒服吧！」宏明立即轉過身來扶她。原來她在用力扯斷項鏈時，重心不穩跌坐在地板上。

　　「什麼不舒服？」她頭有些昏沉，「我問你那串翡翠項鏈怎麼會掛在她身上？」

　　「太太！她是大發企業總裁的女朋友啊！是梁老總托我買的。」

　　「真的？」她懷疑地看著這個一向外貌忠厚的丈夫。

　　「當然是真的！不信的話，明天你打電話到他辦公室去問。」

　　她半信半疑地跟丈夫離開了會場，一路上宏明安慰她，而她也懊惱自己的魯莽和失態，好好的開幕酒會給她弄砸了。他送她回家，服了阿司匹林，等她躺下，藉口要回工廠趕貨，晚上不要等他吃飯。

　　半個多小時後宏明又返回會場，海倫走了過來，杏眼圓睜：「大老闆！你賠我！人家好好一串項鏈給弄斷了！」

　　「小親親！別鬧了！大不了買一條鑽石項鏈給妳！」「真的！不騙我？」海倫笑臉上展現出了一對小酒窩，在眾人注視下，親了一下他的臉頰。彷彿看到那串精光燦爛的鑽石項鏈，掛在自己粉白豐潤的胸口上，多麼搶眼啊！

作者簡介

李明晏

　　原黑龍江大學俄語系副教授，黑龍江省作家協會會員，現澳籍華文作家，澳洲中文作家協會（中華分會）會長、澳洲中文作家協會秘書長，《澳洲日報》《大洋時報》特約記者，中國廣州私立華聯大學客座教授。

　　在大陸時，業餘時間從事俄羅斯文學翻譯和兒童文學創作。譯著一百多萬字，主要譯作：長篇小說《妓女》《西方豔遇》《魔鬼峽谷》、中篇小說《夜裡發生的案件》《穿透心靈》，文學創作主要有兒童小說《大雪之後》《大雨之後》。

　　一九九〇年定居澳洲後，從事文學創作，在澳洲、歐洲，中國、美國，以及臺灣、香港等地區發表了百餘萬字的作品，主要有：長篇小說《澳洲C悲劇》《私生子》，中篇小說《愛恨恩怨在澳洲》《楠楠、寧寧和京叭奇比的故事》，中篇紀實文學《在我們公寓大樓裡》《從遠東到西伯利亞》，長篇紀實文學《澳大利亞賭場情場商場》，散文《街頭琴音》譯成英文，被選入澳大利亞中英文雙語詩歌散文集《紙上的腳印》，並被墨爾本的教育出版社編入澳洲TAFE學院文學讀物。曾數次獲獎，散文《黑色的節日》獲一九九五年澳洲《自立快報》散文佳作獎。散文《你好，臺灣！》獲二〇〇〇年臺灣《中央日報》（世華週刊）三月份最佳散文獎；短篇小說《懺悔》獲一九九九年維省大丹德諾市

「華文短篇小說徵文」推薦獎；長篇紀實文學《澳大利亞賭場情場商場》獲「臺灣僑聯基金會二〇〇四年小說佳作獎」；微型小說《明星的 T 恤衫》獲「中國第七屆全國微型小說」三等獎。一九九八年，被汕頭大學臺港及海外華文文學研究中心編寫的《海外華文文學史》收錄在第七章《澳大利亞華文文學》的第四節《李明晏》。

球星的T恤

　　澳州的陽光似乎充滿了催化劑，小湯姆彷彿是一夜之間就由童年邁進了少年。

　　王太眼望著與自己相依為命的寶貝兒子一天天長大，不覺悲喜交加，似乎在兒子成長的腳步聲中聽到了丈夫亡靈從天國向她送來的祝福。

　　然而，小湯姆的成長卻成了王太的災難。曾幾何時，還是一雙天真無邪的眼睛如今卻變成了追逐名牌的探照燈，而名牌，那得叫王太在餐館裡洗出的碗堆成一座大山。

　　大廚阿炳回大陸探親時，在街攤上買了一大皮箱花花綠綠的假冒名牌，以彌補旅途的辛勞。

　　阿炳巧舌如簧，一堆冒牌貨，霎時間變成了一堆鈔票，只剩下了一件印有紅透國際影壇的硬漢小生頭像的T恤。不知是吃飽了怕脹肚，還是王太那一雙悲戚的眼睛，引起了他的同情，他將這件T恤送給了王太：「這是名牌皮爾卡登，你的小皇帝準會喜歡。」

　　王太抹著眼淚，感激話說了一大筐。可第二天就氣洶洶地把那件名牌扔到阿炳的鼻子底下：「阿炳，我人窮志不窮！咱們都是中國人，你何必拿我們孤兒寡母開心。我這張老臉倒不在乎，可我的兒子卻承受不起！」

阿炳心裡咒罵，臉上卻堆著笑：「王太，對不起，開了一個小玩笑。我想叫你的寶貝兒子開開心。」

　　「開心？開你的頭啊！你知道嗎，你的皮爾卡登害得我兒子丟盡了臉。我兒子放學後和幾個同學去公園踢足球，遇上了大雨，你他媽的皮爾卡登一見雨就花了臉，我兒子身上的美國明星一下子就變成了大花臉。一個香港小壞蛋送給了我兒子一個外號『冒牌貨』，氣得我兒子躺在床上不吃不喝。我的老天爺！他要有個三長兩短，我可怎麼辦啊？」

　　阿炳暗中叫苦：「天啊，我這是何苦呢！好事沒做成，到惹了一身不是。澳州可是法制國家，萬一那小子真的出了事，我可怎麼辦呢？」

　　然而，天無絕人之路。

　　翌日早晨，阿炳倒垃圾時，在垃圾桶裡看見一件舊T恤。他四處環視了一番，以迅雷不及淹耳的速度，將T恤帶回了家。他找出一隻黃色的油筆，在衣服上龍飛鳳舞了一通，便裝到一個塑膠袋子裡。

　　晚間餐館打烊時，阿炳神秘兮兮地走到王太跟前，送給她一個塑膠袋子：「王太，我有辦法洗刷你兒子的恥辱。我托人在拍賣行花了一百元買了一件有國際球星貝利親筆簽名的T恤，送給你。你的兒子小湯姆準會高興得發瘋！」

　　王太半信半疑地打開了袋子，一股刺鼻的氣味迎面撲來，王太的五臟六腑險些翻江倒海，還沒等王大罵出口，阿炳那雙薄嘴唇有如機關槍響了起來：「王太，你這就外行了。球星親筆簽名的東西，值錢就值在這特殊的氣味上。你沒聽人說，有多少球迷就是嗅到這種氣味才能睡好覺嗎？」

三天後的晚上，忙得滿頭大汗的阿炳，抽空走到餐館後院抽煙時，王太躡手躡腳地尾隨而來。見到她，阿炳險些將手中的香煙掉到地上。

　　「阿炳，這是一百元衣服錢，我兒子一定叫你收下。」

　　阿炳驚訝地望著王太手中的百元鈔票，不覺毛骨悚然，似乎其中藏有定時炸彈。

　　「阿炳，你的那件T恤，可叫我兒子露了臉，那個香港小子，像個跟屁蟲似的，纏得我兒子沒辦法，只好收下他的二百元，將那件球星簽名的衣服讓給了他。這一百元……」王太邊說邊從口袋裡又掏出了一百元，「是我兒子托你再給他買一件。」

　　阿炳那三寸不亂之舌打了死結，說不出一句話，手中的香煙落到地上。

兩種人生

同鄉阿力突然心臟病發作，昏倒在車床前。辛好搶救及時，在費菲市公立醫院回到了生命中來。阿力的妻子回大陸探親，我這個老鄉只好每日帶著一身疲勞，到醫院替阿力遠在天邊的妻子奉獻在黃土地結下的友誼。

在阿力的病房裡，我有幸看到了兩種人生，不由得陷入了對生命的深思。

五號病床是年過六旬的中國老人。他雖重病纏身，但面對死神的呼喚卻是泰然自若。他的床頭小櫃上，是開不敗的鮮花，五顏六色的禮品堆成了小山。據阿力說，探視他的親朋好友，猶如南太平洋的波濤，一浪接一浪，直到晚間八點。

而臨床六號卻是另一種景象。那是一個將進七十歲的澳州老人。他沒有鮮花，沒有禮品，沒有人來探視，孤單一人蜷曲在被世界遺忘的床榻上。

沉浸在親情溫馨中的中國老人，對孑然一身的澳州病友頗為同情。一天，夜深人靜時，他悄悄地從床上爬起來，慷慨地將他已無處放置的鮮花擺在澳州老人的床前，創造了一幅幸福晚年的畫面。

不知是為了感謝中國病友的關心，友愛，還是為了擺脫寂寞，澳州老人拿出一本厚厚的相簿，帶著中國老人走進了昔日的生涯。隨著一幅幅照片，中國老人隨著澳州病友環遊了全世界。

巴黎的凡爾賽宮、埃及的金字塔、日本的富士山、義大利的比薩斜塔……這燦爛的人生，對中國老人猶如天方夜譚，尤其是那一幅幅美女如雲的照片，令中國老人驚訝得久久才吐出一句話：「你……你是百萬富翁？」

澳州人裂嘴笑了，笑得滿臉燦爛，滿臉青春再現。

他並非腰纏萬貫，不過是個普通的汽車修理工。飽嘗了婚姻破滅的災難之後，他開始瀟灑人生。平日，他披星戴月，假期便帶著鼓囊囊的錢袋漫遊世界。經管這種單身貴族的歡樂換來了一個寂寞孤單的晚年，但晚年本來就是孤單的。雖然，子子孫孫可以組成浩浩蕩蕩的探視大軍，可以創造一個體面的葬禮，可沒有青春歡樂的生命，再輝煌的晚年也是人生的遺憾。

中國老人卻將自己全部生命奉獻給了自己的兒女。來澳二十多年，他整日在建築工地上揮汗如雨。他節衣縮食，一分錢捏出汗，用含辛茹苦的血汗錢為自己的兒女建造了美麗的安樂窩。直到死神在門外徘徊時，他才從澳州病友那一幅幅光芒四射的照片中，猛然間想到，他來澳二十多年，竟連雪梨歌劇院的大門朝哪開都不知道。

養鴿子的姑娘

　　她是一個普普通通的黑髮黃臉姑娘，不高不矮，不胖不瘦，不漂亮，可也不難看，但那一雙不大不小的眼睛卻是一個神秘的世界。那眸子裡時而是燦爛的笑，時而是冰冷的寒風，令人不可捉摸。

　　她住進公寓大樓的那一天夜裡，一種奇特的聲音將大樓變成了一個騷動不安的世界。那聲音像是女人床上的小夜曲，又像是相思鳥的喁喁低語。這棟公寓大多是藍領住戶，他們每日晚間的節目是養精蓄銳，甜甜蜜蜜地睡一覺，以便朝氣蓬勃地迎接第二天的到來。所以，隨著夜幕的降臨，公寓大樓裡是一片靜悄悄。可從這個黑髮黃臉姑娘房間裡飄出來的聲音，卻打破了大樓裡的寧靜。那聲音像是性感的呼喚，將酣醉的打工仔喚醒，令他們在咬牙切齒中又想入非非。

　　一天深夜，當姑娘的房間裡又哼哼唧唧起來時，住在姑娘對面單元的阿拉伯漢子，赤露著一身毛茸茸的黑毛，雖然是睡眼惺忪，但從他那威武的胸膛裡飛出來的聲音卻如同原子彈爆炸：「他媽的，你不用他媽的哼哼唧唧！開門，請我進去，我會給你個痛痛快快，給你個百分之百的精彩！」

　　霎時間，從上下左右的房門探出了一張張臉，白色的、黑色的、黃色的……儘管膚色不同，但表情卻是相同的，驚訝中含著幾分性的興奮和勃起。

在人們焦急的等待中，姑娘的房門開了。那雙不大不小的眸子裡飛出來一種神聖不可侵犯的尊嚴：「先生，請你自重，遵守公寓大樓的準則，立即停止製造騷擾他人的噪音。」

「他媽的，你還惡人先告狀！是誰在深更半夜哼哼唧唧？你哼哼什麼？高潮到來時，痛痛快快地大叫一陣，我們是理解的，不必扭扭捏捏嘛。」

阿拉伯漢子的話音還沒落地，姑娘卻仰頭大笑起來：「你想哪去了，我的好鄰居！你以為是我在哼哼唧唧嗎？你大錯特錯了，那哼哼唧唧的是我的一對小寶寶呀。」

原來，那姑娘是個寵物迷。一天，她在附近的公園裡，從一個頑童的手裡救出了一對遍體鱗傷的鴿子，帶到家中調養。不知是那對鴿子為了感激姑娘的救命之恩，還是那姑娘想起了自己美妙的童年，她在夢中和鴿子同聲合唱：「小鴿子，真美麗，紅嘴巴白肚皮，飛到東來飛到西，趕快飛到北京去……」

從那一夜開始，那姑娘變成了公寓大樓裡的天使。見到她，人人熱情哈囉，溫馨微笑，儘管不知從何時開始，從姑娘的窗戶裡面常常飛出鴿子的排泄物，在乾乾淨淨的院子裡錦上添花，

在一個美麗的月夜，一位金髮碧眼的青年走進了姑娘的家。大樓居民在美好的祝福中感到十分驚訝的是，隨著那漂亮小夥子的出現，人們已經習以為常的鴿子的歌聲卻銷聲匿跡。是可愛的鴿子面對那如膠似漆的動人畫面也幸福地忘記了自己的歌唱了吧？

在一個陽光明媚的星期天，那青年喜氣洋洋地走進了公寓大樓的院子。當他站在姑娘的窗戶下，仰頭張望時，一道灰白色的鴿子糞滿載著姑娘娓娓動人的歌聲，穿過燦燦的陽光，不偏不倚，正好落在小夥子那張英俊的臉上。白馬王子在驚訝中大叫一

聲，揚長而去。姑娘從三樓飛了出來，可汽車已載著她的心上人飛馳而去。

　　翌日，那姑娘不見了。阿拉伯漢子下班回家時，在公園裡見到了一幅淒涼的畫面。一個黑髮黃臉的小男孩，抱著兩具鴿子的屍體，痛苦流啼：「媽媽，救救這對可憐的鴿子吧！」

　　滿面悲哀的媽媽慈愛地撫摸著兒子的黑髮：「孩子，沒救了，被人掐死了。來，咱們將他們埋葬了吧，入土為安。」

　　「媽媽，入土為安是什麼意思呀？」

　　「孩子，入土為安就是將這對可愛的鴿子送回上帝的懷抱。」

老張和老麥克

　　老張和老麥克是我的鄰居。老張和我一樣，來自中國，老麥克是英格蘭移民。據老張講，他們是同一天搬進我們這棟公寓大樓的。

　　老張和老麥克雖然皮膚的顏色不同，但命運卻十分相似。他們都是老鰥夫，都有一個獨生兒子。老麥克的兒子叫尼克，老張的兒子本來叫毛毛，來到澳州後改了名，叫湯姆。

　　尼克和湯姆在同一個中學讀書。最初，湯姆因為英文沒過關，學習十分吃力，而尼克雖講一口標準的牛津英語，可學習成績卻也是倒數的頭幾名。老麥克對兒子給予絕對的自由，面對校方的評語，他面不改色心不跳，照例每晚泡酒吧，照例像走馬燈一樣更換同居女友。而老張卻豁出了老命，和兒子並肩作戰。他節衣縮食，高薪聘來了家庭英語教師。他常常麵包就開水，為的是他的命根子能在澳州燦燦的陽光下茁壯成長。

　　可憐天下父母心！中學畢業後，湯姆載著老爸辛酸的血汗，昂首挺胸地走進了雪梨大學，而大考榜上無名的尼克，卻在這一天由處男變成了一個男子漢。

　　對老麥克來說，那是一個銷魂的夜晚。當他和剛剛結識的西班牙女郎在床上步入極樂世界時，他的獨生子正在自己的臥室裡，以老爸為榜樣，盡情地享受人生的男歡女愛。於是，老練地道的男女二重唱中溶進了稚氣十足的性愛詠歎。於是，老麥克一

面咀嚼西班牙風味，一面慈愛地擁抱了名落孫山的兒子，祝賀他加入了男子漢的行列。老爸對還沉浸在甜蜜快感中的兒子宣告，從今以後他可以展翅高飛，也可以和老爸繼續同居一室，但他不能再套在老爸的脖子上，家庭的一切開支父子均攤。在沒找到工作之前，老爸可貸款給他。

老麥克和尼克上演親父子明算賬時，對門老張和兒子的血濃於水已達到了沸點。飽餐了一頓龍蝦大餐的湯姆走進玫瑰色的人生美夢時，老張手握計算器，絞盡腦汁規劃，如何用自己微薄的失業金，為光宗耀祖的獨苗創造美妙的大學生涯。

光陰如南太平洋的波濤，蕩蕩而去。老麥克的單身貴族生活越來越滋潤，而老張卻在兒子向方帽子進軍的腳步聲中變得越來越乾癟。當老麥克用兒子還給他的錢，在黃金海岸享受美妙的聖誕假日時，老張卻為了幾個小錢，在退伍軍人俱樂部狼吞虎嚥免費的花生米。

當老張和帶上了方帽子的兒子在雪梨歌劇院大門前拍了富有紀念意義的照片後，這張光芒四射的照片就成了血濃於水的絕唱。融入白領社會的湯姆已無法置身在藍領集中的西區，毅然決然地衝向了北雪梨，而可憐的老張，面對兒子言不由衷的邀請，只能敬而遠之。

不過，老張並不後悔，反而感到十分自豪，因為他給美麗的澳大利亞貢獻了一個有用的人才。對此，老麥克笑出了眼淚：「Fuck！用免費花生米貢獻人才，只有傻瓜才去生兒育女！」

關於鞋的故事

　　我請來澳旅遊的俄羅斯作家瓦洛佳到家作客。酒足飯飽之後，我們到街上閒逛。突然，瓦洛佳止住了腳步，我正莫名其妙時，他搖頭歎氣起來：「哇，這澳洲人也太浪費了。沙夏，你看，這些鞋子幾乎還是新的，就怎麼就給扔了呢。」

　　原來，瓦洛佳正面對一棟公寓大樓圍牆臺階上的鞋子，杞人憂天起來。

　　我指著那排列有序的一雙雙鞋子，笑著說：「這是澳大利亞獨特的風景，善良的澳洲人，對自己不再需要的東西，通常大多是送到公共舊物收藏箱，而對那些形象還令人欣賞的衣物，一般都是放到顯眼的地方，方便他人。」

　　瓦洛佳瞪大了藍藍的眼睛：「怎麼，還真有人去撿？」

　　「這有什麼奇怪的呢，不少新來的移民，家裡的不少東西都是從大街上搬進來的，當年，大陸留學生在澳洲闖天下時，不少人就是廢物利用，在大街上……」

　　我的話被瓦洛佳的一陣大笑打斷：「上帝，你們中國人千辛萬苦跑到澳洲來撿破爛……」

　　「瓦洛佳，我的蘇聯大作家，從大街上撿東西，總比從死人身上拔毛光彩吧？」

　　瓦洛佳先是一驚，然後又走進了深思。我知道，他想起了我和他多年前在前蘇聯遠東大城哈巴羅夫斯克所親眼目睹的那一難忘的鏡頭。

一九九三年，我作為大陸一家外貿公司的俄語翻譯，隨代表團去前蘇聯遠東。在那些日子裡，我最怕在大街上看到那些孤苦零丁的俄羅斯老人。那滿載著憂傷的臉孔，令我為俄羅斯的命運感到悲哀。他們一生的積蓄，在改革的風暴中，一夜之間被新貨幣制變成了一堆廢紙。他們詛咒哥爾巴喬夫的新思維，詛咒葉利辛的震盪療法，奔走在種種抗議活動中。可俄羅斯改革的太陽依然每日冉冉上升，他們依然窮困潦倒。老年的悲哀已無法讓他們改變自己的命運，面對成長的冒險一代，只能望洋興嘆。

　　我和遠東作家瓦洛佳相逢在哈巴羅夫斯克，我作為他在中國發表的第一篇小說《在炎熱的日子裡》的中譯者，受到了他熱烈的歡迎。他請我在「阿莫爾飯店」吃俄羅斯大菜。當酒足飯飽的我們，在列寧廣場上漫步時，瓦洛佳望著廣場上乞討的老人，傷心地對我說：「沙夏，如今在我們俄羅斯最可憐的就是老人，如果他們年輕力壯，也會在自由的天地中，為自己創造一片燦爛，可他們老了，養老金原地踏步，物價卻插上了翅膀。他們現在連牛奶都不能天天喝……」

　　刺耳的汽車馬達聲打斷了瓦洛佳的話。一輛汽車闖進了人行道，隨著一聲淒慘的人生絕唱，一個白髮老人倒在血泊中。霎時間是死一般的寂靜。酒醉如泥的金髮小夥子趴在方向盤上，失去了知覺。

　　廣場上的人紛紛在胸前劃十字。一位白髮蒼蒼的老人慢慢走過去：「老兄，你解脫了。」他一邊說著，一邊從死者的腳上脫下了皮鞋。

　　我還以為這是古老的俄羅斯風俗，想不到，這位老人竟在眾目睽睽之下，手持鮮血淋淋的皮鞋，走回長椅，拿出手帕，擦乾

了鞋上的血跡，脫下了腳上破舊的皮鞋，然後，泰然自若地穿上了死者的鞋子，笑著自言自語：「他媽的活見鬼，正合適！」

瓦洛佳跑過去，氣憤地質問：「同志，你怎能這麼做？」

老人笑道：「朋友，死人用不著穿鞋，可我需要！你難道沒長眼睛，沒看到我的鞋早他媽的不能再為我效勞了嗎？」

我和瓦洛佳默默地走出了列寧廣場，我不敢看那雙飽含著淚水的藍眼睛，我怕我的眼淚也流出來。

回到澳洲後，我寫了中篇系列紀實文學《從遠東到西伯利亞》，刊登在當年的《自立快報》。我將其中的一篇〈死人用不著穿鞋，可我需要！〉，附上我的俄文譯稿，給瓦洛佳寄去了。想不到，一個月後，我收到瓦洛佳的回信裡，竟是我寄給他的刊登〈死人用不著穿鞋，可我需要！〉的報紙和我的俄文譯稿，他一個字也沒有寫。

我知道我冒犯了瓦洛佳的民族自尊心，急忙給他寫信道歉，但他再也沒有來信。我還以為他已將我忘在九霄雲外，可他來到澳洲的當天，就給我打了電話。我本來已將當年列寧廣場的那一幕忘得乾乾淨淨，倒是瓦洛佳譏笑中國人的一句話，令我又走進了那不堪回首的鏡頭。

趙太的喜悅

　　兒子的同學傑克交了好運，一個萍水相逢的富商，將在耶誕節期間帶他周遊世界。

　　面對著兒子眼睛裡流露出來的羨慕之情，我險些動了父愛之心，答應給他出一筆旅費，叫他也去飽覽世界風光。可我還是吞下了這個許願。兒子尚沒踏上生活之路之前，就應該懂得，人生的快樂是要用自己的雙手創造。

　　那天夜裡，兒子房間裡不時傳來種種聲響。我幾次想推門進去，想給兒子一個驚喜，但最終還是讓安眠藥把我送進了不安的夢境。

　　翌日，我在超級市場遇見了傑克的母親趙太。

　　「哈囉，張先生！你聽說沒有，我家傑克就要去環球旅行了。他遇見了貴人，發現他有攝影天才，贊助他到世界各地攝影實習。」

　　自天而降的喜訊使她的聲音嘹亮而刺耳：「張先生，你賺那麼多錢，怎麼不叫兒子出去開開眼啊！」

　　這種咄咄逼人的小市民氣味我已久違了。我敷衍了幾句，連東西也沒買全，就如躲瘟疫一般，急忙離去。

　　趙太是不久前才從西區搬到北雪梨的。她丈夫工傷身亡，她用保險金在夢寐以求的富人區買了一套公寓，以為從此晉身高級華人之列。

是為了在她的親朋好友面前炫耀她的高等華人身份吧，她家三日小派對，十日大派對。趙太的客人個個都是歌星酒仙，吵得四鄰不安。直到驚動了員警，她家那永不消逝的噪音才有所收斂。

耶誕節到了。兒子在家開派對，室內一片青春的歡笑。突然間，一個悅耳的男高音從噪雜的聲音中飛了出來。歌聲如此動人，我被吸引，走進客廳。唱歌的是一個身材頎長的英俊少年。他的歌聲博得了滿堂喝采。

兒子把他帶到我面前：「爸爸，他就是傑克。」

「啊，傑克，你好！你不是去環球旅行了嗎？」我一面和他握手，一面不加思索地脫口問道。

不料，我的問話卻弄得他十分尷尬。他面色緋紅，似乎有難言之隱。看到他那狼狽不堪的樣子，我後悔莫及，也迷惑不解。

耶誕節後，我無意中聽到了妻子和鐘點女工在涼臺上的談話。

「張太，現在的人，真是人鬼不分。前一陣子，那個趙太見人就講，她兒子遇見了貴人，一個有錢的大波司出錢培養他當攝影家，去世界旅遊。有一天，我在街上碰見她三次，她就給我講了三次。哼，天下沒有那麼便宜的事！聽人說，那個大波司是個基佬，他是看中了趙太兒子的……」

「有這樣的事？」

「還不止這些呢。聽人說，是趙太親自拉的皮條。」

「這怎麼可能？天下能有這種母親？」

「為了錢，什麼事幹不出來。聽人說，趙太……」

鐘點女工走了之後，我對妻子說：「我決定辭退鐘點女工。最近我不太忙，可以做做家務，活動活動身子。」

妻子莫名其妙地望著我，無可奈何地點了點頭。

幾天之後，我路經趙太的公寓時，看見門前掛出了公寓出售的牌子。

南斯拉夫女鄰居瑪麗婭

　　住在我們公寓大樓九號的瑪麗婭是個即將和青春告別的南斯拉夫女人。

　　我般進新居後不久,她就登門造訪。她那濃厚的斯拉夫腔調英語,猶如戰場上的槍聲,鏗鏘作響地向我講解,作為這棟大樓居民所應遵守的種種規則:什麼公寓裡不准製造噪音,什麼樓道裡不准放鞋子,不准丟紙屑、煙蒂……

　　當她帶著嫵媚的笑容和我拜拜了之後,急忙關上了房門,似乎怕她折身回來,再來一番補充轟炸。

　　來澳多年,我已習慣了自由自在的生活,已久違了共產主義群體生活中那種令人生厭的指手劃腳,張牙舞爪。想不到,我在這棟公寓大樓裡,竟和早已從我記憶中消失了的大陸街道婦女主任和蘇聯工會小組長式的人物重逢。

　　我因為忙於舞文弄墨,把人生享樂拒之門外,而變成了無聲的存在,所以,我堪稱本公寓的最佳居民。每當我在樓道或在院子裡遇見瑪麗婭時,她總是滿意地點頭微笑,似乎是領導者對被領導者的嘉獎。

　　歲月如流水,平靜地過了一個多月之後,戰場上的炮聲在公寓大樓裡隆隆響起來。

　　我對門的五號換了新主人,一個年輕的越南人。不知是青春活力過於旺盛,還是房間關不住置身於自由世界的巨大喜悅,震

耳的音樂，載著越南烹調的獨特風味，從他房裡飛出來，在樓道裡蕩漾。

在大樓居民沉默的不滿中，瑪麗婭勇敢地衝出來。然而，那個在戰火中成長起來的越南小夥子，並非等閒之輩，他的英語雖然蹩腳，可是面對瑪麗婭的機關槍，不但毫無遜色，反而將戰爭升級。一陣槍林彈雨的舌戰之後，樓道裡的噪音不但沒有消失，在越南小夥子房門前還出現了一雙運動鞋，以示血戰到底的決心。

瑪麗婭的眸子，望著那雙有意向她示威的鞋子，閃著綠幽幽的凶光：「先生，本樓走道上不准堆放雜物，有礙觀瞻。」

「女士，我們的習慣是進屋前將鞋脫在門外。」越南小夥子說罷將門啪地一聲關上。

翌日早晨，五號門前的一雙運動鞋變成了孤零零的一隻。

越南人站在門前破口大罵：「他媽的，誰偷走了我的鞋？」

瑪麗婭姍姍下樓，望著滿面怒火的越南小夥子，莞爾笑道：「先生，你可以去報警，我自願警民合作，挨家挨戶搜查！」

不知是心痛那遺失的一隻鞋，還是不甘心就此敗在南斯拉夫女人手下，越南人在盛怒之下，將樓道變成了搖滾樂大廳。

不料，他的報復竟弄巧成拙，瑪麗婭叫來了員警，面對威嚴的員警，好鬥的公雞兩眼一瞪，變成了泄了氣的皮球。

從此，噪音雖然消失了，五號門前也不再有鞋子亮相示威，可取而代之的是奔向五號的紛雜的腳步聲，和隨著腳步聲出現在樓梯上的煙蒂。

物以類聚，人以群分，五號的客人個個精力充沛，聲音洪亮，不知是有意向巴爾幹半島展示湄公河畔的團隊精神，還是他們天性如此，走到哪裡，哪裡就是一片喧囂。

而自稱其父曾和鐵托並肩作戰的瑪麗婭，不愧為英雄的後代，面對新的挑戰，並沒有鳴金收兵，她起草了一份投書書，準備聯名向房產公司投訴五號越南人，以本樓不受歡迎的住戶，請他遷出。

　　望著瑪麗婭的起訴書，我不免有些猶豫。我並不想介入鄰居之間的糾紛，何況，我對那些從專制主義統治下衝殺到自由世界的人，一向是敬而遠之。

　　瑪麗婭那雙洞察秋毫的眸子，似乎穿透了我的心靈，鄙夷地笑道：「怕什麼？你們中國人就是膽小怕事！」

　　不知是怕丟中國人的臉，還是受到游擊英雄女兒的鼓舞，我勇敢地在投訴書上簽了字。

　　然而，投訴書並沒有發生威力，五號不但巍然不動，還花樣翻新，每當他和瑪麗婭迎面相遇時，擠眉弄眼，怪聲怪氣地唱起越南小調。不過，他的越南小調不久就嘎然而止。在一個陰暗的早晨，他終於撤離了戰場，搬走了。

　　臨行的前一夜，他到我家來道別，為這段時間的騷擾表示歉意。

　　不知是室內的燈光柔和，還是我第一次正眼對著他，我驚訝地發現，他並非面目可憎，相反，厚厚的嘴唇倒流露出幾分憨氣。

　　「說老實話，我並不想搬走，我很喜歡這棟公寓，房租不貴，地點又好，可好男不和女鬥。」

　　原來，他和瑪麗婭之間的戰鬥已從公開轉入地下，變成了無形的戰線。自從那雙擺在門外的鞋子剩下了一隻後，緊跟著深更半夜電話鈴聲不斷，

　　拿起話筒，卻沒有人聲，只有恐怖的喘氣聲。後來，他一氣之下，睡前切斷電話，可不巧，卻錯過了不少意義重大的海外電話。他明知深夜電話來自何處，也只能啞巴吃黃蓮。他曾想通知電話局變更電話號碼，但最後還是三十六計，一走了之。

當大卡車載著五號的東西即將開動時，瑪麗婭踏著斯拉夫舞曲的旋律，翩翩出現在卡車前，對著五號優雅地揮動著手臂：「拜拜，越南先生！」

不知為什麼，瑪麗婭那聲悅耳動聽的拜拜，竟變成了革命樣板戲《沙家浜》中阿慶嫂的一句經典臺詞：「哼，想和我鬥！早就被我打得落花流水了！」

那一年的耶誕節

　　我在澳洲已度過了十多個耶誕節，但那一年的耶誕節卻令我終生難忘。

　　那一年的耶誕節，我和妻子維拉剛剛邁出家門，電話鈴聲就把我喚回了屋。是費菲市退伍軍人俱樂部乒乓球隊的俄國球友瓦洛佳，從雪梨國際機場打來的緊急電話：「沙夏，我今天去機場接朋友，遇見了你們的一個大陸人，他現在無處可去，我只能把他帶到你家，我現在開車在路上，你一定等我們呀。」

　　我還沒來到及叫起來，電話就被那個該死的瓦洛佳卡喳一聲變成了啞巴。

　　好在妻子維拉是個助人為樂的人，她留下我一個人在家等待那個自天而降的不速之客，自己去俱樂部和朋友們一道歡度耶誕節。

　　不到半小時，瓦洛佳已在大門外的傳呼機大言不慚地宣佈他的到來。不知何故，我故意用最慢的速度走到大門外。

　　我本是個不會掩飾情緒的人，喜怒哀樂一向全都擺在臉上，可聽了瓦洛佳的解釋之後，我反而對縮在汽車裡的那個來闖蕩澳洲的小夥子產生了憐惜之情。

　　他，就是小楊，在耶誕節這一天踏上了澳洲大地，可他的未婚妻卻沒有出現在接機的人群中。他到公用電話打電話時，才發現那個寫著電話號碼的小本子不見了。他如同熱鍋上的螞蟻急得

團團轉，轉累了就坐到地上抱頭哭泣。恰好，這一幕被瓦洛佳看到了。出生在中國新疆的瓦洛佳會說漢語。於是，他就先斬後奏，把這個迷途的羔羊拋給了我。

小楊默默的跟著我走進了房間時，看到一塵不染的客廳，驚訝的叫了一聲，就急忙脫鞋，可卻脫出了滿屋的大陸豆瓣醬味。是他的不幸遭遇令我十分同情，我只好將下意識伸到鼻孔上的手指收了回來。

「小楊，坐一天飛機一定累了，你洗個熱水澡吧。」

不料，小楊的腦袋搖得像個撥榔鼓。可我又無法說明我的真意，只好建議他用熱水泡泡腳。可他的腦袋還是撥榔鼓，我只好作罷。可我知道妻子維拉有潔癖，我不想這滿屋子的豆瓣醬氣息喚出她的不悅，好在我是個會編故事的人，一面打開了所有的窗戶，一面說：「小楊，你可真會選日子，今天是耶誕節，千家萬戶此時此刻都在歡慶節日，你聽，這平安夜的歌聲多好聽……」

我的話音還沒落地，小楊卻萎縮在沙發上抱頭大哭。我不知如何安慰他，只好默默地坐在他身旁。

當他的哭聲告一段落時，我才從他斷斷續續的故事中，猜到了他陷入如此地步的原因。

「小楊，你別胡思亂想，我估計你未婚妻可能還沒有收到你的信。你說，你寫給她的信是在你離開中國兩週前寄出去的，問題可能就出在這兒了，耶誕節前這段時間，是世界各地郵政行業最忙碌的日子，堆積成山的郵件中，難免有個別郵件不能按時收到。其實，像通知班機抵達時間的消息，最好不用這種原始的通信方式，你為什麼動身前不打國際長途呢？」

「我們已背了一身債，那國際長途……」小楊的眼淚又流了出來。

面對那滿面世界末日的悲哀，我在心中詛咒那個可惡的瓦洛佳。若不是他，我不會在平安夜的歌聲四處蕩漾時，聽到令人心碎的哭泣。

看到他不想吃，也不想喝，我只好安排他到書房裡休息。「小楊，車到山前必有路，你已經來到了澳洲，我會幫你找到你的未婚妻的，先休息吧。」

當我打開客廳的電視時，妻子已坐俱樂部的接送會員大客車回來了。她走進屋的第一句話就是：「哇！怎麼一屋子豆瓣醬味呀？」

「我給那個小夥子做了一碗豆瓣炸醬麵。」一個善意的謊言從我嘴裡脫口而出。

「你也夠摳門的，冰箱裡什麼沒有，你倒給人家做炸醬麵，今天可是耶誕節呀……」

在臥室裡，我還沒講完小楊的故事，妻子已發出了甜蜜的鼾聲。可我卻無法入睡。我在床上輾轉難眠時，書房裡突然傳來了一聲大叫：「老天爺啊！有救了，有救了！」

當我推開書房的門時，看到小楊的一臉驚喜和他高高舉起的一封信。

那是小楊未婚妻給他寄到中國的信，那信封的背面清清楚楚地寫著通信人的地址。

「小楊，你有救了，我也能安心睡覺了。」我如釋重負地喘了一口氣，便打著哈欠轉身向臥室走去，可小楊卻抓著我的胳膊不放：「李大哥，你好人做到底，現在就帶我去找她。求你了。」

我極力控制自己的情緒：「小楊，你說什麼瘋話，三更半夜沒有火車，你就等不到明天了？」

小楊急忙解褲帶，從內庫裡掏出一張洋溢著豆瓣醬味道的綠色鈔票：「李大哥，我有美元，咱們坐計程車，坐計程車去！」

我頓時火冒三丈，將他塞到我手上的美元扔到他鼻子上：「如果你用這張鈔票在中國打國際長途，那你，還有我，就不會有今天的耶誕節……」

　　我還沒發洩完，小楊就如同一個鄉下女人坐到地上嚎啕大哭。就在我六神無主時，妻子已神不知鬼不覺地用電話叫了計程車。

　　當我幫著小楊從車庫裡將他的大包小裹裝到計程車上時，我卻不想好人做到底了：「小楊，不好意思，我不能陪你去了，明天一早我還有事……」

　　我的話還沒說完，小楊就從車裡鑽出來：「不行，李大哥，我怕。」

　　我以不可抗拒的聲音說：「你怕什麼？這是在澳洲！」

　　計程車司機是個越南華裔，他用廣東腔普通話說：「小夥子，你放心，我把我的名片留給這位先生，那上面有我的所有資料，再說，咱們又都是龍的傳人，放心吧，我會安全地給你送到地方的。」

　　望著小楊猶猶豫豫地上了車，不知為何，我突然感到一陣悲哀。這莫名其妙的悲哀，一直伴我到早晨的第一線曙光穿過玻璃窗。

　　兩天之後，我被廣東腔的普通話從傳呼機叫到大門外，原來是那天晚間的計程車司機，他將一個塑膠小包交給我，匆匆說道：「這是那個小夥子給你的禮物，我今天才開車經過你家，晚了一天，對不起！」

　　我還沒來得及開口打聽小楊的情況，計程車已飛馳而去。我打開了那個塑膠小包，包裡是兩瓶豆瓣醬。

　　不知是我百感交集，還是節日的狂歡令我雙腿失去了活力，我竟在上樓梯時跌了一跤。於是，濃烈的豆瓣醬氣息在公寓大樓裡蕩漾，遲遲不散。

澳洲阿慶嫂

　　今年五月，我和妻子維拉從雪梨出發，經臺北飛到了德國的法蘭克福後，風塵僕僕地乘火車去柏林，華沙旅遊了數日。在布拉格出席了「歐洲華文作協七屆年會」後，又到土耳其的伊斯坦布爾走馬觀花。所以，當我們來到了東歐之旅的最後一站貝爾格來德時，已對長達一個月之久的旅遊，失去了新鮮感。想不到，就在我們拖著疲憊的雙腳，沿著貝爾格來德著名的步行街漫步時，竟和多年不見的老鄰居阿慶夫婦邂逅在熙熙攘攘的大街上。我們幾乎是異口同聲地叫了起來。

　　那是十多年前的事了。我們的鄰居阿慶嫂是雜貨店的老闆娘，自從我們搬到卡市那一天起，我們就成了她最忠實的顧客。我還記得，我們遷進新居的那一天晚上的情景。我們一整天忙忙碌碌，把肚皮置於腦後。而當新居總算有了個模樣時，空了一天的肚子也咕咕叫起來。可我們不但沒有力氣做飯，就連到大門外的速食店吃飯的興致也沒有了。我們懶懶地靠在沙發上，二人世界靜悄悄，精疲力盡得連張口說話的力氣都沒有了。突然，門鈴響了，響得莫名其妙。我們初來乍到，是何方神聖登門造訪呀？

　　走進來一位祖國的同胞，一個三十來歲的女人。她拎著一大口袋水果，帶來了一種令人驚訝的自來熟：「恭賀喬遷之喜！我是雜貨店的老闆娘，哈哈，這老闆娘叫起來有那麼點不是回事。就叫我阿慶嫂吧，這倒不是我喜歡那個江青的樣板戲，是我那口子叫阿慶。咱們都是中國人，眾人捧柴火焰高，請多多關照。」

她快人快語，一陣風似的走了。我和妻子望著她放在桌子上的水果，哈哈大笑起來，笑罷之後，不約而同地唱起了〈沙家浜〉：「這個女人哪不尋常……」

　　第二天是星期天。我早晨帶著小狗去溜街，步入商業區沒走上幾步就聽到了阿慶嫂的叫聲：「哎喲，李先生，你這寶貝小狗可真寶貝呀！這小臉像洋娃娃，多漂亮，多討人喜歡呀……」

　　阿慶嫂滔滔不絕地讚美了一番我的小狗，接著就讚美起自己的雜貨店，什麼物美價廉第一，什麼正宗中國貨，什麼水果蔬菜全是當天農場的最新產品……她說著說著，就從玻璃櫃子裡拿出了兩根黃燦燦的油條：「李先生，這是新出鍋的，七角一個，是咱們這一區最出名的臺灣油條大王的名牌產品。你吃上一回就得想第二回。來，拿著！」

　　我雖然盛情難卻，但身邊沒帶錢，只好難為情地搖頭拒絕。

　　「咳，什麼錢不錢的，遠親不如近鄰，我請客。」

　　當天晚間，我登門去阿慶嫂家還錢時，開門的卻是我的塞爾維亞乒乓球友慶格林。我驚訝萬分：「慶格林，怎麼是你？」

　　滿面驚訝的慶格林身後響起了阿慶嫂爽朗的笑聲：「李先生，不是他是誰？他是我的老公阿慶呀！」

　　我和慶格林同是雪梨西區乒乓俱樂部的隊員，出生在英國的隊長瑞克本不喜歡和來自歐洲火藥庫的民族打交道，可他和塞爾維亞人慶格林卻被小小的銀球結成了親密的朋友。慶格林那斯拉夫民族的熱情奔放、樂觀瀟灑、助人為樂的性格，深深感染了擁有貴族血液的瑞克，令他曾對塞爾維亞人所懷有的偏見煙消雲散。而我和瑞克正相反，對塞爾維亞人一向有好感。這可能是因我出生在具有「東方莫斯科」美稱的哈爾濱，自幼就深受俄羅斯文化的薰陶，而俄羅斯人和塞爾維亞人又都是斯拉夫大家族的兄弟姐妹，正所謂朋友的朋友是朋友。

慶格林的球藝在隊裡是第一，但卻從不以霸主地位自居，壟斷球隊，而是十分自覺地遵守隊長安排的比賽秩序表。有一次，輪到我上場比賽的那一天，碰到的是強隊，我那時競技狀態不佳，便給慶格林打電話，希望他替我上場。他在電話裡笑了：「如果按著次序表該我打，我也許會打好這場球，可若替你上場，我也許會打不好，因為你之所以拉我出場，是因為你相信我一定會贏，這樣，你就無形中給我套上了枷鎖，而帶著枷鎖往往會打不出好球來。何況，西區乒乓球俱樂部是週週有比賽，過分計較輸贏就失去了比賽的樂趣。」

想不到，我的乒乓密友慶格林竟是我們大陸人的乘龍快婿。我幾次想開口打破沙鍋問到底，倒是快人快語的阿慶嫂給我講了他們的愛情故事。

當年的她踏上澳洲大地時還是一個如花似玉的姑娘。當她的同鄉將她帶進事先為她租訂下來的一棟公寓的單元時，她急忙用手捂住鼻子。那兩間一廳的單元裡，幾乎找不到一寸淨土，滿屋子裡彌漫著一種奇特的味道，那是煙、酒、舊鞋髒襪和西方男子的體味混合創造出來的怪味，令人窒息。更令她恐懼萬分的是，她將和一個單身白人同處同一屋簷下。她當時就氣憤地敲起了退堂鼓，可她的同鄉卻擺出了一臉公事公辦的表情：「退房可以，但三個月的訂金你就得自己掏腰包。事到如今，你也不能怪我。」

生活可真會捉弄人啊！就在幾個日日夜夜之前，房東還是一對剛剛度完蜜月的塞爾維亞新婚夫妻，身為電工的丈夫第一天上班，新婚妻子就無法獨守空房，拎著豐盛的午餐去建築工地，可正當丈夫幸福地咀嚼妻子的烹飪傑作時，妻子竟不小心觸電身亡。於是，新婚丈夫失去了生活的勇氣，整日藉酒消愁。儘管他在獄火中煎熬，但他並沒有強人所難，他將預收的訂金如數退

還。然而，這一舉動不但沒有將他的房客送走，一年之後還將他的塞爾維亞名字由慶格林變成了親昵的愛稱阿慶，而那個美麗的中國女留學生也名正言順地變成了阿慶嫂。

在慶格林的塞爾維亞同鄉羨慕的目光中，電工豐厚的收入不再揮霍在賭場酒店，而是變成了一家亞洲食品雜貨店。阿慶嫂的顧客絡繹不絕，不僅僅是本地區的居民，節假日還有不少駕車遠到而來的顧客。

在結婚十周年時，一年三百六十五天從不息業的阿慶嫂，破天荒地在雜貨店的大門上掛出了「停業一個月」的牌子，跟著丈夫去了貝爾格來德。一個月後，那「停業一個月」的牌子變成了令人目瞪口呆的「本店出售」。原來，慶格林在貝爾格來德的一位球友，以十分優惠的價格將一家俱樂部賣給了慶格林。他毅然決然地決定告別澳洲燦燦的陽光，在他創辦的「塞爾維亞乒乓俱樂部」培養塞爾維亞的乒乓新秀，而阿慶嫂則是俱樂部餐廳老闆。

在我們西區乒乓球俱樂部的球友為慶格林舉行告別宴會時，巴爾幹半島已響起了隆隆的炮聲。他在墨綠色球臺結交的朋友是帶著遺憾和幾分擔憂祝他一路平安的。我本想開導阿慶嫂，希望她能勸丈夫留在澳洲，不去冒險，可阿慶嫂卻是一臉無所畏懼：「我的阿慶一直有個理想，那就是想重振當年南斯拉夫在世界乒壇上的雄威，我只能嫁雞隨雞，和他並肩踏著炮聲去貝爾格來德。」

「阿慶，怎麼樣，你重振當年南斯拉夫乒壇的夢鄉何時實現？」多年不見，我還沒有忘記慶格林在雪梨分手時的雄心壯志。

「談何容易！你們中國乒乓球選手太強大了，但我們至少可以在歐洲搏一搏。」

因時間十分緊迫，我們謝絕了阿慶夫婦的盛情邀請，只能匆匆告別了，好在我們約好，明年相見在「北京二〇〇八年奧運會」。

可恥的瞬間

　　那天，我們請來自大陸的作家在中國城飲茶，文人相聚，當然是文人談文人

　　當我聽到我認識的一位女作家悲哀的現狀時，我頓時心神飛揚，一種復仇雪恨的快感，猶如夏日裡的冰棋林，在全身蔓延。可當心中的歌唱完後，我為自己悲哀了，為自己的渺小，為自己的可恥……

　　那位女作家沒成名前我就見過她，是在北京某軍區大院我的高幹朋友大王家的客廳看一部內部影片的時候。當時默默無聞的她，竟在一年之後，以一部中篇小說，在一家不大也不小的雜誌上，創造了一陣動靜。為了慶賀自己的成功，她在家中舉辦派對。大王將我也帶去了。那天，我見到的都是寫作圈子裡的人物。儘管，都是些名不見經傳的，但嘴上的功夫卻十分精彩，什麼才華橫溢，什麼驚世之作……說得那位紅光滿面的女作家真的變成了天才。

　　我因為還沒讀到她的大作，只好乖乖地當個聽眾。如果，我一直是個聽眾的話，那後來的事情就不會發生了。可巧就巧在，我在好奇心的驅使下，離開喧嚷的人群，躲到小客廳裡，一個人靜悄悄地欣賞她的驚世之作。我還唯讀了不到三分之一，就驚訝地發現，她筆下的故事，對我來說是何等的熟悉。她寫的是發生在中國的故事，可我眼前卻出現了西伯利亞貝爾加湖畔的小鎮，

出現了那些悲情的俄羅斯男男女女。那是我文革前在哈爾濱蘇僑俱樂部看過的一部蘇聯原版電影《湖畔小鎮》裡的故事。正當我萬分驚訝時，女作家走進小客廳，信心十足地等待我的讚美。可愚蠢的我，竟跟著感覺走，實話實說。她臉色大變，一臉猙獰的冷笑，彷彿是從魔瓶裡飛出來的巫婆。我這才知道自己是禍從口出了。其實，我當時的真實感覺是，她和那個俄羅斯劇作家是異曲同工，英雄所見略同，絕沒有想到她是剽竊。我本想向她進一步解釋，她卻憤然離開了。

　　事後，我和大王走到大街上時，我一路上滔滔不絕：「大王，我真是沒有惡意，我絕不相信她是剽竊蘇聯的電影故事，因為蘇聯影片《湖畔小鎮》並沒有譯製成中文在國內上映，她的那部中篇小說當然是她自己的創作……」

　　不料，我的話還沒說完，大王卻哈哈大笑，笑得人仰馬翻，笑得前後左右的行人停步張望。

　　「我說你呀，真是個老天真。她那篇東西就是地地道道的剽竊，我想，今天在她家給她吹喇叭的人，就有知道真相的，只是人家不說，而你卻傻呼呼地將深藏在別人心中的秘密給捅了出去。」

　　「你說什麼？難道你早就知道？不可能，絕不可能！據我所知，文革前，哈爾濱蘇僑俱樂部放映的蘇聯原版電影，都是蘇聯領事館專門為當地的蘇僑提供的，當時，在咱們國家，也就是哈爾濱還剩下為數不多的蘇僑，也只有他們才能看到這部電影……」

　　「我的朋友，你不是蘇僑，你不也看了嗎。而我又不像你，俄文蠻流，又住在有蘇僑俱樂部的哈爾濱，可我也看過這部電影，還哭得一把鼻涕一把淚呢。」

我真沒想到事情竟是這樣。原來，在文革後期，某些文藝單位，以大批判為名，在內部放映參考片。放映的都是轟動國際影壇的巨片，當然都是原版，由精通外語的人當場翻譯，大王就是在「八一電影製片場」的小放映廳裡看的蘇聯影片《湖畔小鎮》，不知是擔任臨場翻譯的俄語教授是個蹩腳翻譯，還是蘇聯電影大師震憾心靈的藝術魅力令他過於投入，而忘記了自己的使命，他的口譯斷斷續續，又前言不搭後語。可儘管如此，小放映廳裡還是一片噓唏聲，也許，真正的藝術就是不需要絮絮叨叨的翻譯。

　　大王回到家後，恰好那位女作家來還書，又在他家的書架上選了幾本《內部參考資料》。世界上的事就是無巧不成書，大王那天臨睡前，順手拿起女作家還回來的那本《內部參考資料》，其中就有蘇修電影《湖畔小鎮》的詳細梗概。

　　聽完大王的故事，我又老天真起來：「你不對，你這可是害她呀！」

　　「我害她？她這是自己害自己。再說，我是在她的小說刊登後，才拜讀到的。生米已煮成飯，何必去得罪人呢。其實，天下文章一大抄，這也沒有什麼大驚小怪的，何況，游離文學圈外的業餘作者，不就是玩玩嘛，用不著認真，不過，我有預感，她不會放過你的，她的報復心十分可怕，我早就領教過了。」

　　我當時還以為是大王嚇唬我的，以免今後不再禍從口出，可他的預感竟是殘酷的現實，不久之後，那位女作家在雜誌上發表了一篇小說，主人公是我，也不是我。因為我的某些自然特徵躍然紙上，認識我的人一眼就能和我對上號，但她塑造的陰暗心靈卻是惡毒的誹謗，令許多朋友不寒而慄，也為她悲哀大王十分氣惱，叫我主動反擊，將她剽竊蘇聯電影《湖畔小鎮》的事，公佈天下，但我拒絕了，因為不答理就是最大的懲罰。

很快，我就移居到澳大利亞，在南半球燦燦的陽光下，往事的是是非非早已成為忘卻的記憶，可想不到的是，當我從來訪澳洲的大陸作家聽到那位女作家悲哀的現狀時，我的第一感覺竟是復仇的快感，她剽竊了五〇年代發表在中國一家市級雜誌上的匈牙利作家的翻譯小說《巴拉頓湖上》，如果只是單純的模仿，還情有可原，但她竟是膽大包天，除了小說人物由匈牙利人變成了中國人之外，幾乎是原封不動，不僅如此，她還勇敢地參加一個市級雜誌的徵文。想不到的是，她的剽竊小說獲了首獎。更想不到的是，那位匈牙利作家的兒子恰好在北京大學進修中文，於是，西洋鏡揭穿了，於是，那個女作家變成了過街老鼠。

　　那天，在返回家的火車上，我望著車窗外飛駛而過的雪梨風光，百感交集的心中，復仇的快感已消失，反而為自己悲哀，也為那個女作家悲哀。

作者簡介

崔青

　　本名龐亞卿，畢業於上海華東師大中文系。曾為農民、工人、文員、雜誌編輯、外貿業務員及專案經理。上世紀七〇年代起業餘創作，作品散見於上海的報刊雜誌、電臺廣播，並在市級徵文比賽中獲獎。

　　一九九六年移民澳大利亞。在澳大利亞的《東華時報》、《澳洲日報》、《澳洲新報》、《澳洲新快報》、《新時代報》，及《朋友》雜誌等發表大量小說、散文、雜文、遊記、人物專訪、文學評論。在臺灣的《中央日報》、《人間福報》，香港《大公報》、《文匯報》，美國的《世界日報》，中國的《讀者》、《青年文摘》、《人民日報（海外版）》發表散文隨筆。

　　《少女珊珊》在《新海潮報》的「全澳徵文公開賽」中得第三名；《友情這棵樹》在《朋友》雜誌的徵文比賽中得一等獎；《失去母親的痛》在澳大利亞中華民族文化促進會舉辦的徵文中得二等獎及華僑救國聯合會散文佳作獎；青年題材的小說《出走》及散文隨筆被編入中學十一年級的教材；小說《占卜大師》被收入《二〇〇四年全球華人文學精品選》。

　　現任：澳大利亞中文作家協會副會長

謎一樣的鄰居

　　沙，沙，沙，窗外傳來輕輕的掃地聲，我悄悄地撥開窗簾的一角，又是他，我們的鄰居亨利。

　　他是個高個子，寬肩膀，因為掃地，他的背項佝垂著。在雪梨冬天的風裡，他金棕色的頭髮稀疏地聳在腦門上，一件薄呢的灰舊的上衣被吹得飄飄逸逸。

　　澳洲的冬天不冷，溫暖的氣候使樹木四季蔥蘢，可是我家門口這棵瓶刷樹卻是例外，一有風就簌簌地抖落下它滿枝的枯葉。亨利的房子在拐角，門開在另一條街，可他已經數不清有多少次為我們掃門口的落葉，每當這時，我總羞愧得不敢開窗，不敢出門。

　　可是，亨利曾是一個謎一樣的鄰居。

　　剛搬進這房子的那天，我看到在前花園侍弄花草的亨利，就自報家門地和他打招呼，他直起腰，瞪著槍管似的雙眼，冷冷地回應了一下。

　　很快就要到耶誕節了，遠親不如近鄰，應主動和鄰居們搞好關係。左鄰是一對義大利夫婦，我們送去賀卡和禮物時，他們也早已準備好糖果和布娃娃給我的女兒。亨利來應門時，客氣中帶著茫然和焦躁，就像一個玩得正高興的孩子被毫不相干的事打擾了。他堵在自家的門口，那高大瘦弱的身形十分嶙峋，十分傲岸。他接過禮物，道了謝就兀自進了屋，連他的腳步也透著幾分矜持。

我們是近鄰，抬頭不見低頭見的，獨住的亨利語言非常吝嗇，從來不肯多說一個字，不像其他澳洲老人那麼愛聊天。就是那一聲「Hello」好像也是出於無奈才勉強從嘴裡吐出來的，十分的言不由衷。我猜想是因為他的英格蘭血統而有高人一等的優越感。我的原則是不卑不亢，他的信被錯投到我家，就給他送回去，拖空垃圾桶時，順便帶上他的。可要是誰看不起我們中國人，我也決不用賤賣我的尊嚴。

　　也許算作回報，亨利往我家後花園扔進一捆舊皮管，大概是看我們前後花園合著用太不方便，找出多餘的送我們。奇怪的是，他看到我走去後園，馬上像沒事人似的，低下頭，走回屋裡。平時見面也從不和我們說話，除了禮貌性的問候，連看也不多看我們一眼，亨利是一個難解的謎。

　　和這個謎一樣的鄰居過著相安無事的日子。有天，我們從外面回家，發現亨利的紅色小車停在我們兩家合用的車道上，這是從來不會有也不該有的事。正在奇怪，看到車門被推開了，亨利從裡面跨出門來，他高大的身體還沒有站直，一個趔趄，倒下了。我們三步並兩步地跑過去，扶起了他。他睜開眼看看我們，馬上又閉上眼說：頭暈得厲害。記得自己還失去知覺一小會，醒來，剛跨出車門又暈了。他臉上一掃那種拒人於千里之外的傲然神態，臉色格外蒼白，掩飾不住的緊張和恐懼明顯地寫在那一片不均勻的小紅點上（澳洲人太愛曬太陽，臉上曬出許多小紅點）。他停頓一下，意識到自己失去了平日的冷靜，抹去額上滲出的汗水，深深吸了一口氣。

　　我先生二話沒說，就駕車送他去了醫院急診室。等先生回來才知道，亨利其實只是因為鼻炎引起中耳炎，導致平衡機能失調，可是想到他獨自生活，會忽然昏倒，我們還是擔心不小。

第二天，我們提著水果去探病。按照澳洲人的習慣，我用蘋果、香蕉、獼猴桃，拼出一隻色彩和造型都賞心悅目的小籃，寫上祝他健康的卡片，按響了鄰居的門鈴。

亨利臉上堆著笑，藉助落日的餘輝，我看到他的瞳孔中透出虹膜射出的幾道柔細的黃光，同他稀疏的黃髮十分相配。

他請我們進去坐，我卻自尊地猶豫了片刻。

他的客廳收拾得整潔美觀，東方地毯上站著歐洲式樣的沙發，中國明清風格的紅木玻璃櫃裡放滿了洋酒，還有觀音菩薩放在壁爐架子上。我一下子糊塗了：他是喜歡中國文化的？真是一個謎一樣的鄰居。在沙發上坐下，茶几上兩張照片又引起我的注意，兩個都是中國人，一個是身穿美軍軍裝的小夥子，一個是笑得很甜的姑娘，她身邊站著亨利，他每一條皺紋裡都蕩漾著幸福。

見我看著那兩張照片，亨利一邊攪動著杯中的咖啡，一邊緩緩講起了故事。

那個穿軍裝的小夥子叫阿倫，是三十年代隨英國藍煙筒輪船公司來澳洲的，那時在澳洲的土地上極少見中國人。阿倫在一家麵包店當夥計。一天亨利的母親買了麵包，卻將錢包忘在了櫃檯上。阿倫為了找她，放棄了幾天喝茶和吃飯的休息時間。亨利的父母很讚賞這個這個小夥子，阿倫成了他們一家的朋友。後來阿倫在美國的海軍中服役，不幸葬身在二戰的炮火中。這是阿倫最後的照片。和阿倫的友誼，使亨利一家迷上了古老的中國文化，真希望再有一個像阿倫那樣的朋友。

機會來了，十二年前，成千上萬的中國學生湧入澳洲，他們是來學英語的，也是來看世界的。善良的亨利開車送過迷路的中國青年，也幫助他們找過工作。後來，認識了珍妮，亨利指指照片上的女孩，喝下一口咖啡，又說，她是我的前妻。然後是長時間的沉默。

不用他說，我也想像得出這是一個什麼樣的故事了。果然，年輕美貌的珍妮用猛烈的愛情攻勢，和亨利一起走進了神聖的教堂。西方的浪漫讓珍妮陶醉，東方的神秘為亨利打開了另一個世界。可是，好景不長，珍妮有了澳洲居民的身份，又用亨利的錢讀完了碩士課程，溫柔的小羊羔變成了兇猛的母老虎，接著就是離婚，為了分財產，亨利賣掉了一幢有海景的房子，換成現在這幢小的。

　　亨利再次抬起頭時，他的眼睛有點奇怪，有著兩團碧瑩瑩的不肯熄滅的火焰。

　　大家都沒有說話，大家都知道，一切種族有著相同的道德標準，人類的美德是通向民族相融大門的鑰匙。我終於也明白亨利曾經對我們的戒備和冷漠。

　　後來，亨利就常常幫我們割門前人行道上的草，掃馬路上的落葉。他還第一次拍響我家的門，小心地提出，我家兩課棕櫚樹的根會影響他的屋基，我先生就和他一起動手把樹鋸了。

　　亨利就像換了個人似的，一見面就主動熱情地打招呼，從天氣談到電視節目，他風趣的比喻似有著無窮無盡的源泉。再後來，亨利不但在我們去美國旅遊時幫我們收取郵件，還在他到昆士蘭看兒子時，把房門鑰匙交給了我們。

　　雖然年老了，亨利站在清晨的陽光中依然高大挺拔。

中獎

　　梅中六合彩了，而且是頭獎，一千七百萬的大獎。

　　開獎的那天晚上，梅坐在電視機前看直播，她看著自己的彩票，喊出第一個數字「8」，果然「8」字號碼球應聲滾落，第二個號碼球正待落槽，她又喊了一聲「11」掉出來的果然是「11」。梅好像有什麼特異功能，落下來的數字都是她彩票上的前幾位，這樣她喊出了一個大獎，一家三口高興得又唱又跳。梅是第一次買彩票，真是福星高照。

　　三個人當中梅還是最冷靜的，她止住丈夫和女兒說，我是代表工廠裡九個同事一起買的，我們只能得九分之一。丈夫馬上拿來計算器，一千七百萬被九一除，液晶格裡跳出18888888……8，無限循環的「發」，是一個非常吉利的數字。女兒說，我們可以得到一百八十八萬八千八百八十八元，我們是百萬富翁啦！媽，你說我們該怎麼花這一百八十八萬？

　　自從買了六合彩，梅已經和工友們無數次地討論過，成了百萬富翁怎麼辦，深思熟慮的結果是買一幢雪梨東區海濱的房子。她的想法得到丈夫的支持，對，買房子，住進富人區，那感覺就不一樣。梅問，那我還要去車衣廠上班嗎？當然不做了，你的頸椎不是經常痛嗎。我們買一家店，做自己的生意。他倆談得起勁，女兒在旁邊不滿意了，爸爸媽媽，難道沒有考慮讓我進一所私立女子中學嗎？怎麼會，每年學費不就一萬多嗎，你已經十年級了，只要在花三萬就解決問題了，毛毛雨。全家興奮了整整一夜。

第二天，梅去廠裡，和她一起買六合彩的同事固然高興，其他同事也喜氣洋洋，工頭給梅的活是平時最搶手的那一種，買股票虧本的安吉拉，正在失戀的艾林，兒子今年要考大學的薇妮都到梅的衣車旁，想和她握握手，擁抱一下，沾沾她的好運。

　　喝早茶時，一起合股買六合彩的文迪拿著地區報進來，說有十三組同時中了大獎，每組只能得一百三十萬。熱烈的空氣急速冷卻下來。梅鎮定地接過文迪手中的計算器，一按，每人還可以得十四萬五千二百九十九元。仍然不錯，梅很快就心理平衡了，盤算著，這十四萬也要自己和丈夫苦幹三五年呢。富人區的房子是買不成了，把現在的Unit換一套House，還是有實力的。房子的問題就這樣解決，女兒的私校應該也沒有困難。不過，這工看樣子還要打下去，她隨手摸了摸僵硬的頸部。想著想著，梅機器上的衣服像她的思緒越走越慢。

　　下班後，梅特地彎道去謝謝那個書報亭的老闆，這組中獎號碼是他建議的，雖然有十三組撞車，還是來之不易。老闆還記得梅，很遠就表示祝賀。書報店裡人很多，梅仔細聽聽，有人是來取經的，有人也說自己運氣好，老闆告訴梅，買了他建議的號碼組合的，共有二十四個Group。梅這才想起，她中的雖然是前六位，買的卻是一大片數字。這麼說，大獎被十三等分以後，還要被二十四等分，每份為五萬四千四百八十七元，老闆說依然可喜可賀是不是。老闆哪裡知道梅還是和九個同事合股買的。梅的情緒就像插進雪地裡的溫度計，一下子降到了零點。

　　回家後，再按一下計算器，自己只得六千零五十四元，房子，小店，私校全都成為泡影，丈夫和女兒不知會怎麼失望呢。

　　還是女兒說得好，媽，你不是就買個運氣嗎。六千零五十四元，夠我們全家去紐西蘭旅行一次呢，因此，Still Happy！

邂逅

　　我在雪梨歌劇院的石階上，看到一個熟悉的身影，那清瘦的臉上架著一副近視眼鏡，不是我的同學淼嗎？意外邂逅的驚喜，使我脫口而出叫了他一聲。剛叫出口，又有一點後悔，見到他，我應該躲開才是呢。可是淼顯得十分激動，緊緊握著我的手，問我什麼時候到的澳洲，住在哪裡？

　　我如實相告，我是來女兒處探親的。女兒嫁到澳洲，住在遠離雪梨的一個小鎮上，開車來這兒，要三小時。這不，還沒有看夠，就要往回趕，因為女兒還拖著一個半歲的孩子。離開她，我又一句英語也不會說，寸步難行。

　　淼想也沒想就說，何不到他家去住兩天，他家從雪梨歌劇院開車二十分鐘就到了。他會當一個稱職的導遊，陪我盡興地遊覽雪梨。這樣的好事應該是求之不得，可我實在不好意思。

　　當年，淼是我的同桌，他喜歡讀課外書，喜歡裝半導體，喜歡集郵，為我打開一扇扇「世界真奇妙」的視窗。出身在工人家庭的我，本來知道得很少，在他的影響下，我也開始收集公交月票的貼花。

　　我們成了好朋友，要不是文化大革命，我們會做一輩子好朋友。

　　文革中我們高中畢業了，因為淼的兩個姐姐都在外地工作，他本來是可以留在上海工礦的。可是那些名額排來排去，還差一

個，我就有了去農村的危險。我是班級分配小組的，雖然也是紅五類，可是比起那幾個幹部子弟還不夠硬。我知道淼的一個秘密，他的姑夫在臺灣，還是國民黨的少將。這事別人不知道，我作為團支部書記與他談心時，他告訴了我。於是我把這事與工宣隊師傅一說，淼就劃到了不分配之列，最後被敲鑼打鼓送去了雲南插隊。我則因為覺悟高，不但留在工礦，還上了港務監督船，大家的工資是三十六元，我還多了十六元水上津貼。

以後，我結婚生子都十分順利，入黨後還穩穩當當地升了組長，付科長、科長、副處長。如今，我胖得走路都覺得負擔重。

從分配以後，我就沒有見過淼，也怕見他。直到如今，仍心有不安。

可是不知情的女兒說，爸爸真是好福氣，到雪梨還能碰到老同學，去住兩天吧，免得一次次來回跑。

淼讓他老婆炒了一桌菜，溫了一壺紹興酒。一杯下肚，話匣子就打開了。原來，淼這三十幾年是九死一生，在雲南時，不但農活辛苦，還差一點在地震時落進地殼；回城後在里弄生產組包裝化工原料中了毒，還好閻王手下留情；為讀業餘大學又過上苦行僧的日子，在九平方的斗室裡，為了不影響妻兒，他躲在床底下，用手電筒複習功課；十年前到了澳洲，說起那經歷來又是字字血淚。他說每一件事，我就心裡格登一下，這些苦都是我害他吃的。我想他知道嗎？他沒有在心裡怨恨我嗎？

夜深了，我躺在淼舒適的客房裡，看著天花板上的浮雕和式樣古老的吊燈，不禁感到深深的內疚，他相逢一笑泯恩仇的寬宏大量，其實是對我最大的懲罰。同時，有一份悲哀感啃齧著我的心，相比淼坎坷而精彩的人生，我這一輩子活得多麼窩囊啊。

旅伴

十七歲年我在農村「修理地球」（在農村插隊落戶）。時遇農閒，決定回家看父母。

乘上東進的列車，我已歸心似箭。

我的座位是臨窗的，行李剛上架，人還沒坐穩，一個像小山似的胖女人，一屁股落在我的旁邊。一下子，我的地盤被她侵佔了三分之一。她似乎沒有意識到我的厭惡之情，兩句話後，就打聽我在哪哩插隊，一個工分掙多少錢。還奮力急搖紙扇，把滿身嗆人的汗酸味給我「分享」。我心中惱火，卻不便發作。只覺得這個旅伴俗不可耐，於是轉臉向著窗外，裝著看風景，緊閉雙唇，拒絕和她聊天。

我無所事事地數著窗外飛馳而過的樹木，覺得臨座得寸進尺地向我的疆土擴張，她那小山似的身軀毫無顧忌地向我壓下來。她灰不溜秋的衣服上的斑斑汗漬活像一片片「鹽鹼地」，怕它們殃及我的白襯衣，我把整個身子轉向窗口，讓背挨著她，再把舊報紙墊在背上，這樣，她身上的「鹽鹼地」就和我的白襯衫隔離了。然後我用背頂她，希望她自覺讓開。可是她一點也不自覺，無論我怎樣明頂暗撞，她自巋然不動。聽著她發出均勻的鼾聲，不知她沉浸在什麼夢境中，緊閉夢門，無動於衷。也許是車廂裡太悶熱，也許是妒忌她睡得太香，我憤中生智，突然站起身，把胖女人閃倒在我的座位上。周圍的人都笑了。

胖女人大概在夢中是從懸崖上滾落下來，睜開驚恐的眼睛，艱難地支起小山一樣的身體，轉頭看看我，眼神中並沒有責怪與憤怒，反而現出一份難為情，然後低下頭，玩弄著自給胖胖的手指。

　　我為自己終於得逞而沾沾自喜。在單調的車輪滾動聲中，困意開始襲來，漸漸地，我好像躺在一片清涼的湖面上，隨著蕩漾的水波悠悠地搖晃著。忽然看見岸邊的父親母親，笑吟吟地向我招手，我奮力劃動雙臂，撲倒在母親懷裡。

　　當我從夢中醒來，才知道我的頭並不在母親懷裡，而實實在在地靠在旁邊胖女人的胳膊彎裡，整個身子都斜在她的胸前。她大概很累，用另外一隻手支撐著我靠的那隻胳膊。窗外天色已暗，我這一覺睡□夠長的。我沒有說對不起，也不屑於表示難為情，裝模作樣地坐坐正，告誡自己千萬別再合眼。並暗自慶倖她沒有回敬我一閃身，讓我當眾出醜。

　　車到一個小縣城，忽然聽到「緊急報告」，前面鐵道有故障，列車將就地停駛。車廂裡頓時亂了起來。胖女人說她的目的地就在此處，再乘幾站長途汽車，就可到親戚家。好像怕人發現她的秘密，邊說邊朝我這一邊側過身，從褲袋口取下別針，摸出一個手巾包，小心翼翼地展開，裡面是一元幾角錢，她說正好能買一張車票。她把錢緊緊地握在手裡。

　　全車的人提包的提包，挑擔的挑擔，紛紛擠下車去。擁擠中那胖女人又踩了我的鞋後跟，我回頭狠狠地瞪了她一眼，心想她湊什麼熱鬧，也跟我們走遠路的搶，真自私。她卻渾然不知。

　　待我買好船票，想去給家裡發份電報，免得父母到車站接不到我乾著急。擬好電文，走到視窗，才發現錢包不見了。一定是剛才擠進擠出買船票，被扒手乘機了。此時我一文不明，還有一

天一夜的水路，行李中只剩下三根香蕉了，還有是生的花生和黃豆，這一路上要多喝一點水，才不會餓死。至於我的白襯衫早已有了幾隻黑乎乎的手印，那是買船票的時候，被後面的人推的。我的樣子一定十分狼狽。

我哭喪著臉，走出小小的郵電所，不期然又遇到了那個胖女人。她一手提只大籃，一手挽著大包袱，手捏得緊緊的，正在郵電所旁邊等汽車。一輛車剛駛過，沒有停，只見車後漫天的塵土。等車的有人跺腳，有人罵娘。胖女人見我就問船票買到沒有，為啥不高興？我明知跟她說毫無用處，她既不能幫我抓到小偷，又無錢借我，加上我之前的不友好，也許還幸災樂禍。但當時舉目無親，有個面熟的人說說也好，就揚了揚手中的電報紙，說遭遇小偷，發不成電報了。隨手將紙揉作一團，丟在路邊。她跟上一步，安慰我說，不著急，會好的。要小心看好自己的行李。又自言自語地說，像我大妞一樣，丟三拉四的。前一句話還受用，後一句又引起我的反感，我再窮也不願做她的女兒，萬一遺傳了她的身材，我一輩子都不會高興。

在船上的二十來個小時又餓又急，想想父母按原來的車次去接我，聽到故障誤點，不知會有多擔心。想想自己身無分文，連回家的電車票也買不成，市內電話也打不了，難道提著行李走回去？我家離船碼頭可是夠遠的。又想到自己小小年紀就出門在外，遠離父母，心酸得兩眼模糊起來。

走出碼頭，卻意外地看到來接我的父母，驚奇地問他們能算會掐還是大腦電波可以傳達資訊？父親說，你不是發了電報，我們按電報上說的辦理。

電報？我的電報紙早已扔在那個小縣城的郵電所門口了。難道它會自行跳上櫃檯？即便如此，郵局也不會免費發送這份電報

啊。我在那地方可是沒有一個熟人的。莫非是她，眼前出現了那個胖胖的身影，她說過不用急，會好的。可是她手中緊緊攥著的只有一元幾角錢，只夠買一張汽車票，或者也夠發一份電報。那麼，她與汽車無緣了，幾十里山路就只能靠她的兩條腿了。她身上的那片「鹽鹼地」不知又要多生產出幾多鹽分。

可是，我給她的只有一閃身，一瞪眼，還有一份討厭和輕視。我沒有辦法對她說一聲謝謝，茫茫人海中，要再見恐怕是不可能了。

三十幾年了，每當我又要踏上旅途，總會想起她，我的一位不知名的旅伴。總會想到，善良是人性之最美。

理解萬歲

出差回來，走出機場，仰望雪梨令人心醉的藍天，我的心情像這天氣一樣晴朗。為了給父母一個驚喜，我沒有告訴他們返程的航班。一招手，一輛紅色的計程車停到了我的身邊。

車上的坐椅鋪著白布，格外潔淨，淡淡的清香充滿車廂，收音機裡放的是我喜愛的莫札特。

快車道上的車，像吸鐵石上串聯的釘子，一根緊銜著一根。車停了，司機換錄音帶，臉轉過時，我發現這張臉非常面熟，這是一個壯實的中年漢子，他的臉飽滿得沒有一絲皺紋，一副安祥滿足的神態。忍不住偏過頭去看他的執照，這就對了，是他，他有個奇怪的姓：邊。

我想起來了，兩年前，我曾經遇到他。

那天我因為一門功課的考試成績不好，學校取消了我下一學期的助教工作。會到家，正好父母有客在，我草草地與他們打個招呼。

不一會兒就坐下吃飯了。席間有個叔叔問我關於他兒子報考大學的事，我心情不好，就對他說，我也不太清楚，你們去學校處問吧。他又問我哪一天是大學開放日，我說我也不知道。他倒沒什麼，我爸就不高興了，說你這是什麼態度，考大學時成績好一點就了不起了嗎？誰都有需要別人幫助的時候。瞧他說的，我哪有資格了不起，自己的成績就不好。我真希望有人幫助我，可他們幫得了嗎。

我低下頭，面前的一碗湯裡出現了兩個小小的漩渦，然後越來越多，越來越急。媽又在一邊說，吃飯不許哭，哭著吃是不長肉的。

我站起來，離開桌子，大家都看到了，也都裝著沒有看到。一離桌，一掉頭，才放心爽快地讓所有的眼淚都流了出來。我覺得自己像那個賣火柴的小女孩，人家有烤鵝，有聖誕樹，有歡笑，有親情，我什麼也沒有。眼淚流的太多，簡直看不清進房間的路。進了房，我顧不得滿臉的淚痕，立刻將壁櫥移開，拉出放在最下面的旅行袋，拉開拉鏈，有轉身打開衣櫃，拿出自己的衣服，不分冬夏一起塞進旅行袋，同時塞進去的還有眼淚、氣惱、決心。

拉上拉鏈，抹了眼淚，雖然胸口起伏著悲憤，頭腦卻清醒了一點，到哪兒去呢？在澳洲沒有親戚，父母的朋友正坐在客廳吃飯，去同學家，自己優等生的形象不是毀於此舉。我何以變得走投無路。最後，我把滿滿的旅行袋踢進床底下，背起書包，撲進了一片暮色。

我漫無目的地走著，看看快到學校了，才知道自己已經走了有兩三小時了，周圍沒有人，只有飛馳而過的汽車。忽然一輛紅色的計程車在我身邊嘎然而止，腳也酸了，天也黑了，我身不由己地坐上車。司機問了一聲去哪裡，我話沒出口，眼淚又沒道理地流了下來。

「是離家出走的嗎？」

「你怎麼知道？」

「看就知道。我開了十多年車啦，一看客人的臉色就知道有問題。」

我用手背把流到鼻凹處的眼淚抹乾了，吸吸鼻子，止住哭。

「是和父母鬥氣嗎？什麼事，說出來我聽聽，也許我能幫幫你。」

我嗅著他車裡淡淡的清香，聽著舒緩的音樂，看看他那張十分

飽滿的臉，眼睛是真誠的，嘴角是溫和的，不像壞人，倒像一位和善的叔叔，就把當天發生的事，學校的，家裡的，都跟他說了。

他沉思了一會兒說：「你的父母不知道學校發生的事。他們是為你好，可是不應該當著客人的面教訓你。父母和孩子之間多一點互相理解才好。你一走，你的父母不知有多著急呢！兩年前，因為女兒和不良青年交朋友，我一氣之下，打了她一巴掌，她一走就再也沒有回來。我急得頭髮都白了，我太太哭得眼睛都快瞎了。你不知道我有多後悔，一天一天只盼著她回來。天下父母對兒女的心都是一樣的。」

我望著他斑白的頭髮，好像看到它們正一根根變白。他的話像一隻溫暖的大手輕輕撫平了我心裡的疙瘩。

我不要，哪怕父母再訓我，甚至打我，我也不要他們急白了頭髮，哭瞎了雙眼。他們現在怎麼樣？也在為女兒出走後悔嗎？父母也是需要理解的嗎？我的父母。

我漸漸平靜下來，從窗外一閃而過的火車站燈箱，知道車離我家不遠了。我未曾說到哪裡去啊。司機說他之前在這條路上看我邊走邊哭。我說出具體地址，車很快停在我家門口。當我想起該付車費時，車已開遠了。

「你還記得我嗎？」想到這裡，我紅著臉問他，又將兩年前的故事講了一遍。

「啊！」他淺淺地一笑，「你的記性比我好。客人實在太多，我隔兩三天就會遇到離家出走的孩子。」

「你找到你女兒了嗎？」

「我女兒？她天天在家裡啊。」他早忘了自己編的故事。

我心情無比輕鬆地下了車，揮手與他道別，心裡也在祝福他：好人一生平安。

作者簡介

婉冰

原名葉錦鴻，祖籍廣東南海，生於越南湄公河畔。

一九七八年舉家逃亡抵印尼，翌歲移居墨爾本，任職私立養老院，一九九三年開始業餘投稿，撰寫散文、新詩、微型小說及漢俳；作品發表於澳洲、美加、荷蘭、新、馬、泰及臺灣等地。寫作之餘亦為粵劇曲藝票友，參與創立「怡情社」。

著有散文、微型小說集《回流歲月》。一九九七年擔任「人在澳洲」微文全澳公開賽評審，二〇〇二年獲邀加入「風笛詩社」，為該社首位女詩人。現任澳洲維州華文作家協會副會長、墨爾本澳亞民族電視臺副臺長、維省印支華人相濟會中文秘書。

曾獲一九九六年北京第八屆「海峽情」散文賽二等獎、二〇〇四年廣東「南海鄉音」散文賽一等獎。

憑誰保平安

　　立言支額沉思，桌上多份英文報紙，頭條刊登印尼消息，他非常關注，頭頂數十針的傷口，仍感刺痛。身軀縱橫交迭紫色條痕，是明顯遭鞭打遺跡。縈繞腦際是死裡逃生一幕，想及總會顫抖冒汗；難道真是禍福早註定？就職印尼僅半年幾乎連命也送掉。

　　他擁有多張專業文憑，且兼具美國九洲律師執照。其天賦才幹，已成為世界各大企業爭聘對象；馳騁國際商界的他，是傳媒爭訪的人物，儘管各國正鬧經濟不景氣，他仍穩持高位豐酬。

　　富挑戰性和優裕福利的誘惑，他毅然承諾出任印尼某大企業的總裁。親友聞說紛紛勸阻，均道有排華傾向國土，不該涉身犯險。惜立言忘記了君子不立危牆下，終於攜眷上任。

　　那天、妻子堅持阻止他返公司開會，立言卻認為職責所在，何況那肌肉健碩的司機，已自薦兼任保鑣。若言語能溝通，危險率可減低。又婉轉安慰妻子，正購妥週末機票，請假回美國，公司事務以後由電腦運作。

　　會議後匆匆回家，沿途暴民失控，放火殺人搶掠。立言驚怕地縮伏車廂內，耳中傳來華人哀求聲，婦女被強姦的淒慘叫聲，華埠一片淒涼狀。

　　立言屈蜷著，任司機東竄西躲賓士，以為走僻靜小巷較安全。忽然一班兇狠的印尼青年出現，把黑色賓士轎車圍繞；印尼司機嘰哩數句，雙手按頭快步飛奔，留下主人獨自赴難。

野蠻族發現美國護照，拳腳刀鞭更密更重，立言滿面披血，把俊朗英氣臉容遮掩，筆挺西裝，被撕得破爛。遠遠眺望軍人，也不敢趨前施救；立言漸陷昏迷，他歇力以英語高呼：「我是新加坡人，我是新加坡人呀……」此時、公司聞訊後得軍方幫助，把昏迷的立言送醫院搶救。

美國第一批撤僑，立言獲優先，其妻未及收拾行囊，只求輕便簡單。機場裡擠擁的亞裔人，皆面現焦慮和惶恐。甚至有數代植根於此者，連母語也遺忘，彼此交談仍以印尼話為主。立言感受到他們的悲戚，對妻子說：「可憐的華僑，他們的奮鬥、節儉、忍辱、耐勞及苦心經營的一切，轉瞬變成泡影了。唉……」傷感地歎息說：「保存性命夠僥倖了。」

其妻斯琦默默倚在輪椅傍，一同注視螢光幕、正報導印尼仍然緊張的局勢。美國夏日暖和著兩顆驚驚悸尚待平復的心。斯琦柔柔地說：「立，對不起！當初是我一意孤行要你就新職，又執意把五十萬美金轉移，唉！這教訓太貴太貴了，差點連你賠上呀！真真對不起！」

楓林道上

　　春神始甦醒，萬物競先換裝；楓樹急急伸展綠掌向晴空獻媚求吻，竟教春風恣意耍弄，新植嫩幹有序排列道旁，也任翠葉參差重迭成傘，輕狂亂舞，沙沙啦啦和唱。

　　曼玲一件薄薄春裝，襯杏色絲質長褲，天藍短袖緊身低領恤，恍恍然步伐輕移，修長美腿款擺小腰，身段曲線、更婀娜多姿。奶白光滑肌膚，擁有亞洲人柔和雅致兼娟秀五官。迎風散飛烏亮長髮彷若花神駕降，其憂悒眼睛寫著無奈與哀傷，惹得花草盈淚相望。

　　晨曦初現，清風送香靜寂長街小巷，全部屬於曼玲的自由空間。陣陣啁啾悅耳鳥唱，像專為療治其身心創痛。撲鼻香風，使她注意花團錦簇美好現象。她悄悄折摘一朵爬越欄沿的淡紫小花以食指輕撫花瓣，脆弱花瓣離魂片片墜落。曼玲雙眉深鎖，淚濕眼眶，她低低地為自己命運與小花歎息！

　　兩年了，她屈服生活折磨，讓迎送生涯污濁了身體靈魂，僅餘日漸老死心境。甚麼理想？甚麼大志？越離越遙遠了。她成了待宰羔羊，只能啞然忍受日夕蹂碎的悲慘。

　　出生於成都鄉村姑娘為了滿足雙親欲望，達成有女放洋的榮耀，經媒人介紹而議就千里姻緣，做過埠新娘。家裡領受豐富聘禮，雙親興高采烈，把唯一骨肉送走。

到達墨爾本，才知被欺騙了，原來所謂婚姻，是變相販賣人口組織。曼玲經悉心裝扮後，豔壓群芳。她那份高傲孤僻，頓生可望不可及之感。從此，醉倒一群火山孝子，她是銷金窩公主，她也真正痛苦絕望了。

她輕拭眼沿，把腳步拖得更慢，曼玲喜歡洗盡鉛華後純樸的自己；羨慕每棟平房內的女主人，日夕祈盼平淡生活，惜都像幻夢泡沫般永難實現。

她從褲袋中取出家書，重讀又重讀，父母要求移民使她惶恐。若真相大白定教兩老心碎，何忍讓老人家知道女兒在異域操醜業，神女生涯辛酸淚瞞騙著雙親，家書中假編的是幸福婚姻。

她身心疲累，情緒漸陷煩燥難抑。「是！是！是的！一切一切猶如昨日死，遺棄昨天吧！那……那明日呢？明日又如何面對？」

被煩擾束縛著，收緊無形的千頭萬緒，曼玲無助地低首呢喃，眼神恍惚精神又漸陷迷茫，思緒雜亂飄飛。

楓葉窺情也沙沙瑟瑟交頭接耳議論……

命運

　　煙雨迷濛，群巒迭翠，幽溪旋回的九寨溝，景色天然美勝經人工修飾之各旅遊點。

　　處在較僻遠一貧脊村落，誕生雙胞龍鳳胎佘玲佘輝。是天傑地靈孕育這孿生姐弟容貌俊美，深獲村民喜愛。

　　因家境清貧，姐弟無緣接受完善教育，只能下田耕作。歲月匆匆、佘玲佘輝長相男勝潘安女賽嫦娥，勞苦田作，日曬風乾皮膚色透健康，粗破衣服難使天賜容顏減色。僅年邁多病的雙親醫藥所需難募，朝夕愁思煩慮，缺乏青年人蓬勃朝氣。

　　那天、佘玲眉梢眼角笑意溢瀉地對雙親說：「剛在鄰村遇見童年兒伴，從外國衣錦還鄉；她願意帶我出外謀生，幫傭工資頗厚。若安定後便為輝弟鋪路，爸媽請放心允許我到外面世界謀生吧！」

　　佘玲按時寄來家書和銀票，家境生活漸安穩，日久尚有盈餘。兩老也漸強壯日夕茶餘飯後，月下樹底，話題常常扯到佘平身上。是串串誇獎羨慕，總結是兩老命運好，兒女是天注凡塵的幸運之神。

　　春臨冬匿，轉瞬又見秋葉凋零。是否寒峭秋老虎猖獗把佘玲家書吞吃了。信越來越稀罕且字數是更少了，對為弟介紹工作一事，再沒提及。昔日滿紙熱情已被寒風驅散，剩感覺到的平淡。

佘輝朝思暮想是隨姐姐到泰國，雙親難耐其絮絮不休地請求，終於允許他萬里尋姐願望。

　　按信皮地址叩開那扇鮮紅油漆木門，室內煙氣繚繞。幾位健碩漢或臥或坐置身杏色皮椅裡，洞開睡房席夢思床挺臥著裸呈上身肥漢，床沿倚著穿比基尼式濃裝少女與佘輝目光接觸時，彼此皆驚惶失措。

　　「姐姐，對不起，沒先知會妳貿然而來，讓姐不及換衣裳……」佘輝羞怯得低頭玩弄已久洗褪色舊上衣，傻呆般站立。

　　屋裡爆出粗語和著多重奏笑聲，漢子們已笑得按腰撫胸齊向佘輝凝注。

　　房內肥佬已坐起專注地看著佘輝彷彿是一件藝術品，又像是待價而沽的貨物：「哎！嘻！嘻！稀奇啊！鄉野之地也出如斯貨色。哈！哈！我肥才走運了。」肥才高聲喝道：「你們好好守著他，人妖舞蹈團的亞嬌胸部壞了，他正好補上，後天載去中心等待手術變性吧！」

　　佘玲抱緊肥才雙腿，熱淚縱橫地淒淒哭叫著：「才哥求求你放了我弟弟吧！以後我什麼都聽由吩咐，一生一世為奴僕侍候才哥。」

　　佘輝已被推在皮椅內，數雙沾滿罪惡的手正恣意摸弄俊秀容顏……

喬遷之喜

　　芳姑配偶早喪，孤身攜帶一雙稚齡兒女，涉險飄洋。為了逃避苛政追求自由民主而定居世外桃園草綠花繁的墨爾本。

　　個子矮胖五官端正的她，使朋友們羨慕，其艱辛奮力把兒女鞠育成才，皆能就高薪要職。雖然各已成家，仍視母親如寶。俗語說：「好兒不如好媳婦好女不及好女婿」足以為證。超越耳順之年的芳姑，面上總洋溢著歡樂笑容，讓幸福流瀉人前。

　　她忘掉辛勞疲累之苦，寂夜撫摸歲月磨粗的雙掌，沒有半點遺憾；僅感無限安慰，默默回憶往昔，孩子孝順，是超值補償，人生夫復何求。

　　女兒秋玉轉換豪宅，一家三口卻購置複式樓宇；六套房皆設備美侖美奐，闊寬庭院果樹花卉有序栽植，除了游泳池外，另設八人按摩池，真是富貴迫人，氣派高尚。

　　芳姑與兒子江季光媳婦金蓮帶著雙生子松和強往祝賀，各處參觀後，不輟地讚歎！季光拖妹妹往平臺輕聲交談：

　　「玉！媽堅決地要搬來和妳住，說這偌大房屋怕妳難以照管，蓮和我盡力挽留，老人家一意孤行，皮箱也帶來了沒法呀！媽的脾氣總該明暸。唉……」季光沒等妹妹應允，已回身叫妻子把行李搬放二樓。

　　深夜松竹呼嘯肥厚枇杷葉恣意拂拍，圍牆米蘭花熱情待客，頻頻散香氣透窗。隱約風聲蟲鳴，恰巧為芳姑的歎息聲伴奏。新

環境使她輾轉難安寢，不禁牽動愁緒，幸福已漸遠，彷彿遙在彼岸。芳姑平心思量，母女易於相處包容，本性頗隨遇而安的她，頓解愁懷。

輕步下樓，穿越會客室外長廊芳姑被主人房內語聲留駐：

「真是對不起！沒想到哥哥會送來這份特別賀禮。不過也怪不得他，是媽自己決定的。我想媽很難適應我們年輕人生活習慣。不久肯定又嚷著回去了，請你弟弟別介意呀！」

女婿不高興聲音：「妳說，若妳媽不再回去怎麼辦？」

芳姑輕步回房，也忘了是到廚房拿水吃安眠藥；她倚枕獨坐，張著盈淚眼眶凝注窗外。颯颯風吼竟變作兒子那晚的語音：「媽！這些年妳老人家太辛苦了，可恨我沒出息，一人支撐整個家未能盡孝，不能使媽過好日子。金蓮人直爽，有口沒心常惹媽生氣。幸好玉妹能幹，職好酬高，豪宅寬大舒適，又有鐘點傭工；把媽送去享享清福，我便安心。請媽允肯吧！也成全兒子一片孝心。」

芳姑反覆思量兒女的話語，整夜向透簾風聲哭訴，那輪皎潔月色，憐惜地灑落瑩光，與燈輝同撫孤寂的心靈。

情已逝

　　寂靜長街因週末遲歸者未醒，宿醉驕陽被寵壞了懶慢爬升。群花仍帶淚，是昨宵星月爭述的故事，讓香容悲戚忘形。咭然吱喳樹梢鳥雀酬唱聲，忽被高調女聲掩蓋。

　　兩位仍穿睡袍的適婚女士，各倚後院圍攔叫陣；雙方對罵之詞，使聆者忍俊不已。

　　彼此的綿羊犬也狂吠助陣示威。

　　「根本早該重設圍攔，可豁免不少閒氣；是前世沒修好，才會有妳這種朋友。哼！哼！簡直不可理喻……」于倩震耳語音，兇惡之狀讓人驚怯。

　　丁秀漲紅臉，伸直瘦頸以尖細聲調說：「誰稀罕、是妳先主動和我結交，看呀！連畜生也如斯可惡，各人各自方式誰礙誰……」。

　　兩人旗鼓相當，唇槍舌劍妳來我往。忽然，一陣尖銳嗽叭聲，使丁秀匆匆棄戰。隱約仍傳于倩粗野罵聲：「有異性沒人性的狗男女……」。

　　丁秀、于倩在移民英文班認識，丁秀纖瘦若柳，蒼白俏巧五官；碎步遲遲，讓人擔憂其隨風而飛。于倩卻粗野豪邁、配濃眉大眼，舉止十分男性化，尚幸肌膚幼白，才堪與名字相配。來自不同國家的人，竟投緣結成密友，形影相隨。學友議論紛紜，暗指為「同性戀」空穴來風，也必有其因。

穩定職業有經濟能力，進行選購房子；條件是緊貼為鄰，也花了頗長時間，終於在離城二十公里小鎮定居。方便日夕往來，同思把後院木欄拆開，彼此互相照應，友誼更濃了，深以為此情永在，今生不改。

　　丁秀任職的精品店少東，愛慕她的溫柔淑女型態，若蜂蝶般日日殷勤追逐。她曾想方覓計回避，終難拒纏綿情意而失足陷墜情網。忙碌於戀愛甜蜜生活中，漸漸與于倩疏遠。

　　多番哀求規勸，丁秀已被鎖困情關，對于倩情意已盡遺忘。

　　煩燥的于倩難抑怒忿偶然遇面僅吵罵收場；于倩懷抱希望喃喃自語：「唉！要讓她像我一樣吃了男人虧才懂回頭是岸……她會後悔的……一定會……」

疑案

　　七月盂蘭節將屆，金貴卻心緒凌亂，頗感不安。沒來由地陣陣恐慌，彷彿身前背後，接踵擦肩有憧憧幻影附隨。尤其是星月昏沉之夜，萬籟俱寂時，沿途駕車也無端提心吊膽，常錯將樹影當鬼魅誤把風聲作幽靈哭喚。置身於科技進步時代，竟如斯迷信迂腐，連金貴自己亦啞然失笑了。

　　五官俊朗身裁適中，滿臉書卷味略嫌蒼白的金貴，具儒者風範。其性格樂觀，言談灑脫風趣咀角牽動酒渦，讓人好感，和其相處頓生舒暢如沐春風般。而立期已過，仍以鑽石王老五自居。善玩股票的他，家境富裕。屋裡佈置清雅，鐘點女傭人整理得纖塵未染。與金貴交往的女士們，都期盼能成為女主人。

　　金貴從來不提身世，若被好友詢問皆巧妙地帶過。那抹永掛唇邊的親切微笑，贏得朋友衷心情誼。爭先為他作冰人，撮合其良緣。他總是禮貌地婉拒，並撫摸其歐陸名車戲說：「這是我的美妻嬌妾，已無閒旁顧。」

　　農曆七月十四夜，是傳說中鬼門開放之期？西方國土未允許沿街燒冥紙，但南洋地區每年此夜，很是熱鬧；戶戶在門前路邊，點燃香燭，燒冥錢撒銅幣、龍眼，豆腐和米，在此不復見往昔景象。入夜街巷，除了車輪輾過和犬吠聲外，只餘楓葉沙沙悲吟晚風陪著鳴咽傷感。

金貴的名車也在隨風跳舞，東閃西擺樂極忘形。他緊張地圓睜雙目，抖索的手牢牢握著駕駛盤，過份用力彷彿要把它捏碎。豆粒汗珠沿額滑落，恐怖掩蓋俊朗容顏。被扯動唇邊笑渦，竟現無助的淒苦。踏盡油門，強把自己碰死在住處石牆。

　　法官驗屍後，證實並非車禍而亡，死者曾經掙扎力竭而氣絕，面上呈現恐怖萬分狀。警員奉命進屋搜索，終於發現秘道裡存放大批海洛英，搖頭丸，美金及現款。

　　人們紛紛忖測死因，認識金貴的人慶倖未被牽累，也明白人不可以貌相。

　　警局至今仍無線索破案，但每年因服用毒品過量致死者不斷增加。社會人士對毒品案非常關注，故警方未敢怠慢，此檔案列下疑點：

　　是黑幫仇殺？

　　是迷幻藥反應？

　　左鄰右里卻有另類說法，是被毒品害死的冤魂群起索償，所謂冤有頭，債有主啊！

作者簡介

郭燕

　　女，生於北京，祖籍福州，現居澳洲。澳大利亞阿德萊德亞洲研究中心教師。出版有：微型小說集《錯位》、短篇小說集《愛情背面》、散文集《澳洲隨筆》、報告文學集《他鄉明月》，並有百餘篇小說、散文、雜文散見於國內外報刊雜誌。

瘋子李四

那年我八歲。住在鎮上的姨媽家。別人說我的父母是反動派，他們被送到了勞改農場。

以我的年紀，並不理解反動派是什麼。我的擔憂只是怕姨媽他們對我不好。那種憂傷是下意識的，並沒有過多的思慮。

鎮子不大，姨媽家的房子在一條小巷子裡，巷子裡一共五個院子，每個院子大約六戶人家。我們前面的院子裡，住著一個瘋子，叫李四，原來是個小學老師，據說是犯了什麼錯誤，又受了什麼刺激，成了瘋子，妻子和他分開了，他一個人瘋顛顛地生活，可憐又孤獨。

姨媽和姨夫對我不冷不淡，倒是表姐對我很好，我們經常在巷口的大槐樹下玩耍。這時瘋子李四就眯起眼，坐在牆跟前，看我們玩兒，有時嘴裡咕嚕嚕不知道說些什麼，有的小朋友玩膩了，就衝著李四喊：「瘋子，瘋子，要吃螞蚱，螞蚱咬了，成了麻子！」然後一幫小孩圍上去，數他的麻子，他嘿嘿地傻笑著。只見他穿著一件藍色工作服樣的上衣，一條軍綠色的褲子，有些單薄。他拿著一個破本子和一小截鉛筆，有小孩數出數來，他就在本子上寫一個數字，然後給我們看。真是瘋子，還幫人家記數。寫完了他把那些數字給我們看，工整、俐落。然後他傻乎乎地問：「這是多少，那是多少？」孩子們跟著起哄：「32！48！」「呵，你有這麼多麻子呀？」他並不理會，又問：「13 加 31 是多少？」有孩子大

叫：「100！」不對，他搖搖頭，在地上拿樹枝列出算式，個位加個位，十位加十位，有人喊了出來：「44！」對啦！李四高興地說，誰算對了，就讓他來摸摸他臉上的麻子，「哈！誰想摸那玩意兒？」大家一笑跑開了。我沒跑，定定地看著他：「他說，你是新來的？從哪兒來的？」表姐過來拉我，別理他，他是瘋子。

回到家，表姐說起剛才的事兒，姨媽歎了口氣說：「別惹事啦，他也是反動派。」懵懂中，我覺得他和我父母都屬於一類人，不同的是，他是個瘋子。

我的父母呢？他們在哪裡？有時候我難過起來，誰也不想理，看著那些小孩子們一起做遊戲，一點興趣都沒有，呆呆地坐在巷口，想著心事。

有一天姨媽家來了幾個人，很嚴肅地談了什麼，臨走時那些人還瞥了我好幾眼。後來什麼也沒發生，只是在玩遊戲和別的小孩發生爭執時，有的小孩嚷嚷著說：「哼，你的爸媽是反動派，我才不跟你玩呢！」我淚眼汪汪地看著他們，咬著嘴唇。然後瘋子李四就走了過來，說：「你們搞錯了，我是反動派，她的爸媽是老師！瘋子就是反動派，反動派就是瘋子！」小孩們哄笑著散開，我不解地看著李四，他衝我笑笑，我扭頭便跑，真是瘋子。

恰巧姨媽買菜回來，只見瘋子李四拉住姨媽，嘴裡咕嚕嚕地說了什麼，姨媽沒吭聲，然後拉著我回家了。

我觀察著姨媽的表情，表姐看到姨媽回來，又把剛才的事說了一下，姨媽不高興地說：「誰那麼嘴短，關小孩子什麼事！」我依然不知道是怎麼回事，可姨媽對我的態度比以前好多了。

許多年以後，姨媽提起這事，說：「我們其實心裡也嘀咕呀，怕牽連，可是瘋子李四都對我說，孩子那麼小，他沒有錯，別再給他製造一份錯誤。」李四，他比我們都清楚。

鑒定

　　騰越年輕有為，才三十歲，就做了一家大公司的總經理助理，一人之下，萬人之上。唯一讓他父母嘮叨的就是業立了，家還沒成。其實騰越的標準也不是高得不現實，他的要求只是年齡相當、學歷中等、相貌出眾，他的理論是別的東西，包括智力、修養等都能後天調教培養，可這相貌是爹媽給的，天生遺傳的，後天可改變不來。當然，他強調，要天生麗質。

　　按說這的確不是什麼難事，可被他相中的卻少而又少，別人都說漂亮的，他偏挑剔出點欠缺，於是左尋右找，終於萬中挑一，得到了他理想中的女子。婚禮那天，眾人皆歎：「這女子的確美貌過人，漂亮、標緻、嫵媚、動人，幾乎挑不出毛病。」騰越也驕傲陶醉，事業有成，愛情美滿，夫復何求？婚後的生活熱烈、溫馨，妻子婉玉美麗溫柔不說，還賢慧能幹，不久又添了個胖兒子，騰越簡直幸福死了，他無限感激生活對他的無比眷顧。

　　兒子在忙碌中幾乎轉眼就長大了，三歲的男孩，正是調皮好動的年齡，特愛到外面去玩，婉玉要忙家務，經常都是騰越帶兒子到外面，不止一次了，有人說：「你這兒子怎麼一點也不像你？」騰越笑笑：「像我就不帥了，像他媽。」這天，幾位老大媽對他嘀咕，說這兒子你們倆誰也不像，老大媽們的眼神都厲害呀，準著呢！騰越仔細打量他兒子，是啊，他和婉玉都雙眼皮大眼睛，這兒子怎麼單眼皮小眼睛，的確不像啊？以前怎麼沒注意

呢？騰越拽著兒子回到家裡，問婉玉：「有人說這兒子不像咱，你說他像誰？」「誰那麼閒操心啊？咱的兒子，不像咱像誰？孩子還小，還沒長開呢，你別神經了。」就是，騰越也覺得自己多心了。可那天他帶兒子回了家，有親戚說：「這孩子怎麼誰也不像呀？」連母親也悄悄問騰越：「你注意了沒有？啊？」騰越不耐煩地說：「孩子還小呢。」話雖這麼說，他心裡也犯了嘀咕，是啊，妻子這麼漂亮，當年追她的人多了，不過是自己比同齡的那些人成功些，才贏得芳心，可難保，唉，不能瞎想，妻子多好啊，美麗出眾，出得了廳堂，下得了飯堂，怎能亂懷疑？可是，這個兒子，的確不像他倆，這成了騰越的一塊心病了。他有時在家裡提起，婉玉就嗔怪地說：「又來了，他絕對是咱的孩子，你就別胡思亂想了！」騰越於是無話可說，因為他不想因此和妻子鬧矛盾。

自從聽到公司的同事無意中說起兒子不像他的話後，騰越開始坐立不安了，他的懷疑與憂慮積鬱得要爆發了，再這樣下去，他覺得自己會瘋掉。於是，他決定帶兒子去做親子鑒定，他不想這樣不明不白地被人說。婉玉得知後非常傷心，可她無法阻止他，她欲言又止的樣子更堅定了騰越的決心。

當他帶著確鑿的父子關係的鑒定結果高興地回家時，卻只看到婉玉留下的一封信：「也許，我早該告訴你，當年為實現當演員的夢，我曾做過整容術，雖然我沒有成為演員，但手術給我帶來了更大的自信，當然，也給了我美好的愛情。我沒告訴你，是因為我們的婚姻越來越好，可是兒子像術前的我，卻給我們帶來了麻煩，其實我們本來不需要那些形式上的東西，可是現在，也許是我錯了，所以生活要來鑒定我們的婚姻。」妻子沒說去哪，拿著信，騰越哭笑不得。

走紅

　　現在，桑柔遇到了非常艱難的選擇。此時，她坐在梳粧檯前，看鏡中的自己，姣美的臉龐、白晰的皮膚、玲瓏的身材，而她的演技也不差，從影時間也不短，為什麼老是這樣半紅不紫的，真的是像導演岳西說的：「你太不懂得行情了。」只因為她不會投懷送抱？而現在，岳西說，機會來了，就看桑柔會不會把握了。

　　桑柔有些傷感，她這麼勤力，這麼投入，這麼熱愛表演藝術，她渴望更大的成功，更多的收穫，可是總是沒有什麼有挑戰性的有意義的有特色的角色來找她，她從一個劇組到另一個片場，漂泊、流動，都是些無足輕重的配角。配角也無妨，她依然努力做到最好，也因為某個片子的出色演繹得到過好評，可是仍沒有她期待的輝煌與成就，她覺得她能勝任的某些主要角色，卻與之無緣。現在，岳西導演要執導一部根據文學名著改編的電影，正在物色女主角，據說應徵者甚眾，因為這是一部不可多得的好片子。岳西已經對桑柔暗示，只要她同意做他的情人，這個角色他立刻給她。「很多人想演，有人托人來求，我都沒答應，我很看重你的才華，機會在你手中。再說，你就這麼討厭我？」岳西意味深長地對桑柔說，桑柔恨不得一把掌抽在岳西那張虛偽、霸道、醜陋、噁心的臉上，可她顯得那樣無力，幾乎連反感的神態都沒有，她甚至覺得自己真是無恥，居然沒有勇氣拒絕。

岳西說這幾天在世紀大酒店隨時恭候，等她考慮成熟了給他個答覆。桑柔像丟了魂似的坐立不安，心中反覆掙扎著，「就當是犧牲了自己，可能換取的是巨大的成功。」一個聲音在說，因為她看過原著，非常喜愛裡面的女主角的形象，也堅信自己能塑造好，「這是怎麼了，我的人格就這麼低劣？太不值得了！」另一個聲音沉重地說，桑柔覺得自己快要崩潰了，她該怎樣做啊？桑柔舉起手中的香水，扔向梳妝鏡，「咣啷」一聲，玻璃碎了，桑柔失聲痛哭。「鈴！鈴！」電話不合時宜地響了，桑柔緊張地抓起聽筒，「喂，我是曉冰！」「噢，是你！什麼事？」一聽是秘友，桑柔鬆了口氣，曉冰告訴她，她們劇組正在世紀大酒店，著名導演胡義在找一個配角，問她有無興趣，這可是個好機會，一定要保密！胡導可不想招記者知道，否則沒法拍戲。桑柔答應了，她說她一定要爭取到這個角色。放下電話，桑柔思忖了一下，然後她抓起電話。

　　第二天凌晨，城市還在一片安寧中沉默，桑柔按約好的時間來到世紀大酒店，劇組剛拍完一組鏡頭，演員都回房休息了，只剩下攝影和胡導正在審查著樣片，桑柔輕盈地走過去，剛說完一句臺詞（這是他們約定好的，見面直接進入角色，看怎麼樣，因為時間太緊，而且胡導好像也聽說過桑柔），突然四面八方的記者湧進來，鎂光燈亂閃，各種問題像子彈般飛來。當天，桑柔和著名導演胡義的照片在各大報娛樂版註銷，有的標題是「胡導啟用桑柔，大片秘密角色」，有的是「比主角還主角的配角」，有的是「戲裡戲外，沒有結束的故事」，總之，所有的文章都熱辣煽情，具有轟動效應。一瞬間，桑柔走紅了。

錯位

　　倩若坐在公寓的大套房裡，百無聊賴。她盯著手機，歎了口氣，這個手機，只打給他一個人，也只接聽他一個人的訊息。倩若打開手機，猶豫了一下，開始發短信。

　　「我想你！你能過來麼？現在。」倩若輕輕按下，在她的耐心達到極點時，手機上跳出一行字：

　　「我現在沒空，不是說好了麼？」

　　倩若一撇嘴，按下：「就不，你有什麼事也該忙完了，我想你來！」

　　停頓了一會兒，字幕上跳出來：「乖，今天不行，明天我去，好嗎？」

　　「不嘛，你在幹什麼，敷衍我。」

　　「真有事，我女兒要過生日呢。」

　　「你女兒總有事，明天還不知又有什麼事呢！」

　　「唉，你怎麼了？這麼不懂事，我們不是說好了麼，以後晚上我要過去，我會告訴你的，你怎麼又來糾纏了？」

　　「我只是想你，我害怕寂寞！」

　　「乖，我也想你，不過現在我真有事，晚點我打給你。」

　　「不，我現在想讓你來。」

　　「你怎麼了？怎麼變得不講理了？」

　　「煩了是嗎？我告訴你，你若今晚不過來，我們就結束吧！」

「你看，又耍脾氣了，你不會要我難堪吧？」

「那要看你的表現了！」

「好，明天我給你買個禮物。別鬧了，好嗎？」

「禮物？又來哄我了，你答應過我，離婚，然後娶我！」

「你怎麼又來了？我們不是說好了麼，就這樣，相愛並擁有，不再涉及別人。」

「好啊，說實話了，原來你真是在敷衍我，你終於說出真話來了？」

「不是你也願意這樣的嗎？你後悔了？你不會變得這麼快吧？」

「我什麼時候跟你說過了？我的真心，我的付出就這麼沒有意義？我只是甘當一個情人？」

「好了，別鬧了，我們見面再談，好嗎？你不是說，我們的愛情高於一切麼？」

「但我沒有說就這樣等下去啊，你不是一直在承諾我麼？」

「你，你是誰？」

「怎麼？你還有別的承諾麼？」

「你，你到底是誰？」

「我是你的倩倩啊，你怎麼了？」

「啊？錯了，我根本不認識你！」

「不認識？想逃避？」

倩若再顯示對方號碼，果然，錯了一位，啊！剛才真是可笑，原來不是他！倩若氣惱地又要重新撥號，突然她腦子裡一閃，剛才那個號碼是誰的呢？好像也有些熟悉，她翻出號碼簿，啊！是姐夫一恒的號碼，她再翻日曆，今天果然是外甥女的生日！這麼說，姐夫他，倩若不寒而慄，她有了種異樣的情傷，無可傾訴，卻觸手可及。

真相

　　年逾六十的宏極公司董事長吳傑西虛弱無力地靠在單人豪華病房寬大的病床上，顯得孤獨寂寞，他望著窗外，一片灰矇昏沉，他好像從未注意過窗外的風景，是如此的令人迷惘疲倦。

　　他知道，其實他已經被判了死刑，只是靠機器和藥物在延長著他的生命。他有錢，所以能夠享受環境安寧條件優越的高級治療，他年輕美麗的妻子璿雅對他也關愛有加，只是他們才結婚兩年，對他自己來說，實在覺得太短了！而他的前妻和兒女們對他也不錯，知道他出院後，都來看望他，本來他的兒女們是堅決反對他和他們的母親離婚，和那個他們認為是妖精的女人結合的。可他是真的愛她，雖然她比他小三十多歲，而她也愛他啊。

　　他們是在一次聚會上認識的，似乎是天意，他那天有點不舒服，在座的只有璿雅做過護士，她為他做了檢查，餵了他自己常備的速效救心丸。順理成章，他們認識了，而且共浴愛河。在一片反對與驚奇中，他們結合了，新婚的生活挺好，他年輕美麗的妻子對他照顧周到，完全不像別人猜測議論的那樣她是圖謀他的地位財產。當然，他也是相信自己的判斷力的。

　　現在，事情似乎因為他的病入膏肓而發生了質變，璿雅要求吳傑西公佈遺囑。她也剖這個權力，而且她說她清楚他的財務狀況。吳傑西陷入了困頓：在他們結婚前，為了能夠順利離婚，他已經把公司裡自己名下百分之九十的股權給了前妻及子女。他沒

有告訴璿雅，因為她從來沒有問過他關於公司、股份、財產等方面的任何問題，他想璿雅是愛他的，而他，和前妻已經長時間沒有實質上的婚姻生活了，是璿雅的體貼呵護，讓他又感覺到了愛情。雖然他身邊一點也不缺乏女人，可那些女子多是淺薄浮躁的。而璿雅，真的像她的名字：美麗優雅，溫柔聰慧，且善解人意。他當然也為璿雅預留了一份不薄的財物，畢竟夫妻一場，他怎麼會虧待她。可她現在突然這樣的要求，讓吳傑西幾乎措手不及，本來他是想讓律師告訴她的。一陣眩暈，吳傑西進入昏迷狀態，再也沒有清醒的跡象。

醫生告訴璿雅，吳董可能就此不再醒來。璿雅冷漠地在心裡歎著：這一天終於來了，她已經等了兩年了！兩年前，她的一個表姑是吳董的家庭醫生，本來他的健康狀況也屬於保密的範圍的，只是被她的表姑無意中給透露了，表姑還感歎地說，他的身家過億，幾輩子也享用不完。於是璿雅就出現在了吳傑西所在的任何場合，直到和他結婚。可是現在，璿雅在律師那看到丈夫的遺囑後大吃一驚，原來他對自己隱瞞了很多！她要求重新評估分割，這當然不可能。

而吳傑西的前妻冷笑著：還想算計我們？嫩了點！卻原來，甚至包括璿雅的婚姻，幾乎都是她一手策劃的！那時，吳傑西和幾個小情人打得火熱，吳妻知道，她們都是衝著他的錢財來的，為了不讓別人有分得他們家產的可能性，她讓他們的家庭醫生洩露了他的健康狀況，然後讓他幾乎淨身出戶。

吳傑西的太太早就知道會又現在的局面，璿雅，只有無言。所有的真相，都不在吳傑西曾經的預料中，直到他去世，他仍然不知道，隱匿的真相。

富翁徵婚之一

　　馮甲，碩士學位，三十五歲，身高1米74，驚天國際有限公司總裁，資產過億。現公開徵婚，欲求一位大學本科學歷，年齡二十五歲以下，身高1米65，相貌才藝出眾之處女為妻。《城市快報》因為這條徵婚廣告一下子火了，每天電話爆滿，電子郵箱超載，前來問詢的人踩破門檻。廣告版編輯在整理過所有的問題後，給出了結論：人們都想知道馮甲的真實情況，意即他是否億萬富翁，他的具體條件是什麼；另外都好奇他為什麼要求處女，都什麼年代了？不管如何，前來應徵的女子數以百計，給報社帶來了無形的聲譽和有形的利益。有關工作人員把符合條件的女方的資料送給馮甲的秘書處，經過層層篩選與考察，總裁馮甲終於抱得美人歸，重要的是，她是處女。這在當今崇尚與追求個人享受與自由的大環境裡，真是不易。

　　妻子靜乙，年芳二十三，經濟管理專業本科畢業，身高1米65，能歌善舞，美麗嬌媚，在一家外企工作。馮甲很是滿意，尤其新婚之夜，發現她是處女之後，馮甲更是得意驕傲，雖然他自己曾經歷過風月場，但憑著他的才能與財力，找個玉潔冰清的太太是天經地義的。而靜乙，真的是出得了廳堂，下得了廚房，她不僅在公眾場合應付自如，在家裡還會煲一手好湯，雖然有保姆做飯，可靜乙堅持要專門為老公煲強身健體湯，兩個人在

一起時，靜乙也是柔媚嬌嗔，風情萬種的樣子。馮甲慶倖自己的造化，事業有成，愛情美滿，人生何求？

後來馮甲要求靜乙辭職，做專職太太，靜乙也同意了。每天養花弄草，看看碟片，上上網，日子也就過去了。不久，靜乙覺得渾身不舒服，可能是無所事事，反而心裡煩悶，內分泌失調，靜乙經常痛經，馮甲知道愛妻身體不適，就讓她去看醫生，靜乙認為是女人的病，不用小題大作，馮甲以為她不願去醫院，就把自己的姑媽，一位婦科專家，從另一座城市請來，來回機票及賓館費他全包了。

這位姑媽為靜乙做了檢查，然後神情嚴肅地說：「沒什麼事，調節一下就好了。」靜乙鬆了口氣，嘟嚕著說：「本來就沒事，他非要看醫生。」姑媽就又沉默不語了。

臨走前，姑媽堅持要馮甲自己去送她。在機場，姑媽對馮甲說：「你是我從小看著長大的，因此有些話我必須告訴你。」馮甲看著姑媽怪異的神態，著急地說：「那當然了！」「你妻子靜乙，她做過處女膜修補術，有過感染症。我不知道她為什麼要做那種手術呢？」「什麼？你會不會弄錯了！」馮甲好像當頭被人撕破臉，「你可以再找醫生檢查，我經常給所謂的病人做這種手術。」姑媽冷靜地說，她並不知道她這位富翁侄子徵婚與結婚的詳細情況。姑媽走了，剩下歇斯底里的馮甲，如困獸般，怒火中燒。

富翁徵婚之二

　　馮甲，碩士學位，三十五歲，身高1米74，驚天國際有限公司總裁，資產過億。現公開徵婚，欲求一位大學本科學歷，年齡二十五歲以下，身高1米65，相貌才藝出眾之處女為妻。《城市快報》因為這條徵婚廣告一下子火了，每天電話爆滿，電子郵箱超載，前來問詢的人踩破門檻。廣告版編輯在整理過所有的問題後，給出了結論：人們都想知道馮甲的真實情況，意即他是否億萬富翁，他的具體條件是什麼；另外都好奇他為什麼要求處女，都什麼年代了？不管如何，前來應徵的女子數以百計，給報社帶來了無形的聲譽和有形的利益。有關工作人員把符合條件的女方的資料送給馮甲的秘書處，經過層層篩選與考察，最後有十名女子入圍。秘書處把這十位女子的各種資料、照片及家庭情況等個人詳細資料報請馮甲審查。總裁馮甲每天忙得不亦樂乎，甚至沒有時間認真談戀愛！他把大權交給秘書處，說條件都已經一目了然，你們就按照要求決定吧。

　　這真是一件比任何公司裡的工作都艱難的任務，經過艱鉅細緻漫長的工作。終於要為總裁抱得美人歸了，重要的是，經過嚴格審查，確實她是處女，而且從沒談過戀愛，甚至連男性的手都沒碰過。這在當今崇尚與追求個人享受與自由的大環境裡，真是不易。秘書處把最後一名女子的材料報給馮甲，從她的家庭出身到她的出生、成長，從身高相貌到性格血型，總之，一應俱全，

詳實具體，包羅萬象。最後，秘書處請求總裁馮甲百忙之中抽空約見就要成為他妻子的這位千萬裡挑一的幸運女子。偏偏馮甲馬上要到國外談判，他就讓秘書處全權代理，等他一回來就舉行婚禮！

秘書處又開始了新一輪的準備工作，經過繁忙緊張細緻的工作，萬事具備，只等總裁出差回來了。

馮甲回來的前一天，秘書處召開關於婚禮的又一次會議。處長說無論如何得讓總裁在婚禮前親自過目一下準新娘，總得和她見個面聊一下呀。

馮甲回來後，又進入到繁忙繁複繁雜的公司運作中，他抽空聽取了秘書處處長的彙報，感到非常滿意。處長請求他在婚禮前和準新娘見一下面，並做了具體安排：只是馮甲個人和她見面，時間地點都安排妥當。

在一個環境氣氛俱佳的高檔餐廳，鋼琴曲深情纏綿，燈光朦朧靜謐，秘書處為他們包下了全市最豪華浪漫的情人餐廳。馮甲一進去，就看到他的準新娘，一位面容清麗氣質優雅的女子含笑端坐，馮甲興奮而激動地上前，女子羞澀的面孔微微泛紅，果然是位純情的絕色美人，兩人進行了短暫而愉快的交談。

新婚之夜，馮甲看著有點局促的新娘，溫情地說：「你累了吧？你先喝點水吧？」新娘一驚：「我不會累的呀，我現在也不需要輸電。」「什麼？」輪到馮甲吃驚了，「你，你是誰？」「馮甲，我是你的妻子呀？只有我這種最先進的智慧型機器人，才最符合成為你的夫人的條件！」新娘的回答滴水不漏，「啊？」馮甲立刻暈了過去。

富翁徵婚之三

　　馮甲，碩士學位，三十五歲，身高1米74，驚天國際有限公司總裁，資產過億。現公開徵婚，欲求一位大學本科學歷，年齡二十五歲以下，身高1米65，相貌才藝出眾之處女為妻。《城市快報》因為這條徵婚廣告一下子火了，每天電話爆滿，電子郵箱超載，前來問詢的人踩破門檻。廣告版編輯在整理過所有的問題後，給出了結論：人們都想知道馮甲的真實情況，意即他是否億萬富翁，他的具體條件是什麼；另外都好奇他為什麼要求處女，都什麼年代了？不管如何，前來應徵的女子數以百計，給報社帶來了無形的聲響和有形的利益。有關工作人員把符合條件的女方的資料送給馮甲的秘書處，最終誰將成為總裁馮甲的太太呢？大家拭目以待。

　　這條徵婚廣告，給驚天國際有限公司帶來了很大影響，秘書處每天要回答無數的問題，還要向無數的人解釋。每天都是在緊張忙碌中加班加點，而且許多女子直接找上門來，說要和總裁面談，還有托關係找路子和公司的工作人員套近乎的，總之，一段時期以來，公司的正常工作秩序受到嚴重影響。有一天，竟有一個十六歲的高中生闖進了公司，說她絕對符合條件，只要總裁等她，她一定會在大學畢業後與他結婚，弄得大家哭笑不得。不管如何，公司的知名度越來越大，許多人就是抱著好奇與刺激來進行合作事宜的，想瞭解這個總裁究竟是怎樣一個人。無論怎樣，

公司的利潤再創新高，前來簽訂合同的單位每天數以百計，還有許多跨國公司派人來洽談項目。

不久有消息傳出，說總裁終於抱得美人歸，重要的是，她是處女。這在當今崇尚與追求個人享受與自由的大環境裡，真是不易。至於新娘到底是誰，大家也無從得知。

後來，驚天國際有限公司成了全國著名的上市公司，據說資產超過幾十億，也有消息說，總裁馮甲早就結婚了，他登那個所謂的徵婚廣告，不過是一種商業行為，如此而已。

作者簡介

劉熙讓博士

筆名劉澳（亦稱劉奧）。生於北京，原《北京晚報》編輯和記者。在澳大利亞「塔斯馬尼亞大學」獲博士學位後，曾在北京工商大學嘉華學院教授英語和比較文學。

出版長篇小說《雲斷澳洲路》、《蹦極澳洲》，《澳洲黃金夢》獲臺灣「華文著述獎」小說類第一名和佳作獎。部分小說已被翻譯成英語，在澳大利亞出版。兩次獲得「澳大利亞藝術委員會」聯邦作家創作獎。短篇小說、微型小說、散文、詩歌和劇本散見於報刊雜誌和網路，有些作品被收入各種選集和文集。作品多次獲獎、被評介、連載、改編和翻譯。

劇作包括二十集廣播劇劇本《雲斷澳洲路》，已由澳大利亞國家電臺SBS製作播出。根據《澳洲黃金夢》改編的電視連續劇正在籌拍之中。同時進行中英文雙向文學翻譯，出版的譯著包括愛葛莎・克利斯蒂的作品，還著有《「史記」中人物描寫的小說手法》等中英文學術著作和學術論文。即將出版的長篇小說有《網上新娘》等。

房東斯蒂芬

　　吳東橋每半年要給自己的汽車換一次「新鮮血液」。這天，他提著一桶剛從汽車裡吐故納新出來的舊機油，運到墨爾本「查理斯胡同」的下水道處，瀟灑一悠，把油倒了下去。

　　這一場景被正在開車回家的房東斯蒂芬撞上。他齜牙咧嘴地用右手使勁按汽車的喇叭，還是慘不忍睹地眼睜睜看著吳東橋把那一桶黑油湯子給倒進了下水道。看斯蒂芬那樣子，那桶機油流進的不是下水道，倒像是灌進了他的肚子裡。

　　「你怎麼能幹這種壞事？」斯蒂芬跳下車來，一把搶過吳東橋手裡的桶，以防桶底兒的殘油再往下水道滲下一滴。戰爭奪去斯蒂芬的左臂，取而代之的是條假肢。

　　「我，我怎麼啦？」吳東橋納悶，斯蒂芬怎麼一下子變成了瘋狗，說翻臉就翻臉了。

　　「你居然往這裡倒工業用的機油？」斯蒂芬鐵青著臉衝他怒吼。

　　「怎麼？這下水道不就是倒污水的地方嗎？在中國，連屎尿都可以往下水道裡倒。」吳東橋一肚子委屈，眼睛裡像是眯住了沙子一樣來回地眨眼。

　　「在中國可以，可是，在澳洲這麼做，就是嚴重犯法！你難道連這點兒基本常識都不懂嗎？」斯蒂芬用麻布擦著桶邊上的機油。

「犯法？」吳東橋越聽越覺得斯蒂芬故弄玄虛。

「你難道不知道，你的機油會順著這個下水道，流進我們純淨的大海，污染我們的生態環境！」斯蒂芬說著擰開吳東橋那輛車的機油蓋兒，插上漏斗，扶緊把手。

「啊，真的？這我可真的不知道。」吳東橋趕緊提起一桶新機油，往漏斗裡裡倒起來。

「不知道不能成為推卸責任的理由。如果一個人殺了人，他狡辯說，他不知道殺人犯法，那這世界豈不亂了套？」斯蒂芬拔出機油尺來看了一眼。

「我真的做夢都沒想到，地溝還通著大海。」吳東橋繼續灌著機油。

「在幹一件事之前，你有什麼弄不清的事，就該問清楚才是。路邊的下水道是用來滲雨水的。夠了！」斯蒂芬大喝一聲。

「啊？」吳東橋嚇了一跳。

「我是說你的新機油加夠了。」斯蒂芬又查看了一眼機油尺。

「噢，謝謝。可是我倒真想問問你，那桶廢機油，我到底要倒在哪兒呀？」吳東橋擰進機油蓋兒。

「機油污染環境，必須把機油交給修車行去處理。」斯蒂芬把機油尺插回原位。

「啊，這麼麻煩。」「砰」地一聲，吳東橋使勁把引擎蓋兒扣了下來。

斯蒂芬迎著陽光，眯著眼盯著吳東橋宣佈：「我必須向市政部門報告這一違法事件。你就等著交罰款吧。」

「別別別，斯蒂芬，怎麼說咱們也是朋友。天知，地知，你知，我知。你就原諒我這一次吧，下次我再也不敢了。」吳東橋

心想，這洋人再講原則，也不能這麼不夠哥兒們吧。怎麼說他還收著我的房租呢。

「不行，就是我的親兒子也不行。誰犯了法，誰就必須受到法律的制裁。人不挨受罰，是不會長記性的。」斯蒂芬說這話時，就像他當軍官時發出的如山倒的軍令一樣堅定不移。

過幾天，市政的執法人員果然敲響了吳東橋的屋門。吳東橋只得乖乖交出相當於半個月房租的罰款。斯蒂芬依然如發佈命令一般宣佈：下個月的房租，吳東橋可以免交。

吳東橋哭笑不得。他不禁納起悶來，在這世界上，究竟誰活得最快活？

【附】凌鼎年點評《房東斯蒂芬》

　　劉澳是八十年代從中國移居到澳大利亞的新華僑。他以寫長篇小說為主,也涉及微型小說創作。

　　這是一篇典型的新移民題材的微型小說作品。像這樣的題材,國內的作家不大可能有這樣的感受。題材的特殊性,加之其現實性,可以使國內的讀者籍此瞭解一點海外的情況,以及新移民的生存狀態。

　　作品中寫了兩個人:新移民吳東橋與澳大利亞房東斯蒂芬。作者運用的是對比法來塑造人物的,用吳東橋的言行與斯蒂芬的言行一對比,人物的道德品質、法制意識、人格力量等等就小蔥拌豆腐——一清二白了。

　　劉澳作為新移民中的一員,他勇敢地揭露了新移民中負面的習性,這種批判正是中國文學創作中缺少的。在吳東橋看來,把廢油倒入下水道,似乎並無不妥,或並無大錯。但在斯蒂芬眼裡,卻是絕對不能容忍的,屬犯法行為。他甚至不顧房東的身份,不顧與吳東橋相鄰的友情,當場制止;且鐵青著臉,嚴肅到不近情理。即便吳東橋向他解釋了,請他原諒。但斯蒂芬依然我行我素,執意向市政部門告發了此事,致使吳東橋挨了罰。

　　讀到這裡,讀者或許會怪這斯蒂芬怎麼沒點人情味,一點不通融。常言道,鄰里鄰居的,抬頭不見低頭見,何苦如此呢。

其實，故事到此，對法律的尊重，不講情面的斯蒂芬形象已很清晰了。劉澳如神來之筆又加了一個小細節，房東免了吳東橋下個月的房租。這樣，斯蒂芬的形象完整了，變得可敬可親可愛了。

　　劉澳寫人物有一手。

闖海關

飛機終於降落在墨爾本國際機場。一個戴著眼鏡的中國留學生孟龍推著一車行李，探頭探腦地停在了海關關口處。

一位長得有點兒像唐‧吉訶德的海關先生問孟龍有沒有攜帶違禁品。

孟龍不願外國人把自己當成一個啞巴。回答問題無非就是「Yes」與「No」兩種選擇，他於是就好不猶豫地說了聲「Yes」！

海關先生一愣，又把問話重複了一遍。

這回該輪到他押上一句：「No！」

海關先生只得打起手勢來，示意孟龍打開手提箱，仔細檢查起來。「唐‧吉訶德」拿出一盒牛黃解毒丸，一個勁兒問孟龍這是什麼。

孟龍當然說不出這種東西的英文名稱，只得指了幾下自己的嘴，上下嘴唇碰得「吧吧」作響。

海關先生忙問是不是「Marihuana」（大麻）？

孟龍怎麼聽怎麼像「馬拉多那」。他認定海關先生是個足球迷，趕緊興高采烈地說來個「Yes」，以拉近跟這位澳洲人的距離。

海關先生喚來荷槍實彈的員警。

孟龍這回理所當然押的是「No！No！No！」。

不吃請的記者

當「留澳公會」會長可不像吳東橋當初當記者那麼實惠，既沒什麼實權，也沒什麼油水。可是卻叫吳東橋體驗出公而忘私的高尚。

澳大利亞《袋鼠報》的兩個記者，一人扛著一包攝影器材，一人手提筆記本電腦，如約登門採訪。

戴著眼睛的主任記者雖然是個中年男子，笑起來像年輕的美女那樣迷人。主任記者坐穩屁股，把筆記本電腦放在碩長的大腿上，敲擊了幾下鍵盤，開門見山問道：「作為『留澳公會』的會長，你為成千上萬的旅澳中國公民提供各種幫助，贏得了留學生的愛戴和擁護。你都具體組織了些什麼活動呢？」

攝影記者拿出好幾個長短不一的長焦鏡頭，先安上一個中不溜的，照著吳東橋的臉就接二連三閃了起來。

吳東橋故作謙虛道：「也沒什麼驚天動地的大舉動。中國留學生來到異國他鄉，最大的心病就是孤獨寂寞。逢年過節，公會便組織中國留學生舉辦舞會，在熟悉的中國樂曲旋律中聊解思鄉之情。」

攝影記者喝了兩口咖啡，又換上長鏡頭，從各個角度拍照吳東橋的特寫、半身或全身。

「聽說你們還大力支持母國的建設事業？」主任記者低頭看了一看電腦，再抬起眼皮，從眼鏡架上方露出碧藍色的眼珠盯著吳東橋問。

「中國的南方連年洪水氾濫。公會把一筆筆從澳洲社會募捐來的巨額捐款獻給災區。公會為『希望工程』捐得一批又一批的款；也修復長城，搶救大熊貓，支持中國殘疾人福利事業等等。」吳東橋拿出一本「愛我中華，修我長城」畫冊給記者看。

攝影記者又換了一個更長的鏡頭，左手扭著槍筒一般的鏡頭轉來轉去，像是在進行射擊練習，把焦點對準吳東橋那張胖臉，一會兒跪下平射，一會兒臥倒遠射；一會兒躺在吳東橋的腳下仰射，一會兒踩到椅子上俯射；從各個角度捕捉著鏡頭裡的獵物，在數位照相機裡記錄下一瞬瞬吳東橋的最佳笑容定格。吳東橋都替攝影師累得慌，時常配合他的拍攝露出一絲繃緊肌肉的皮笑肉不笑。

記者打了一下電腦，又調出下一個問題來：「你們的事蹟受到澳洲社會的普遍讚譽。你們對澳洲社會究竟有哪些貢獻呢？」

「前一陣的森林野火，把成百上千的澳洲民宅燒成灰燼。公會與其他四十個華人社團成立了『山火賑災委員會』，出錢出力，共捐得好幾百萬義款獻給受災居民。」吳東橋拿出一個小冊子，裡面是一棟棟新建的別墅式住宅。

吳東橋從來沒想到，他在國內為別人吹捧了好幾年，現在在澳洲居然變成了被歌頌的主人公了。吳東橋說著向秘書小姐揮了揮手。秘書小姐探過身來，他趕緊對她悄悄耳語了幾句。

「好啦，吳先生，非常感謝你的寶貴時間。採訪結束了。告辭了。」主任記者說著合上電腦。攝影記者也卸下了長鏡頭。

「我已經安排秘書小姐在『中華大酒樓』訂好了酒席，請二位用個工作午餐。」吳東橋攔住他們說。

「不不不，我來之前剛剛用過了早餐，現在還挺撐得慌。」主任記者擺手道。

這一套吳東橋見得多了。他自己當記者時就慣用這種技倆，假惺惺謝絕一下，為的是裝裝清高。看，是你們死氣白賴求我去，並不是我嘴饞，想占你們的便宜。我可是一個高尚的人，一個脫離了低級趣味的人。可是無論他多麼拒腐蝕、永不沾，最後都會掉進人家的酒杯裡暢遊一番。

「我馬上還要奔赴下一個拍攝地點。」攝影師扛上照相器材說。

吳東橋覺得西人一定比華人還虛偽。我就不信這世上有不吃請的主。尤其是中國餐，想一想都叫這些鬼佬饞掉牙。好，你們不就是想表白你們的高大嗎？我就不信，你們不去，你們的肚子也決不會答應的。

「你們看，你們辛辛苦苦採訪了我一上午，都到這個鐘點了。不照顧好肚子，下午你們也沒力氣去工作呀。人是鐵，飯是鋼，一頓不吃餓得慌。就衝這位攝影師這一上午的摸爬滾打，也得對得起自己的肚子。」

「我們真的不去！」兩個記者爭先恐後，拔腿就往停車場大步走去。

吳東橋小跑著追出去，堵住他們的採訪車，作揖道：「不行，你們得跟我走，一定要給我這個面子！不去就是看不起我。」

攝影記者已經打著了自己的車。

主任記者從他的車裡露出頭來笑道：「我們要是看不起你，就不會跑這麼遠的路來採訪你了。我們說不去，就不去。再見。」他說著也扭動了車鑰匙。

「我就納悶，你趕回報社，不也得去吃飯嗎？」吳東橋真有點兒不理解了。

「當然要吃飯。可那是吃我自己的飯，吃著舒服，吃著踏實。世上沒有免費的午餐。吃了人家的飯，就得說人家的好話。

最起碼不好意思去說人家的壞話。那我們的報紙還怎麼保證絕對的客觀性？保持公正性是我們新聞從業人員的生命線。你不是也當過記者嗎，我想這對你來說，沒什麼不好理解的吧。」主任記者顯然對中國的國情缺乏基本的常識。

吳東橋覺得有點兒無地自容，倒像個一心要行賄的別有用心之徒，只得找臺階說：「既然你們今天忙，那我也不勉強了。改日我再好好請你們，回頭可別再不給我這個面子啦。」

「這根本就不是面子不面子的問題。這是一個記者的尊嚴問題，也是一個職業道德問題。採訪是我們的分內工作，我們沒有理由去吃請。報社發給我們的報酬，就包括我們的吃喝費用。我要是你，我才不會去請客吃飯呢。好啦，謝謝你的盛情。對了，忘了告訴你了，這個週末你可以買一份報紙，一睹你的風采。」主任記者啟動了汽車。

「哎，對了。我能不能事先看看小樣兒呀？」吳東橋記起，他在國內寫專訪，總是要叫被採訪者看看校樣，看看還有什麼漏洞沒有。

「不行，絕對不行！本報的辦報方針是確保本報記者有絕對的自由寫作權。不難想像，報紙上天天批評政客，我們要是給他們開這種綠燈，那些讀者來信，那些批評政府的報導，就別想及時見報了。在文章發表之前，所用稿件都屬於軍事秘密。」

「還有這種事兒？」吳東橋白當了那麼多年的記者，居然第一次聽到這種奇談怪論。

誰是懷特？

　　吊在半空中的電視正在轉播一場世界盃大賽。澳洲華人青年作家王傑克在酒吧裡看得如醉如癡，歡呼跳躍。

　　中球休息，電視臺播放起令人眼花繚亂的廣告來。新聞提要也分秒必爭地報導出最新的消息：「本臺剛剛從瑞典皇家藝術學院獲悉，一九七三年諾貝爾文學獎的桂冠由澳大利亞作家派翠克‧懷特奪得。這是澳大利亞有史以來第一次獲此殊榮。」

　　「派翠克‧懷特？誰是懷特？」酒友們扭著粗脖子互問。

　　「嘿，哥兒們，你聽說過嗎？」一個喝得滿臉通紅的中年漢子衝王傑克喊道。

　　「懷特在世界上非常有名，先生！」王傑克揚揚酒杯。

　　「不要稱我為先生！我叫湯姆。」湯姆把本來就長的大白臉拉得長成了寬銀幕。

　　「什麼，先生？」王傑克吞下一大口啤酒。

　　「你喝多啦？我不是什麼先生，湯姆是我的名字。記住，這裡不是美國，更不是英國。在我們澳洲，大家都直呼其名。」湯姆的紅臉紅成了一面紅旗。

　　坐在王傑克身旁的土著人卡庫度解圍道：「湯姆，懷特就生在英國，長大以後又是在英國受的教育。」

　　「噢，是個愛發牢騷的英國佬呀。討厭死啦，跑到我們澳洲來管閒事兒。讓他們滾回老家去吧！」湯姆衝周圍的幾個酒友吶喊。

眾酒友英雄所見略同。

「我們澳洲人只崇拜球星和歌星！」

「還有啤酒！」

「誰在乎什麼作家不作家！」

「就是國家總理一命嗚呼了，也頂不上我們板球明星的一個小手指頭！」

湯姆踩上桌面，舉杯高喊：「為我們的星星，乾杯！讓派翠克・懷特見鬼去吧！」

「哈哈哈哈……」

王傑克捧起酒杯，就像托起一尊「大力神杯」。一柱柱啤酒沫從狹窄的杯底源源向寬大的杯面衝擊，似乎要從黃色的液體中跳躍出來。「至少，懷特就像這啤酒沫一樣，讓平淡的礦泉水奔騰不已。」

作者簡介

何偉勇

　　生於上海，現居澳大利亞雪梨。是下過鄉，扛過槍，進過廠，留過洋的文學愛好者。我熱愛我的故鄉，我也熱愛我的他鄉，它們都是我可愛的家鄉。我的格言：不作惡，多行善，寫真情，說人話。發表作品有：短篇小說《天橋》、《靈魂工程師》、《小站之戀》、《漂亮的小狗》、《黑鎮上的寡婦》等；紀實文學《難忘的乘客》、《我和員警打官司》、《一個計程車司機的經歷》等；散文遊記《雪梨的冬天》、《浮想聯翩九寨溝》、《從長城到金字塔》、《日本印象》等。此外還有若干文藝評論，大量詩歌、隨筆，上述詩文均發表在澳洲華文報刊。

澳洲大兵

那天，我在雪梨國際機場接到一位剛從伊拉克換防回來的澳洲士兵。

這位身穿迷彩軍服，高高個兒的軍人，來到我的面前時，我頓覺十分有趣。趣味之一，是他的個頭特別的高，像個籃球運動員。一問之下，他居然有2米18的高度，可見我的計程車座位確有點小了。趣味之二，我打量一下他的衣著行裝，還有幾個軍用帆布包，均沾滿泥土灰塵——那種只有經過野外惡劣生存環境洗禮才會有的模樣，讓我感到他彷彿不是光明正大從硝煙紛飛恐怖四起的危險地帶返回和平的家園，而像是一個四處流竄的逃兵在尋找出路。趣味之三，由於他身材高大，看著他勉勉強強才能坐入車前座位，我一下子就忍俊不禁了。而他的臉部表情卻表示得極為生動。那種生動無法用語言來形容。好像是他的內心有許多話要說，又不知如何說。對我而言，有了這三味趣感，就有了想瞭解這位剛從戰地回來的大兵的精神世界。畢竟，這場爭論不休意見紛紜的伊拉克戰爭與和平，值得讓人們關注。

還是以職業司機的習慣，面對大兵，我首先問他去哪裡？他答，去「蘭威克」兵營。

「蘭威克」就在雪梨的東區，於是我載著他上路了。於是我們的對話也就開始了。

你從伊拉克回來怎麼不直接回家？當我聽他告訴我，他和他的幾位夥伴從伊拉克經過科威特再到澳洲北疆達爾文，再到雪梨花了二十幾個小時航程後，我有點奇怪的問道。

首長要求我們各自先回自己的部隊報到，慶賀一下。大兵直言不諱。他說，在伊拉克待了六個月，真是非常辛苦，現在回來了要痛快地喝酒。在兵營裡和大夥喝個痛快。

回來的路上沒有喝酒嗎？我問。

乘上回國的飛機就開始喝了。而且是免費的。第二天回家還要喝。放假幾周，和家人團聚還要喝。他不無興高采烈的說。我似乎知道了一個真理：喝酒是澳洲人快樂的源泉。

家裡親人肯定高興了。父母住在雪梨嗎？我又問道。

老家在黃金海岸。他答。接著就給我講起了他家中的故事，他說家裡父母都是高個兒，他的孿生兄弟比他還高，都喜歡打籃球，不過不是職業的。

聽他興奮異常，滔滔不絕說話的樣子，就可以聯想他在伊拉克的那些日子是多麼的枯燥乏味。

我說，你當不了運動員卻也是英雄呢。

當然。他驕傲的回答。不過，他又補了一句，這種英雄要用生命去換的。

伊拉克的局勢怎麼樣？我又問。

實在是太亂了。短期內不會安寧。丟命的事情隨時都有可能發生。他說。我相信他說的是實話。

我問，那你為什麼還要去那兒？

我知道這個問題我問得不夠好答。但他還是答了，當兵還不是為了錢。我們去海外執行軍事任務政府要給很多錢的。

他回答得太坦誠了，坦誠的讓我覺得有點不好意思。因為我曾經在中國當過兵。我知道軍人以服從命令為天職，誰也不會隨便把心裡真實所想毫無掩飾的暴露出來。

這讓我想起我們大多數中國移民對澳洲人做出的誠樸判斷是有根據的。

澳洲的大兵正是誠樸的大兵。

我還想問他，你為什麼不把個人衛生搞乾淨一些，把當兵形象修正一下才回兵營呢？其實我的願望是，如果，他穿戴的英武整潔些我想給他拍張照。

沒想到我把想給他拍張照作為留念收藏的意思流露出來的時候，他立即表示同意，還說不化妝拍出來的照片真實好看。

就這樣，到了目的地後，這位大兵的形象留在了我的鏡頭裡。遺憾的是，這位大兵肯定看不到這張照片，因為他沒有把聯繫地址給我。

A與B

　　當今的時代是一個需要A的時代，可又是一個缺少A的時代。

　　當今的社會是一個充滿B的社會，可又是一個不懂得珍惜B的社會這裡的A和B變得有趣了，又變得豐富了，豐富到了留下了時代的特徵和社會的印記，本篇小說要講的就是這麼一個小故事。

　　一天晚上，老公下班回家，家裡靜悄悄的沒有人，喊了幾聲老婆，還是不見動靜，在房屋裡找了一遍，依然沒有人影。老公心裡納悶，人呢？卻在臺子上發現老婆留下了一張紙條，上面寫著：「你是不A我的男人，你是只想B的男人，我無法忍受，所以我要離家出走」。老公初看還不懂其意，細看，差點暈過去。想起了昨晚的一幕，老婆和他作對的情景再次出現在眼前，昨晚臨睡前，老公嬉皮笑臉對老婆說，今晚可做性事？老婆說不可。為何？就因你從來不理解我的感受。此話當真？從來不假。開始兩人有點調侃，後來居然真的吵了起來，誰也不買賬，誰也不理誰，結果同床不同被，彼此僵持到天亮。老公不明白老婆為什麼有點變了。變得沒有一點女性溫情讓男人舒心。老公想這大概是老婆的生理現象吧，經過白日一天的時間消磨，老公準備回家屈尊讓步，誰說不是呢，一夜夫妻百日恩，鬥嘴吵架不記仇。沒想到老婆動真的了。不過，老公看著老婆寫的字，知道老婆不會動真的，略作思考，也不含糊，幽默地在老婆寫的紙上，補寫下了

這麼幾個字：「我是真A你，沒有你的B，我活著還有啥意思？此刻我去找你。親A的，我的B。」

老公知道老婆不會走得很遠，因為老婆的手機還留在家裡。果然就在老公外出去尋找老婆的時候，老婆回到了家，看到老公的留言，破涕為笑了。不一會兒，老公的手機響了……

千金和千夫

　　這是一個千真萬確的民間傳說，說的是西元一千九百九十九年間，有一位名叫千金的小姐，千方百計為了尋找理想的愛情，不顧千里迢迢，不怕千辛萬苦，從中國飛過千山萬水來到澳洲。

　　她出生在千島湖畔，長的千嬌百媚，在千變萬化的時代格局中，猶如千紫萬紅春天花園裡的美人蕉，吸引了成千上萬個男人的注目。在千篇一律的求愛征途上，她千里之行，始於腳下。絕不錯過在雪梨遇到的那個千載難逢的機會，她想千古絕唱，認識了一位正在為千家萬戶送廣告的窮留學生。他的名字叫千夫。

　　千夫相貌平平卻是一個千言萬語都說不完的好青年，更有那顆千錘百煉的愛心。千夫話語不多，但是在千鈞一髮的緊要關頭，總能讓千金感到千里送鵝毛的驚喜和溫暖。可謂千慮一得，千金心裡想，其他男人千好萬好也不如千夫好。

　　在一個千萬不能忘記的下午，千金在蕩千秋時，不小心一落千丈從空中墜地昏迷過去。千呼萬喚也不醒。千夫背著千金以一日千里的速度將千金送到數千米之外的醫院急救。陪著千金在醫院度過了一千多個小時，千金總算在千難萬險中生存下來。

　　可貴的千金買到了可愛的千夫。出醫院的那天，千金問，我胖了還是瘦了？千夫答：千金難買姑娘瘦。千金問，猜猜我有多重？千夫答：千斤吧。會有那麼重？千年的鐵樹開了花呀。去你的。不要橫眉冷對千夫指麼。

　　這是一個可以流傳千秋萬代的故事。

回

篤，篤，篤，有人敲門。

愛妮坐在沙發上，漫不經心地在翻閱報紙。地毯上也散滿了報紙。心情壞透了。兩天來，好像原來挺和諧的生活節奏，突然被一個雜音打得七零八落。生活的樂章走了調。使得一直以勤快整潔為己任的少婦變得慵懶起來，可見生活真的不如人意啊。這是聽見有人敲門。愛妮隨手拿開了報紙去開門。

「是你！」不應該吃驚，但是愛妮的眼神還是流露出意外，那是一種盼望中的意外。不過，開了門，愛妮轉身就回到沙發坐位，嘴上不說，心裡在問：「你不是說不回來的嗎？你不是說不愛我這個老婆嗎？你不是說要找比我更漂亮的女人嗎？兩天前的情景一下子在眼前閃現。」

其實，兩天前的爭吵根本不為什麼大事，星期五，愛妮拿了工資下班回家，順路在華人開的雜貨店買了一份中文報紙，她看到有一條消息說，上海天氣熱的不行，就對老公說：想寄兩百元孝敬父母。喬奇認為沒有必要，天熱又不是你一家，況且也不是逢年過節。愛妮說：今年上海夏天炎熱百年未遇，寄點錢回家讓父母買點冷飲降降溫也算是海外兒女的心意。喬奇說：要買房子，還有回歸探親，錢就這麼多，不省點行嗎？你一言我一語，從理性開始到無理性，兩個人站在各自的立場上爭辯起來，一直吵到喬奇氣呼呼的離開了家，他生怕再吵下去控制不了情緒而對妻子動武。

「還在生氣啊！」喬奇關上了門，坐到了愛妮的身邊，恢復了過去向愛妮求愛的姿態。

誰理你呀！愛妮把頭一扭，別了過去。

「對不起，向你道歉還不行麼？」喬奇是真心實意的。然後拿出兩張一百元面額的澳幣說：「你就寄回上海去吧。」

「誰要你的錢，你說，你為什麼讓我一個人留在家裡？你的心真狠呀。」畢竟是愛過喬奇的，說著說著委屈的眼淚就從眼窩裡淌了下來。

「不是的，不是的。」喬奇攤開雙手，顯得束手無策。「愛妮，我怕要打你，所以我只好走開。」

「你打呀，你打呀。」愛妮一邊抹眼淚，一面像個孩子在吵架似的把身子靠近了喬奇。

「不會的，不會的，我們不是說過要互相照顧，互相原諒的嗎？」喬奇儘量把話語說得很溫柔。

「想你也不敢。」抽泣了一陣，愛妮才抑制住，內心軟化了許多，把頭靠在喬奇肩上問：「兩天你去哪裡了？」

「去深刻反省呀！」喬奇幽默地回答。接著講了兩天的去向，昨天在朋友家住了一個晚上，今天又和朋友一起上教堂，在教堂裡……

「好了，好了，不要說了，不要說了。」愛妮望著喬奇的眼睛說「只要你回來我就放心了。」

「那你為什麼還哭？」

「去你的。」

幸福似乎又回來了。

無花的愛情

　　現代人不是流行送花來表達感情的麼！無論一枝花，還是一束花，難道不是在傳遞一份情思，蘊藏一種關愛，表達一種人性的麼！可是幾天來，當我一個人躺在床上病休的時候，不見他持著鮮花來探視我，我委屈的眼淚都快要掉下來了。以往，他不是可哥聲聲說愛我的嗎？過去，他不是自吹自擂標榜為現代人嗎？現在，他怎麼了？

　　午後的陽光正好照進我的臥室，我仰躺在枕頭上，我想起了他，那是一種橫流在心中的恨意。當初，我有點看不起他，我也不想和他走進親密的圈子，可是，他常常會出現在我的面前，無微不至，問寒問暖，說厭煩也談不上，厭惡倒也沒有，就是有點討厭，有一天，我們來到一個偏僻的角落，我是被他勾引騙進去的。他說：秀，你是我唯一的選擇。我說：秋，你我不合適在一起。秋說：我指天發誓，我們在一起是最佳組合。我說：你要後悔的。他說：不會。我說：到後悔時來不及了。秋說：要把我的心掏出來給你看嗎？我笑了，心裡在說，那就試試看吧。

　　於是，秋開始給我大獻殷情，我被甜言蜜語迷住，我被糖衣炮彈打中。一個春風蕩漾的晚上，秋來到我的住處，那時，我恰好處在寂寞當中，我想姑娘大概都會有這樣的時刻，好像心靈突然間產生了那種空虛感，看見他來了，我很高興，以前他來過幾次，我們只是談談聊聊，並無親昵之舉，我嚴加防範著呢，可是

這天晚上，我忽然有一種慾望洋溢在心頭，當秋看見我坐在床邊彎下半腰拿鞋子穿上站立的時候，不知被他看到了什麼，他一把抱住了我，而我居然也忘記了反抗，慌惑中我把自己的口對上了他的嘴都不知道，真是尷尬極了，也是幸福極了。

後來，我把感情交給了他，我把秀的處女給了他，然而，不曾想到，當我把自己的一切奉獻給他半年還不到的時候，我患上了乳房癌，我欲哭無淚，可他怎麼可以說變就變了呢？難道就是因為我不中用了？我躺在床上，百思不得其解，我開始在思考男人，思考這位曾經給我快樂的秋男人。

作者簡介

李照然

　　幾十年執教於北京，退休前係高三畢業班生物老師，著有《生理衛生》、《高中生物快速記憶手冊》等生物學書籍及論文。移民澳洲後致力於義工和文學寫作，酷愛旅遊、網球，著有《世界旅遊薈萃》。二〇〇八年榮獲澳大利亞總督頒發的「維省多元文化傑出人士獎」。

半個玉佩

　　翟志剛和冷雲是人人羨慕的一對，他們相愛三年，剛剛舉行完婚禮不久，幸福的微笑老是掛在他們的臉上，尤其是冷雲，就是做錯了事也笑。那天在家做飯，她把雞蛋掉在地上，志剛說：「這麼大人了，還這麼笨！」冷雲一邊道歉一邊笑。在辦公室她碰翻了別人的咖啡，同事說她：「已經是人家的兒媳婦了，這要叫婆婆看見可怎麼得了！」她一邊收拾一邊笑。志剛經常說：「笑！笑！就會笑！」有時管她叫「笑笑」。

　　這天冷雲下班後參加同事的生日聚會，志剛一個人到外面吃晚飯，走到一個中等水準的餐館，他從來沒去過，出入的人挺多，想進去試試味道，只有一檯兩個位子的桌子空著，他坐下了，點了菜，服務員說人多，稍微多等一回。他在看剛買的一本雜誌。「我可以坐這兒嗎？」幾分鐘後一個年輕人站在他面前。志剛說：「好啊，我今天也是一個人。」「那平時是兩個人了。」年輕人，見面熟。「妻子去給同事過生日去了，你來陪我也不錯。」志剛回答。兩人年齡相仿，聊得還挺熱鬧。年輕人慢慢地問起他的妻子，然後把眼睛盯在他的玉項鏈上，開始志剛沒有覺察。「你的玉項鏈看來品質上乘。」年輕人問。「是的，這是祖傳的。」「這形狀也比較特別，左右不對稱。」年輕人對項鏈還挺感興趣。志剛就繼續和他聊。「因為這是一半，另一半在我老婆的脖子上。」兩個人的飯也吃得差不多了，年輕人站起來

了，臨走之前又留下一句話：「如果兩塊合在一起，背面刻有玉佩二字，兩個字一邊一半。」說完匆匆地走了。志剛想追著問，太晚了。

志剛覺得頭漲大了，知道這個底細的人必是至親，就憑這三年冷雲和他的關係，不像有個第三者，怎樣才能解開這個謎團？回家後他等了很久冷雲才回來，他述說了發生的一切。冷雲的臉上立刻失去了笑容。她很激動，只是哭。她哭了很久，終於安靜下來。

原來冷雲五歲的時候在海邊戲水，突然一個浪打來捲跑了冷雲，情況危急，但她的父母來不及跑過去，有個十來歲的男孩救了她。這男孩原來是個孤兒，父母喜歡玩船，雙雙葬身大海，他被寄養在表舅家裡，表舅家經濟情況不好，迫受虐待。冷雲的父母家境殷實，她母親不能再生育，把男孩接到家裡做了冷雲的哥哥，取名冷杉，大學畢業後準備給他們完婚。冷雲的父母取出當初他們結婚時，他們的父母給他們的結婚禮物——一對玉佩，說把這對玉佩傳給冷雲和冷杉。冷杉從小識水性，喜歡大海，讀的是海運學院，在一次航海中失事。冷雲的父母為了讓冷雲開始新生活，舉家搬到這座城市。

現在冷雲不能平靜，只想哭，她知道原來冷杉沒有死，她多想知道冷杉的船全船覆沒後是怎麼死裡逃生的。志剛問她：「如果在冷杉和他之間選擇一個是誰？」冷雲毫不猶豫地回答是冷杉，她不能忘了冷杉的救命之恩，也不能忘了二十年的感情。

志剛留下那半個玉佩走了。

冷雲開始不顧一切地尋找冷杉。

冷杉尋找了冷雲三年，在和志剛見面後的那個夜晚離開了這座城市。

項墜

安久已經四十歲了，還是光棍一條。

其實，他可以稱得上是美男子，尤其是在鄉下。他年輕時也談過戀愛。那女孩梅花在村裡也是男孩們追求的對象，有一種健壯的美。這兩個人曾經是人們羨慕的一對。人們羨慕他們的美，不是城裡人的細皮嫩肉，沒有矯揉造作，分解開他們的五官，不是文人形容的「水靈靈的大眼睛」，「深深的酒窩」，但讓人看起來勻稱，舒服，是一種樸實的美。人們還羨慕他們的心靈美，無論是對家人還是鄉鄰，永遠報以愛心，幫助別人無數。

安久雖然身強力壯，是家中的獨子，但父母多病，為了給父母治病，家中一貧如洗。梅花有個哥哥，父母為了給哥哥娶媳婦，硬是把梅花許配給縣城的一個比她大十幾歲的暴發戶，過門後頗受虐待，一年多以後，難產而死。數年後，安久的父母又離他而去。

在那土坯蓋的房裡，安久過他四十歲的生日。他買了三隻紅蠟燭、一瓶劣質燒酒、一盤花生米，自己擀了一碗麵條。他點上蠟燭，向他的父母和他的摯愛發誓，今生不會再愛任何一個女人。一邊吃麵條，一邊就著花生米喝悶酒。

今晚的夜色很美，滿天星斗，月光格外明亮。美麗的月色減輕不了他沉重的心，他只是半瓶酒的酒量，可是他想把一瓶酒全灌到肚子裡，一醉方休。現在還有半瓶酒，半碗面和半盤花生

米。忽然，院子裡有個聲音，聽不出來是什麼聲音，但是可以聽出來是一種不太舒服的聲音。他想看看是誰和他同病相憐，啊！是一條狗。

一條狗在院子裡呻吟，不知道有什麼毛病？他把狗讓到屋裡來，他看到了一雙明亮的眼睛，一雙祈求的眼睛，一雙痛苦的眼睛。一定是燭光傳遞了資訊，是父親？母親？還是阿梅給他送來了這雙眼睛，使他不再孤獨？

他先用手在狗的背部從頭到尾捋它的毛，十數次後那雙眼睛依然痛苦，他改從嘴往下捋它的毛，狗慢慢地閉上了眼睛，看來很舒服。他把沒吃完的半碗麵讓狗吃下去，他看見了那雙感激的眼神。他想，也許是阿梅給他送來的伴侶，阿梅一定不願意讓他酗酒。他收起了剩下的半瓶酒，邊吃著花生米邊和狗兒說話。他問它從哪裡來？要到哪裡去？叫什麼名字？是不是阿梅讓它來的？它卻給了他一雙凝視的眼神。原來它不會說話，但是，顯然不像剛才那樣痛苦。現在，他確信是阿梅給他送來的朋友，讓他不再孤單。

天亮的時候，狗睡在他的土炕上，安久的腳下。是昨晚明媚的月光，閃爍的星星給他送來一個夥伴，他要給它起個名字，叫「星星」吧，是的，是星光照亮了他的心。

從此，無論安久走到哪裡，總有星星相伴。他們是主僕，又是朋友，星星還成了全村人的朋友，大家都喜歡它。如此相安無事地一晃就是六、七年。安久每天和星星說話，每年和星星一起過生日，他生日的那天就是星星的生日，星星往往給他一個友愛的眼神。

一天，星星又有了剛來時那痛苦的眼神，安久再去捋它的毛，星星仍然痛苦，安久帶它去看醫生，醫生說應該去獸醫那裡

拍個片子，看看它的胃，腸有沒有毛病。他向鄰里借了錢，看獸醫要走十幾里路，星星走不動，安久就抱著它。獸醫檢查出胃與十二指腸交界的幽門處有個異物，應該手術取出。他上哪裡去弄這一大筆錢？但是為了星星，他到處借錢，保證治好了星星的病加倍地賣苦力掙錢還債。雖然鄉親們都不富有，可是他的人緣極好，大家傾囊相助，就連小朋友也拿出幾分硬幣給他。

獸醫打開了星星的胃，在幽門處有一塊菱形大鑽石，是個項鏈墜，鑽石外鑲的白金，磨槎著它的胃壁。剛來時項墜在食管和噴門處，內壁被磨破。安久給它吃了麵條後，把項墜推到胃裡，傷口逐漸癒合，有幾年相安無事，最近項墜移到幽門處卡在那裡，手術成功地取出了項墜。

醫生說兩三克拉的鑽石是很值錢的，他趕緊問夠不夠給星星治病的錢？他和星星坐長途車到城裡，項墜賣了個好價錢。安久還清了債務，請鄉親們吃了頓飯，還翻蓋了他的土坯房。他和星星相依為命。

兩年後，星星老死了。安久把星星的的墓放在院子的一角，把星星的相片掛在屋裡與自己相伴。

童男童女的金婚

　　威廉！再來一個！嗷！嗷！再來一個！唱那一首！

　　這是一個夏日的傍晚，威廉家門前的草地上正在舉行慶祝他們五十年金婚聚會。威廉已經連唱兩曲，人們卻要求他唱「那一首」，「那一首」是威廉送給太太的定情的禮物，今天應該獻給大家。他一頭銀髮，身材高大，比他的實際年齡至少年輕十歲，年輕時絕對是少有的美男子。他坐在輪椅上，嬌小的太太伊莉莎白推著輪椅，雖然她已經快七十歲了，但風韻猶存。落日的餘暉映紅了西邊天空的雲彩，那漂浮的彩雲一片片似奔馬，像是專為威廉飄來。

　　主持儀式的也是一對年齡相仿的夫婦，在他們的「煽動」下，大家強烈要求他們講戀愛經過以及他們五十年來的相濡以沫。講戀愛經過應該是在婚禮上，怎麼會對結婚五十年的老人提出這樣的要求？他們不能拒絕大家的要求，他們也真的想把五十年的歲月講給大家聽。

　　這是丘陵地帶中一塊平坦而低窪的美麗的村莊，威廉家的院子裡。門前是綿延起伏的鬱鬱蔥蔥的草地，這裡的草地永遠像綠色的絨毯。大概因為地勢較低，除了濕潤，還冬暖夏涼。周圍散落著有百餘戶房屋，但真正的居民只有十幾戶，二三十幾個人，其餘的都是度假別墅。這裡還是一個野營的好地方，村子的中間有一條河，營地就在河的兩岸，遊客絡繹不絕。有人來租房子，

有人自己開著房車來。車兩頭是臥室，中間是浴室和廚房。營地有電源，還有公共的浴室和廁所。

這是一個畜牧區，當地有些人養馬，有種馬，役用馬，賽馬。威廉的父親哈利是村裡最老的居民。開始只是養馬，後來開了一個馬場教初學者騎馬，慢慢地有些會騎馬的人也可以租了馬自己在一定範圍馳騁。一來二去生意越來越興隆。日子一晃就是二十年，哈利的兒子威廉十八歲了，在學校的假期也幫助父母照顧顧客。

威廉不愧是養馬人的兒子，十歲時就可以爬到馬背上，現在可以任他在草原上馳騁。他很像美國西部牛仔，出落得一表人才，他像他的媽媽海倫一樣漂亮，像他的爸爸一樣瀟灑，人們說出於藍而勝於藍。他渾身上下長得十分勻稱，愛爾蘭後裔的淡藍色的眼珠，淺棕色的捲髮，修長的身材，雖然他不可能十全十美，但即便是他的缺點人們也競相效仿。從小在馬背上的他，總是右手執鞭，出汗時就用左手的衣袖抹一下腦門，媽媽老說他把潔白的襯衣弄髒了，現在他的粉絲們個個如此。這樣一個三口之家生活十分和諧。人們說在愛的環境裡長大的人會愛別人，的確，這是一個充滿愛的家庭。威廉可愛之處還在於他的聰明伶俐；學習努力；成績優秀；有著諸多的愛好和良好的群眾關係。雖然他在大學理學的是航空專業，可是他的歌喉不亞於專業歌手，尤其善唱情歌。他騎著馬跑出去，喜歡停在西邊的晚霞下休息時放聲歌唱，歌聲引來了很多「粉絲」。

他家的馬場受到遊客們的青睞，他們一家三口都受到遊客們的喜愛。來騎馬的男人們喜歡和美麗的海倫調侃；女人們喜歡哈利的瀟灑；年輕人看起來是向威廉學馬術，暗戀他的女孩說不清有多少，居然還有男孩愛上了他。威廉和大家一起騎馬，同時在馬背上給他們唱情歌，他的「粉絲」們專門在假期來聽他唱情

歌。人們已經忘了威廉這個名字，大家都叫他「情歌手」。

伊莉莎白是個嬌小的女孩，第一次和五，六女個同學一起來騎馬，威廉真擔心她能不能駕馭那彪悍的高頭大馬，所以特別照顧了她一些，沒想到這書香門第的獨生女，卻在同學中首先掌握了騎術。她出落得落落大方，毫不矯揉造作，知書達理。那天他為伊莉莎白唱了一首情歌，這首歌讓他們墜入愛河。從此她在威廉面前有時撒嬌；有時任性，但都恰到好處，使威廉覺得她矯情的可愛。也許是威廉的高大與伊莉莎白的嬌小，伊莉莎白把威廉的臂膀當作她愛的港灣，只要他的臂膀環繞著她，她就有了安全感。

威廉還有兩個月就要大學畢業了，伊莉莎白還有三年畢業。他們商量著，如果威廉畢業就結婚，會不會影響伊莉莎白學習，如果他們倆住在離大學近的地方，照顧威廉的父母就不太方便，他們還沒有做出決定。

這天太陽依舊從東方升起，把它的光和熱無私地奉獻給這片草原。這不是長假，草原顯得靜謐，威廉思念著伊莉莎白，他騎上駿馬，在夕陽的餘暉下，向前奔去，他要去那裡，去唱那一首歌，他想讓風兒帶去他的思念。他沒有執鞭，沒有放馬鞍。突然一隻小羊在前面出現，他和他的馬不知所措，霎時，人仰馬翻，是馬回家去報信。從此，威廉再也沒有爬起來，他摔壞了脊椎骨，傷了脊髓，腰以下癱瘓，不僅終生坐輪椅，再也沒有性功能。痛苦籠罩著這對情侶，也籠罩著兩個家庭。威廉讓伊莉莎白離他而去，她不肯。威廉想獨自離去卻不能。

在伊莉莎白的苦苦哀求下，他們終成眷屬。

一對童男童女慶祝五十年金婚，怎能不讓人激動？

情歌手的一曲情歌，在草原的上空迴蕩，五十年的甜酸苦辣全飄逸在一曲情歌中！

噢！

　　水娟在咖啡廳坐在她以前常坐的位子上，想一想有兩年沒來了，與兩年前的心情大不一樣，一種失落感印在臉上。她獨自低頭攪動著咖啡，那是一種無所事事的下意識的動作，其實那咖啡用不著攪動。「我可以坐在這兒嗎？」一個聲音打斷了她的思路，使她眼前一亮，站在她面前的竟是個美男子，她不能不動心，特別是他的聲音，舉止，使她想起了什麼，她對他一見鍾情。

　　以後他們經常往來，他對她彬彬有禮，她自覺墜入愛河。他總是想瞭解她的過去，聽說美男子和他以前的男朋友在同一所大學，她常在關鍵時刻吞吞吐吐或把話差開。她對他說她在農村長大，上學時有個同村的男朋友，他考上了大學，來到城裡，她沒考上大學，也跟隨他來到城裡打工掙錢，是她養了他四年，他們同居了五年，他忘恩負義，兩年前分手了。

　　美男子問她以前的男朋友學什麼專業？叫什麼名字？也許可以找到他，勸他回心轉意。水娟知道美男子和他同一專業，卻不肯說，也不肯說出他的名字。美男子知道她愛他，但他對水娟禮貌適度，說如果兩個人是好朋友，應該彼此瞭解對方，水娟好像有難言之隱。

　　美男子不再問她，卻主動給她講他們系裡兩年前發生的一件事。

　　「我有個叫艾德華的男同學，」美男子一開口水娟一驚，他繼續說，「他有個農村的女朋友，陪他來到城裡，打工掙錢，他

們一起生活。因為艾德華長得一表人才，成績優秀，追他的女同學大有人在，可是艾德華不為所動，他念及女朋友的真誠和辛苦。但是他勸說女朋友繼續複習再去考大學，女朋友卻不再想積極上進，他們從分歧繼而發展成吵鬧。」

美男子喝了一口飲料，繼續說：「艾德華畢業後有一份很好的工作，但他的女朋友常會到辦公室去吵鬧。一次艾德華和一位女同事研究工作，兩個人坐在一張桌子旁，他的女朋友認定他和那個女孩有不正當關係，吵得更多，更凶。無論艾德華的同事怎樣勸說，她全然不信。」

「那麼他和那個女孩是不是有事呢？」水娟說。

「沒有，那個女孩當時已經結婚了，他的丈夫在外交部工作，他們非常相愛。」

「這一切都是真的？」看起來水娟有點激動。

美男子繼續說：「一天艾德華下班回去，他的女朋友拿了一瓶早已準備好的鹽酸向他的臉上潑去，艾德華用手擋了一下瓶子掉在地上，燒傷雖不太嚴重，但足以毀容。」

水娟急著插話：「後來呢？」

「後來他用了兩年的時間醫治和數次整容，雖然和原來面相不一樣了，先進的醫學竟看不出燒傷的痕跡，甚至比原來更英俊，上帝保佑他！」

「你現在還能見到他嗎？」水娟急切地問。

「你認識我這麼長時間了，怎麼從來不問我的名字呢？」美男子所答非所問。

「你可以告訴我你的名字嗎？」

「我叫艾德華。」艾德華平靜地說。水娟說了聲「噢！」把嘴張成「O」型定型在那裡。

甜蜜的巧克力

　　這是一個豔陽高照的春天的下午，林玉茹比和大衛約定的時間早來了十幾分鐘，她坐在公園的長椅上曬太陽，太陽暖融融地，心裡熱乎乎地，她慶倖自己終於有了一個洋情人！她半閉著眼睛自我陶醉。

　　走過來一男一女兩個員警，沒有打招呼就坐在玉茹兩邊。

　　「你是林玉茹？」女員警說。

　　玉茹奇怪：「你怎麼知道我？」

　　「是大衛告訴我們的，我們想請你到警察局去一下。」男員警說。

　　「可是我在等大衛！」

　　「大衛不會來了，他在警察局裡。」男員警繼續說。

　　玉茹的心咯噔一下，會出什麼事嗎？奧，我心中的白馬王子。「他怎麼了？」玉茹問。

　　「到警察局我們告訴你一切。」女員警邊說邊站起來，一隻手扶著玉茹的胳膊。

　　警察局的審訊室裡，玉茹的對面坐著三個警官，中間的一位男警官說：「我叫皮特，是大衛案子的負責人，他制毒、販毒，你也參與了。」

　　「不！不！我沒有！你們一定是弄錯了！」她失去了平時的溫文儒雅，嗓門提高了八度，噌地從椅子上站了起來，理直氣壯地喊。

「別激動！你慢慢就會知道真相。現在，你可以告訴我們你和大衛相識，相處的這兩年的情況嗎？」警官平靜地說。

玉茹移民澳洲不久，也是一個春光明媚的豔陽天，她發現了一家巧克力商店，門面不大，但裝潢別致，典雅。巧克力的品種看起來很多，其實更誘人的是它多姿的形狀和精美的包裝，挑選中無形中就會多買幾塊，實在是叫人看了那一種都不想放棄。門旁窗前，有一排沙發，旁邊放著飲料，顧客挑選後，可以坐在那裡休息，服務員包裝好了會給你送過來。玉茹覺得到這裡來買東西簡直是一種享受。更何況她的養生之道是常要吃巧克力，這樣就不會有太大的饑餓感，也以少進食，所以他才保持著姣好的身材。於是，玉茹就成了這裡的常客。

幾周後的一天，玉茹又來買巧克力。櫃檯後面站著一位澳洲男士；高高的個子；微笑的面孔；白淨又不失陽剛之氣；穿西裝不打領帶，莊重又瀟灑；言談舉止有良好的教養，那一對酒窩讓他永遠帶著微笑。玉茹和他的視力相對的一霎那立刻擦出火花。她心裡驚呼：「啊！我的夢中情人，原來你在這裡！」玉茹就想找個澳洲男士，終於如願。男子看見這位顧客時心想：「莫不是仙女下凡？天下竟有這樣的美女？真是增之一寸則太長，減之一寸則太短，增之一分則太肥，減之一分則太瘦，簡直是魔鬼身材。」他們一見鍾情。

大衛說他在大學裡教化學，玉茹說他在中學裡教物理。大衛研究做巧克力，玉茹研究吃巧克力。他們一拍即合，用他們的聰慧共同研究如何開發，銷售巧克力。他們接受訂做巧克力，給婚禮；給情人節；給結婚周年紀念；給生日；給父母；給朋友……他們把包裝精美的巧克力送到顧客手中，他們送給人們的是愛情；是友情；是親情；是溫馨；是歡樂……

大衛沒課的時候常去店裡，他一表人才，誠懇，幽默，他的魅力吸引了更多的顧客。玉茹沒課的時候常常幫助送貨，她喜歡這個工作，她說她送給人們的是甜蜜，是情；是愛；是永恆的回憶。特別到了大的節日，她送的貨特別多，也和平時不同，情人節常常送大的心形巧克力，約五百克重，還可以貼上客人帶來的相片，復活節送不同姿勢的大兔子，大大小小的雞蛋，耶誕節送聖誕老人，雪人，蓋著雪花的房子，鹿，雪橇，平時有蠟燭形或客人要求的形狀。她的熱情，她的撫媚，她的美麗動人為店裡帶來更多的生意。

　　可是警官告訴她，大衛在實驗室裡製冰毒，裝在巧克力裡，有的就在玉茹送的貨當中。可憐的玉茹在毫不知情的情況下做了幫兇。

　　警官讓她盡量回憶送貨人的姓名、地址，線索就在其中。如果他能提供重要的情節，將減輕她的罪行。

作者簡介

林之

（筆名），原名林健。大學畢業。一九三二年出生於河南，祖籍廣東，長期生活、學習、工作在上海，八十年代於上海社科院退休，九十年代移民澳洲，現為維省作協會員。

背包客

　　剛把那壓得我喘不過氣來的沉甸甸的行李放好，正想在那昏暗的車廂內，閉上眼睛休息片刻，突然一個氣喘吁吁的聲音把我從迷迷糊糊的瞌睡中驚醒。睜開眼睛一看，好傢伙！一個又高又瘦又髒的外國小子，半個人高的雙肩包壓得他直不起腰，手裡還提著幾瓶青島啤酒，站到了在我的床前，滿口酒氣薰得我直想嘔。心想，今天真倒楣，乾乾淨淨的軟臥鋪車廂來了個那麼討厭的傢伙，他吃力地將行李「頂」入了上鋪的行李架後，毫不客氣的坐在我的下鋪一旁，真令人不悅，然而他一聲對不起，頓時驅走了我的怨氣。

　　出於好奇，一聲你從哪裡來？把我們的距離拉近了，就此開始了我對一個背包客生涯的探索。說實話，我對背包客知之甚少，只在電視或書本上略有所聞，現在一個活生生的背包客站在眼前，無法不令我好奇。我們老一代人是無法洞悉與理解現在年輕一代，特別是外國年輕人的思維與生活邏輯。雖然十分不願在酒氣薰人的環境中與他對話，但幾小時的接觸，還是以收穫不小而滿足告終。真是短短一席談話，勝讀十年書呀！

　　交談中，這個皮膚非白非黃的小子告訴我：他的父母分別是荷蘭與印尼血統的人。對於混血兒，居住在澳洲的我見怪不怪，但令我感興趣的是他的浪跡生涯，才二十九歲卻走遍了歐、亞、非、美等國家。

有錢嗎？我看並非，但也不至於是窮光蛋。每年，他工作後有了些積蓄就辭職浪跡天涯。今年他已離家四個月，準備再流浪四個月。他的浪跡生涯對我講來簡直是天方夜譚，不可思議，是我這輩子從沒想過也不敢去想的事。除了羨慕，驚訝外，有更多的好奇，迫使我心甘情願地一次又一次在酒氣薰人的氣氛下，傾聽他的敘說。

　　今年他浪跡的重點是亞洲。在我們我去廣州的火車上相遇時，他已經周遊中國諸多名勝古蹟，西有新疆，中有西安、洛陽，東有上海、蘇州、無錫，此番又將去南方的廣東、深圳、雲南等地，身為中國人的我，遠遠比不上一個外國人能涉足如此多的神州大地，以及對中國的人文風情的廣泛瞭解。這真是令我羨慕又羞愧。

　　他憑著年輕人的執著與對世界事物的強烈嚮往，屢屢走出寧靜的家庭生活，浪跡天涯。不但需要智慧，還需要勇氣。

　　中國對他來說，完全是個陌生的國家，一無所知。一句中國話也不會。就憑一本介紹中國的書環遊了中國，還能對這些城市的風貌、景點，敘述得一清二楚。並以最少的費用，取得最大的效率。這又不得不令我折服。我好奇地追問他如何解決住宿問題？他舉了在北京時的住宿例子。在北京時，他與一群群居的外國人住一起（如何找到，不得而知），七八個人七八天的費用分攤下來，每晚每人不過幾塊錢。交通費呢？先在那本「導遊書」中找到最佳方案，再去比較，揀最便宜的。這次在廣州下車後準備去深圳、香港、廣西、越南、老撾、柬埔寨。然後到沙烏地阿拉伯找份工作賺些錢。因為沙特的錢最好賺。每次行動都是走一步看一步，隨機應變。及至廣州站下車時他還不知道下一步如何走，走那條路？中國話一竅不通，我問他怎麼辦？我還想助他一臂之力，他

婉言拒絕了，他將他那本「導遊書」翻到深圳地區，他說指一下「深圳」二字，就能解決問題！這些在我看來實在太離奇了。大概這是背包客的特色吧！我們這代人至少是我，絕無此膽量。

我憑著半生不熟的英語，他藉著第二外語——英語與我交談。不管怎樣，還能勉強溝通。對於那些不是他的母語——荷蘭語，又不懂英語的國家，我問他如何辦？他說就是憑一本介紹當地的書。

一個開放型的小夥子，的確爽朗，交談不久，他就很自豪地拿出一本相冊給我看。一個碩大的家庭，卻是一個現代化的社會縮影，照片中十幾個不同年齡，有著不同的膚色的人，相互依偎，其樂融融，每翻一頁，每一幀照片，都令他浸潤在一種溫馨回憶中，他炫耀這個家，以它自豪，令我深深感受到了一種無比溫暖的家庭氣氛，以及一個和睦的家庭環境是他能長期浪跡天涯的力量與源泉。

短短的交流，在他以速泡麵及二瓶啤酒為晚餐而結束。已是燈光暗下時。他離開車廂外出吸煙，我也就寢了。一個萍水相逢，可遇不可求的機遇，豐富了我的生活閱歷，為我此番旅遊生涯增姿添色，真是意想不到的收穫！目送著他遠遠的離去，興許是這位異國同鄉小夥子的浪跡天涯，激起我的無限遐思，不禁心中迴響起那首滿懷情意的臺灣校園歌曲：

不要問我從哪裡來，
我的故鄉在遠方，
為什麼流浪，
流浪遠方，
流浪——。

老太侃手機

　　在那雷打不動的聚會中，喧喧鬧鬧的大廳裡，總有三個老太坐在固定的位子上。這是永恆不變的。人以群分，她們命運雷同，年齡相仿，愛好接近，都是獨居人，天長地久的相聚，逐漸成了一個無話不說的「死黨」。任何場合只要見到其中一個人，準會遇上另二個。那天是一個吉日，在華人社區舉辦的慶祝聚餐會上，她們展示了歌唱的熱情後，接著又卡拉OK一番，盡情地歡悅，直至曲終人散，她仨依然意猶未盡，接著又相約到其中一位的家中晚膳，抒發各自的心情，時而哈哈大笑，時而互訴苦情，直至把心中的鬱悶宣洩出來，才痛快地歎息一聲，自嘲自慰地說：今天又過去了。這時似乎感到一身輕，才各自打巢回府。

　　三個老太都有一個英文名字，她們也不認識幾個英文大字，但隨鄉入俗，都讓小輩為自己起了一個爽口的英文名字。一個叫Lily，一個稱Mimi，還有一個叫Joe，她們知道，這個名字，反正只是用作相互稱呼之用，連看個病也用不上，更別談什麼正經的事了。多少年下來，朋友間連她們的尊姓不知道，別說她們的大名了。

　　因她們獨居在家，為便於照顧，子女都為她們配了一個手機，當然，這手機是小輩們更新換代後的產品，她們不在乎，反正能用即可。手機這個玩意兒，對年輕人不算一回事，但對這些老太講來真是有些勉為其難了。這天晚飯後，她們的話題就是從使用手機開始。從中引出不少苦澀的樂趣。

Lily先向Mimi「發難」。

「今天你急急忙忙地往外跑，我以為你「內急」忍不住了，後來看見你在門外向我拚命打手勢，要我出來，我當時慌了，以為出了什麼事呢？心想你剛才還是好好的，怎麼一下不行了？我的心跳馬上到一百次，你知道我經常心動過速，我想你不出事，我可要出事了。老阿姐，下次少來來！」Lily操著上海口音的普通話嘀咕了一下。

「Sorry！Sorry！」，Mimi移民澳洲後，學的最好，講的最多的Sorry，這次派上用場了。「對不起，對不起，你不知道，當我聽到我的手機響了，我怕有什麼事，趕忙到外面打開手機，我急了出去，老花眼鏡沒戴上，隨我怎樣撥弄，就是毫無反應，情急之下，只好請救兵了」

「哈哈！我跟你一樣笨，心急慌忙出來了，也把眼鏡留在包裡了，你知道沒有眼鏡，我就是個亮眼瞎子，只好請最年輕的Joe幫個忙！還好，Joe成了救急的大救星了。怎樣？Joe，明天叫Mimi請客飲茶」

Lily趁機又大談特談她的手機軼事。「你知道嗎？手機這玩意兒，我為它也鬧了不少笑話，還被我兒子數落一番。那天我兒子打電話準備帶我去飲茶，打我手機，我似乎聽到鈴響，但是一時找不到，原來丟在大衣口袋內，等我拿到時，電話斷了，我想看看誰打來的，弄了半天，兒子教的方法全都忘了，撥弄了半天，毫無結果，心想算了。」二小時後，我兒子不放心，到家來看看，一看我好好地坐在那裡看中文電視，一副哭笑不得的樣子，有些不高興地指責，你怎麼啦，電話不接，我還以為你出事呢？大吉利事！」

這時不善言語的Joe已笑的不可開交地說，「怎麼啦，我們真是「同病」的可憐夥伴，犯的毛病也是一樣」。

　　「在使用手機上，我的苦惱比你們更多。我是高度近視眼，要找一樣東西，先把近視眼鏡取下，再戴上遠視鏡。那天也是女兒打電話來，似乎聽到鈴響，可就是找了半天找不到手機，後來女兒為我想了一個辦法——買了一條繫手機的帶子，要我把手機吊在頸上，吊了兩天，真把我折騰死了，那條帶子把我搞得狼狽不堪。首先它在我身上，不斷晃動，很不習慣，這還不是主要的，有一次，我在幹家務時，忘了拿下來，炒菜時，手機晃到油鍋上，手機差一點成了油汆手機了；又有一次，我在刷鍋時，又差一點，將手機掉在水中「洗澡」了。從此，我說什麼也不用這條帶子。反正這種尷尬的事，太多了，太多了。」

　　Mimi接著又說「你們想想，白天被手機弄得啼笑皆非，已經夠煩了，晚上，這手機還要來湊熱鬧，我有失眠毛病，好幾個晚上，半夜，那個手機不斷地有氣無力地作響，我也不知什麼原因，後來問我兒子，原來沒電啦！以後，我只好每天充電，你說，煩不煩？」

　　Lily馬上打諢地說：「手機餓了，它不叫行嗎？你這只個當媽的別忘了餵奶呀！」大家又哈哈大笑。不知哪個說起，要是真的不用手機，萬一有什麼急事可真也不行！

　　大家點頭稱是，異口同聲認為這傢伙應急時，倒還是派上用場呢。

　　Mimi對對此深有感受，她說：「那天晚上，我出門回家，一摸口袋，大事不好了，鑰匙忘了帶了，急了，好在手機在身邊，馬上撥個電話給兒子，總算沒有成了流浪婆！」

「真的，有一次，我女兒家到朋友家聚餐，我突然不舒服，想找女兒帶我去看病，要是沒有手機，不知如何是好？」

你一句，我一句，最後一句話，現在沒有手機真還不行呢！

侃到此時，大家只能怪自己太笨。老大姐 Mimi 最後說了一句，就這麼過吧！要不請開發商為我們這些老太特製一種我們使用的手機吧！再不，像我在香港時那樣，舉個旗，來個遊行，在馬路上喊幾聲！

又是哈哈大笑，最後，一看時間已很晚了，結束了這一天，臨走時，又是一句感慨的話──一天又過去了。再見！

「豔」遇

　　老根頭不知那根筋搭錯，突然想要買只相機玩玩，於是湊了一些錢，買了一隻中檔的相機，從此拍照的興趣就一發不可收拾。一隻手機般大小的數碼相機，隨身攜帶，十分方便，口袋一放，興趣所致就能東拍拍西拍拍。初期，抓不穩那只小小的相機，拍出來的照片不是沒了頭就是少了腿，有時手一哆嗦，糊成一片。但他毫不氣餒，不斷摸索，進步竟然還不小呢！

　　說來也真奇怪，過去看來都是一般的景象，什麼花呀！雲呀！樹呀！寵物呀！現在都會激發他的靈感。他住在一個寧靜的社區內，街道兩旁，綠樹遮天，鬱鬱蔥蔥。每天路過，只感到它的舒適、蔽陰、清新，卻從沒感覺她的美，更沒有激發起他駐足片刻，流連忘返之欲望。

　　然而，奇怪的就在這裡。一個大清早他照例去散步。晨曦微弱的陽光穿過那濃密的樹葉投下的陰影，讓他產生無限暇想，黑白分明不規則的圖案，在風中搖曳，如夢幻奇景，又如畫家在一張偌大的宣紙上盡情潑墨；仰頭一看，樹葉上晶瑩剔透的露珠，在陽光照耀下，如真珠般的閃爍、眩目。太美了！住了好幾年的家區，竟有如此美麗的景色，以前怎麼毫無感覺？他不禁暗笑，這就是那小小的相機激發了他生活的另一種樂趣。他馬上舉起相機，沿著馬路來回取景、拍攝。是周日，又是大清早，路上更空蕩少人，此刻他如步入虛無縹緲的仙境，盡情地享受著人間的自

由、瀟灑，忘卻自我地全身心地投入。拍攝、重放，自我欣賞。其樂無窮。飄飄然。

「Excuse me！excuse me！」突然，有一個柔和的聲音在後面連續幾次。聚精會神抓拍的他，突然驚醒，當他有所反應時，一個漂亮的金髮女郎已出現在他面前。老根頭張開嘴，用他那不太熟練的英文問，有什麼事要我幫忙？那個女郎，指指他的相機，用不太愉快的口吻問：你為什麼要偷拍我？為什麼要拍我的家？你沒得到我同意，是不可以的。一連串的 Why、Why 責問聲，老根頭一下懵了。我幾曾何時偷拍照片啦？拍攝公共場所的樹木也有問題嗎？一陣冷靜下來，他想起來了，在他拍照片時，曾有一輛時尚的跑車在對面馬路呼嘯而過，上面坐者一個妙齡女郎，一拐彎進入了那幢豪華大宅，原來就是她！好在他的相機沒有對準這輛車，不然真是有口難言啦！此時他不禁哈哈大笑了。隨手老根頭將相機轉到了「重放」鍵，一張張照片放給她看，這時輪到那個女郎懵了。她整個人放鬆了，莞然一笑，連連說：「Sorry！Sorry！」這時老根頭才仔細端詳地看著她，啊！一個大美人，像他的偶像，四〇年代的美國的著名影星英格麗・褒曼，但她的美，卻更具有現代女郎的野性，怪不得她那麼怕別人偷拍她的照片啦。這時他萌發了一個大膽的設想，要拍她一張照片。他用那不合文法的英語，提出了這個唐突要求。本不抱有什麼希望，然而金髮女郎，竟欣然答應，還擺好姿勢，老根頭毫不猶豫卡嗒一聲，從此他的照像簿內多了一張美女照。他得意洋洋到處向人顯示，還不斷自我宣揚「我的豔福不淺呀！」他壓根沒想到沒想到，一個小小的相機，會給他帶來如此好運！心裡還期待著豔遇再次出現，自言自語地說：「哈！哈！說不定，某年某日某地，我還會有另一次的『豔』福降臨呢！」從此，每天早晨當他溜達在那條林蔭大道上，老跟頭多了一個心——等待「豔遇」的再出現！

凝重的薄紗

　　她雖感到十分疲憊，然而還是興沖沖地拖了大包小包行李回國。在候機廳裡，遠遠就看到母親與妹妹伸長了頭頸在在人群中翹首張望。原本含著淚水的她，忍不住「哇」的一聲，淚水如決堤的洪水般湧了出來。她不顧周圍眾人的奇異目光，疾步撲向母親，又是親又是吻，真想把老母的身體與自己融為一體。妹妹在旁邊也禁不住低聲哭泣，最後三人抱成了一團。此刻，她的內心真是五味雜陳，一場大哭把她積鬱在心裡的悲哀與委曲，一股腦兒渲洩了出來。兩年多了，七百多個日日夜夜與癌症的生死搏鬥，令她不堪回首。

　　兩年前的她，猶如荒冷沙漠上一株孤獨的嫩枝，任憑狂風暴雨的摧殘，搖搖欲墜；又猶如洶湧澎湃的大海中的孤帆，在風浪顛簸中幾乎瀕於滅頂。那時的她多麼希望得到旁人的攙扶與灌溉，多麼希望得到親人的安撫與關懷。然而她不能，絕對不能。苦苦掙扎中的她，肉體上承受著治療的痛苦折磨，精神上承受著死亡威脅的巨大壓力。她幾乎徹底的崩潰了。然而，她知道這一切的一切，只能她獨自忍受，只能暗自哭泣。生活真如同走進了地獄之門，看不到明媚的春光，感覺不到鳥語花香，一片黑暗。然而她還得自強，強作歡笑。

　　一個風華正茂、事業有成的她，卻被無情的絕症推到了絕路。不久前父親因同樣癌症去世，兩年前哥哥也因同樣的癌症英

年早逝。一個家族的絕症基因的陰影如烏雲壓頂，讓她無法喘息、窒息甚至到了絕望的地步。

在她得知患上癌症的一瞬間，她簡直不知道如何是好。為自己的生命而恐懼；為家族的苦難而悲傷；更為母親的命運而歎息。她感到天都塌下來了。真是呼天天不應，喊地地不靈。她知道必須堅強起來，絕不能放棄自己。她不甘心一個家庭全軍覆沒於癌症。她僅能靠這十分脆弱的精神支柱孤軍奮戰，無論如何爭取做一個戰勝者。她猶如在茫茫大海裡見到了在遠方高高聳立起的燈塔，燈光雖微弱卻給了她一點希望。

在澳洲，有先進的醫療條件，有異國他鄉朋友們的關懷，她鼓足勇氣，苦苦地掙扎了七百多天，終於艱難地到達彼岸。

治療雖告一段落，身體還沒有完全恢復，前面的路很長也很短，她不知道老天還能給她多長的時光，也意識到她不會活得很久，所以她果斷地決定一定要回國見見她那苦命的媽媽。抱著惡夢永遠離去的希望，回到了祖國，見到了日夜想念的媽媽和親人，一了她的心願。媽媽對一個有著倔強性格的女兒，發出如此動情的哭泣感到奇怪，然而她沒有想得更多，只是不斷地摸撫著兩年多不見的女兒，似乎兒時的女兒甜睡在她的懷抱中。

此時此刻，她很快恢復了平靜，站在一旁的妹妹與她默契地點點頭，她徹底放下了心。媽媽根本不知道她曾經歷了那場生死關。其實先前媽媽也曾懷疑過，心中總有些疑慮。既然大家都說女兒無事，就當沒事吧！在國際長途通話時，她曾為女兒的虛弱話聲產生懷疑，但，女兒都以工作繁忙來搪塞。如今見到一個又瘦又弱的模樣，心裡已明白了幾分。但能見到一個活生生的人，其他是什麼都是次要的，對於頻受打擊的老人還能要求什麼呢！

一層薄薄的紗，並沒有擋住事物的真相，它讓真相處於朦朧中。誰也不願揭穿面前的薄紗。它曾讓她在拚搏中毫無負擔地面對死亡的挑戰；也讓媽媽在一個朦朧的環境中生存下去。這雖只是薄薄的一層紗，卻是十分凝重。它是由人間最偉大的深情與親情交織起來的薄紗。它涵蓋了世上最珍貴的東西──愛。

　　然而，縱然澳洲醫生使盡了一切先進醫療手段，還得到美國同行的協助，最終她的母親還是經歷了人世間最殘酷的遭遇。後來，母親曾二次到澳洲，第一次她還可以自主生活，母親回國時，雖有疑慮，但薄紗依然朦朧地遮著；第二次由妹妹陪著來澳，薄紗最終無情地被撕碎，徹底揭去。一個家庭幾年內因癌症奪走了三條生命。留在身邊唯一的妹妹既要安慰、照顧好母親，自己也終日忐忑不安，恐慌萬分，怕家庭惡運再次降臨她身上。

　　母女倆帶著人世間最苦澀的淚水回到中國。之後的日子，目前還是未知數，但願上天能憐憫這個可憐的家庭，也期望著醫學技術的快速發展，解救更多的苦難的人們！阿門！

明天元宵節

　　兒子打開門，丟下一包髒衣服，說了一句：「媽，明天元宵節，我回來吃飯。」老媽還沒有來得及抬起頭問個究竟，寶貝兒子已飛快地走了。老媽隨即看了一下牆上的年曆，哈！元宵節是週日，是否會帶媳婦回家吃飯呢？一想到兒子主動要回家吃飯，美滋滋的，心花怒放，兒子呀，兒子，平時放假都是陪了媳婦回娘家過「回門假」，兩年來的假日裡，究竟有幾次是回來探望老媽的，手指扳也扳得出，一年不會多於兩次，而且都是父母「特邀」而至的，而今天是他主動提出來了，禁不住樂開了懷，自忖，一想，兒子回家吃飯，我要好好款待一番，他很喜歡我做的菜。這次做點什麼菜呢？要準備什麼讓他吃呀？

　　兒子最喜歡的是湯清味鮮的醃篤鮮（係滬菜：鮮肉、鹹肉及竹筍等食料燉湯）、油麵筋包肉、魷魚炒鹹菜、臭豆腐……對！對！媳婦是四川人，不會做上海菜，這兩年真難為他了！還有白斬雞、水晶蝦仁，還有、還有，對，先安排這幾樣菜再說。哦！還有元宵必不可少的圓子，是豆沙餡的還是芝麻餡的，我怎麼都忘了他喜歡那一種？

　　現在最要緊的是，打掃房間，平時沒什麼人來，馬馬虎虎的，什麼都很雜亂，明天可不行，媳婦好不容易來一次，兒子也很少回家。啊！兒子今早拿來的髒衣服我先洗掉，對了，其中還有媳婦的呢！媳婦的衣服，我先看看有沒有絲綢的，如果是絲綢

的，我還必須用柔性洗衣粉用手洗呢！啊，有一件粉紅色的，更要當心，還不能曬太陽呢！

　　老媽太興奮了，滿腦子鬧哄哄的，一團亂麻，真是寶貝兒子回來吃飯了！他總算想到老爸老媽了。這比她撿到一個金元寶還開心。一時不知怎樣著手！在房間內兜了一圈，一想還是先洗衣服，不然明天干不了，說著就動手幹了。洗好媳婦的絲綢襯衣，馬上把其他一大盆的髒衣服丟進洗衣機，聽著那洗衣機柔柔地轉動聲，好像也在與她同樂。老媽自己從沒享受到小輩為自己洗衣服，卻樂意為兒子媳婦洗衣服，還自認為這是兒子沒忘記老媽的表現呢！又在安慰自己了，笑著自言自語，啊！洗衣機真好，不然的話，手洗就來不及乾了！

　　接著又是吸塵又是抹灰，忙了半天，一看已到午飯時間了，真想不到，事情一多，時間竟過得這麼快！好在今天中午老頭和老友在外聚餐，自己一個人吃飯，好辦！打開冰箱，拿出剩飯開水一泡，再放點剩菜在微波爐中一轉，不就解決問題了嗎。這樣可節約時間，我還有很多事情要做呢。

　　草草吃罷飯，雷打不動的午睡，今天必須取消，否則真的來不及了。

　　她笑得滿臉得色。捲起袖子，帶上圍兜，開始大展身手：斬雞、搗蒜、切菜、調味……。廚房裡攪拌機嗡嗡呼叫；砧板、鍋鏟、碗碟、正裝待發；水龍頭水聲「嘻嘻」；水槽內水流咕嚕嚕。一派嘈雜聲，配上「兒子明天回家吃飯啦」為基調的主旋律，頓然成了她心中一曲充滿陽光的歡樂曲。她陶醉在這種節奏中，有些不知所以然了。竟然蠢蠢欲動地想跳起年輕時她最喜愛的交誼舞中的狐步曲，輕鬆地轉一會。

這時老頭開門進來了，一看陣勢，呆了。幹嘛呀？廚房能放菜的地方已放滿載；再到廳裡一看，吸塵器、抹布、還有未曬的洗了的衣服……一派亂像。再看看老媽，不斷伸腰捶腰，累得讓人看了都難受。老頭迫不及待地問個仔細。老媽有氣無力地說，你別管了，快去買些菜回來，明天兒子回來吃飯！老頭也十分喜歡兒子，但一看老太那種樣子，也嘀咕起來，那又怎樣，你也年過七十了，愛惜一下自己的身子吧！雖嘀咕，但為兒子幹什麼他都樂意，隨即順從地拿了筆、紙，把老太的「吩咐」一一記下。為了抓緊時間，也沒多問幾句，心中只有「明天兒子要回來吃飯」的中心思想。所買的一切都是兒子喜愛的。匆匆地出去了。

　　老頭買好食品，開門一看，大吃一驚，老太臉色發白，躺在沙發上。老頭擔心老太心臟病發了，趕緊拿了才配好的藥讓老太服用。此時老太，有氣無力地斷斷續續說，兒子改變主意啦！他們明天去看元宵燈了！哎！哎！老頭一楞，嘟嚕地說：「真傻！真傻！不來就不來吧！」

　　這時老太已全身無力，躺在沙發上，臉色蒼白，虛汗一身，嘴中還囔囔念著：「他們、他們不回來了，他們不回來了……」昏沉沉地睡著了。

作者簡介

譚子藝

男，一九三二年生，廣東省新會縣人，曾在華南文工團、西江文工團當過編、導、演，在羊城晚報、廣州日報當過記者、編輯、文化娛樂部主任，主管文化藝術報導，在花城出版社擔任過藝術編輯室主任，並主編電影電視雜誌《影視世界》。職稱為高級編輯。是廣東省作家協會、廣東省電影家協會、廣東省電視藝術家協會會員，擔任過廣州市作家協會理事、廣州市戲劇家協會理事、廣州市新聞學會秘書長等職，現為澳洲華人作家協會理事。

馬賽蘅，女，一九三四年生，廣東省肇慶市人，曾在廣州日報、羊城晚報做校對工作，擔任過校對室主任、資料室副主任，廣州日報總編室檢查組編輯。是廣東省老新聞工作者協會和廣州市老新聞工作者協會會員，現為澳洲華人作家協會會員。

譚、馬夫婦二人退休後，近十年來，每年都在廣州、澳洲兩地與兒孫們團聚，並不時合作寫作。

幸遇

　　星期一早上八時許，唐先生和太太在墨爾本當卡斯特區維多利亞街一個候車亭等乘巴士去博士山，然後轉乘火車去墨爾本市區參加一個活動。同時候車的還有一個歐裔大叔和一個十五六歲的中國小姑娘，合共四人。當他們左盼右盼過了半小時後，仍不見有巴士開來時，都顯得很焦急。這時，唐先生看到站牌上有巴士公司的聯繫電話，很想打去問問為何誤點，但他考慮到自己的英語會話水準不高，怕問不清楚，便把手機交給那位歐裔大叔，請他打去巴士公司問一問。那大叔經過與對方一番流暢的對話後，知道當天是巴士司機罷工，而且什麼時候復工還沒定，要公眾等候通知。

　　唐先生等人聽後心裡一涼，以為今天去墨市沒有希望了，那個活動也無法參加了，他問及身旁小女孩的情況，原來她是要去博士山上學的，也只好曠課了。這時，那位歐裔大叔略為沉思了一下，說：「看來，我得自己開車去了！」他原先自己不開車是為了節約汽油。他接著又對唐先生他們說：「我就住在附近，你們在這裡等一下，我開車來載你們一起去博士山。」聽他這麼一說，三位候車者都喜上心頭，想不到會有這麼一條出路，於是高興地等待著。

　　大約過了十分鐘光景，那大叔真的開來他的小轎車，在候車亭旁停下來，打開車門，邀唐先生他們上車。那三位候車者十分

高興地接受了他的好意，一面上車，一面道謝。隨後，小車跑了二十多分鐘，就把他們送到了博士山中心的馬路旁。他們都感激地與大叔握手致謝，唐先生夫婦隨即趕上了當班的特快火車，依時去到墨爾本活動地點，那小女孩自然也按時去學校上課了。

　　當天上午，唐先生一直懷著感激的心情回味著這次幸遇。他說：「這位大叔與我們素未謀面，完全是萍水相逢，整個過程完成後，我們也沒有問及他的尊姓大名，真有點遺憾！」唐太太說：「這個問題問不問也無所謂了，反正他已經給我們留下了親切美好的印象。而且，他也絕對不會考慮到我們往後要通過什麼方式報答他！在他看來，這只是文明社會裡文明人的一樁很正常很細小的事情，是無足掛齒的。」唐先生接著說：「是啊，但他的行為，無疑會對與人為善、互助友愛的社會風氣的形成和發展，起著一種催化的作用；我還想到：我們三人都是華裔黃種人，而那大叔是歐裔白種人，他這種不分種族助人為樂的善舉，更使我們有如沐浴在多民族團結友好的薰風之中！」

破籮筐的威力

　　余雯前不久曾悲憤地向老友彭老師傾訴：她最近給兒媳婦趕出了家門，原因是嫌她做家務動作慢，煮飯買菜又不稱她的心。余雯忍不住給媳婦頂了幾句嘴，竟被趕出家門，宣佈她為「不受歡迎的人」。還把員警叫來，說那幢房子是她的，要她當晚就搬出。

　　余雯原來在廣州生活，她兒子阿炳來澳洲謀生，前幾年結了婚並生了孩子，急切需要老母親照顧，便替她申請來澳定居。她辛辛苦苦幹了四年多，孫兒現在可以入幼稚園了，媳婦開始討厭她，嫌她與自己住在一起干擾了她的生活。阿炳最近又因事回國，未能從中調解，結果婆媳倆吵了架、頂了嘴，便演出了上述的一幕。

　　余雯被媳婦趕出家門後，臨時寄居在好朋友王英家裡，準備自力更生尋找出路獨立生活。

　　彭老師聽了余雯的傾訴，不禁想起一個民間傳說：從前有個不孝子，十分討厭並虐待自己年老多病、癱瘓在床的父親，平時每天只給一些冷飯菜汁他吃，別的什麼都不管。後來，老人的病越來越嚴重，眼看已不久於人世。那不孝子擔心老父會病死在家裡不衛生、不吉利，有一天，他要自己的兒子（也就是老人的孫子）與他一起，用一個破籮筐把老人抬到山上去，待他死後立即就地埋葬。老人的孫子不敢違抗父命，便與父親一起把爺爺抬到山上，挖了一個洞穴，把老人放了進去。在回家的路上，孫子忽然提出要回到山上去，父親問他為什麼？他說：「要把那個破籮筐帶回家。」父親

說：「那個破籮筐沒有用了，不拿也算了。」兒子說：「不，它還有用，將來我還要用它來抬你上山啊！」兒子這麼一說，使那個不孝子不寒而慄，十分害怕自己將來會遭到與老父相同的命運。於是幡然悔悟，與兒子一起把老父抬回家中，細心伺候。

於是，彭老師叫余雯把這個民間故事帶回去，找機會講給她的媳婦聽聽，看看她能否清醒過來。

半個月後，阿炳回來了，經過多方打聽才在王英家找到了母親，並力勸母親跟她回家。但余雯悲憤的情緒還未消退，堅持不肯回去，並把那個民間傳說中的不孝子的故事講給他聽，說：「除非你老婆也聽到這個故事，認了錯，並親自來接我回去，否則，我再也不踏入你們那個家！」阿炳沒法，只得先回家去了。

阿炳認為，家庭一定要和睦，才能生活得愉快，眼下這個糾紛是自己老婆不對，如何能做到既教育老婆，又孝敬母親，使家庭和諧起來呢？他記起爸爸臨終時對自己說的話：「兒啊，你一定要好好孝敬生你養你的媽媽呀！你怎麼對你媽，將來你兒子就會怎麼對你，你的行為就是你兒子的榜樣啊……」經過一番思量，阿炳耐心地跟老婆講怎麼樣教育孩子，又講了那個不孝子的故事，媳婦也是個聰明人，她意識到是自己錯了，有了悔意。

又過了三天，在一個星期天的下午，阿炳帶著老婆和孩子一起，再來到王英阿姨家，請母親跟他們一起回去。這時，余雯的媳婦哭著說：「奶奶，我錯了，我的脾氣不好，太得罪你了，刺傷了你的心，請你原諒我。你離家後，我心裡一直也不好過。聽老公轉述你講的那個民間故事後，我不願做那個不孝子，更不想我的兒子將來像他那樣對待我們。我現在特來請你原諒，與我們一起回家重新好好過日子吧！」這時，余雯的孫子也撲到她的懷裡說：「奶奶，跟我們回去吧，我愛你！」

這場矛盾，終於在破籮筐發揮的威力下解決了。

母親的胸懷

　　華人在澳洲，與其他族裔的移民差不多，家庭單位的劃分越來越小，一般由兩代人組成，兒女結婚後，只要有條件，都會與父母分開居住。分居後，兩輩人如何聯繫，親情如何溝通，父母子女之間都需要藝術地處理好。李志鵬結婚後與母親分開居住已經三年了，前兩年每逢母親生日，他都與妻子一起到母親住處祝壽，並請母親到酒樓吃飯，祝賀一番，每次母親都非常欣喜。

　　可是，今年因為小倆口工作特忙，竟把母親生日的事忘記了！那天是星期六，他閒下來才突然想起母親的生日已過了三天，如果現在才去祝賀，她會不會不高興呢？他記得同事阿明講過，去年他忘記了母親的生日，遲了一天去祝賀，他母親就老大不高興，埋怨他現在有了小家庭，只顧自己享受，連老娘的生日也忘記了，所以對他遲到的祝賀不買賬，阿明邀她去酒樓補吃一餐生日飯也不肯去，使雙方都大為掃興。後來，李志鵬小倆口商量了一下，決定還是要去看母親，給她補做生日。於是，小倆口馬上張羅上街買東西，接著就提著生日蛋糕和水果開車奔向母親住處，打算見到母親時先檢討一番，然後去酒樓補吃一頓生日飯。當下，母親見到兒子媳婦一起來到，並說明來意。滿心歡喜地說：「你們這麼忙，還記得來給我做生日，我很高興，過了幾天有什麼要緊，有心不怕遲啊！知道你們這麼惦記著老媽子，我就很欣慰了。」母親這幾句話，使小倆口誠惶誠恐的心

情一下子消除了，他們會心地相視而笑，隨後便一起高高興興地上酒樓去了！

　　席間，李志鵬由衷地感激母親對自己遲到的祝賀的諒解，情不自禁地把自己原來的顧慮述說了一番，並把阿明去年遲去給他母親祝賀生日的情形告訴了母親，然後問道：「媽，前幾天我沒有來為您生日祝壽，你當時怎樣想啊？您責怪我嗎？」母親說：「我猜想你一定因工作繁忙一時記不起這件事，所以我完全沒有責怪你！」「你沒有把這看成是我不關心你的表現嗎？」母親說：「我一天天看著你長大成人，我在你心目中占著什麼位置，難道我還不清楚嗎？你怎麼會不關心我呢？我的好孩子！」這時，李志鵬激動地站了起來，拿著斟滿啤酒的酒杯，要妻子和他一起向母親敬酒，祝她生日快樂，健康長壽，為母親偉大的胸懷乾杯！

作者簡介

張曉燕

　　女，二〇〇〇年入籍澳洲。現為澳大利亞雪梨華文作家協會副會長、澳中文聯副主席、澳大利亞上海世博會宣傳組委會副秘書長、澳大利亞紐省華文作家協會理事。曾在中國核武研製基地——青海礦區郵電局工作過。

　　海外主要作品有：詩歌：《荷》、《思念》；歌詞：《等你到永遠》；散文詩：《曾經》、《尋夢》、《送別》；散文：《再見，我的寶貝》、《一代天驕梁羽生》；小說：《碧水情天》、《被孤獨湮沒的女人》；人物專訪：《導演的天空，導演的夢》等。其作品《高原上的母親》曾榮獲澳大利亞中華文化促進會舉辦的二〇〇五年母親節徵文獎。

碧水情天

　　生命是無常的，生命是飄移的。我之所以孤寂的從一個高原飄移到另一個孤島，只為了與我的那個他相遇！我一天又一天的坐在海邊的岩石上等待著，回憶著，沉迷著，期盼著……於是我成了這片海灘上一個凝固的音符，一道神傷的風景，一個最最孤獨的守望者！

　　一樣的藍天白雲，一樣的碧水群鷗，不一樣的卻是時光不能倒流，一切不能從頭……

　　坐在澳大利亞雪梨的海邊，聽著白鷗驚飛的鳴叫，看著沙灘上或坐或躺或攜手漫步的一對對情侶，記憶的潮水就像猛猛地撲打在我身上的一層層前仆後繼，洶湧澎湃的海浪一樣，衣服濕了，心也濕了，那從頭到腳透濕的涼，讓我感到冷！海水是鹹的，很鹹很鹹，就好像遠在千里萬里之外的青海湖的水一樣。

　　青海湖，我靈魂的家園，愛情的棲息地……

　　九月的青海湖畔，綠草如茵，野花爛漫，百靈鳥的歌聲在草叢和空中此起彼伏的蕩漾著。藍藍的湖水與藍藍的遠天相連，一朵朵雪白的雲，倒映在平靜的湖面上。

　　那時候的我，才剛剛十八歲，如花的年齡正是對花花草草的大自然充滿好奇與心喜的時候，所以我常在週末與一樣愛水的男朋友海濤，穿越大草原，再翻過一座高山，去青海湖踏水嬉戲！水是冰涼的，涼的有點徹骨。我們在湖邊一起嬉水，散步、追

逐、堆沙堡，釣魚。我們總是把釣來的黃魚用青草鮮花纏繞，再用湖水拌成的泥巴厚厚地包裹起來，扔入就地挖制的火坑中燒烤，等火冷泥乾，敲開乾泥，撥去花草，一款帶著花草清香和湖水鹹味的黃魚大烤，就成了我們的美味野餐。餐後，他總是習慣性的把從不離身的笛子拿出來，為我吹奏一曲《梁祝》……

在四季輪回的定數裡，沿著時間與生命的長河，我們演繹著自己，卻不知道生命的謎底。我們歡騰著，跳躍著，笑鬧著，完完全全地把自己融入到大自然當中，盡情的享受著大自然的美好和我們亮麗的青春！

有一天，當我們躺在湖畔的草叢，眯眼看天空的時候，一隻蒼勁的鷹在藍空中翱翔，正當我開始擔心空中那只盤旋不去的鷹，會不會突然俯衝下來叼走我的眼珠子時，海濤突然對我說：「鷹，是咱草原上的神鳥！如果我死了，如果有來生，我一定要變成一隻鷹，飛到有海的地方去好好看看，尤其是澳大利亞的海。對！就是那兒。聽說那兒的海水美極了！」

可是萬萬沒有想到，說了這句話不久之後的一個黃昏，原本不會水的他，為了搶救一名落水的藏族兒童，竟然永遠永遠的沉入了青海湖冰冷的湖底！無論我一聲聲劃破長空的呼叫是多麼的斷腸淒厲，他還是被那片無情的湖水淹沒了，吞吃了。那一刻，當我不顧一切衝入湖水，想去拉住他奮力掙扎的手的那一刻；當我眼睜睜地看著幾尺以外我的愛舉手向天，又漸漸沉淪沒頂的那一刻；我的心，破了，碎了；我的呼吸停止了，凝固了；我瞪大眼睛死死的盯著突然寂靜的湖面，奢望著，期待著；可除了我狂跳的心，世界彷彿在一瞬間也凝固了。時間在一分一秒的消失，我的奢望也在一分一秒的消失中變成絕望。我就那麼呆呆的佇立在齊胸的湖水中，任由千萬行苦澀的淚，流入同樣苦澀的湖水

中。是告別，是不捨，是別無選擇的送行！那一刻，我才感覺到湖水是那麼那麼的鹹澀，那麼的冰冷，那麼的殘酷……

望著那一片遼闊冷寂的水域，我簡直不敢相信他那鮮活燦爛的生命，竟在一瞬間就那麼被淹沒了，永遠永遠的淹沒了！？分明他那陽光般的笑容，還在我的眼前晃動。他那俊朗的聲音，還在我的耳邊縈繞。還有，還有他的……一切的一切，都還環繞著我！怎麼就消失了永絕了！？不是說好，我們要天長地久，殊途同歸的嗎！？

不！我不相信他會走！這一切都不是真的！不是真的！！我抹去滿臉又滿臉的淚水，繞湖狂奔著、呼喊著、期待著。期待老天能可憐可憐我，把我的愛還給我！把死裡復活的傳說顯給我！我跑啊，喊啊，喊啊，跑啊，直到再也跑不動，喊不出。

夜深了，我撿起方圓百里所能撿起的所有乾柴枯枝，脫去身上所有能脫去的衣裳，在湖邊燃起一堆堆篝火，我苦苦地含淚守望著黑乎乎的湖面，期待著我的愛能從水裡鑽出來、漂起來、走回來……

在對著湖水孤獨的吹奏了一天一夜淒婉斷魂的《梁祝》之後，在昏迷的我被醫院搶救了七天七夜之後，我含淚揮別了那印證著我的青春、愛情、心碎的青海湖和那片大草原。再也不敢回頭，再也不敢顧盼那片已失去顏色的碧水情天！

面對生命的無常，幸福的短暫，面對突如其來的生死訣離，我默默地為自己擦去了即將哭乾的淚滴，背起重重的行囊，也背起了他生前的希望，懷揣著他的遺物，孤獨地飄移到了南太平洋的島域。

生命是無常的，生命是飄移的。我飄移到了澳洲，他無常到了永恆……

我把從青海湖黃魚腹中，找到的他的一粒鈕扣，輕輕地輕輕地放入澳洲的水域，一如把他的靈魂安葬在他生前最想要到來的這裡；一如我們攜手同來；一如我們從來沒有分開……

　　我總是坐在澳洲海邊的岩石上，在黃昏，含著淚，用我的心我的情我徹骨的思念，一遍又一遍的吹奏著那支我們都熟悉的曲子《梁祝》；吹奏著我滿懷的相思和無處話淒涼的悲哀。我期盼他能變成他希望中的那只鷹！

被孤獨淹沒的女人

夏玲玲凌晨睜開眼，不知自己是死了，還是在另一個空間！

她只記得昨晚睡時，喝了一杯把靈魂送向遠方的酒。酒裡放了幾粒可以掌控自己的圓圓的小小的片狀物化的東西。她以為自己可以走了，走的遠遠的。不再有牽掛！不再有托累！不再承受那莫名的痛！其時，她有時並不知道那個他是誰，但在心裡卻莫名的期盼著，渴望著，夢想著，沉醉著，失望著，疼痛著……四十年了，在這四十多年的漫長歲月裡，她曾碰到無數的他，也曾纏綿，也曾心醉，也曾夢繞魂牽。但總不是她要找的那個他！

昨天，夏玲玲徹底絕望了，就在昨晚那個不是她夢中的他與她說再見時。既然這個世界無情的拋棄了她，那她也應該拋棄這個冷酷殘忍的世界！夏玲玲想，也許她的那個他，在遙遠的那一方！所以她毅然決然地喝下了向旅途告別的甜酒。終於可以回家，可以走了！終於可以在醒來時和那個他相見了……

醫院白熾耀眼的燈光，照得剛甦醒的夏玲玲睜不開眼，一切是白茫茫的。

她真是恨！為什麼要多餘救她呢？

「喂！醒醒！」一個粗獷的略帶鼻音的男中音。

誰？誰在叫我？叫我的人是誰？她正迷迷糊糊的想著。

病房角落裡又傳來了幾個小護士低聲的抱怨與怒罵聲：「找死也不挑個時候，這麼紅腫的眼睛，怎麼去參加聖誕舞會呀？喪門星！」

「可不是嗎！聽說還有美國專家要來呢！哎呀時間到了，快走！快走！。」

一陣慌忙雜亂的腳步聲遠去之後，一切又歸於寧靜。

夏玲玲心想，有什麼了不起！想當初，我還是選美冠軍呢！我也曾經和她們一樣年輕過，一樣有過這樣激動的時刻，舞會、男人、約會、鮮花、夢想和期盼……

可到頭來又怎麼樣呢？還不都成為一場空夢，成為遙遠的過去和回憶！？

「喂！你醒了！」又是那帶鼻音的男中音的聲音。這是誰？好陌生又好熟悉的聲音。到底是誰呢？

這時，醫院走道裡走來一個滿臉皺紋蓬頭垢面的老女人，她拖著一雙破損的舊涼鞋，與其說是走在樓板上，倒不如說是敲打在樓板上，留下一串鬧心的拖邊聲。她停在病房門口，大聲喊道：「病人家屬簽字！病人家屬！二號病人沒家屬嗎？誰送來的？」老女人嚴厲粗俗的聲音在走廊和病房裡嗡嗡迴響著。

「我！」

「你？你是誰？」

「我是我！」

「廢話！當然你是你。你和她是什麼關係？」老女人一臉嚴肅的冷問道。

「我和她沒關係。」

「那你為什麼送她來？」

「我只是在她的窗臺下揀到一紙遺書，我知道有人要幫助。所以翻窗入室，送她來這兒的。」

躺在床上的夏玲玲到現在才知道，是他，把她從那個他那兒奪回來的。她好恨他！但又被他身上的氣息吸引著，吸引著，那

是久違了的氣息。為了這氣息，她一路找啊！找啊！找得心累，找的心碎……

她哭了，哭得好傷心！

剛才還粗聲大氣喊叫的老女人，竟然走到床邊俯下身來，輕聲細氣的問：「姑娘，為什麼？為什麼想不開呢？你還年輕，不像我。何苦走這一步呢！」說完，她不無疼惜的伸手幫夏玲玲理了理散亂的頭髮，又遞了張紙巾給她。

此刻，夏玲玲覺得那外表粗俗的老女人，竟是那麼的善良慈祥！她遠比那群年輕漂亮但自私冷血的小護士們可親多了。就像已故的母親一樣讓她心暖！此刻，她好想撲入她那蒼老溫暖的懷抱大哭一場，但她沒有一絲一毫的力氣，她癱軟在那本不該屬於她的床上，無助的哭著、哭著……

她從老女人身上看到了等待自己的衰老。衰老，是多麼的可怕！也不知誰說過，能在年輕時死去，才會讓美麗永恆！因為那樣就不必經歷和面對衰老。

無論夏玲玲多麼不願面對衰老，她還是漸漸感到自己一點一滴的枯萎了，像一朵漸漸枯萎的花。本來，她一直以為自己是永不衰敗的枝子！而今天，她的心在抽泣，她感到自己真的像冬季裡的殘枝，乾了！枯了！只要一陣風就能被徹底折斷。原來枝子和花一樣，都會枯萎衰敗！可自己原來為什麼不知道呢？為什麼青翠的好時光，短的那麼可憐呢？唉！生命與我何干？我曾笑過、哭過、輝煌過、燦爛過。現在，我要回家，我要隨風飄散，輕輕的、輕輕的飄散，飄散……不再會有永恆，永恆在另一個空間！所以她想與這個世界，與這座熟悉的城市告別。

「你醒了，真好！要不要我倒杯水給你？」又是那個既可恨又溫暖的男人！

夏玲玲努力睜開眼，想看看眼前這個多事的傢伙到底長什麼樣。可陽光讓她睜不開眼，無論她怎麼努力，也始終看不清他的臉，只隱隱約約看到一個魁梧的身軀，讓她溫暖的身軀！夏玲玲感到很意外，為什麼對他感到溫暖？我應該恨他！恨他把我從另一個世界，另一個他那裡奪回來，恨他⋯⋯

　　但此刻她怎麼也恨不起來。

　　夏玲玲再一次努力睜開眼睛，想仔細看清，結果還是看不清。但她強烈的感覺到，他，就是她要到那邊去尋找的那個男人！此刻，她的心如乾裂的土地渴望春雨一樣，又燃起了對生命對愛情的渴望！燃起了⋯⋯

　　「你醒了！我該走了。你好好休息吧！」那個溫暖的男人說完，一轉身，離開她的病房走了。

　　走了，都走了！世界彷彿突然間凝固了，寂靜的病房活像一座墳墓。她幾乎聽到了自己柔弱的心跳。

　　孤獨！她又被重重的無邊無際的孤獨淹沒了⋯⋯

作者簡介

蘇俊希

　　筆名玄兒。曾在浙江省石油化工設計院工作十七年。任《中國化工報》通訊員。愛好文學，但是較少動筆。也教學一段時間。目前在澳洲的主要工作是社會服務，持有澳大利亞社會工作碩士學位。

盲人天使

　　三年前當我剛踏入深圳機場的大廳時，第一個想見的是劉麗，她是我讀大學時的班長，也是這屆全班在深圳聚會的總召集人，我們已經多年失去聯繫。一下飛機卻看不見她的蹤影，接機的同學轉達她的問候，並說，她讓你這位澳洲歸來的老同學好好休息，有話明天說。我有些不理解，昨天登機前我還接到她的電話，說好了到深圳機場接我，她今天不能分身讓我有些費解。

　　住進旅館才知道，原來她六歲的獨生女玲玲因角膜病成了盲童，醫院臨時決定今天進行眼膜移植手術，如果成功，玲玲從此可以告別失明。

　　既然讓我趕上了這樣一件大事，放下行裝急忙趕到做手術的醫院，比我先到的外地和本地的同學幾乎全在手術室的走廊裡。

　　老同學彼此關心的話語和思念的友情都無暇顧及，如今焦慮的全是眼膜移植手術的進展。劉麗迎過來緊緊地擁抱了我，無言地相互拍打，大家盼望手術成功的心意盡在不言中。

　　移植眼膜手術進展得很順利，先是護士報喜手術成功，接著醫生特意向家屬說明，捐贈方和受益方難得匹配得這樣好，沒有排斥的症狀，就等著玲玲摘掉繃帶復明的好消息吧。

　　劉麗高興得又笑又流淚，我們幾個女同學先是勸阻，後是一齊流淚，被男同學取笑為「流淚女聲小合唱」。劉麗抽空向我們這些外地來的老同學說：「這幾年我是強裝笑臉過日子，提起玲

玲總有說不完的歉意和自責；玲玲的復明對她、對我、對我們全家、對社會太重要了，我不是哭，我是高興啊！」

　　她深沉地說：「這種事會發生在我身上，是對我應有的懲罰，就在我事業緊張的時期，玲玲經常患眼病，我只想著工作，從沒想到去大的醫院認真檢查，只是叫保姆領著去附近醫務所診治，總是好幾天壞幾天，等到證實由於角膜病導致失明，很多醫生認為已經是回天無術，讓我心如刀絞後悔莫及。」

　　眼膜移植是根治的唯一辦法，但得到眼膜且各種條件合適的機會很小；我多次要求醫院摘下我的眼膜送給女兒，醫院堅決不同意。

　　她擦乾了眼淚接著說：「玲玲手術成功總算給了我一點補償，一位姓趙的先生捐贈的眼膜解除了我的心痛，我要向趙先生學習，簽寫志願捐贈眼膜協議書回報社會。除了要感謝上天賜給玲玲的幸運外，還要感謝捐贈人和勸捐員陳淑瑩女士。」她指著沒有送出的最後一大筐裝潢精美的鮮花說：「勸捐員陳淑瑩辦完手續才能過來，她不僅是我們家的大恩人，而且是許多盲人的大恩人。」

　　陳淑瑩是個大忙人，我們同學聯誼活動臨時動議宴請她，她只答應在醫院和我們一道吃盒飯，在我們追問下她簡單地談了這次勸贈眼膜的過程：玲玲的運氣好，這次遇上了一位車禍正在醫院搶救的青年趙先生，在得知自己已經生命垂危，天真聰明的玲玲急需眼膜移植，趙先生稍經勸說就表示同意，授權給自己的親屬立即簽署捐贈角膜的文件，他只有一個要求：「我的角膜無償捐贈給醫院和有關部門，從現在開始一年內不要向外界尤其是媒體透露，不要宣傳表揚，不要被救治者和家人前來感謝，我做了我應該做的，我要平靜的離開，只要一份心裡的平靜。」所以我

們尊重趙先生的意見，劉麗和其他幾位受益者也只能在一年後，才能去趙先生墓地獻上一束鮮花。

捐贈者趙先生平靜的交待了後事，勸捐員陳淑瑩平靜地敘述了這段過程，但是我們卻無法平靜；人的一生中總有些期盼，有些等待，這些期盼，這些等待，通過溝通才能創造實現的機遇因緣，因為人間有愛！有勸捐員陳淑瑩穿針引線，生活中的許多不幸才得以糾正，玲玲才能重見光明。

這一年陳淑瑩還沒有結婚，一個未婚女青年選擇的職業大都希望賞心悅目，而她的職業卻是整天和那些生命即將完結的人打交道，要看人臉色，有時還遭人訓斥，這種職業是很難得到家人和朋友贊同的，然而，她清楚中國大陸捐贈器官開展得還很不夠，需要從現在開始努力廣為宣傳，才能適應社會的發展，她自己也就此積極作貢獻。

本來我以為深圳是個很商業化的地方，不免有點乏味，但接觸到玲玲重見光明及陳淑瑩的事蹟後，完全改變了我的成見。從深圳回來澳洲三年了，我時時關注一切有關深圳的消息，尤其是玲玲和陳淑瑩。劉麗經常在越洋電話中告訴我玲玲的大眼睛如何的亮晶晶，就連普通的眼病都沒再得過；說陳淑瑩還是那樣謙和斯文，她的事蹟已經廣為人知，如今深圳成立了器官捐獻志願者服務隊，她是隊長，僅她一人已經成功地勸捐一百多例，幫助兩百五十多人尋找到了光明。據統計，中國大陸等待角膜移植的病人高達兩百多萬，而各大醫院每年可以完成的角膜移植手術只有兩千多例，可見陳淑瑩的工作有多麼重要。

從深圳回來，正趕上墨爾本的華人舉辦一個大型的音樂會，慶祝澳大利亞助盲基金會在中國開展工作圓滿成功，當場不少人踴躍募捐再一次讓我深受感動，雖然自己所捐微不足道，但

立下的心願相信將不會讓自己覺得愧對人生，也不會讓陳淑瑩
失望。

　　我保存陳淑瑩的照片，也記住了她的話：「有人走了什麼也
沒有留下來，捐贈眼膜的人卻把光明留下來，可以在別人的眼中
看到他的光明。」

　　想起陳淑瑩的話，走完人生就變得輕鬆許多了，生命可以結
束，光明卻可以延續，該是多麼美好。

作者簡介

溫鳳蘭

　　筆名溫和。由北京移民澳洲，澳洲華人作家協會會員。

　　海外居住總是難忘鄉音，難忘中文，喜歡唱京戲，也偏愛文學。時而寫一點有感而發的即興之作，抒發一下個人心情，與其說是寫給別人看，不如說是為自己記錄一下的感慨。《浪子回頭》榮獲澳洲墨爾本戒賭徵文二等獎。

浪子回頭

　　這段經歷讓我一直都難以平靜，我選擇五年後敘述這件事，是因為當年的郝山雖然是撕心裂肺的傷痛，但結局總算是不幸中的萬幸。

　　郝山在墨爾本市經營一家玩具企業，不管是經營的規模，還是他個人的房產、汽車、存款，與同期來澳的華人留學生相比，都能列入中等以上，他總是哼著小曲，笑眯眯地來往於公司和家庭之間。

　　郝山的父親患心臟病，母親患乳腺癌，由於家庭溫馨，心情愉快，都已年過七旬身體仍然不錯。父親烹飪的山東菜，母親包的水餃，都是郝山百吃不厭的美食；尤其是屋前的花園，由兩位老人打理得賞心悅目，不同的季節都鮮花滿園，時常招來街坊鄰友的讚譽。

　　郝山是父母的驕傲，晚飯後他們的臉上總是蕩漾著舒心的笑容，頗為得意地欣賞能幹的兒子，為他泡上一杯香茶，準備好新鮮的水果，意在緩解兒子一天的疲勞；然後就安靜地坐在沙發裡，一邊聽兒子講述社會上或者工廠裡發生的新鮮事，一邊想著明天給兒子做幾道可口的菜肴。

　　可是一場噩夢襲來，擊毀了溫馨的時光；一天，郝山陪一位大陸來的客戶到皇冠賭場觀光，從前郝山歧視賭徒，這是讓他很討厭的地方。他的客戶卻說：「少玩幾把是小賭怡情，沒什麼大

不了的。」在客戶的慫恿下，他也跟著下了賭注。但是他那天很邪門，少下少贏，多下多贏，桌上的籌碼越落越高了。當大把的澳元揣進郝山口袋的時候，他驚呼：「這錢賺的太容易了！」他感覺飄飄然，從此他漸漸迷戀上了皇冠賭場。

賭癮越來越大，他從每週去一次賭場，增至二次，三次，五次，最後是每天必去，甚至在賭場過夜；他頭髮蓬亂，雙眼熬得通紅，只有在翻牌的那一刻，他才睜大了雙眼恨不得把牌吞進眼裡；贏了錢就笑，輸了錢就煩。俗話說十賭九輸，越輸越想往回撈，越撈越輸，郝山輸紅了眼，銀行存款賭光了，信用卡透支了，只想著賭錢翻本，企業也沒心經營，合同違約的案例常常發生，一向贏利的企業陷入虧損狀態。

急於翻本的郝山編織著許多謊言，用企業資產做抵押向銀行貸款，貸款到賬他又一頭栽進賭場，結果又輸了；再去貸款，再賭還是輸。翻來覆去，上百萬的企業被銀行半價拍賣，扣除欠債找回的零頭還不到兩萬元。他交出企業的一剎那，心如刀割般的疼痛，一步一回頭，悔恨地挪動迷惘的腳步，漸退漸哭。

可憐的兩位多病的老人，兒子把企業輸光了他們還蒙在鼓裡，只覺得兒子變得生活沒規律，經常夜不歸寢，有時過問，兒子總是說：「去外地處理商業糾紛。」直到有一夜，員警將喝醉酒的郝山送回來，並請翻譯通知：「把你兒子看好，他輸光了企業，要尋死。」兩位老人這時才知道真相。

郝山的父親氣得渾身哆嗦，大聲地訓斥道：「你連畜牲都不如，你滾出去，我不認你這個兒子！」話沒說完，剛剛緩解的心臟病就復發了；郝山的母親這邊勸慰老伴，那邊擦掉眼淚哄著兒子，強裝笑臉對兒子說：「公司賠沒了，以後再掙回來，留得青山在，不怕沒柴燒。」

夜闌人靜，郝山悔恨地躺在床上，想起了是他傷透了老人的心，母親話裡有話，父親病倒了，這一切都是我造成的；我是個罪人，我活著給自己也給父母蒙上了恥辱，天剛亮他留下事先寫好的「遺書」，準備悄無聲息地溜走。

　　郝山的母親識破了兒子要尋死的企圖，攔住大門，郝山跪在地上叩頭，悔恨痛哭！訴說自己沒臉再活下去了，乞求母親允許他離開這個家。

　　「你不能想到死，你是懦夫，你死了我們當父母的老人還能活嗎？只要你能活下去，你父親和我都能挺得住，咱家的好日子一定會重新開始。」郝山母親的寬容大度，在緊要關頭起了很大作用。

　　郝山真要擺脫尋死的念頭，與徹底戒賭相比，前者還是比較容易；郝山真的能戒賭嗎？五年多，雖然不敢說他是「浪子回頭金不換」，但五年多的時光裡，那可是兩千多天哪！他靠著重新做人的堅強毅力，戰勝了自己貪賭的欲望，由遠離賭場到徹底戒賭，他重新找回了挺起腰板，瀟灑幹事業的感覺。

　　在戒賭的日子裡，他會毫不遲疑的痛斥，有時還會以自己慘痛的教訓勸告他人戒賭。

　　郝山從打工開始重新積累資金，創建的新企業漸入佳境，產品被擺放在澳洲幾個大的超市櫃檯，有些精美產品一經上市就被搶購一空，新追加的訂單太多，目前，他常常為生意忙不過來而大傷腦筋。

　　戒賭了的郝山重新成為一個充滿朝氣的企業家，生意好了，哼著小曲上下班又成了郝山的習慣；他父母不僅病情一直穩定，而且由於笑口常開，身體也好過前幾年；就連郝山的兒子也考取了海外名牌大學，郝山的一家人又恢復了從前的溫馨。

現在用郝山自己的話說：「當過賭徒是我永遠的傷疤，險些跌進在萬劫不復的深淵，而最受傷害的人就是我的父母親；我勸朋友遠離賭博，珍惜眼前的生活，給自己，也給親人保留一份溫馨！」

玉瑩探親記

　　玉瑩走出北京機場行李間已經是夜裡十一點，很快就看見表哥表嫂在人群中向她招手，還沒來得及回應，又看見他們身邊有五六個人向他打手勢，都誰來了，仔細一看，好傢伙！那個老頭是老爸、大姐兩口子來了，還有小同學鐵姐妹芬姐兩口子也來了。

　　三年前玉瑩從墨爾本回北京探親，來接機的只是表哥，因為他離玉瑩家最近又有輛捷達車，雖說算不上名牌，但也是親朋友好中僅有的有車族。這次他們人來多了，一輛車坐得下嗎？再說，還有帶回來的羊毛被等大包袱往哪放呢？

　　一出機場，只見一水的三輛新車在等著玉瑩，這位提，那位抱，三下五除二，玉瑩推來的行李車輕易地被分光了。她正在想坐誰的車好呢？「坐我的車。」老爸一發話別人不好再爭。

　　路上沒等玉瑩開口，老爸搶先回答：「當司機給別人開車半輩子，退休自己買一輛，你看，這多方便，今後接你，送你不求人。」

　　「大姐家也買車了？」玉瑩知道大姐夫是科研人員，孩子在讀高中，買車還是有困難的。

　　「你大姐夫的科研題目獲大獎，車是單位獎勵的，那可是國產最好的高擋車。」老爸有些眼饞。

　　看接玉瑩這陣容，有些問話全免了，她踏踏實實足玩了一個月，要回墨爾本了，除家裡人之外芬姐每天下班都來看我，起初我沒當回事，一連三天了，只是瞧我卻很少說話，我猜她準有事，

她能有啥不能開口呢？有事就直說吧，是借錢？還是求我為她兒子辦出國？我幫不了大忙也能幫小忙，再說，她從前可是抗得住的人，無論大事小事她從不叫苦，她越不說玉瑩越急於知道。

終於，在玉瑩臨走前一個下午，芬姐來電話邀去她家坐一會，玉瑩想可能是有些話當別人面不好開口，只能到她家當面說。玉瑩一進芬姐的家，看見兩室一廳的單元房裝飾的很高雅。

玉瑩接過芬姐遞過來的京白梨，誇獎她的房子說：「你這房子夠豪華啊。」

芬姐說：「我現在每月還在還房貸呢，還得八年才能還完，到那時候才能輕鬆。」

玉瑩說：「我們在國外也是這樣，不叫還房貸，叫供房子，和你們差不多。」

玉瑩在想，雙方是在操練進攻與防守，她是要借錢的開場白吧；我呢？也沒問她要借多少錢，就怕她借多了難免和她一樣叫苦：又補了一句「可不嗎，這年頭，誰都活得不容易。」

芬姐說：「你夠可以了，我早就說你命好，你在高福利國家啥都不用愁。」

玉瑩說：「也是不能說好，還算勉強可以吧。」

芬姐正色道：「你呀，人要知足，對吧？」然後，又開起玩笑：「你是怕我上門借錢吧。」

玉瑩硬裝作慷慨的說：「不怕，幾萬人民幣我隨時借你。」亮出了我的底牌，心裡七上八下不是滋味，面對小姐妹半輩子交情，幾萬人民幣才一萬澳元，還好意思裝大方，能頂啥用，說完我自己都感到羞愧。

芬姐摟著玉瑩的肩膀，說：「好妹妹，有你這句話，我就知足了。你還是這般熱心腸。好，我高興，真是高興啊。」邊說邊站了起來。

玉瑩被她說的臉紅心跳，急忙再補充說：「真有困難再多點也行。」心想：你可別獅子大開口，我真的是沒有太多的存款。

　　芬姐笑了：「說啥呢，咱們別提錢了，小瀋陽說過，不差錢。」你看我請你來是主要是為吃這口，她揭開冒氣的蒸鍋，只見香噴噴一籠屜金黃的玉米麵小窩頭朝著玉瑩笑，饞得玉瑩直流口水。

　　要不是新出鍋的窩頭太燙，玉瑩恨不得立即抓兩個吞進肚裡。「芬姐你是我肚子裡的蛔蟲，我就想準有啥好東西還沒吃著，這下讓你給補齊了。」

　　芬姐靦腆的笑著說：「我天天都在想請你吃點啥，看見你到處被人請來請去，很多人都陪你吃山珍海味，我心裡實在想不出啥花樣，我記得你上次回國說，可惜沒吃上玉米麵窩頭，這幾天我找了好幾個農貿市場，總算找到今年新玉米麵，配上沙鍋小肚白菜，讓你換個胃口。」

　　玉瑩愧疚極了，心想：原以為她是求我幫助，到頭來卻是為了一飽我的口福，我真把人家想扁了，想到這強掩下流出的淚水，玉瑩一把抱住芬姐，說：「我的好芬姐。」

　　去機場送行的還是三輛新車，玉瑩有些不想離開北京了，難分難舍的邁進了候機室，心卻飄出了機場外，彷彿要跟隨送行的汽車重歸親朋好友之中。

丁向東

澳大利亞華人作家。

琴聲

　　搬進新居已經兩個多月了。記得第一個清晨，當早霞剛剛在海天相接的盡頭渲染著東方的天空，我打開陽臺上的窗戶，一陣輕快而奔放的斯特勞斯的圓舞曲就和溫潤的海風一齊飄了進來。那曼妙的琴聲彷彿要深入人的靈魂，熱烈而奔放，使我不能自己。

　　我久久地佇立在窗前，沉醉在這迷人的樂曲之中，全身都充滿著活力。突然，我似乎感悟到了什麼，立即耳眼並用，全神貫注地開始搜尋這琴聲的源頭。很快就確定，它是來自前面大約二十多步的那座小樓。那小樓掩映在翠竹和鮮花叢中，雖然和其他小樓並沒有太大的區別，但是在我看來，它卻是那樣的特殊，就像這琴聲一樣的曼妙，只有在童話裡才能找到，令人心醉。於是在我的腦海裡就不由自主地浮現出同樣只有在童話裡才有的美麗、快樂、無憂無慮的天使一般的精靈……

　　就這樣，在曼妙的琴聲和愉快的遐想中，太陽已經在不知不覺中躍出了海面。平靜的海水彷彿也興奮起來，閃爍起萬道金波。一個多麼難忘的早晨，雖然它幾乎耽誤了我一個重要的會議。

　　下午回來經過那座小樓的時候，我期待的琴聲正從它的視窗飄出來。雖然已經不再是讓人心旌搖盪的圓舞曲，但是巴哈令人心神氣定的協奏曲，在我聽來同樣是那樣曼妙，那樣令人浮想連翩。

　　這座小樓的主人是個什麼樣的人呢？這樣曼妙的琴聲，又是出自哪位小姐的素手呢？我每天上下班路過小樓的時候，都要特

別關注是否有人出入這小樓，然而，一個星期過去了，我所看到的都是它緊閉的院門。除了清晨和黃昏那曼妙的琴聲，平日裡似乎連院子裡都很少有聲音傳出來。

終於有一天，就在我搬過來第二個星期的星期天下午，我遠遠地看到那座小樓的院門打開了半扇，從裡面出來一個姑娘，大約十八、九歲，像是大學低年級的學生。我很快將車停在路邊，步行著迎了上去。當離她很近的時候，我客氣地問：「小妹妹，每天清晨和黃昏的琴聲是你彈奏的嗎？」

她多少有些感到意外，臉上透出些許紅暈，但是卻很自然地回答說：「不，那是我姐姐。」

一個多月又過去了，大概也是因為我早出晚歸的緣故吧，除了在一個星期天的下午再一次遇到那個大學生，簡單地打了個招呼以外，竟沒有看到過她家的任何一個人。

只是琴聲依舊⋯⋯

然而，有一天我下班回來，路過那座小樓的時候，竟意外地沒有聽到那熟悉的曼妙的琴聲。一種莫明其妙的失落感不由得襲上心頭，快快地回到家，習慣地打開陽臺的窗戶，希翼著那遲到的曼妙的琴聲會和第一次一樣，隨著溫潤的海風突然飄進來。然而直到海面上消失了最後一縷夕陽的餘輝，海潮拍擊堤岸的富有節奏的聲音陣陣傳來，那熟悉而曼妙的琴聲卻彷彿在時空的軌道上消失了！

第二天清晨我早早地起來，站在陽臺的窗戶前盯著那座神秘的小樓，靜靜地等待。大海在躁動，略帶鹹味的海風使人感到秋天的臨近。但是那熟悉的曼妙的琴聲卻始終沒有響起⋯⋯

兩天以後的晚上，十點鐘已經敲過，我正準備就寢，突然傳來救護車刺耳的叫聲。我急忙走上陽臺，發現那座小樓燈火通明，而那輛救護車竟在樓前停下不走了。我下意識地奔下樓，快

步走向那座小樓，當我走近的時候，只見一個老婦人正準備關門。經過簡單的自我介紹以後，我們就攀談起來。

原來這位老婦人是這家人家的保姆。這小樓的主人是大學教授，在北京的一所著名大學任教，只有寒暑假才回來。彈琴的是他的大女兒，從小就因為小兒麻痺，下肢癱瘓，只能在輪椅上活動。十六歲那年又得了白血病，已經整整七年了。為了有利於她養病，剛好小女兒又考取了這裡的大學，去年就在這海濱城市買了這座小樓。今天傍晚病情反覆，這不，她母親就陪她上醫院去了。

聽了這位老保姆的介紹，我幾乎一夜未眠。我怎麼也不能將那曼妙的琴聲和一個從小就殘疾，而後又罹患不治之症的姑娘聯繫在一起。無論是斯特勞斯令人熱情奔放的圓舞曲，還是巴哈令人心神氣定的協奏曲，即使是一個身心都非常健康的人，也要在心情與之相適應的情況下才能彈奏得好，然而，她……

窗外，海風怒號著席捲過棕櫚樹的海灘，大海咆哮著衝擊鋼筋混凝土的海岸。是什麼力量在主宰大自然的律動？是什麼力量在左右一個人的意志？我的心中湧動著一種不可控制的懸念，激烈地衝擊我固有的思維模式，它讓我重新認識我自己，檢討過去，面對將來。

第二天一早，我決定到她住的醫院去探望她。但是經過昨夜的治療，她正在熟睡。在我的再三請求下，護士打開了一線門縫。既看不到她殘疾的下肢，也看不出她被病魔長期折磨的痕跡。她睡得那樣的安詳、那樣的甜美，一絲若有若無的微笑漾在她的唇邊，彷彿一個聖潔的天使。此時此刻，她也許正徜徉在花的海洋裡，歌唱生活，歌唱春天；也許正翱翔在蒼穹，天是那樣藍，雲是那樣白……

我請護士將我的鮮花放在她的床頭，並轉告她：一個她的近鄰向她致意，並且等待著能儘快重新聽到她曼妙的琴聲，斯特勞斯的圓舞曲，巴哈的協奏曲，還有貝多芬的「英雄交響曲」……

賣海水的人

　　星期天想睡個懶覺，正做著一個不想離開的夢，不想電話鈴發瘋似的大叫起來，隨手打開燈，天啊，才四點鐘！是哪一個沒長腦子的人，這時候打電話？我咕嚕著，無可耐何地拿起話筒。

　　「老同學！還在睡覺？我報告你一個好消息……」

　　一聽對方略帶沙啞的濃重四川口音，腦子裡馬上就閃過東方玄華的人影來。這人和他的名字一樣怪，低低的個子，嗓子裡好像有吐不完的痰，每隔幾分鐘就要嗆咳幾聲，鼻子還經常呼嚕著。還在上大學的時候就已經開始禿頂，永遠是那樣衣衫不整，邋裡邋遢，一雙襪子從買來穿到前後開洞不帶洗一洗的，而且臉上總有一種說不出來的神經兮兮的表情，不合群，平時也很少說話，經常有些餿點子，一旦談興大發，令人啼笑皆非。

　　有一年在株洲實習，一個號稱神算子的算命先生給他算了一個命，說他不是出類拔萃就是窮困潦倒。不想果然被他言中，讀大學期間，四年八學期幾十門功課，沒有一門成績低於95分，貨真價實的出類拔萃吧？大學畢業以後，由於成績優異，被分配到科學院，沒有人不用異樣的眼光看他。然而不到半年，這位老兄的處境大變。起因是不知他又動了那根筋，竟然想起來跑到院黨委辦公室去檢舉他們的所長，說是他貪沒了院裡下撥的研究經費，並有根有據地指證其他一些劣跡，還將他平時記錄這些事實的小本本也給人家留下了。這下可好，人證物證都落到人家手

裡，所長反咬他栽贓陷害，連公職也開除了！同學們聽了又可氣又可笑，但都同情他，為他惋惜，可他對這件事卻並不特別的介意，還是那什麼都不在乎的樂天脾氣，見誰都是一句話：「總會有翻身的日子！」

　　幸好不久就遇上了改革開放，於是東方玄華就獨自一人跑到這南方的城市來淘金。聽說也有過幾起幾落，最困難的時候，給餐館洗過盤子，給零售店送過貨。我第一次在這座城市遇到他是在一家第一流的大酒店，我是為應酬一位上級領導，驀然看見他一個人坐在一張靠窗的臺子上，一邊篤悠悠地喝咖啡，一邊漫不經心地觀賞海景，一臉福態，連腦門上都閃著光。西服雖然不太合身，但是看得出是名牌。他看到我樂得像個小孩子一樣，幾乎沒有跳起來，非要拉我一起喝咖啡，和我好好聊聊，聲音很響，旁若無人。當他瞥見我的那幾位高貴的客人時，不屑一顧地撇了撇嘴，習慣地嗆咳了兩聲，只好作罷……

　　自從那次酒店邂逅，很長時間沒有再聯繫。由於他仍是單身，居無定所，幾次電話也沒有打通，以為他已經離開了這個城市。有一天晚上已經十一點多了，如果不是貪看一場球賽早就上了床，突然電話鈴聲響了起來，一聽對方說話就知道是東方玄華，還是那略帶沙啞的濃重四川口音，但卻沒有了往日的那股銳氣，一開口就向我借錢。他說話總是開門見山，決不拐彎摸角，拖泥帶水。第二天我按他的地址找到他，他住在一座豪華公寓樓的第二十四層。我心想，住在這種地方的人，怎麼會跟人借小錢？上去以後，他正在準備搬家，見了我自然非常高興，只是說起現狀，就不住地嗆咳。

　　「你看，這不搬家了，付不起房錢。」原來他跟一個鐵杆朋友合夥成立了一家私募基金做莊炒股，先是大發，慕名者紛紛加

盟，就在他們如日中天的時候，他的那位鐵杆朋友卻在一夜之間卷款而去，不知所蹤，丟給他的是一屁股爛債。

我說，你借的這點小錢，滴水車薪，管什麼用？

他卻不改一向樂天的態度，說：「找間農民房先住下來再說，總有翻身的日子。」

後來他又跟我借過幾次錢，但是他這人從來不賴賬，雖然每次來還錢的時候，我都看得出他並不富裕，言語中帶著些許苦澀，但是卻始終保持著他特有的樂天本色，說：「好借好還麼，總有翻身的日子！」

這次這麼早就打電話來，我以為又是要借錢，誰知道他的語氣大變，一股興奮得不能自已的神態正由電話線向我傳過來。

「什麼好消息？是不是看了昨晚的電視，你知道那個通緝犯的下落？」我故意揶揄他。

「那點小錢算什麼？才十萬！」在他眼裡，這十萬元的重獎簡直不值一提。

「你發財了！」我吃驚地問。

「暫時還不能這麼說。」他反倒拿腔拿調，吊起我的胃口來。

「你這是什後意思？我急切地問。

「正準備發財！」他不慌不忙地答。

我的天啊，發財竟然還有準備這一說？

「葫蘆裡倒底賣的什麼藥？快倒出來！」我的睡意完全沒有了。

「我想了一個賺錢的絕妙主意，賺大錢的主意，一本萬利！」

他顯得很得意，很為他的這個主意自豪。

「你賣什麼關子？快說來聽聽！」我真的急了。

「聽了不要嚇你一個跟頭！」我又想起了他那個神經兮兮的表情。

「我還在床上躺著呢，摔不下去。」

「那你就好好聽著，賣──海──水──！」

「賣海水？」我以為百分之一百是聽錯了。

「是啊，一點沒錯，賣──海──水──！」他一字一頓，每一個字都說得很重，不像開玩笑的樣子。

要是別人，我真的會以為他一定是窮瘋了，但是東方玄華不一樣，他這人雖然說話有時候神經兮兮，但是決不是胡說八道或者胡吹冒聊的那一種人。

「海水取之不盡，你買給誰？」我正經地跟他說。

於是他就滔滔不絕地說起他賣海水的生意經。

「你知道現在這年頭，人們吃魚非活的不吃，所以凡是賣活魚的地方，不管是大賓館大飯店還是菜市場，海魚都是用淡水養的，裡面兌了一種叫生物生化劑的東西，雖然魚在裡面可以活一陣子，但這東西畢竟是化學品，魚在裡面養的時間長了，口味就變了，而且影響人的健康。再說這東西的價格也貴。我要做的就是直接將過濾好的海水送到他們那裡去，海魚就養在原汁原味的海水裡，而且成本還比原來的便宜，如果是你，老同學，你買不買呢？」

簡直無懈可擊！不過要將想法變成生意或者財富，那可遠不像紙上談兵那樣簡單。然而東方玄華卻還是不改他樂天的口氣：「什麼事情只要認真做起來，總有成功的一天，你就看我怎樣翻身吧！」

「啪！」電話掛斷了。他既沒有要求我的幫助，更沒有向我借錢，他這麼早給我打電話，完全是因為他無法控制他的興奮和激動，同時也是對我的充分信任，讓我分享他的激情，他的希望。

快節奏的生活就像繃緊的弦，沒有一刻的鬆懈。我和東方玄華又有一年多沒有聯繫了，他的那個賣海水的計畫實行得怎麼樣了呢？一直沒有進一步的消息。

也是一個星期天，我正準備出門，聽見窗外有汽車在按喇叭，探身往外望去，就見門前停著一輛嶄新的賓士，正在打開車門，啊！那下來的不是東方玄華嗎？從上望下去，不多的幾綹頭髮明晃晃的；一身筆挺的西服，連皮鞋也擦得油光發亮，從式樣上看，無疑是義大利的進口正宗。東方玄華一改往日的舊態，顯得那種略帶矜持的斯文，走過去將另一側的車門打開，竟下來一個身段嬌好、珠光寶氣的妙齡女郎。

　　「東方玄華的計畫成功了！可怎麼娶了一個這樣的女人？」我一邊為他高興，一邊又微微覺得不安。

　　進屋以後，還沒有等我說話，東方玄華就文質彬彬地向我介紹說：「這是我的秘書依娜，也是我的女朋友，準備年底結婚。到時候，老同學一定要來湊熱鬧！」他還是那樣開門見山。

　　「你的計畫終於實現了，祝賀你！」我故意回避他結婚的這件事。

　　「我正在籌辦集團公司，準備將成立大會和我們結婚的日子放在同一天，大家盡興地樂一樂！」東方玄華看了看她的女秘書，顯得從來沒有過的自信和從容。

　　幾個月很快就過去了，我一直在等東方玄華的請柬，但是一直到新年過完，請柬也沒有收到，連電話都沒有一個。一個不祥的預感不時在糾纏著我。果然不久就得到了證實，他的那個女秘書依娜不僅捲走了他的全部資產，連他們住的房子和汽車都賣掉了！

　　從此就再也沒有了東方玄華的消息。他現在怎麼樣了呢？像他這樣的年齡，還能承受得了這樣的打擊嗎？後來從一個同他熟識的朋友那裡瞭解到，東方玄華還在這個城市奮鬥著。他在兩個多月前還看到過他一次，據這位朋友講，東方玄華大病了一場，消沉了好一陣子，現在已經完全恢復過來了。雖然人瘦了一層，

但是那樂天的精神似乎並沒有受到影響，掛在嘴邊的也還是那句口頭禪：「總有翻身的日子！」

東方玄華還能東山再起嗎？

一個能想出賣海水、並把它變成財富的人，還有什麼事情不可能的呢？我想。東方玄華絕對算不上出類拔萃，但是他的那種拿得起、丟得下的心態，那種永遠寄希望於未來的不屈不撓的奮鬥精神，卻使我無論如何也無法將他忘記！

作者簡介

子軒

　　女，原籍北京。一九八八年畢業於北京大學東語系，一九八九年移居澳大利亞墨爾本至今。現為職業畫家，同時寫作。出版過文集《墨爾本，世紀的錯覺》。

少年 Ben 的故事

還常常想起那個叫Ben的男孩子，常常想起新西蘭。對我，那是個絕美卻孤獨的大島。

前幾天姐姐來電話，她一如既往地生活在那裡。她說，每次只要是開車經過任何一個湖，都會令她想起Ben。

也許新西蘭太孤獨了吧，有些記憶是無法淡漠的。

那些年，姐姐在新西蘭南島的一個小有名氣的鎮子上開著一家小型的Motel。那兒有常年積雪的群山環繞著一個翡翠般寧靜的大湖。那兒的夏天，夜晚九點半還是金光燦爛的，寶石藍的天幕上塗抹著桔紅色的夕陽。

湖邊有個毛利人的小教堂，用不規則的大石頭砌成，尖尖的頂，已經過百年了還在使用著。湖邊還有只昂頭挺胸的狗的銅像，高高的石頭底座，據說是「護湖」的英雄。關於狗的傳說，有好幾個版本，歸結起來無外乎是它拯救過數個溺水者，到死都忠誠地守在湖邊。

姐姐的鄰居是個毛利老人，帶著個十四歲的孫子。男孩有著四分之一的毛利人血統，二分之一的澳洲人血統，還有四分之一是中國人的血統。

那個毛利老人是孤獨的，完全沒有毛利人群居的習性：幾代同住的大家庭，喝酒無度，夜夜升歌。老人健康硬朗，具體年紀很少有人知道。一頭蛇樣繩捲著的過肩長髮，目光如鷹，冬天也只穿件

長T恤而已，倒是終年一雙靴子，常常開了機動小船到湖中央去釣魚。他的孫子有時陪在身邊，也是一個非常安靜的男孩，叫Ben。

Ben每天坐公車到百公里外的城市讀中學，往返兩個小時。週末會來姐姐這邊玩。整個鎮子上，他只到姐姐家作客，和姐姐的丈夫一起看Rugby，收拾花園，和姐姐一家聊得很熱鬧。

但，老人從不過來。

他們是鎮上唯一不去石頭教堂的毛利家庭。

姐姐總覺得那孩子很孤獨。可實際上，孤獨是旁觀者想像出來的，那孩子快樂地和老人生活在現實中，他的世界也許豐富無邊。

後來，有那麼一天的中午，老人突然過來了，這是唯一的一次，姐姐說，也是最後一次。他就像是有著某種預感，過來借個並不重要的廚具。姐姐邀他坐一會兒，老人猶豫著只站著喝了杯咖啡，走時說謝謝他們對Ben一直這麼好。

下午三點來鐘，湖面傳來巨大的爆炸聲，一股帶著火焰的黑煙自水中騰起。

Ben放學回來後再也沒見到他的外祖父。

十四歲的Ben把自己反鎖在家中整整兩天，不肯見任何人。

第三天是周日。早上，他像幽靈樣打開了門，直直走進了石頭教堂。教堂裡，所有鎮上的毛利人都愣住了，不發一言。Ben走到聖臺前突然揮起斧子劈斷了那個百年聖像，然後又揮動斧子直衝人群。尾隨而來的姐姐奔過去死命抱住了瘋狂的Ben，Ben連哭帶喊：「是他們！就是他們殺了爺爺！」

大概兩三天後，姐姐第一次見到了Ben的父親，一個Ben完全陌生的澳洲男人。這個父親對姐姐說的第一句話，竟是不客氣的質疑：「你怎麼是中國人！」姐姐後來才得知，Ben經年不知去向的媽媽就是個中國人和毛利人的混血。

Ben並沒有跟父親走。風清月高的深夜，他帶著老人的雙筒獵槍，坐在那隻狗的銅像下，自殺了。

　　他甚至沒有和姐姐說句話。

　　姐姐在此之後幾個月沒有和我聯繫。再收到她的電話，她已經住回了基督城。她說老人機動船的爆炸查清的確是人為的，可，鎮上的毛利群落無人說話。她說她真想搞清楚那個野蠻的毛利人的宗教為什麼如此容不下那一雙善良的祖孫，她還想搞清楚那拋下老人和孩子早就跑掉了的女人倒底是不是中國人。

　　但，她這輩子也搞不清楚那一家三代的故事。她能做的僅僅是把Ben記一輩子，一個姐姐一直認為孤獨的男孩。

　　姐姐無法再在那個寧靜孤獨卻帶著血腥的小鎮住下去，她選擇了離開，說，永遠不想回去。

　　常年積雪的群山依然環繞著那個大湖，太陽依然升起。

　　卡夫卡曾經說：有人通過指出太陽的存在來拒絕苦惱，而有人則通過指出苦惱的存在來拒絕太陽。

　　那個孩子，他用生命拒絕了太陽。

　　我後來又去了那個小鎮。一條清澈的綠色的溪流從鎮邊奔騰而過，在陽光下閃著細碎的光芒。那個大湖依然湖水平靜，天鵝浮游。

　　鎮上的小餐館裡有老闆娘捧出自己烤的土豆，熱呼呼的香氣帶著她家常絮叨的人情話語。店裡還有油畫，植物，俗的俗雅的雅。

　　那所教堂裡，椅子很舊了，從頂窗灑進來的光，一道道溫暖地傾瀉著，無拘無束。沒有人，可感覺上有點隱約音樂，悠悠像自天國而來。

　　我坐下，寂靜中體會著。這是個能讓人記得和遺忘很多事的地方。

我對著空洞突然想起了《小王子》那本書，是啊，Ben一定沒有讀過，否則他會記得其中那句話，他就不會死，他也會遠遠離開。

　　那句話說：在這個地球上生活的人們，每天只能看到一次落日，但他們仍然擁有在不同的地方看落日的自由，這或許就是漂泊的理由。離去，使事情變得簡單，人們變得善良，使我們重新開始。

　　能離開，是幸福的。

山外山

也是秋天。

去Bright的路，在我心裡，不用看地圖，不用找路標。四個多小時，我沿著山巒的起伏，追著樹葉的色彩，像是去探望情人。

那是個有著如花開般幻影幻夢的美麗小鎮，人們都在追尋著她的豔麗，我卻一直在體會其中平凡結實的生與活的過程。

進鎮的路，有兩公里長，被兩邊百年大樹的濃蔭覆蓋，是條漫長的秋色的甬道，紅色，金色，古銅色和綠色，枝葉在空中交織錯落，陽光斑斑點點地在樹間閃爍。就這麼開進去，如同開進了不再是今生的故事裡，令人全然忘卻歷史和往事，只留當下的一朝一夕，開始在斑斕的小鎮裡。

「J看見琴也是在秋天的這條路上。」

「你是說山那邊葡萄園裡的餐廳女老闆？她丈夫是幹什麼的？」

「J是個警官。鄉下的警官都開著神氣的四輪驅動。」

「琴卻是個一直生長在大城市的中國女子啊。」

「可琴愛上了他。就在琴開進鎮子的大道上，兩輛車緩緩交錯而過的時候，他們透著車窗看見了彼此。」

「這麼浪漫，像電影。」

「浪漫是一瞬間的，生活可是永久的平凡。他倆只是準確地相遇了，或者說相遇得如此準確。」

「琴就這樣待下來了？」

「琴在瞬間愛上了這裡的繽紛，和在繽紛中走下車的J。那一瞬間的驚詫使她毫不猶豫地停住了車，也停住了自己的命運。」

「可這裡終究是鄉下。」

「城市怎麼樣？鄉村又怎麼樣？看似兩種生活，其實一種單調。」

我入住的是木屋頂層那斜斜的小閣樓。英國式的木窗戶，一個小陽臺伸到樹叢裡，能抓到紅色的楓葉。

在這裡，我每天沉實地睡覺，然後被清晨鳥群的歡鳴叫醒。用清水洗臉，認真地把長髮編成辮子。再然後，留戀在小鎮人群往復的街道上。

樹葉在落。腳下踩著濃烈的金黃色，簌簌的響動讓人驚慌。天高雲淡。乾淨的陽光射下來，街邊的秋樹有的一半還是綠，一半已是紅。

房東的女兒牽著她的小狗在溪邊玩耍；隨處可見有三兩畫家在縱情寫生；鎮子中心的咖啡館永遠坐滿衣裝簡單的遊客們。

我在等待平凡的故事，它們如影隨行地散佈在空氣中。

「倒底是什麼能讓琴留在山中的？」

「愛。還不夠嗎？」

「對於現代都市人，肯定不夠。」

「那就是這裡觸手可及的真實吧。琴肯獨自進山，也是在找某種生活的真實感覺，在逃避城市中的浮躁與偽飾。越是平凡的日常生活，人與事，時與地，看似簡單，其實越是意味深長。在他們瞬間相愛之後，他們第一次來到山那邊J家族的葡萄園，J的小弟騎了一輛四個輪子的農場用的摩托車，在葡萄園中來來去去，送工具，倒垃圾。琴好奇，小弟就說，我帶你轉轉吧。他灑

脫地讓琴坐在後面，跳上摩托，顛簸著，繞著八十多英畝的葡萄園帶著琴四下兜風。正是夕陽西下的時候，山谷中的葡萄園齊整整一片輝煌。地上晃動飛跑著他們摩托的影子，琴看到自己的長髮在大地上劃出長長的飄動的曲線。遠處，J和父親在巨大濃綠的栗子樹下拿著啤酒開心地大笑，淡淡的炊煙浮動在他們身後白色磚房的頂上。琴對小弟說，我想留下來。」

我決定開車翻過這座山，到那邊的Mt. Beauty去尋找被鎮上人們譽為傳奇的葡萄園。

離開了金紅色茂盛的悲喜，失落，深不可測；離開了充滿逛店，拍照的旅遊者的小鎮，我開向群山深處。

我相信，成熟的女子是不會去追尋繁華的愛情。因繁華太過表面與短促，之後，不過是一地塵埃。真理永遠不在嘈雜的人群裡。

我在空靈的山嶺中盤旋而上，漸漸接近了叢林蔭密，卻突然，峰徊路轉，一片豔陽普照下的山谷豁然展現。我驅車滑進了光明之中。

更加濃烈華麗的繽紛秋樹，帶著寂靜與悄然，包裹著一座陽光下白色的村莊，純美如島嶼沉入河流無聲的底處。

村邊，一對中年伴侶，拉著手走過無人的小街，彼此親親密密，像在說著很多話。任其世間大多數人起伏於繁盛之中，走馬觀花，寥寥自慰，他們倆就只沉浸在這片依然故我的桃園世界裡相擁相伴，自然與天地交融。

看到他們從身邊而過，我在想：人的生命中有太多會慢慢地，慢慢地遺忘了的事，或人。可又有多少一瞬間的驚動，因著天地的渺茫而深埋在心，感動一生？

我轉動著車輪，緩緩地駛向了路邊那片依山而上的壯麗的葡萄園……

「琴就沒再回過墨爾本嗎？」

「對她，墨爾本已經是一片終結了的瀲灩春陽。」

「她就沒猶豫過？」

「你說呢！哎，琴就曾經問過我：你知道山的那邊是什麼嗎？」

「是什麼？」

「還是山！山外山。風光無限！」

留守的生活

墨爾本的秋天。清涼的早上。

開車把孩子們在學校門口撂下就回了家。城市已經完全醒來，進入明亮的日常運轉。離家近在百米的大街上，乾乾淨淨，黃綠相間的有軌電車敲響著叮鐺的鐘聲搖晃而過。街邊的咖啡一家接一家，繽紛的遮陽傘下坐著繽紛的男女。

我洗完澡走到空曠的大廳裡，一切靜得和整幢房子慘白的調子相差無幾。不知道我那位一年回來不超過三次的丈夫為什麼非選了它來讓我棲身。我原喜歡的是溫馨：守著壁爐聽著木柴噼啪作響，再打開收音機旋轉到懷舊音樂臺，捧上一杯茶和丈夫相擁而坐。如此的，才是我，可那是我在上一幢小房子的家庭生活。這裡嗎？這裡大到我一整天也不會把樓上樓下每間房子都看一遍。那只是李姐的工作。

於是我常常走到街邊的咖啡座上去找溫暖的陽光與人群。

人的好惡選擇倒底是先天的還是後天的？有時一些生活中的改變帶著令人心驚的選擇潛入你不知不覺的意識中，容不得你反省就已成定局。

昨天整理過衣櫃，發現了好多有誇張墊肩的套裝和大衣。兩年前回中國買的，當時覺得華麗好看，可回來後竟很少上身，走在街上十分彆扭。這裡崇尚自然與舒適，沒有形式主義的東西。

昨天我便把所有不穿了的衣服分成了兩大包，一包放到社區救世軍的募捐箱裡，一包準備給李姐。

簡單的生活，複雜的全面。日常的瑣碎貫穿著四分五裂的感覺。

我離開家，走進了「Volume」咖啡廳。老闆是個禿頭小個的義大利人。他的店裡集中了咖啡，酒吧，畫廊，書店，音樂和禮品，豐盛而光怪。二樓面街的長長的陽臺是木製的，圍繞著一圈花壇，幾乎每隔兩個月一換全新顏色。他從來不挑什麼燦爛的名花，只用單色的茂盛的小草花來裝點，淡紫變成淺粉變成豔紅變成桔黃，密密實實包裹著伸向半空的咖啡臺。我帶李姐來過一次，她只說：你太會享受了。我無法回答。生命，是可期的，也是不可待的，它的絢爛迷離永遠隱藏著玄機，讓人無從逃避也無從尋找，只有接受。

我沉靜下來開始接受這份生活，是在小雲死了以後。那是個如何能幹的女人啊！有一個男孩，小雲去世那年他才九歲。就在小雲操持著墨爾本三家興旺的批發店掙下了七棟房子的時候，查出了肝癌晚期。我們曾是十八年前剛來澳洲時的朋友，同在「荷頓」汽車廠打工三年。她喜歡加班，又兼做其他兩份part-time工。小雲的財富完全是她用命換來的。最後的日子裡，我去醫院看她，她說她後悔那次出門沒捨得給孩子買根七毛錢的冰激凌讓孩子哭了一路，她說她都還沒好好帶著孩子一起過一個假期，一起看看澳洲明媚的海水，沙灘，陽光，山林。

同一批來澳的女人都已四五十歲了，眼見著身邊直接間接地倒下了一個又一個，令人心懷宿命。

拚命積累財富以求得在異鄉的主流社會有個名份，這種瘋狂，讓我們自絕於人類正常的社會生活，反而更加孤獨。

也正是在那幾年，我的丈夫在中國澳洲兩地之間跳來跳去，不明所以地掙了大筆的錢回來。他買房置地，把我和孩子們安頓後，宣佈「常駐」中國了。其意義是：我成為了「留守女人」。

　　我想，可能正是這些從沒有預料到會出現的零碎事件，才是生命最重要的主角吧。

　　小雲去世後，我開始讀大量的書，為了讓自己接受現實，一個十分安逸卻沉重的現實。書裡說：成為人的意義是指我們不斷在發現和明白我們的存在。

　　但，存在是一直處於角色轉換，演進，不斷成形又變形的狀態中。

　　麻煩。

　　我於是決定請個或稱管家或稱傭人的女人來為我做「留守女人」的事，讓自己從「財富」的怪圈裡解脫，回歸正常社會。我見到了李姐，一家週末社區學校的老師。我從沒問過她為什麼來，當然是錢的原因，也許還有寂寞。她剛離了婚，前夫是個很好的澳洲人。她說他「很好」。好，也是會令人感到孤獨的。

　　我繼續我自己的日子，每日只管接送孩子們，喝杯咖啡，看書看報。冬天會去雪山滑雪，秋天到名鎮爛漫的秋葉中小住。陽光下閃爍著自由的光澤，天空透徹的藍色燃燒著寧靜的曠野。有時侯我還會對自己的生活提出點兒質疑，有時侯也會懷疑「真實」是否存在。但，澳洲依然美麗而平和，門口的大街依然充滿高雅的咖啡廳和古董店，墨爾本依然是我的家。

　　我清楚的知道，耐心地等待，看下一個不被預料的存在主題究竟什麼時候又將出現。這就是生活。

作者簡介

張敬憲

　　大學文化，一九四八年出生於山東省。當過中學語文教師、教育局秘書、教研室主任，電臺播音員、記者、編輯，擔任過省級雜誌副主編兼任省級學會秘書長和國家級研究會常務理事，曾任省政府機關幹部，借調北京國家有關部門工作；曾參加國家重點科研項目的研究、寫作和編纂工作，出版和發表研究專著、論文近百萬字，亦曾獲得國家、山東省和濟南市多項社會科學獎。

　　年輕時常有詩歌散文雜談隨筆等播出於電臺和散見於報端。定居澳洲後，創作激情迸發，有詩歌在墨爾本華文報刊陸續刊出。詩集《澳洲漫歌》將於二〇一〇年十月正式出版。詩集、散文集、短篇小說集《山河美》、《絢麗人生》、《激情歲月》等正在寫作、編輯、整理之中，擬於二〇一一年出版。

情深

轟隆隆，轟隆隆！雷電交加，大雨滂沱……

村西口的一塊石頭上端坐著一位老人，一手扶定拐杖，一手指向前方。一個男人為老人撐著雨傘，一個女人正往老人身上加披雨衣。這是一組生動雕像，任憑風吹雨打。

這時，一輛紅色轎車疾馳而來，「嘎」的一聲在雕像不遠處停住。車門一開，立即跑下一個人來，撲通一聲跪倒在老人面前，大聲喊道：「爹！您老人家怎麼還坐這裡呀，淋壞了身體怎麼得了啊？」

老人顫微微的站起來伸手拉住兒子：「我說你一會兒就到家，好、好，到家就好，到家就好。」

魯生是昨天剛剛從國外回到省城的。他三前年從這座城市退休後即跟隨女兒定居澳大利亞。不過，他每年都要回國一、二趟，並住上一陣子。因為在省城和其他幾個大城市都有他的親朋好友。尤其是在離省城約一百多公里的家鄉還有一位九十多歲的老父親。老父親跟隨唯一在農村老家當村幹部的二兒子一起生活。他聞慣了老家的土坷垃味，住不慣城裡的洋房。

水生和父親的感情很深，因為母親去世早，是父親又當爹又當媽的把他們弟兄五個拉扯大。在當地人看來，父親的五個兒子還算有出息，從政、參軍、經商、務農的都有，每個人都在各自

的領域打拚出了成績。父親對魯生最為看重，不為別的，只因他是老大。在孔老夫子的故鄉，人們都是最看重長子的。

進了屋，老人把已經鬢髮斑白的大兒子拉到燈下，一邊仔細打量，一邊拿毛巾擦拭兒子頭上臉上的雨水淚水，說：「你瘦了，白頭髮也多了。我就知道你今天上午一定會到家的。別說下雨，就是下刀子，你今天也會來家的！我估摸著你早該到了，可怎麼晚了一個鐘頭啊？」

風停了，雨住了。在院子裡的梧桐樹下，一桌豐盛的酒菜擺好了。二弟舉杯為魯生接風：「大哥，咱爹昨晚一夜都沒合眼。今晨四點多就叫我摘菜殺雞，叫你弟妹熬紅棗黃米綠豆粥，說是你從小最愛吃的。」

魯生看著老父親，看著家人，又看看滿桌的飯菜，眼睛又濕潤了。

捉賊

　　一天，齊老漢和老伴兒一大早就備齊了出去遊玩一天的一切行頭。老兩口都剛剛退休不久，身體健朗，精神飽滿。這不，他們已踏上了開往號稱省城後花園的一南部山區的公共汽車上，相依偎著坐在靠近後門的座位上，還哼起了沂蒙山小調。

　　這天風和日麗，空氣清新。昨夜剛下了一場雨，平整的馬路被雨水沖刷的乾乾淨淨，路兩旁的樹木青翠，小草碧綠，枝葉上還頂著閃閃發亮的水珠呢。

　　在一個繁華地段的車站旁站著一大群人。汽車還沒停穩，人們就亂轟轟擁向車門。齊老漢看此光景，輕輕的噓了口氣，閉上了眼睛。突然，老伴兒用肘頂了他一下悄聲說：「哎，你看那個時髦姑娘身後。」他順著老伴兒頷指的方向看去，見擠車姑娘背後有個身體很壯的中年男人，一邊嘴裡喊著：「快上！快上！」一邊亂擠，同時卻把手伸向姑娘的挎包。這時姑娘猛一使勁兒，跨上了車。中年男人沒有得手，卻隨即跟著上了車，並且仍擠在了那個姑娘身後。恰好這兩個人都站在離齊老漢夫婦不遠的地方。

　　汽車開動了。突然，不知前方出現了什麼情況，司機來了個急剎車，人們的身體隨著慣性往前一傾。那個站在姑娘身後的男子順勢把手伸進了姑娘的挎包，並麻利地掏走了一個精緻的錢夾。這一切都沒有逃過一直盯著那兩個人的齊老漢夫婦的眼睛。老伴兒剛要聲張，老漢捏了她一把，示意不要作聲。汽車繼續前

行，眼看就要到下一站了，老漢心裡有點著急。他用眼一瞥，卻猛然發現路旁有兩名巡警，眼睛一亮，立即站起身來大喊：「不好了！不好了！我的錢包被偷了！」車內一陣騷動，有人關照司機不要開車門，有人高聲招呼員警過來。

員警登車後，齊老漢與老伴兒一齊突然緊緊抓住前面的那個中年男人，說：「是他偷了那位姑娘的錢包。」員警果然從中年男人身上找出了那只精緻的女士錢包。這時侯，時髦姑娘才發現是自己的錢夾被偷了。大家都不解地問老漢：「不是您老的錢包被偷了呀？」齊老漢瞄了老伴兒一眼，會心地笑了。

作者簡介

林別卓

　　本名林布，出生於越南，三、四歲時由祖母帶回海南文昌老家，一九八七年八月移民澳洲。當過工人，做過中文家庭教師、新移民家庭英文教師和成人英文學校助理翻譯等工作。二〇〇四至二〇〇五年在 Liverpool TAFE 英文學院深造。

　　一九九六年開始寫稿，政論性雜文居多，文學性散文兼之。作品《第二次生命》於二〇〇二年在雪梨被評為入圍的優秀報告文學作品。散文《瓶刷子樹和美老人》和雜文《華人朋友你小點兒聲》分別於二〇〇五年六月和二〇〇九年十一月獲得澳洲「傅紅文學獎」優秀作品獎。

和總經理一起被辭退

　　二〇〇九年三月的一天，年屆六十的我到雪梨市一家玻璃廠找工作。

　　大老闆名叫傑夫，六十多七十歲的模樣，高而瘦的個子，老是穿著那套好像不曾換洗過的工作服，動作比年輕人還勤快，幹活比工人還賣命，但脾氣極壞，動不動就罵人訓人，我也許是被他罵得最凶最狠的人了。

　　我沒有固定的工作崗位，不過當大卡車運來裝載玻璃板的集裝箱的時候，我就肯定有工作做了。我必須在很短的時間內打開集裝箱，解開所有的繩索和包裝皮，待吊車卸完貨後又要將集裝箱清理復原。這工作是重體力活兒，起初我覺得苦而不安全，但在工友們的指導和幫助下，慢慢地得心應手了，而且由於個子比其他工友稍小而更便利於箱內動作，貝萊德就讓我每週工作超過了政府對老弱病殘者所規定的十五個小時，工錢每小時二十二元，很值得。可惜不是每天都有大卡車運貨來，沒貨來我就只能打雜了，主要是打掃清潔，做完了清潔，若是其他崗位不需幫手，我就無事可做了。工友戈林特教我一個辦法：工作一鬆閒就要拿著一把掃帚，掃呀掃的，裝作很忙碌的樣子。但這畢竟與自己不願裝模做樣的個性相悖，我是裝不出那樣子來的。

　　有一天，傑夫似乎要整我，令我把廢鐵塊裝上拖卡，並用不信任的口吻問道：「你會做嗎？」我以為他要考驗我的幹活速度，就

回答說「沒問題」，並抓起廢鐵塊就往拖卡裡快拋亂扔，不料他突然地對我嚎叫了起來：「你為什麼要這麼幹？」嚇我一跳。我哪兒不對了？我感到莫名其妙。他還大聲疾呼地叫來了貝萊德，要貝萊德給我作示範，原來廢鐵塊的形狀是不規則的，要有規則地裝放，才可以充份利用空間，放得多和裝得滿，且不浪費時間。

又有一天，傑夫開來了一輛鏟車要搬移一堆鋼條，我主動地在地板上放置了兩根墊木，以便他的鏟車叉子容易插入和托起，可是他一看就氣衝衝地跳下車來，一把手揪住我的衣領罵道：「如果你不想在這裡工作，就滾回家去！」接著他將我的兩根木墊遠遠地甩到廠房外去，幸虧沒砸到人。我知道是自己放的木墊高度不夠，比鏟車的叉子太低了一點，不符合操作要求，就說了句「對不起」，可他還是不放過我，毫無人情地譏諷我說：「你是每天都說對不起。」

傑夫每每挑到工人的毛病時往往要找總經理貝萊德「算賬」去，追究其監督者的責任。這次他不但發現了我的問題，還發現了其他幾個工人午飯超時的問題，更要「算總賬」了，結果把貝萊德也惹急了，兩人吹鬍子瞪眼睛地爭吵得一塌糊塗。貝萊德平時很尊重傑夫，這次可不給臉，他竟敢指著傑夫的鼻子罵，以至於最後以傑夫的退場而告終。傑夫一走，貝萊德立即把我們幾個工人召集起來開了個會，說：「今天發生的事兒不是你們的問題，我代表公司董事會向你們表示歉意。」這番話大有為我們工人說話的豪邁氣概，但工友們一時無所反映，倒是我表了個態，我說「大老闆腦子有病」，引起了一陣笑聲。老工人諾倫低聲地說：「你這話千萬不要讓大老闆聽到，林。」其實，我對大老闆並無惡意。

貝萊德是一個很有正義感的人，我非常喜歡他，我為自己能得此朋友而感到高興。然而，我並不因此而恨起傑夫來。雖然傑夫是千萬富翁，階級成份高，但卻是心理上的病人和人文上的窮人，我

尊重之、憐惜之、容忍之。面對他動肝火我心裡很平靜，總是微笑地說「對不起，我錯了，您是對的」。他太苛刻、古板和粗暴，不聽他的話準挨罵，實在令人厭惡，但他的「高標準嚴要求」倒是可以利用來治一治我的馬虎症。說句老實話，要是沒有他的罵，至今我連一把掃帚該怎麼放置才科學都不知道。廠裡人人都怕他和躲他，我偏不這樣，要看他個究竟。有一次，我主動問候他，他居然不理睬我。又有一次，午飯時間到了，他還在車床上忙活，我走過去對他說：「休息一下吧，我的老闆，不要做得太辛苦」，他還是不理睬我。我覺得沒關係，因為我已經主動問候和關心過你了，就是包容了你，我就比你大，你就比我小，我就變成了你的「老闆」了。對他我甚至學了一次「雷鋒」。有一天我清洗衛生間的時候，將一堆不知是誰丟在角落裡的髒衣服當作抹布而用來擦了地板，貝萊德急忙說道：「糟糕，那是大老闆的工作服！」我說：「別擔心，我乾脆幫他洗一洗得了。」這才使貝萊德放下了心。

後來我發現大老闆終於有了變化，比如，有一次他友好地從我的背後拍了拍我的肩膀，又有一次他從老遠的地方向我招了招手，這說明他的人性進化了，人文水準提升了。

按照雇用合同，我如期被辭退了，無怨無悔。然而，我沒有想到總經理貝萊德竟然也被辭退了，被辭退的當天他還受了工傷，玻璃片刮破了他的手臂，鮮血直流。第二天我打了他的手機想慰問慰問他，不料接電話的卻是傑夫。原來貝萊德在職期間所使用的手機和汽車是公司的，現在都被收繳了。在這種社會中，難得有像貝萊德這樣的「工頭」為我們工人說話和出氣，令人肅然起敬。可惜的是，他忘記了自己也是個受雇的工人，過份輕信了那個董事會的「民主」，居然要代表董事會批評大老闆，是太過天真幼稚了一點。

規則

　　百樂（Batlow），新南威爾斯州西南部的一個小山鎮，是澳洲最著名的蘋果產地，離雪梨市約五百公里。二十二年前，我的家就住在這裡。這裡氣候寒冷，屋內屋外水管凍裂是常事，百樂僅有的兩名工匠諾謀和肯恩總是忙得不可開交。

　　有一天，我請肯恩幫我修理屋內的水管，可是他說：「屋內的水管我不能動，我只能幫你修理屋外的水管。」我問為什麼，他答道：「這是規則。」

　　又有一天，我請諾謀幫我修理屋外的水管，可是他說：「屋外的水管我不能動，我只能幫你修理屋內的水管。」我問為什麼，他答道：「如果我動了屋外的水管，我將被罰款五百元。」為什麼同是水管，卻要分為內和外來管理呢？我久久不能理解。

　　那時我在一家果園當臨時工人，在摘蘋果時突然看見鎮上那個青年洛奇，一時不明白怎麼他也來摘蘋果呢？他可是個機械師，鎮上很多人都喜歡把車子送給他修理啊。經過聊天我才知道他犯規了。原來，政府部門規定他的職份是汽車修理，可是有一回他不小心幫了一個顧客做了汽車噴漆，越過了汽車修理的行業界線，有人看見並投訴了他，結果他就因違反行業規則而被吊銷了商業執照，只好暫時摘蘋果以維持生計。

　　規則就是規則，沒有那麼多「為什麼」，遵守規則人人機會均等，否則損人利己，惡性競爭無窮盡也。規則，Regulation，我理解了，也記住了這個詞兒。

情鳥

　　一些年以前，我養過一批小鳥兒，以五顏六色的澳洲情鳥（亦名小鸚鵡）為多。我從市場上挑選來的第一對小情鳥，雄的叫阿帥，雌的叫小黃。阿帥長得精神和健美，羽毛多藍色，嘴下的羽毛有黑色的斑紋，酷似鬍鬚，所以是個美鬚公；小黃全身黃絨絨的，燕子般的身段，尾羽長而直，她常常用自己那又白又嫩的爪子抓住籠子裡的單杠連續打許多圈圈兒，可愛極了。

　　阿帥和小黃整日形影不離，耳鬢斯磨，依偎親吻，似是恩愛的一對。籠子裡還有另外兩對，但從不見阿帥和小黃有過外遇和被外遇。一旦有人靠近小黃，就被阿帥追打得半死；一旦有人靠近阿帥，也被小黃揪咬得呱呱叫。

　　不久，小黃下卵了，邊下邊孵，哇！一共孵了九個卵。聽有養鳥經驗的人說過，要是孵了太多的卵，照顧不過來會死掉一些的。小黃孵卵期間很少出窩，一日三餐都由阿帥一口一口地吐餵她。一旦小黃出來歇腳，阿帥就分秒必爭地進窩去替代她，因為她懂得：如果讓卵子一著涼，就有胎死腹中的危險。

　　幸福的時刻到了，小情鳥一個個出殼了。出了殼的要餵食，還沒有出殼的要繼續抱孵，可把兩口子忙壞了，終於九個子女全部出殼了，而且都成活了，阿帥和小黃的愛情之花結成了累累碩果。

　　然而，偏偏在這個時候出事了。有一天，我不小心沒關好籠子，小黃嗖的一聲飛出去了。我整天朝著她出走的方向張望，盼

她能看在孩子們和夫君的情份上快快回來，但是我知道這種鳥兒是很野的，一旦跑了出去就再也不回來了。這該怎麼辦呢？有三隻小傢伙雖然已經長大，但還不能自己啄食；而其餘六隻羽毛尚未長齊，有的還是光禿禿的。

　　阿帥比我還急，在籠子裡撕心裂肺地叫著，亂蹦跳，痛不欲生。這時小鳥兒個個餓得慌，啼聲淒慘。阿帥不得不挑起重擔，又當爹又當媽，一個又一個地餵著。特別讓我驚奇的是，阿帥用嘴把飼料從窩外搬到窩內放成一堆，然後教孩子們啄食。這辦法很靈，孩子們倒也很聽話，加上我從別的籠子裡調來一隻長得跟小黃同顏色的「二娘」湊合著幫上一點忙。她雖然不曾婚配，沒有生兒育女的責任和經驗，不過當那些可憐的小孩子們啼哭著向她求助時，她還是願意將自己肚子裡的積存全部吐了出來哺餵給它們。真是愛憐弱小之心，人人皆有，鳥獸亦然啊！

　　後來，「二娘」果真成了阿帥的第二任妻子，並開始養育自己的兒女了。

作者簡介

蕭蔚

　　女，生長於北京，出國之前任牙醫，一九八八年移居澳洲雪梨。嘗試寫過小說、紀實小說、散文、隨筆及編譯文章。出版小說、散文集《澳洲的樹熊，澳洲的人》，與父親合著散文集《雨中雪梨》。曾於香港《大公報》「大公園」版開闢專欄。作品獲二〇〇二年澳大利亞「澳洲華人故事」徵文優秀作品獎、中國女友雜誌社、中國作家雜誌社聯合舉辦的「中國第十六屆全國青年文學大賽」及臺灣僑聯海外華文著述獎。

　　先後任澳大利亞新州華文作協理事、副會長、及第六屆新州華文作協會長等職。

生手免問

　　在澳洲的招工廣告中除按摩色情業寫著「無需經驗」外，其他眾多的廣告都明確地寫著「生手免問」，當然其含義是須有在澳洲的工作經驗，海外帶來的皆不算數。

　　史密斯先生是個小餐館的小老闆，他雇用的工人不論是端盤子的，洗碗的，還是收銀員，一律全是清一色的「熟手」。他對他的工人沒有其他要求，就是侍應生在端盤子的時候犯上大煙癮，把盤子扣到了食客的腦袋上，或是洗碗工賭輸了錢，把他的家當偷個精光，拿去變賣，也不在乎，只要是熟手。

　　有位老兄剛來澳洲時曾上躥下跳，東跑西顛地找工，怎麼也找不到，原因是各行各業皆「生手免問」。他快要斷頓了，真是急得團團轉。這天，他摸到了史密斯的小餐館裡來面試，準備加盟幹洗碗工。

　　史密斯小老闆問：「你以前洗過碗嗎？」

　　這位老兄從來沒有說過謊，今天當然也不會去騙誰，不過碗他當然是洗過，於是答道：「洗過，俺天天吃完了飯都自己洗碗。」

　　史密斯又問：「照這麼說，你是熟手啦？」

　　這麼一問，老兄忽然想起幾年前他的手給滾開的水燙過一次，慘透啦，和白煮豬爪差不多，那還不夠是「熟手」嗎？於是答道：「是熟手，俺的手是給燙熟的了。」

「行，那你今天就留下試工吧。」史密斯小老闆當即做出決定。

史密斯餐館裡的職工經常像走馬燈一樣地更換，他就需要常常打廣告招工人。為了省事，他總是一樣格式地從電腦裡印出「生手免問」的抬頭和中間段：「本餐館需要經驗某某，熟手某某一名」，最後落款是「請電：987654321，史密斯先生」。

餐館的生意越來越好，史密斯小老闆的收入也就越來越多，他也就越來越想找個老婆了，沒有時間去認識個女朋友，只好登廣告徵婚。一個老套公式的廣告見報了：抬頭仍是「生手免問」，中間段是「本餐館需要經驗女友，熟手老婆一名」，落款仍是「請電：987654321，史密斯先生」。

但願這位史密斯小老闆能從紅燈區那裡招來一位老練的，經驗豐富的女友，熟手好老婆！

老胡森

　　整天樂呵呵的老胡森病倒了。

　　那天晚上我接到公司的緊急電話，讓我去給老胡森做心電圖。我立即開著車摸到了他家。老胡森一個人孤伶伶地坐在飯桌前，腦袋像烏龜一樣一伸一縮地大喘著氣，雖然他的鼻子眼裡插著氧氣管，但那長得像葫蘆一樣的長臉仍舊因為缺氧，憋得像放蔫了的紫皮長茄子！

　　我知道他耳背，便大聲叫著：「老胡森，是我。快躺到床上去，我給你做心電圖。」

　　他沒有反應，依然像剛剛完成馬拉松長跑那樣喘著粗氣，吃力地挑起那兩片耷拉著的眼皮對我說：「是你啊？讓我再、再喘一會兒氣，憋、憋死我了。」他氣喘噓噓地說著黎巴嫩味的英語。

　　我從不知道老胡森有這哮喘的毛病，只知道他一直開著個賣煙的小門臉兒，想必抽煙太方便，損壞了肺部的呼吸功能，落得個今天這付模樣。

　　他又指指自己的左前胸，可憐巴巴地說：「心……心口疼哇。她一回來就、就跟我鬧分居，我讓她給騙了。我這個年紀的人就怕心裡窩著口氣呀！」說完，又趕緊倒了一大口氣。

　　「她和你鬧分居！」我詫異了，半年前他還總是春風得意，沒完沒了地誇耀他太太是如何如何的能幹，小女兒如何地可愛。「我那太太哇，是絕頂聰明的中國人。阿哈，對了，比我小三十

歲，我比她爸爸的年紀都大。你就滿大街找去吧，沒那麼漂亮的女人啦。她真的是能幹，我給了她一筆錢，現在在中國幫我做生意。等我們將來發了財，就把那個小煙店給賣了，再買個大生意給她！」他說得眉飛色舞，兩隻大牛眼滴溜溜地轉，成套的黎巴嫩味兒的英語從嘴裡抖落出來，一個嘟嚕連著一個嘟嚕。

既然太太這麼好，怎麼叫她給弄得心口痛了呢？

這會兒，老胡森終於喘勻了氣，他挪到了床上。我給他做了心電圖，現在都是電腦儀器，圖形和結果一起出來很正常。看來他得的真是塊「心」病了。

過了些日子，胡森一家三口都到我們門診部來了，這次是給他們的小女兒來化驗的。老胡森的喘病是收斂回去了，可是心病⋯⋯？

他們六歲的小姑娘既不像中國人，也不是黎巴嫩人。只有鼻子頭同她媽的一樣，像是一塊小麵團讓擀面棍壓了那麼一下，扁扁的，眼睛同她爸的一個樣，也是牛形眼軲轆軲轆地轉。

小姑娘沒挨過針，怕疼，在那裡不斷地哀求著：「媽咪，不要，不要嘛，甭給我打針。」聽上去是我們北京人，估計她姥姥家還是皇親國戚的老旗人。

我也和她講起國語來：「珍，阿姨給你扎一針，抽一點血，保證不讓你疼，好嗎？哎，人家都說我們珍是個乖寶寶。」

「我不叫『珍』嘛，我叫『珍胡森』，姥姥家都叫我『小洋人』。媽媽說，爸爸是個外國人。」

「你再廢話，我抽你的嘴巴子！」胡森太太瞪著眼睛來了這麼一句，挺嚇人的，特像站在北京胡同口上罵大街的潑婦。

孩子嚇得又轉向老胡森，用英語說道：「噠爹，我真的不要扎針，我怕嘛。」

「不許你講英語，不許你和那糟老頭子講話！不許你叫他噠爹！」胡森太太一口氣說了一連串的「不許」。

老胡森半天沒吭聲了，可憐的他，聽不懂這邊在鬧騰什麼，不知道他的「嬌妻」為什麼叫喚。「她說什麼呢？」他扭過頭來問我。

我能告訴他什麼呢！只好說：「她在叫你女兒扎針呀。」

小姑娘嚇得邊叨嘮邊伸出了胳膊：「好，我扎。那，抽完了血，給我幾個大鋼蹦兒，我要去買冰糖葫蘆。她剛從北京回來，忘記澳洲沒賣這玩藝兒的。

在一片像殺豬一樣的嘶叫聲中，我抽完了血，這三口子終於走了。

又過了好些日子，我看到了老胡森，正在他那小煙鋪的門口轉悠呢。他緊緊盯著我，兩束怨恨之光由他的大牛眼裡射出，目光寒氣逼人。

我沒惹過他，照舊上前打招呼：「老胡森，你好啊！」

「好什麼呀！我可讓你們那個中國女人給整苦啦！我們這回是徹底地離了。瞧，這個煙鋪也給賣了，法庭判給她一半的錢。」

「珍胡森好吧？」老胡森收起了怒光，兩隻牛眼泡漸漸地紅了起來，兩個早已乾涸的「泉眼」裡湧出了兩滴淚水。他聳了聳肩膀接著說：「哎，也判給了那女人。人財兩空嘍！」

我實在是不知該怎麼地是好了，只能不疼不癢地相勸：「我說老胡森，你真的是該想開一點，總該為自己的身體想一想，別把自己折騰病了。」

老胡森嘿嘿冷笑了一下說：「告訴你吧，我根本就沒真往心裡去！你知道，我前邊那三個太太給我生了十二個孩子，我大孫

子都快二十歲啦！你以為我發愁沒有女人嗎？跟你說，我年輕的時候有的是錢，也有的是女人圍著我轉。我是嘴裡吃著一個，手裡拿著兩個，眼睛裡再盯著三個的主。我還不老呢，還有這本事，你看著，我明天就能找到老婆！」

哇，老胡森，他可真是想得夠開的了。

作者簡介

唐飛鳴

　　女，上海人，筆名：民鳴，南京大學英語和文學專業學士、澳大利亞翻譯碩士研究生，澳大利亞國家翻譯局翻譯，專業翻譯三級：「澳中友協」維多利亞分會理事、「澳洲中文翻譯協會」秘書、「澳洲華人作家協會」秘書、澳洲「維省華文作家協會」會員，出國前為上海大學英語講師。

　　廿多年前，來到南半球的墨爾本，現澳大利亞翻譯學院執教。一九九五年起開始寫作，作品散見於澳州各中文報紙，收入「維省華人作家協會」叢書，及澳洲華人作家協會出版的《澳洲情思》。

人算不如天算

　　在小工廠裡打工已有六年的覃曉麗漸漸幹得有些不耐煩了。近來「在華人圈裡怎麼也得搞出個名堂來」的想法一直在她腦子裡轉呀轉的。憑自己是「革命後代」那點在國內的關係，做點生意該是大有希望的。她一向看不起只在唐人街小打小鬧的那種什麼爛活動，要做就做大的。必須打入主流社會，才能賺大錢。小生意，有啥搞頭？還讓人看俗，姑奶奶可是有點身份，好歹也是有這麼些人稱我是他們「主」的人。這麼一想，說幹就幹。廠裡請了假，回國一轉，回來有了點子。

　　當然賣狗肉，羊皮就得先掛上。立馬在華文報上大登廣告，標題醒目：「本公司將於時機成熟時開辦『中國民間藝術獨秀海錫泥娃展覽會』，為澳中兩國文化添瓦加磚，請有志合作者及早與我聯絡。」下面小字說明：「此為第一個與澳洲主流社會合作的文化交流專案——海錫泥娃是我國文化大使，也與時俱增，早與國際接軌，為此我們將展出創新項目西方娃娃代表『芭比泥娃』新形象，以配合芭比娃娃誕生五十周年。屆時將邀請國內知名大阿福泥娃民間藝術家親臨此地當場表演，還將出版專題攝影集，印銷設計繽紛的泥娃T恤。」

　　覃曉麗越想越美，似乎已看見花花的鈔票從她展覽會門口雪花一樣的飛將進來，讓她滿屋抓來抓去不見目標。得意自問：誰讓咱這腦袋特別好使，「文化交流」的名稱最好，優雅又高尚，

最重要的是有了個專案，就可名正言順申請政府經費，向外界拉贊助。辦成辦不成那是另一碼事，伏筆「時機成熟」早已埋下。這蘿蔔吃一段擦一段，可謂拿到一鈿是一鈿。果然過不久就有起色，還真有個小傻報名合作，熱情高漲地到她曾有多年交情的華人富商處籌到了一筆大贊助，第一桶金送了過來，澳幣三千八百八十八元，一個子兒不少的乖乖進了自己公司的帳戶，到嘴的肥肉哪有客氣之理！？這三隻手拿田螺的事，皇天老子的誰管得著？才犯不著就一錘子買賣的公司去交什麼註冊費，法律就靠邊站吧！本來什麼交流公司的就是個門面而已。

　　錢一拿到，神經細胞不可抑止地開始活躍，好久沒爽爽心了，今晚姑奶奶要去賭場試試運氣，想起那發牌小子的俊樣，真有迫不及待的心情。弄不好三千轉手就是一萬三了，數現錢才是最快活的事！想到這兒，廠裡特請了半小時的假，提前下班直奔銀行，提了那筆錢，趕快回家匆匆晚飯洗漱完畢，不到七點已經帶著一大手袋（可裝贏的錢）和裡裝的小紙包，神采奕奕坐在City Loop火車上直奔南十字星火車站。正好有個前衛打扮的年輕人旁有個空位，她嫣然一笑的坐了下來。七點半不到就來到了老相好皇冠賭場的大門。進門只見人頭擠擠，黑頭髮總是多過黃頭髮的。她先要隔包捏把紙包提足神。怎麼回事？聽不到捏紙聲。再仔細摸，摸到毛邊？咦，包的外面近底部有點不對勁兒，趕緊跑到燈光下細看，頓時花容失色。只見那包憑空被劃了一大口子，長度真好略寬於紙包的寬度，錢換主啦！這才想起火車上那個坐在身邊前衛男子的那雙鉤鉤的賊眼。革命警惕性不高，後悔莫及，後悔莫及啊！好在譚曉麗一向看得開，一來這錢非自己辛苦所掙，二來姑奶奶還在要贊助。儘管前面因有一天她的利用別人做自己的生意受到籌委會各位的質疑，不得已攤了牌，『有志者

們』早已散夥，現在復做光桿司令。當時還回敬想替出資方拿回支票的小傻一句話：「不參加了，想討回贊助？讓贊助商自己寫信來要！」這簡直是易如反掌地撿個法律辭彙就抵當過去啦，真是看扁了姑奶奶，誰要你那麼笨，白活了，過河拆橋都不懂！算了，千金散盡還復來，今晚無好運，打道回府。話這麼說，畢竟是花花銀子關性命的事，整個晚上提不起勁來，凌晨過後才昏昏入睡。

眼看到了週末，決定去小姐妹陳大婷處散散心。兩人一向混味兒相投，看看她有什麼招兒讓我試試。陳大婷從沒委屈自己的名字，以包打聽見長，周圍鄰里街坊，華人圈裡三姑六婆全在她腦門的左右頻道裡。進門寒暄一過，她便揚起高八度的嗓音，瞪著眼嚷嚷：「你說這世界奇亦不奇，前兩天對面過幾個門面的那個小子，神經不知怎的搭上了，向上門募捐的救世軍貢獻了一大筆贊助，還請他們一定送往皇家墨爾本醫院，用於他所知的一個患白血病孩子的治療。這鬼平時還做些偷雞摸狗的事煩別人呢。世上還真有人要做雷鋒！」

至此，譚曉麗忍不住問了一句：「他捐多少錢啊？」

「湊了個吉利數，整整三千八百八十八元澳幣。」

這回輪到這位不順心的姑奶奶做大傻了：「哦——還真有這樣的事！」

作者簡介

馬鳳春

上世紀六十年代北京畢業的大學生。從學生時代即被稱呼「老馬」，但往往不識途。多年從事機械工程專業外，還對文學和寫作感興趣，不過尚有自知之明，實為「班門弄斧」。

一九八九年底抵澳州再創業。留居澳洲二十年，有苦有甜。居住已從鄉村遠鎮，過渡到近郊小城，生活從淺淺小河，走向藍色海洋。

應一句古詩「到處青山在，何憂行路難。」現已退休，日子無憂。但常以名言「活到老，學到老」自勉。

國際玩笑

　　馬先生是位倔強又喜歡旅遊的人。久聞一個花園城市又具購物天堂美名的地方。他決意攜太太，飛越大洋，參加旅遊團去該地方遊覽一番。

　　不錯，到處花團擁簇，綠樹成蔭，鬱鬱蔥蔥，高樓大廈，市井繁華，清潔乾淨。還有值得一看的歷史陳跡和旅遊景點。一路上又經導遊小姐既專業又風趣的介紹，幾十位團友談笑風生，遊興頗濃。此時導遊小姐話鋒一轉又說道：「我們這個城市不但自然風景好，社會風氣亦好。法制又健全。你們可聽說過一美國年輕遊客胡亂塗鴉，被鞭刑的事吧？下面請大家去幾處商店逛逛，我們這地方是講商業信譽的，保證貨真價實，請大家放心購物。商店是經政府註冊的。如果買了假貨，倒是你的福氣，你會得到雙倍的賠償，云云……。」旅遊車不經意間開到一個名叫 G.D. GEMS 的豪華珠寶商店。當團友進門後，鐵柵欄門關上了。團友們也沒多想這不是更「安全」嗎？

　　在導遊小姐花言巧語的勸導下，加上佩戴著漂亮耀眼首飾的售貨小姐的甜言蜜語攻勢下，團友們差不多都敞開了錢包，尤其是那位不識途又未聽太太話的馬先生出手大方的劃金卡，買了兩條項鏈。一條是被穿著光鮮的店東女士稱之為「大千禧之光」。解說這條項鏈墜中心部分是藍寶石，周邊鑲嵌天然鑽石，並聲稱亞洲僅有六條。他頸上帶著的是其中一條。如果先生購買一條，

有永遠保持價值。馬先生說那就買來送女兒結婚帶著吧！該店東馬上接著說：「那也應再買一條送給隨行的太太啊！」太太說：「我已經戴了一條澳寶墜的項鏈，不要了吧。」那店東極力推薦，並說給優惠，白金鏈條奉送，在「好意」難卻下，又買了一條祖母綠寶石的項鏈，為妻女情義，為國人的面子，花了七八千澳元。同行的團友也在導遊小姐的熱情服務和高超推銷技巧下買來不少金貨和珠寶製品。這一場購物近一兩個小時，幾萬美金就流進該珠寶店了。老馬夫婦和眾多團友滿心歡喜，以為這次掃貨物有所值，當晚隨團飛離該地又繼續下面的旅行。

這老生常談，習以為常，經久不衰的旅遊購物故事，讀者能猜出是什麼結果吧？

後續故事，慘不忍睹。老馬回到原居地，將兩條項鏈請珠寶專家鑒定，並出具了報告，確認所購寶石是假貨，上當受騙。曾學過國際貿易的女兒抱怨說：「認倒楣吧，行前我就囑咐你們千萬別隨團花大錢購物，你們沒聽進去。」可是老馬不服氣。經過向該國旅遊局投訴，在報刊上投文及給政府首腦寄信，終於獲得回音。解決途徑是重返購物地請律師出庭打官司，後來判決獲勝。確認開具發票的中文店名是未經政府註冊的。騙人的導遊沒了蹤影，而且被告也是慣騙，錢轉移以後聲稱沒錢，法庭判決如同空文無法執行。十幾年下來未獲得賠償，還搭上了越洋的往返花費及時間精力。走這一遭的法律程式如同兒戲，打這麼一椿跨國官司也是瞎「折騰」，您說這世道公平不公平？

再後來這位先生只好自嘲自述地寫了一篇文章〈老馬不識途，獅城買珠寶受騙記〉供發表聊以自慰。

作者簡介

阿芳

　　真名翁友芳，女，出生於上海，一九七〇年去黑龍江璦琿插隊近十年，一九九二年到澳洲洋插隊至今，經歷了生活的風風雨雨，文學是愛好，只想把自己的思想感情生活經歷述之於筆端，寫的最多的是知青文章，曾發表在澳洲中文各大報刊及上海知青網和澳華文學網，系新洲作家協會理事。

解開心結

麗是我多年的好朋友，情同姐妹，然而我知道，在她心中有個結，一個解不開的結。

日前，我撥了電話給她，一來是祝賀她女兒今年高考進了理想的音樂學院，二來也是想解開她的心結，畢竟，這個結是因我而生。況且，這麼多年過去了，何苦還要讓這小小的心結折磨彼此呢？

電話那頭，麗驚喜地說，真沒料到你會打電話來……

為什麼不呢？我們不是好朋友嗎？

我總覺得對不住你……我不能面對你……

何必呢，我從來就沒有怪過你，那不是你的錯！況且，我已經解脫了，你也鬆綁吧，讓我們活得輕鬆快活些！

我和麗是同事。二十多年前我們幾個年齡、經歷相仿的女孩子成了好朋友，我和麗是最要好的姐妹。我們一起補文化、學技術、遊山玩水，經歷了談戀愛、結婚、生孩子，彼此誰都不瞞誰。我們攻克電大的課程，我們考出了技術級別，我們同遊了黃山，我們有了各自的家和可愛的孩子。回想起來，那真是一段很值得回味的日子。

那年，我丈夫趕上了出國潮，去了澳大利亞。當時，好像外國的月亮特別圓，好多人千方百計想親眼目睹，出國成了時尚。麗的妹妹正在失戀，情緒低沉，做姐姐的心裡著急耽心，為了讓

妹妹離開這傷心地，麗極力鼓動和積極張羅妹妹出國。麗找了我，作為好朋友，我二話沒說，寫信讓丈夫盡力幫忙。簽證下來，我又寫信讓丈夫接機安排住處，還特意關照要盡力幫助她，她一個單身女孩子在國外不容易。雖然當時一些親戚朋友有顧慮，也曾話裡有話地暗示我，可我全然不在意，單純的我根本就沒往那裡想！

三年以後，當我滿懷著對新生活的憧憬和盼望，帶著五歲的女兒來澳與丈夫團聚時，眼前發生的事讓我徹底地失望了！當時發生在許多留學生身邊的事竟然成了我的故事！兩年多的朝夕相處，寂寞難當的日子裡，丈夫逃脫不了凡夫俗子的欲望。可當年的我怎麼也無法瞭解和理解當時的留學生在特定環境中的特定生活，因此也無法接受和諒解丈夫對愛情的背叛。我只是感到悲憤和委屈，心碎了，失望了，含著淚水，帶著年幼的女兒開始我單身母親的生活。

當麗知道這件事之後，她比誰都著急。一邊是親妹妹，一邊是好朋友，又遠隔重洋，鞭長莫及啊！她給我寫信，讓我冷靜些，不要衝動；給她妹妹寫信，讓她不要犯糊塗，拆散別人的家庭，並曉以利害，而一切都無濟於事，他們還是走在一起，並有了兩個孩子的家。

如今十幾年過去了，我已經走出了低谷，並寬恕和原諒了他們所作的一切，畢竟那是非常時期。況且，當時自己也對他們缺乏瞭解、理解和諒解，輕率地作了決定。如今我只是希望大家都平平安安的，在澳洲這塊美麗的樂土上生活過得幸福。

麗一直對這件事耿耿於懷，總覺得對不住我，總覺得她有責任。她調離了原工作單位，她不敢見原來的同事；我生病曾住過天山醫院，她每次經過就會想起我的身影；每當想起來，心裡就內疚，這麼多年，這個結一直鬱悶在心裡化不開。

其實，我從來就沒有怪過她，這又不是她的錯，當初她又豈能料到事情會發生到這一步呢？可每次我回國，大家一起聚會時，她總流露出愧疚於我的神情。但願今天我們這番推心置腹的交談能解開彼此的心結，讓我們永遠是好朋友、好姐妹！

作者簡介

陳友椿

　　出生於一九三二年十月；一九五一年七月，中央稅務學校華東分校畢業，中專文憑。一九五一年四月參加工作，退休前是福建省輕工外經辦辦公室主任、工會主席。一九九二年退休，一九九八年移民到新西蘭定居。業餘愛好寫作。

智擒小偷

　　很快，六一兒童節到了！我在這裡給小朋友們講個故事，以此作為獻禮，希望你們努力學習，用技能和知識武裝自己，長大之後，成為建設國家和社會的棟樑之材。

　　從前，有一個小孩，平日不愛學習，不愛勞動，父母又對他寵愛，只關懷他的個頭而不關懷他的人頭，只給營養不給教養，他就天天過著「飯來張口、錢來伸手」的懶散生活，所以大家都叫他懶蟲。懶蟲長大以後，體格健壯，但頭腦簡單，自己缺點不但不改，而且還變本加厲，做事這怕苦那怕重，這怕髒那怕累，整天遊手好閒，不務正業，總想那種不花力氣而又能賺到大錢的活，可世界上那有這種道理，所以懶蟲不去工作沒有收入，生活自然陷入困境，最後只好靠盜竊為生。

　　一天，懶蟲盯上了一對老年夫婦，觀察他們的風度舉止，猜測應是一對退休的知識份子幹部，他們住家離懶蟲家不遠，是一座孤家獨院，前面小花園，後面小菜園，小樓在中間，樓上住人，樓下車庫，四面圍牆，一看便知道這是一戶小康人家，這種家是小偷最喜歡下手的目標。因為第一，只有兩個老人，沒有子女住在一起，好下手；第二，有錢，想必美元澳幣大大的有。懶蟲溜到到實地窺探了幾天，早就想要下手，撬門而入吧，怕敗露不敢。他終於忍耐不住，一天，他趁著黃昏時刻，爬上圍牆，再從圍牆爬上屋頂，想從屋頂尋找門路入室行竊。這時室內的這

對老人，一個正在看電視，一個正在讀報，突然聽到瓦片上有響聲，抬頭一看，有個人影，貓手貓腳地正在爬動，馬上意識到小偷，可不能喊，一喊小偷就會跑掉。這時他們急中生智，見機行事，演練了一幕「智擒小偷」的對話：

老太婆先開口：「老頭啊！你這幾天老是外出，到底做甚麼事啊？」

老太公說：「我到朋友家去修練速富功！」

老太婆說：「什麼速富功！人生貧富，三分天註定，七分靠打拼，我才不信那一套，都是騙人的鬼話。」

老太公說：「不信可不行！許多朋友修練之前，騎著破爛的腳踏車，住著矮小的房子，修練之後，有的開著『寶馬』，有的開著『賓士』，住房從小套搬進大套，個別人還進住豪宅哪！」

老太婆說；「真有這麼靈，那你也來教我修練，我們雙雙致富，豈不更好嗎？」老太公說：「好！我來教你，但要先學會速富經文。」

於是，老太公故意高聲朗讀：「天清清，地靈靈，十八羅漢聽我令。入室無形，落地無聲。要金有金，要銀有銀，一次得手變富人。吃喝玩樂不操心，金銀財寶用不盡。不勞而獲多歡欣，輕輕飄飄度一生。」

老太公說到這裡，故意的稍停一下，聽聽屋頂動靜。接下再說；「此經念完之後，還需要找個高處，然後，雙眼緊閉，雙手合拾，雙腿直立，默念一二三，往下一跳就行了。但要強調是：修練者必須堅信不移，不能有絲毫疑慮，疑慮就會白練，堅信必會顯靈。」

老太公說完以後，向老太婆做個手勢，老太婆會意點頭，兩人默默無聲靜聽窗外動靜。

懶蟲躲在屋頂，聽得一清二楚，暗暗高興！心想早得此經豈不早成富人，此時真有「得知恨晚」之感。由於求富心切，他就立即爬到屋簷邊，照念經文一遍，念完，雙眼緊閉，雙手合拾，雙腿直立，輕喊一二三後往下一跳，此時，兩腳騰空，身體直落，眼前一片黑暗，兩耳只聽到呼呼風聲，三四秒鐘之後，雙腳重重的落在一塊石板上，腳跟對石板，硬碰硬，啪啦一聲，像摔死豬一樣地攤倒在地上，此刻，他的雙腿像觸電一樣完全麻木，用手一摸，粘乎乎的一片，大概是血吧？知道受騙上當，要跑，可雙腿動彈不得，只好在地上翻滾，哀哀哭叫。

　　再說，這對老人看到窗前黑影一閃而過，緊接聽到啪啦一聲，接下還有人哭叫聲，馬上意識到小偷上當了，開門一看，果然地上有個黑影在滾動哀叫，老太婆趕緊掛派出所電話報案，員警馬上趕到現場，一看，正是他們通緝的慣偷，立即把他逮捕歸案。他的結果如何，可想而知，必會受到法律懲罰。

　　小朋友們：此篇故事真假不必考究，但是，其中道理必須牢記，我們應當從中吸取教益：一、少壯不努力，老大徒傷悲！小時不學習，長大沒出息；二、世界上許許多多動物的體力和器官功能都大大超過人類，但只有人類主宰整個世界。為什麼呢？因為人類擁有智慧，知識就是力量。知識是靠學習和積累而來的；三、求富是人們的正常心態，但必須依靠勤勞致富、科技致富、創新致富、守法致富。所以我們要努力學習，用知識來武裝頭腦，歪門邪道，損人利己，違法亂紀的事絕不可做。

語言文學類　PG0650

被孤獨淹沒的女人
——大洋洲華文微型小說選·澳大利亞篇

編　　者 / 凌鼎年
責任編輯 / 林泰宏
圖文排版 / 陳宛鈴
封面設計 / 王嵩賀

發 行 人 / 宋政坤
法律顧問 / 毛國樑　律師
印製出版 / 秀威資訊科技股份有限公司
　　　　　114台北市內湖區瑞光路76巷65號1樓
　　　　　電話：+886-2-2796-3638　傳真：+886-2-2796-1377
　　　　　http://www.showwe.com.tw
劃撥帳號 / 19563868　戶名：秀威資訊科技股份有限公司
　　　　　讀者服務信箱：service@showwe.com.tw
展售門市 / 國家書店（松江門市）
　　　　　104台北市中山區松江路209號1樓
　　　　　電話：+886-2-2518-0207　傳真：+886-2-2518-0778
網路訂購 / 秀威網路書店：http://www.bodbooks.com.tw
　　　　　國家網路書店：http://www.govbooks.com.tw
圖書經銷 / 紅螞蟻圖書有限公司
　　　　　114台北市內湖區舊宗路二段121巷28、32號4樓
　　　　　電話：+886-2-2795-3656　傳真：+886-2-2795-4100

2011年11月BOD一版
定價：500元
版權所有　翻印必究
本書如有缺頁、破損或裝訂錯誤，請寄回更換

Copyright©2011 by Showwe Information Co., Ltd.
Printed in Taiwan
All Rights Reserved

國家圖書館出版品預行編目

被孤獨淹沒的女人：大洋洲華文微型小說選. 澳大利亞篇 /
凌鼎年主編. -- 一版. -- 臺北市：秀威資訊科技， 2011.11
　　面；　公分. -- (語言文學類；PG0650)
　BOD版
　ISBN 978-986-221-846-4(平裝)

857.61　　　　　　　　　　　　　　100018733

讀者回函卡

感謝您購買本書,為提升服務品質,請填妥以下資料,將讀者回函卡直接寄回或傳真本公司,收到您的寶貴意見後,我們會收藏記錄及檢討,謝謝!如您需要了解本公司最新出版書目、購書優惠或企劃活動,歡迎您上網查詢或下載相關資料:http:// www.showwe.com.tw

您購買的書名:＿＿＿＿＿＿＿＿＿＿＿＿＿＿＿＿＿＿＿＿＿＿＿＿＿＿＿

出生日期:＿＿＿＿＿年＿＿＿＿＿月＿＿＿＿＿日

學歷:□高中 (含) 以下　　□大專　　□研究所 (含) 以上

職業:□製造業　□金融業　□資訊業　□軍警　□傳播業　□自由業
　　　□服務業　□公務員　□教職　　□學生　□家管　　□其它＿＿＿

購書地點:□網路書店　□實體書店　□書展　□郵購　□贈閱　□其他

您從何得知本書的消息?

　□網路書店　□實體書店　□網路搜尋　□電子報　□書訊　□雜誌

　□傳播媒體　□親友推薦　□網站推薦　□部落格　□其他＿＿＿＿＿＿

您對本書的評價:(請填代號 1.非常滿意 2.滿意 3.尚可 4.再改進)

　封面設計＿＿＿　版面編排＿＿＿　內容＿＿＿　文／譯筆＿＿＿　價格＿＿＿

讀完書後您覺得:

　□很有收穫　□有收穫　□收穫不多　□沒收穫

對我們的建議:＿＿＿＿＿＿＿＿＿＿＿＿＿＿＿＿＿＿＿＿＿＿＿＿＿

＿＿＿＿＿＿＿＿＿＿＿＿＿＿＿＿＿＿＿＿＿＿＿＿＿＿＿＿＿＿＿＿＿

＿＿＿＿＿＿＿＿＿＿＿＿＿＿＿＿＿＿＿＿＿＿＿＿＿＿＿＿＿＿＿＿＿

＿＿＿＿＿＿＿＿＿＿＿＿＿＿＿＿＿＿＿＿＿＿＿＿＿＿＿＿＿＿＿＿＿

請貼
郵票

11466
台北市內湖區瑞光路 76 巷 65 號 1 樓

秀威資訊科技股份有限公司 　　　　收

BOD 數位出版事業部

....

（請沿線對折寄回，謝謝！）

姓　　名：＿＿＿＿＿＿＿＿＿＿　年齡：＿＿＿＿＿　性別：□女　□男

郵遞區號：□□□□□

地　　址：＿＿＿＿＿＿＿＿＿＿＿＿＿＿＿＿＿＿＿＿＿＿＿＿

聯絡電話：(日)＿＿＿＿＿＿＿＿＿＿＿　(夜)＿＿＿＿＿＿＿＿＿＿

E-mail：＿＿＿＿＿＿＿＿＿＿＿＿＿＿＿＿＿＿＿＿＿＿＿＿